EL REY QUE NO TENÍA NOMBRE

MARISA P. BÁEZ

ISBN: 978-84-608-7174-3

A mi querida familia y en especial a mi madre, a mi esposo y a mi hija por el gran apoyo que siempre me han dado.

1
Marem

Esta historia sucedió hace mucho mucho tiempo en el país de Marem, cuya ciudad principal estaba situada junto a un enorme bosque, el bosque de la Boa, llamado así, por la enorme cantidad de estas que habitaban el lugar.

Sus habitantes se dedicaban, entre otras cosas, a la agricultura, la ganadería, la caza y el comercio. Eran tierras ricas y abundantes, por este motivo, el país era muy codiciado por otro país vecino, Tritania. Pero hasta el momento, el rey Dor, con su sabiduría y habilidad, había mantenido alejados a sus guerreros.

Este rey era ya muy anciano y su salud iba empeorando poco a poco. Por este motivo, en el país existía gran preocupación. Además, el rey Dor no tenía herederos, con lo cual se agravaba el problema.

Llegó a oídos de los habitantes de la región vecina que el rey Dor estaba muy débil de salud. Y a raíz de esta noticia, comenzaron a producirse pequeñas incursiones de sus soldados en la ciudad de Marem llamada Zalai. En consecuencia, de día en día iba aumentando el nerviosismo, la inseguridad y el temor de sus habitantes.

Una mañana, el rey Dor pidió a sus consejeros una reunión para poder encontrar entre todos una solución. El rey instaba a que se buscara a alguien en la región con gran sabiduría y valor para que le sucediera. Estuvieron reunidos mucho tiempo y no se ponían de acuerdo. El rey tuvo que retirarse del salón más agotado y cansado que de costumbre; fue ayudado por dos de sus sirvientes y a medida que se alejaba por uno de los pasillos, iban perdiendo nitidez las voces de sus consejeros. Allí se quedaron reunidos, discutiendo y sin llegar a ninguna solución que satisficiera al grupo. Unos proponían hacer un torneo entre los mejores y más valientes guerreros, y el vencedor sería digno de suceder al rey; otros se oponían porque el rey deseaba que su sucesor, aparte de valiente, fuera también prudente y sensato. Con este torneo no se demostrarían estas cualidades que tanto valoraba su rey. Tras muchas horas de discusión, no se llegó a ninguna conclusión y estaban como al principio.

Debido a los últimos acontecimientos, había gran agitación en las calles, y sobre todo en el mercado. Uno de esos días, llamó la atención la llegada a la ciudad de un extranjero que vestía de forma algo extraña, según lo que era costumbre en la región. Se trataba de un hombre alto, de complexión fuerte, con ojos claros y penetrantes. También llevaba el cabello largo con un curioso turbante. Era un hombre atractivo de rasgos perfectos y porte distinguido que a nadie dejaba indiferente. Montaba sobre un caballo de largas crines doradas y colgaban de su silla un arco y un látigo.

Bajó de su caballo, lo amarró a un árbol que había junto al mercado y se acercó para observar la mercancía de los diferentes puestos. Varios comerciantes le ofrecieron los productos que tenían expuestos, pero él se limitaba a observar desoyendo los consejos. Más tarde se aproximó a un anciano que estaba sentado junto a unos perros.

—¿Puede indicarme un lugar donde pueda pasar la noche?

—Detrás de esta calle hay una posada donde se come y se bebe bien —contestó el anciano—. Usted no es de por aquí, ¿viene de muy lejos? —preguntó al forastero mientras observaba su vestimenta.

—Muchas gracias —respondió el hombre, ignorando la pregunta.

Desató el caballo y se dirigió a pie tomando la dirección que el anciano le había mostrado.

Aún no se había alejado demasiado cuando escuchó un trotar de caballos y gritos procedentes del mercado. Se volvió y pudo ver con asombro como un grupo de unos quince jinetes habían entrado en la plaza y, con la ayuda de sus lanzas, iban echando abajo los puestos con las mercancías. Los comerciantes y demás gentes que allí se encontraban corrían despavoridos en todas direcciones.

Sin pensarlo, se acercó rápidamente, amarrando el caballo en el mismo lugar en el que había estado hacía unos instantes. Descolgó el látigo que llevaba en la montura y no dudó en usarlo. Lo chasqueó hacia uno de los jinetes y lo desmontó al instante; una vez en el suelo le asestó unos golpes, dejándolo fuera de combate. Así uno tras otro iban cayendo todos, mientras observaban con estupefacción algunos aldeanos y mercaderes que no habían huido. Nunca por esta región se había visto a nadie luchar tan hábilmente, empleando de forma tan rápida manos y piernas, sin sufrir en su cuerpo ni un solo rasguño.

Un jinete con barba y muy corpulento se le acercó arrojándole su lanza, pero el forastero la esquivó. Con su látigo le atizó fuertemente en la cara, provocándole una herida. El asaltante se echó una mano al rostro y, antes de que fuese derribado del caballo, huyó galopando del lugar. Los otros dos restantes, viendo tal habilidad, también huyeron a toda prisa. Mientras, en el suelo del mercado, tirados entre las jaulas de las gallinas y el resto de mercancías, quedaron los demás jinetes abatidos.

Poco a poco la gente se fue acercando, pero con cierto temor. Comprobaron que estos jinetes solo estaban desmayados y aún seguían con vida. La guardia real no tardó en aparecer.

—¿Qué ha sucedido aquí? —preguntaron.

—Nos atacaron y el extranjero nos defendió —respondió un comerciante.

—¿Qué extranjero? —preguntó al instante uno de los soldados.

Unos y otros miraban en todas direcciones buscándolo, pero el caballero extranjero había desaparecido sin que nadie advirtiera su marcha, ni siquiera repararon el rumbo que había tomado. Los guerreros que yacían por el suelo fueron recogidos por los soldados y conducidos a los calabozos de palacio.

A partir de ese momento no se hablaba de otra cosa en la ciudad. Incluso el rey estaba intrigado, deseaba saber quién era el extranjero que poseía esa destreza en el arte de la lucha.

Al día siguiente, los soldados comenzaron a registrar la ciudad, pero no lo encontraron por ningún lugar. Solo pudieron averiguar que había comido y pasado la noche en la posada que había cerca del mercado, según contó el posadero. Al amanecer pagó, se marchó y nadie supo hacia dónde se dirigió.

Con el paso de los días la normalidad volvió a la ciudad.

Cerca del bosque se encontraba el palacio del rey Dor, rodeado de grandes árboles muy frondosos. Por lo tanto, el paisaje por aquellos alrededores era muy verde y se respiraba una inmensa paz. El caballero extranjero, mientras se aproximaba al palacio, cabalgaba lentamente disfrutando de la increíble belleza del lugar, como si quisiera deleitarse de cada instante por el que iba transitando.

Cerca de la puerta, le salieron dos guardias reales a su encuentro.

—¡Alto! —dijo uno de los guardias—. ¿Qué desea?

—Vengo a ver al rey, he oído que me están buscando.

—¿Es usted el extranjero que defendió el mercado hace unas tres semanas?

Él suspiró y asintió con la cabeza.

—¡Síganos! —dijo el soldado.

Atravesaron una gran puerta y llegaron a un enorme patio, donde se encontraban muchos soldados, quizá protegiendo el lugar. Desmontó y le indicaron que esperara un momento. Uno de los soldados se aproximó a otro hombre uniformado y le habló, este miró hacia el extranjero y apresuradamente entró en palacio. Después de esperar un rato, volvió a salir y se le acercó.

—Acompáñeme, por favor, que el rey le espera.

Entraron en palacio y subieron por una enorme y amplia escalera hasta el primer piso. Recorrieron un gran pasillo y se pararon frente a una puerta que estaba entreabierta. El militar tocó en ella y salió un sirviente.

—Capitán Lim, pueden entrar.

El capitán indicó al extranjero que le siguiera. Este, al entrar, echó un vistazo a su alrededor; comprobó que allí, aparte de él, solo se encontraban el sirviente, el capitán de la guardia y un anciano de cabellos blancos y mirada noble. El anciano se hallaba sentado en un sillón junto a la chimenea, donde ardían unos troncos.

—Acérquese, por favor. —El sirviente le condujo muy amablemente junto al anciano.

—Alteza —dijo al mismo tiempo que hacía una reverencia—. He venido hasta aquí porque me han informado que me buscaba.

—Siéntese. —El rey señaló otro sillón que se encontraba justo enfrente del suyo—. No le oculto que me sorprendieron los hechos que sucedieron hace escasas tres semanas en el mercado. Nunca se había visto por estos alrededores a nadie que luchara de tal forma y que no sufriera ningún daño. —El rey hizo una pausa y su voz denotaba cansancio—. Tampoco se produjo ninguna muerte, ni siquiera ningún herido de consideración, le admiro, extranjero. Hizo a esta ciudad un gran favor y estamos en deuda con usted. —El rey nuevamente hizo una pausa y luego prosiguió—: Quisiera saber de dónde viene…, quién es usted… y por qué ha venido a nuestra ciudad.

—Alteza, estas preguntas prefiero contestarlas en privado.

—Este sirviente y el capitán son personas de mi confianza, pero si lo prefiere, les pediré que se retiren. —El rey miró al sirviente y al capitán e hizo un gesto con la mano indicando que les dejaran a solas.

—¡Pero, alteza! —dijo el capitán sorprendido.

—No te preocupes —añadió el monarca.

—Esperamos fuera por si nos necesita.

El capitán, seguido del sirviente, salió de la habitación sin decir nada más.

—Debe disculpar al capitán, se preocupa demasiado por mí.

—Lo entiendo, alteza —admitió el extranjero.

2
La revelación

—Siento mucha curiosidad por saber todo sobre usted.

—Alteza, usted desea que le conteste a muchas preguntas, pues debe saber que hasta ahora no suelo hablar con nadie sobre mí. En esta ocasión, no obstante, haré una excepción por tratarse de su alteza, y además usted me infunde confianza.

—Gracias por su confianza, pero continúe, que le escucho con mucho interés.

—Mi familia era...—En ese momento alguien tocó a la puerta enérgicamente, entró el sirviente con algo entre sus manos.

—Alteza, perdone, pero ha llegado este mensaje.

El rey, con aspecto cansado, le dirigió una mirada, y recogiendo la nota, desató la cuerda que la envolvía. A continuación la leyó muy atentamente con gesto preocupado, seguidamente miró al extranjero.

—Ahora tengo que reunirme urgentemente, deseo que sigamos con esta conversación en otro momento, pero no se marche, me gustaría que esta noche me acompañe en la cena.

Con la ayuda del sirviente se levantó y con dificultad salió de la habitación. El capitán esperaba fuera.

—Capitán, ¿puedes ocuparte de nuestro visitante hasta la hora de la cena? —preguntó al pasar.

—Sí, alteza, descuide.

El capitán entró de nuevo en la sala donde se encontraba el caballero extranjero.

—El rey me acaba de pedir que le acompañe, ¿quiere ir a algún sitio en particular?

—Me gustaría conocer algún lugar interesante del palacio.

—Pues acompáñeme, conozco un lugar que le parecerá fascinante.

Salieron al pasillo y lo recorrieron hasta llegar junto a una gran puerta.

—Es aquí —dijo el capitán abriéndola—. Esta es la biblioteca.

El extranjero mostró un interés especial al llegar allí. Pasó un buen rato admirando la enorme cantidad de libros y documentos que llenaban las estanterías.

—¡Nunca había visto tantos libros juntos! —dijo sorprendido—. ¿Cuántos ejemplares pueden encontrarse en esta biblioteca?

—No lo sé, nunca los he contado, pero hay muchos. El rey Dor es un amante de la lectura y su esposa, la reina, también lo era. Toda la historia de Marem la puede encontrar aquí, además de la historia de cada antepasado de la familia real.

—¡Qué interesante! ¿Conoció usted a la reina?

—Sí —respondió pensativo—, era tan buena como el rey. Ya hace unos cuantos años que murió. El rey desde entonces ya no es el mismo, casi siempre está triste, incluso su salud ha ido empeorando de día en día.

—¡Parece que es un gran hombre!, me hubiera gustado conocerlo antes.

—Sí, así es, y por ese motivo todos le queremos y le respetamos. Ha sabido ganarse la admiración del pueblo… Ahora tengo a mis hombres entrenando abajo, ¿desea acompañarme?

—Sí, siento curiosidad.

Bajaron al patio y el extranjero estuvo observando cómo entrenaban los jóvenes. Luego se aproximó a uno de los soldados que estaba a punto de disparar su flecha.

—Si no colocas mejor el brazo, al tensar el arco temblará —sugirió el extranjero al soldado.

—¿Cómo debo entonces colocar el brazo para que esto no suceda, señor?

El extranjero se acercó al soldado y corrigió la posición del brazo izquierdo, que sujetaba el arco, y también la del brazo derecho, que tensaba y sujetaba la flecha.

—Ya puedes disparar —dijo con una sonrisa.

—¡Muy bien! El disparo te salió mejor que antes —comentó uno de sus compañeros.

—¿Por qué no nos hace una demostración, señor? —le preguntó el capitán.

El extranjero dirigió la vista al suelo pensándoselo un instante y luego miró al capitán.

—De acuerdo, probaré, pero prefiero disparar con mi propio arco, el que utilizo para cazar. Lo tengo en mi caballo.

—Uno de los soldados ahora se lo traerá.

El capitán hizo una seña al soldado que se encontraba más cerca.

—¡Enseguida, señor! —respondió el joven, y rápidamente apareció con el arco.

El extranjero se colocó a bastante distancia, aún más lejos del lugar donde estaban disparando los soldados. Tensó el arco y se concentró unos segundos; todo el grupo le observaba con atención. Tras unos momentos de tensión, disparó. La flecha alcanzó justo en la diana. Los soldados en un impulso, arrastrados por la emoción, comenzaron a aplaudir.

—Es sorprendente —dijo el capitán—, ¿dónde ha aprendido a disparar así?

—Han sido muchos años de entrenamiento —respondió el extranjero—. Lo importante no es saber disparar, lo importante es saber defenderse y no tener que llegar a utilizar el arco. Yo solo lo utilizo para cazar animales y alimentarme, no para cazar personas.

—Y… ¿cómo se defiende si le ataca el enemigo con flechas? —preguntó irónicamente el capitán.

—Les haré otra demostración. Elija usted, entre sus mejores hombres, a unos cuantos que disparen bien. Me pondré en la diana y lanzarán sus flechas hacia mí.

—Eso no lo puedo hacer, es muy peligroso, podrían herirle o aún peor, matarle —respondió preocupado.

—Confíe en mí —añadió el extranjero.

El capitán se lo volvió a pensar y aceptó.

—Solo disparará uno de mis hombres, pero si pasara algo, no me lo podría perdonar jamás.

—Está bien.

El capitán, con expresión inquieta, habló a uno de sus soldados y este tomó posición; mientras tanto el extranjero ya se había colocado delante de la diana. El soldado tensó el arco, esperó un instante y disparó. El extranjero hizo un rápido movimiento hacia un lado, levantó el brazo y sin dar tiempo a nada, allí tenía la flecha, sujeta fuertemente entre sus dedos. Se hizo un silencio, pues nadie salía de su asombro. Pasado un instante, comenzaron todos a aplaudir y a gritar de emoción. El extranjero miró hacia el palacio y vio que era contemplado por un grupo de hombres a través de unos ventanales abiertos, entre ellos pudo reconocer al rey que también observaba.

—Ha sido extraordinario —comentó el capitán—, me gustaría que nos enseñara a hacer eso.

—Esto solo se puede conseguir a través de un entrenamiento muy duro. Lo he pasado muy bien, hacía tiempo que no me divertía tanto.

El resto de la tarde la empleó en el patio viendo el entrenamiento de los soldados.

Ya empezaba a anochecer cuando se presentó un sirviente en el lugar para buscar al visitante.

—El rey Dor desea que le acompañe en la cena.

—De acuerdo.

—Acompáñeme, por favor —indicó el sirviente.

Se despidió del capitán Lim; luego levantó el brazo saludando a los soldados. Estos respondieron al saludo de la misma manera.

Entraron en el palacio y fueron hacia el comedor.

—Ya tendrá hambre —comentó el sirviente.

—Pues algo sí —confesó.

Al llegar, comprobaron que el rey esperaba sentado en un sillón. El extranjero saludó al rey con una leve inclinación.

—Alteza, ha sido muy amable invitándome a su mesa, para mí es un gran honor.

—Me imagino que ya tendrá hambre, lleva toda la tarde en palacio y después del ejercicio con los soldados, estará cansado.

—Solo un poco.

Con la ayuda de dos sirvientes se levantó del sillón y se sentaron a la mesa. Los sirvientes fueron colocando alimentos variados y exquisitos.

Durante la comida estuvieron hablando de diversos temas, pero sin relevancia. Al terminar fueron a la biblioteca. Allí se sentaron junto a la chimenea, que había sido encendida para la ocasión. También a lo largo de la estancia se encontraban diversos candelabros encendidos, dando al lugar un ambiente muy acogedor.

—Esta tarde, mientras estaba reunido con mis consejeros, el bullicio del patio nos atrajo la atención, pudimos comprobar su maestría con el arco, y lo que hizo después fue impresionante.

—Espero que no le haya molestado esta…

—Nada de eso, todo lo contrario —le interrumpió el rey.

—No sé si lo creerá, pero hacía mucho tiempo que no me lo pasaba tan bien como hoy —aseguró el extranjero.

—Joven, usted me recuerda mucho a mí cuando tenía su edad, su fuerza y vitalidad…—comentó pensativo—, me gustaba mucho estar entre los soldados, las gentes de la calle… Me hubiera gustado tener un hijo así —murmuró el monarca apesadumbrado—. Yo también era muy bueno con el arco, incluso gané muchos torneos. —En ese momento se le iluminó la cara—. Aparte de esto, me gustaría que continuáramos con la conversación que dejamos esta tarde cuando nos interrumpieron.

—Alteza, mi vida es una historia muy triste que no me gusta recordar…

Entonces el monarca se sujetó su barba blanca, como solía hacer cuando algo le preocupaba.

—¿Tiene trabajo? —preguntó el rey Dor.

—No.

—¿Y familia?

—No.

—¿Tiene un lugar dónde vivir?

—Tampoco, alteza.

—Entonces, le propongo un trato: quisiera que entrenara en su técnica de lucha a los soldados. Mis consejeros le vieron esta tarde en el patio, estuvimos hablando de ello y también están de acuerdo con esto que le estoy proponiendo. ¿Qué tiene que decir, acepta la propuesta?

—Esto no me lo esperaba, alteza. No sé qué decirle.

—No tiene que darme una respuesta ahora, medítelo esta noche y puede contestarme mañana.

—De acuerdo, lo pensaré.

—Mañana regrese y tráigame una respuesta. Puede que su vida empiece a cambiar a partir de ahora.

—Alteza, volveré y le comunicaré cualquier decisión que tome. ¡Qué descanse!

—Le deseo lo mismo —respondió el rey.

El extranjero salió de palacio y buscó alojamiento en un mesón.

A la mañana siguiente regresó al palacio satisfecho porque ya tenía una decisión tomada. Los soldados que custodiaban la entrada, lo reconocieron al llegar y le dejaron pasar sin hacerle preguntas. Estando en el patio se acercó a uno de los soldados.

—Tengo que hablar con el rey Dor.

—¿Eres el extranjero? —preguntó el soldado.

Él asintió con la cabeza.

—Acompáñeme hasta la puerta que ahora informo.

Esperó en la entrada mientras el soldado daba el aviso de su llegada. No tardó en volver a salir acompañado de un sirviente.

—Yaco le llevará hasta el rey, ¡que tenga un buen día!

—Muchas gracias, joven, usted también.

—El rey le espera en la biblioteca, allí podrán hablar con toda tranquilidad —le comunicó el sirviente.

No tardaron en llegar, el monarca estaba sentado en un sillón con un libro entre sus manos.

—¡Buenos días, extranjero! Pase y tome asiento.

—¡Buenos días, alteza!

—Ayer, con tanto lío, se me pasó preguntarle su nombre y aún no sé cómo llamarle.

—Hoy he venido para darle una respuesta a la petición que me hizo.

—Entonces…, ¿meditó lo que hablamos anoche?

—Sí, lo estuve pensando y acepto su propuesta; pero si no lo tiene a mal, con algunas condiciones, alteza.

—Dígame pues, ¿cuáles son sus condiciones?

—De momento, solo entrenaré a veinte hombres, los elegiré yo mismo; además, quiero tener autoridad plena sobre ellos, pues si debo tomar alguna decisión, no quiero tener que esperar a consultar con nadie.

El rey le escuchaba pensativo mientras hablaba.

—¿A qué tipo de decisiones se refiere? —preguntó el rey.

—Si entreno a estos veinte hombres a luchar como me enseñó mi maestro monje, será con la condición de que no se emplee esta técnica de lucha para asesinar, solo se utilizará para la defensa. Si alguno de estos hombres la empleara para matar o dañar deliberadamente, sería su fin como soldado. Espero que me comprenda.

—En eso estoy de acuerdo con usted, y para que tenga autoridad sobre ellos le nombraré capitán de ese grupo de hombres. ¿Le parece bien?

—Muchas gracias, alteza.

—¿Cuándo quiere empezar?

—¿Hoy mismo puede ser?

—Veo que está decidido. Por mi parte no hay ningún problema.

—Deseo ir seleccionando a los hombres. Hablaré con cada uno de ellos por separado, intentando buscar no tanto a los más fuertes físicamente, sino a aquellos con la suficiente fuerza interior para no sucumbir al mal; no obstante, sé que esto es muy difícil. Yo mismo fui bien entrenado por mi maestro monje. Me instruyó en su doctrina, que versaba fundamentalmente en hacer el bien. Esa era una forma muy sencilla de conseguir la felicidad, pero muchas veces nos empeñamos en buscarla por otros lados, creyendo que ese es el camino correcto. Cayendo una y otra vez en provocaciones y dejándonos arrastrar por malos impulsos. En esos momentos no nos damos cuenta de que estamos equivocados. Luego con el paso del tiempo, y cuando ya no podamos más, puede que reflexionemos y se nos ilumine la mente y el corazón; entonces quizá, seamos capaces de retomar de nuevo el camino y también nuestras vidas.

—Me agrada escuchar la sabiduría con la que se expresa, extranjero.

—Pensar así —prosiguió— solo se consigue después de reflexionar mucho, tras malos momentos en nuestras vidas; pero hasta cierto punto, no hay casi nada totalmente malo, ni casi nada totalmente bueno, y de cada momento bueno también se puede extraer algo negativo y lo contrario.

—Fíjese, yo nunca —intervino el rey— me había parado a pensar esto, ¡es muy interesante! Sé que en la vida hay muchos momentos complicados, y que a veces no sabemos cómo salir de ellos…Cuanto antes, daré las órdenes oportunas para que pueda realizar su trabajo sin ningún contratiempo. Como ayer me dijo que no tenía familia ni un lugar dónde vivir, quiero proponerle que se quede aquí, en palacio. Este lugar es muy grande y sobran muchas habitaciones que están vacías.

—Su alteza es muy amable conmigo, me trata muy bien y casi no me conoce.

—Yo sé lo que hago, tengo buen ojo para las personas, confío en que no me defraude —afirmó el rey sonriendo.

—Espero no hacerlo alteza, y si algo no le gusta, o no está de acuerdo con alguna de mis decisiones, quisiera que me lo manifestara, para rectificar mi proceder.

—Todavía tenemos una conversación pendiente desde ayer, cuando le pedí que me contara todo sobre su vida. Tampoco ha querido decirme su nombre cuando se lo pregunté hace un rato, cuando llegó.

—Compruebo que no se le escapa nada alteza —admitió el extranjero.

—Soy bastante mayor pero todavía tengo la cabeza en su sitio —confesó el monarca sonriendo también.

—Lo que me pide es justo. Si voy a trabajar y a vivir bajo su mismo techo, debería conocer todo lo referente a mi vida.

—En eso estamos de acuerdo. Espere aquí, voy a hablar con el capitán para que lo disponga todo y pueda comenzar cuanto antes.

El rey hizo sonar la campanilla que estaba situada sobre una pequeña mesa junto al sillón que ocupaba, y al momento entró el sirviente que acompañó al rey.

El extranjero permaneció un rato sentado pensando sobre lo que habían estado hablando, luego se levantó y estuvo curioseando entre los libros que estaban situados en los estantes. Entre ellos, seleccionó uno que le pareció interesante y se sentó para ojearlo. Llevaba un rato absorto en su lectura cuando regresó nuevamente el monarca.

—Compruebo que sabe leer y que encontró un buen entretenimiento. —El rey Dor tomó otra vez asiento ayudado por el sirviente y prosiguió con la conversación—. Hablé con el capitán y esta tarde lo tendrá todo preparado para que comience a seleccionar a sus hombres. Ahora necesito saber todo sobre su vida; primeramente quiero conocer su nombre para saber cómo tengo que dirigirme a usted.

—Creo que no puedo darle ese dato sin que conozca antes el relato que le voy a contar.

—Muy bien, pues empiece.

—Como habrá comprobado por mi acento, soy extranjero y procedo de un país tan lejano que ni siquiera habrá oído nombrar jamás. Desciendo de una familia muy humilde y pobre. Cerca de mi poblado, en lo alto de una montaña, había un monasterio donde vivían unos monjes dedicados a la oración. Mi padre, cuando yo era un niño, me mandaba muchas veces al monasterio para ayudar a los monjes en algunas labores o a hacerles algunos mandados. Así me fui ganando el cariño y la amistad de uno de los monjes, que me trató como a un hijo. Me enseñó a leer, escribir y cazar, y fue transmitiéndome su sabiduría; además me adiestró en la lucha para que supiera defenderme si llegaba el caso. Poco a poco fue pasando el tiempo, fui creciendo en tamaño, fuerza y sabiduría. En cierta ocasión, me ausenté de casa unos días para ir a cazar… De regreso me contaron que el poblado había sido atacado y que mis padres habían muerto al tratar de defender el lugar. Al principio me sentí culpable por no haber estado allí en aquel momento, y poder proteger a mi familia cuando me necesitó… —El extranjero hizo una pausa, el hecho de estar recordando parecía que le estaba afectando, después prosiguió—. Posteriormente, el odio llenó mi corazón y las ansias de venganza se apoderaron de mí. Fui en busca de estos asesinos, olvidando todas las enseñanzas que el monje maestro me había inculcado. Me convertí en un asesino intentando vengar a mis padres. Luego ya no me importó… —Hizo nuevamente otra pausa—. Adiestré a unos cincuenta hombres en la lucha y conseguí tener el poder de un ejército. Allí por donde pasábamos éramos temidos y respetados. Había conseguido fama, poder y riquezas; todo lo que cualquier persona podía desear. Muchos hombres desertaban de sus ejércitos para estar bajo mi mando. A mí solo me importaba la fama, costara lo que costara. Mi nombre era conocido en muchos países y eso me llenaba de orgullo. Con el paso del tiempo, a pesar de tenerlo todo, me sentía infeliz. Añoraba aquellos días de mi niñez y juventud cuando vivía con mi familia, sin importarme en aquellos tiempos nuestra extrema pobreza. Aunque por aquel entonces no me daba cuenta, ahora comprendo que era feliz junto a ellos y disfrutaba de pequeñas cosas que parecían insignificantes… —En ese momento hizo una pausa y miró al monarca—. No quisiera cansarle con mi historia, alteza.

—No me cansa, todo lo contrario, continúe —respondió el rey mirándole a los ojos y mostrándole una leve sonrisa.

—Debido a esta nostalgia tomé la determinación de visitar el bosque donde solía cazar años antes. Quise saludar al maestro monje; no obstante, sentía vergüenza de encontrarme frente a él. Al llegar al monasterio, otros monjes que no conocía me dijeron que ya había muerto. Mi corazón se llenó de tristeza, y comencé a recordar las cosas que él me había enseñado y que ya había olvidado. Entonces decidí marcharme, pues por aquellos lugares ya no me quedaba ningún ser querido, ni nada que me retuviera. En esos momentos me sentía vacío y desolado… Mientras cabalgaba de regreso, una luz cegadora me envolvió y me derribó del caballo. En ese instante apareció ante mí una dama envuelta en un halo resplandeciente de luz dorada y me habló así: «Tu odio ha llegado muy lejos y ha hecho mucho daño —me dijo—. Te has convertido en un monstruo y así te verán todos desde ahora en adelante. Tu cuerpo tomará tu aspecto interior; de tal modo que tu imagen interna se reflejará en el exterior. Te verás por fuera como realmente eres por dentro, y esa será tu verdadera apariencia».

Seguidamente desapareció. Luego sentí un gran dolor por todo mi ser que me obligó a revolcarme por el suelo, y posteriormente perdí el sentido. Cuando desperté mis brazos y mis piernas ya no eran las mismas. Me acerqué al remanso de un riachuelo y me miré en el reflejo del agua. Quedé aterrorizado de lo que vi: mi rostro tenía el aspecto de una especie de pantera negra, pero con melena, ¡era un monstruo! Al principio pensé que soñaba, era como una pesadilla de la cual no podía despertar. La gente al verme corría asustada, los niños lloraban y todo el mundo huía de mí. No me atreví a volver con mi ejército. Me retiré lo más lejos que pude. Me ocultaba de día y cabalgaba durante la noche; estuve haciendo esto durante varios años, no sé cuántos porque perdí la noción del tiempo. Incluso viajé en barco, con todo el cuerpo tapado para que no pudieran verme bien. Quería huir, pero concretamente no sabía de qué. Cuando bajé del barco continué cabalgando, así llegué hasta este bosque donde he vivido durante varios años sin temer que nadie me observara, pues casi ninguna persona se atrevía a adentrarse en él. Durante esta época he tenido mucho tiempo para pensar y para arrepentirme de mis acciones pasadas. —Luego muy pensativo añadió—: Llevo apartado del mundo mucho tiempo. —Hizo una pausa—. No sé cuántos años pasé en ese bosque. Allí aprendí muchas cosas y también me hice más fuerte que antes…

En ese momento tocaron a la puerta, y entró el sirviente.

—Alteza, la mesa está servida.

—Gracias, Yaco, ¡vamos, acompáñeme!, es hora de comer, además su relato me ha abierto el apetito.

Llegaron hasta el comedor y se sentaron a la mesa.

—Yaco, manda preparar una habitación para el extranjero, es nuestro invitado, va a quedarse con nosotros.

—Sí, alteza, ahora doy las órdenes.

Sirvieron una sopa de verduras que estaba bastante caliente y luego un guiso de ardilla muy sabroso.

—Espero que la comida de palacio le guste.

—Sí alteza, es mucho mejor que la que solía comer en el bosque.

Al terminar, volvieron a la biblioteca para retomar la conversación que habían dejado sin finalizar. Pero nada más sentarse llamaron a la puerta y entró Yaco.

—Alteza, traigo un aviso para el señor extranjero. Se requiere su presencia en el patio.

—Alteza, lo siento, debo marcharme.

—No se preocupe, podemos seguir hablando en otro momento.

Salió de la biblioteca rápidamente. Se sentía diferente, le parecía que su vida volvía a tener sentido. En aquel lugar le necesitaban y el hecho de sentirse útil para él era muy importante.

En el patio se encontró con más soldados que de costumbre. El capitán Lim, al verle, se acercó a él y le saludó muy amablemente.

—Señor, aquí tiene parte de los hombres que usted necesita para hacer la selección. El rey Dor me puso al tanto, si necesita algo dígamelo, yo estaré por aquí cerca —manifestó el capitán.

—Primero quiero hablar con estos soldados aquí fuera, luego hablaré *individualmento* con cada uno de ellos.

—Individualmente —le corrigió el capitán.

—Gracias, capitán.

El capitán, entonces, hizo una señal al grupo de hombres que se mantenían más alejados para que se acercaran. Enseguida se aproximaron y se agruparon a su alrededor.

—Este hombre ha sido nombrado capitán por el rey Dor. Va a tener bajo su mando a veinte soldados que él mismo instruirá —informó el capitán a voces.

El extranjero se unió al grupo, los saludó y les dijo unas palabras:

—Necesito veinte hombres que estén dispuestos a luchar cuando la ocasión lo requiera, pero sin armas. Como dijo el capitán Lim, yo mismo los instruiré. El entrenamiento será duro, muy duro… Quien quiera formar parte de estos veinte hombres que se ponga a la derecha —dijo finalmente.

Se hizo un silencio y luego hubo un murmullo. Poco a poco se fueron situando a la derecha bastantes hombres, más de los que necesitaba.

—Para hablar con cada uno de ellos puede utilizar una de las habitaciones que hay allí —dijo el capitán Lim señalando hacia un lateral del palacio—, le iré mandando los hombres.

—Muy bien —respondió el extranjero.

Así transcurrió el resto de la tarde, interrogando uno por uno a cada hombre. Tomó nota de los soldados que creía que reunían las condiciones que precisaba. Fue una tarde agotadora. Terminó cuando ya anochecía y solo encontró aptos a diecisiete de todo el grupo. Le faltaban tres hombres. Habló con el capitán para que le mandara por la mañana unos cuantos hombres más. Luego se retiró al palacio y preguntó por el sirviente que le había atendido últimamente.

—Espere un momento que enseguida se lo mando —dijo una doncella.

Al momento se presentó.

—¿Preguntaba por mí, señor? ¿Necesita algo?

—Sí, quisiera darme un baño caliente. Hace tanto tiempo que solo me baño con agua fría del río, que ya no me acuerdo cuando fue la última vez…

—Enseguida diré en la cocina que le preparen el baño —le interrumpió—. Cuando esté listo le avisaré. Ahora le mostraré su habitación, sígame, por favor.

Recorrieron el pasillo y subieron unas escaleras, había otro pasillo ancho al final de ellas, doblaron una esquina y continuaron. El sirviente se detuvo junto a una puerta a la derecha, la abrió e invitó al extranjero a pasar.

—Espero que se sienta cómodo aquí, si necesita algo llámeme. Cuando tenga el baño preparado le aviso.

El sirviente salió y él se quedó solo. Observó la habitación con detenimiento, la decoración era de buen gusto. La estancia estaba iluminada con la luz procedente de varios candelabros. También disponía de chimenea, la cual todavía no había sido encendida. A la derecha de la cama se encontraban dos grandes ventanales cubiertos con unas enormes cortinas de tejido fino. Se acercó a una de ellas y comprobó que aún había luz suficiente para distinguir el bello paisaje que se podía contemplar desde allí; una parte del enorme bosque y parte de la ciudad. En frente de la cama se hallaba una pequeña estantería con algunos libros. Se acercó para ojearlos, pero al momento llegó nuevamente el sirviente.

—El baño ya está preparado, acompáñeme, señor, que le indico. La sala de baños está situada junto a la cocina. Se puso allí para facilitar el transporte de agua caliente.

Al llegar observó que la sala no era muy grande, disponía de dos bañeras de metal y unos toalleros junto a ellas. El suelo era de madera y había una chimenea encendida que suministraba calor al lugar, aunque el agua caliente mantenía asimismo caldeada la habitación. Sobre una mesa lucían dos candelabros que proporcionaban una luz muy acogedora y junto a esta, un gran espejo. Al extranjero le pareció un lugar muy agradable. Advirtió que una de las bañeras estaba casi llena de agua, la cual humeaba.

—Muchas gracias, me gustaría darme un baño al atardecer todos los días que pueda.

—¿Todos los días, señor? Pero, ¡eso…, eso es demasiado!, no debe de ser muy sano tanto baño.

El extranjero rio con ganas al oír tal cosa, pero no dijo nada.

—Ya te puedes ir, quiero disfrutar del baño a solas.

El sirviente le miró y sonrió. Cuando acababa de meterse en la amplia bañera y empezaba a disfrutar del relajante baño, entró una mujer alta, rolliza y algo mayor.

—¡Hola, señor! Soy Mauga y vengo para ayudarle.

—¿Qué hace aquí, señora? Yo no necesito ayuda. Siempre me he bañado solo y puedo seguir haciéndolo —manifestó algo enfadado.

—No tenga tanto reparo, señor. Llevo bañando al rey muchos años y también a muchos invitados que se han alojado aquí.

Cogió un trapo, se remangó y empezó a frotarle fuertemente todo el cuerpo.

—¡Ya verá que queda nuevo! —comentó la mujer.

Finalmente, después de mucho frotar, terminó.

—Ahora le traen más agua caliente y puede disfrutar tranquilamente del baño.

Por el momento permaneció en silencio. Al instante entraron otras dos mujeres y echaron más agua caliente en la bañera.

«El sirviente no me habló de esto», pensó.

Por fin pudo quedarse solo y sentir la agradable sensación de un baño relajante sin ninguna interrupción.

Una vez hubo terminado, se retiró a la biblioteca para leer un rato.

Llevaba poco tiempo disfrutando de la lectura, cuando tocaron a la puerta y entró el sirviente.

—Perdone, señor, que le moleste, pero la cena está ya servida. Hoy tendrá que comer solo porque el rey Dor no se encuentra muy bien, ya está en su dormitorio.

—¿Qué le ocurre?

—No se preocupe, no es nada de mucha importancia, solo que se encuentra muy fatigado. Ya en otras ocasiones también le ha ocurrido.

—De acuerdo, pero de todas formas, luego si el rey lo autoriza y aún no se ha dormido, quisiera pasar por su dormitorio y ver cómo se encuentra —comentó con evidentes signos de preocupación—. Me has atendido en varias ocasiones y no sé cómo te llamas.

—Mi nombre es Yaco, ¿y el suyo, señor? Le he servido varias veces y aún no conozco su nombre.

—Yo no tengo nombre.

—¿Cómo es eso, que no tiene nombre?, todos tenemos un nombre. Nuestros padres nos pusieron un nombre al nacer, ¿o quizá usted no tuvo padres?

—Sí, sí que los tuve, aunque ya han muerto —murmuró el extranjero con mirada triste.

—¿Y no le pusieron un nombre? —preguntó Yaco súbitamente.

—Sí que me lo pusieron, pero lo he olvidado —dijo mientras suspiraba.

—Y…

—¡No quiero seguir hablando sobre este tema! —replicó algo contrariado.

—Está bien, señor.

El sirviente, seguido del extranjero, salió de la biblioteca con dirección al comedor.

—Quisiera comentar algo contigo…

—Diga, señor —interrumpió Yaco.

—Parece que olvidaste decirme que una mujer me ayudaría en el baño.

—Yo creí que se lo había mencionado —dijo sonriendo maliciosamente.

—¡Pero si casi me arranca la piel a tiras! Me quedó todo el cuerpo enrojecido.

—Seguro, señor, que le quedó el cuerpo bien limpio; así no tendrá que bañarse en muchos días.

El extranjero lo miró sorprendido, pero no hizo ningún comentario. Cenó rápidamente, pues no tenía nadie con quien hablar. Después pudo visitar al rey, que descansaba en su alcoba. El monarca se interesó en cómo había transcurrido la selección, el extranjero le informó pero sin detenerse en los detalles para no fatigarlo aún más. Al rey se le veía bastante cansado y su rostro estaba más pálido que de costumbre.

Luego se despidió deseándole pronta mejoría. Salió del lugar algo inquieto por el aspecto que presentaba el rey, nunca lo había visto así… Iba tan abstraído cuando se cruzó con Yaco que no lo vio y tampoco lo oyó.

—¿Ya se va a retirar, señor…, le ocurre algo?

Entonces fue cuando el extranjero reaccionó. Oyó solamente la segunda pregunta.

—¿Si me ocurre algo? No, ¿por qué me preguntas eso?

—Se le ve muy pensativo —respondió Yaco.

—Estoy preocupado por el rey Dor, ¿el médico lo está atendiendo?

—Sí, señor. El médico vive aquí, en palacio, y el rey está bien atendido.

—Me voy a descansar y mañana si no ha mejorado, volveré a visitarlo.

—¡Buenas noches, señor!

—¡Buenas noches, Yaco!

Se levantó muy temprano, cogió su caballo de los establos y se encaminó hacia la salida. Al llegar frente a la puerta, pidió a los guardias que se la abrieran.

—¿Dónde va tan temprano, señor?

—Solo a dar un paseo —respondió.

Los dos guardias se miraron y sin decir nada abrieron la puerta, pues no se trataba de ningún prisionero sino de un invitado.

Estuvo cabalgando varias horas y regresó al palacio a tiempo para el desayuno.

—¿El rey se ha despertado? —preguntó a una de las mujeres que le servían el desayuno.

—Sí, pero desayuna más tarde.

—¿Cómo se encuentra hoy?

—Creo que mejor que ayer, señor.

El extranjero terminó su desayuno y bajó al patio. Estuvo hablando con el capitán, que ese día había traído unos veinticinco hombres para que seleccionase entre estos a los tres hombres que faltaban.

Habló con cada uno de ellos por separado y repitió el proceso del día anterior. Tomó nota de cada hombre y encontró los tres que necesitaba. Con esta tarea estuvo hasta el mediodía.

—Mañana a primera hora que estén listos los veinte hombres que he seleccionado —dijo al capitán.

—Aquí estarán.

Subió al palacio y preguntó a uno de los sirvientes por el rey.

—Ya se encuentra mejor, en este momento está en la biblioteca, es su lugar favorito —le informó el sirviente.

Entonces se acercó hasta allí, llamó a la puerta y otro sirviente le abrió al momento.

—Es el extranjero, alteza.

—Pase, que ya tenía ganas de hablar con usted.

Entró y vio a Yaco con un libro entre las manos.

—Yaco me leía un poco, así me fatigo menos; mi vista ya no es la misma de antes. Ya te puedes retirar, Yaco.

El rey le indicó con la mano que se sentara en el sillón que tenía enfrente del suyo. El extranjero le hizo una inclinación de respeto y tomó asiento. Observó que ya tenía mejor aspecto que la noche anterior y su tez no estaba tan pálida.

—Sé que hoy madrugó y salió muy temprano en su caballo.

—Sí, me gusta madrugar y ver salir el sol, además quería conocer bien estos alrededores.

—¿Qué le pareció el lugar?

—Muy hermoso, alteza.

—Y ¿cómo le fue en el día de hoy? —preguntó el rey sonriendo—, ¿ya ha terminado la selección?

—Sí, alteza, ha finalizado hace un momento. Mañana por la mañana comenzaré con el entrenamiento, espero que todo salga bien.

—Y usted, ¿cómo se encuentra, está feliz con este trabajo?

—Ciertamente, me siento muy feliz e ilusionado con esto que voy a comenzar; por este motivo, disfruto plenamente cada momento. Ahora siento que mi vida tiene sentido, me encuentro más a gusto conmigo mismo y eso hace que me sienta mejor. Gracias, alteza, por preocuparse por mí y darme esta oportunidad.

El rey sonrió y el extranjero observó como su rostro irradiaba una enorme bondad; esto le recordó a su maestro monje. Quizá por eso se sentía tan bien cuando hablaba con el rey.

—Espero —prosiguió— no tomar una decisión equivocada. Quisiera emplear mis manos y mi mente para hacer el bien.

—No se preocupe, extranjero, de cada error que se comete también se aprende.

—Confío en no cometer muchos errores, pues no puedo permitirme nuevamente volver a hacer daño a los demás y mi conciencia tampoco lo soportaría.

—Le comprendo —comentó el rey—. Aparte de esto, me gustaría que continuáramos con la conversación que dejamos sin terminar. Creo que lo último que comentó, si la memoria no me falla, es que había llegado hasta este bosque, al bosque de la Boa.

El extranjero miró hacia el suelo y sonrió.

—Es cierto, alteza, ya sé que tiene buena memoria a pesar de su edad. Pues… en este bosque me refugié y pasé mucho tiempo. Pensé bastante en mis acciones pasadas y las consecuencias que estas tuvieron en los demás. Cada decisión equivocada que tomaba perjudicaba a otros y a mí mismo, pues se iba enturbiando mi interior. Hace unas cuantas semanas, volvió a presentarse ante mí esa especie de dama envuelta en un halo de luz resplandeciente dorada y me dijo:

»—Tu corazón ha cambiado, sé que tu arrepentimiento es sincero y por este motivo te voy a devolver la imagen exterior que tenías en un principio, pero con una condición: jamás revelarás a nadie tu nombre. Tú solo deseabas la fama, que tu nombre fuera conocido en todas partes, y eso trajo mucho dolor y sufrimiento; te querías ganar el mundo y te perdiste a ti mismo. Desde ahora en adelante no tendrás nombre. Si revelas tu verdadero nombre, te devolveré este aspecto monstruoso que tienes ahora, recuérdalo, a nadie. ¡Sal de este bosque y haz el bien! Esa será la única forma de resarcir el daño que has hecho; ¡ve!, ahí fuera te esperan.

—¿Quién me espera? —susurré—, aquí no conozco a nadie, estoy solo.

Pero no obtuve ninguna respuesta, únicamente sonrió y desapareció. Yo caí al suelo porque el dolor que recorría todo mi ser era insoportable. Perdí el sentido durante un rato. Al despertar, comprobé que volvía a tener mi «verdadero» aspecto. ¡No me lo podía creer…! Estuve varios días sin saber qué hacer. Medité mucho lo ocurrido. Al fin decidí salir del bosque y entré en esta ciudad. Y ya el resto, alteza, lo conoce usted.

—Me ha dejado sin palabras, extranjero. Ahora comprendo por qué no quiso darme su nombre cuando se lo pregunté. ¡Es una historia sorprendente! —Hizo una pausa, inclinó su cabeza hacia atrás, la apoyó en el respaldo del sillón y suspiró; luego miró a los ojos del extranjero—. Parece que le están dando una segunda oportunidad.

—Eso parece, alteza.

—Por otro lado, quisiera preguntarle algo; usted habla bastante bien nuestra lengua y tengo curiosidad por saber cómo la aprendió.

—Pues… —dijo sonriendo—, tuve ayuda. Cuando llegué a estas tierras y me adentré en este bosque, me encontré con un viejo ermitaño que llevaba allí muchos años. Él fue el que me ayudó y al principio me enseñó a sobrevivir en aquel lugar; me instruyó en muchas cosas que eran necesarias para subsistir en las peores condiciones. Además, como era un hombre culto, se preocupó en enseñarme a hablar correctamente y me explicaba el significado de nuevas palabras. Le conté mi historia y siempre me dio esperanzas; me solía decir que algún día iba a necesitar cada palabra nueva que iba aprendiendo. Procuraba que estuviera continuamente animado y nunca le importó mi aspecto. También aprendí de él propiedades curativas de algunas plantas, las cuales utilizó conmigo en algunas ocasiones cuando las necesité. Yo le hice una pequeña cabaña junto a la mía porque vivía en una cueva. Cuando se hizo muy mayor, yo cazaba y pescaba para los dos. Vestía con pieles de animales que él mismo había cazado; con el tiempo yo también vestía igual. Guardé mis ropas, no sé por qué, quizá conservaba la esperanza de poder algún día volver a salir de aquel bosque. Me hacía mucha compañía mientras vivió.

—¿Y quién era ese ermitaño? —preguntó el rey.

—Me contó que estando de cacería, cruzó el río con la idea de no alejarse demasiado porque conocía lo peligroso que era ese bosque, pero una vez que llegó a la otra orilla, vio un alce a no mucha distancia. Intentó varias veces acercarse para no fallar el tiro con el arco, pero el alce se distanciaba nuevamente; sin darse cuenta se fue adentrando en el lugar mientras perseguía al animal. El alce huyó velozmente por una especie de barranco, y él, al intentar apresarlo, cayó rodando y se golpeó la cabeza contra una piedra. Perdió el sentido y al despertar no supo cuánto tiempo había permanecido así, solo sabía que ya anochecía y se encontraba totalmente desorientado. Además, con el golpe quedó aturdido. Intentó recordar el camino de regreso, pero en lugar de salir del bosque se fue introduciendo cada vez más en él. Trató muchas veces de encontrar una salida, pero no lo consiguió. Pasado un tiempo, ya no le importó y dejo de hacerlo. Por otra parte, afuera, me dijo, nadie le esperaba. Procedía de este país y fue criado por su abuela al morir sus padres en una epidemia que asoló el lugar.

—Sí, yo también he oído hablar de esa epidemia. Tuvo lugar hace muchos años, cuando yo aún era un bebé. Me contaron mis padres que murió mucha gente y se pusieron en cuarentena muchos pueblos del país —comentó el monarca—. Pero prosiga con la historia, que me parece muy interesante.

—Como le iba diciendo, a este hombre nadie le esperaba fuera y poco a poco se fue acostumbrando a vivir allí, le fue gustando ese tipo de vida. Mientras tanto fueron pasando los años y ya no deseaba cambiar ese lugar por el otro que conocía… Yo pienso que su vida no fue fácil fuera del bosque, y esto, creo que le motivó a quedarse allí.

—¿Y qué sucedió con este hombre? —preguntó el rey.

—Una noche antes de irse a dormir, me dijo que no se encontraba muy bien, pero no parecía nada preocupante. A la mañana siguiente cuando fui a ver cómo seguía, lo encontré muerto. Esto me deprimió bastante, y nuevamente quedé solo.

El rey permaneció pensativo cogiéndose su barba blanca.

—Al menos se conocieron, colaboraron mutuamente y se hicieron compañía. Por otro lado, le ayudó a sobrevivir en este bosque…

—Eso es cierto, alteza, le debo mucho —confesó el extranjero—. Me gustaría saber hasta dónde llega este bosque.

—El bosque hacia el norte se adentra en Tritania. Es nuestro país vecino y nuestro principal enemigo, pero hablemos de otra cosa…, esta historia me ha abierto el apetito y creo que ya debe de ser hora de comer algo. Vayamos al comedor.

3
El espía

El rey cogió la campanilla que se encontraba situada sobre la mesa que tenía a su lado y la hizo sonar, al instante entraron dos sirvientes. Le ayudaron a levantarse y a llegar hasta el comedor. Comprobaron que la mesa estaba casi dispuesta, en ese momento dos mujeres colocaban las bandejas. El monarca y el extranjero tomaron asiento, cada uno donde solía sentarse en ocasiones anteriores.

Mientras el rey comentaba algo sobre los alimentos que estaban a punto de degustar, el extranjero permanecía distraído observando cómo las dos mujeres y otro sirviente terminaban de colocar las últimas bandejas. El monarca percibió que algo inquietaba al extranjero.

—¿Le sucede algo, se encuentra bien?

Pero no obtuvo respuesta. Se encontraba tan ensimismado en sus pensamientos que no advirtió que el monarca le estaba hablando. Se levantó de su asiento y solo susurró:

—Disculpe, alteza.

Y acto seguido se dirigió al sirviente que estaba en ese momento junto al monarca vertiendo el último cucharón de sopa en el plato, lo cogió y lo tiró al suelo en cuestión de segundos. Las mujeres gritaron y los dos guardias que estaban en el pasillo entraron rápidamente y sacaron sus espadas, pero no sabían contra quién luchar.

—¿Qué sucede, extranjero? —dijo el rey nervioso a causa del alboroto que se estaba produciendo a la vez que se ponía en pie.

—¿¡Qué está pasando aquí!? —gritó uno de los guardias mirando como tenía al hombre inmovilizado en el suelo.

—Con el debido respeto, alteza, ¿usted conoce a todos sus sirvientes? —preguntó el extranjero.

—Sí, claro que sí —respondió el rey sorprendido—, ¿por qué me pregunta eso, qué ha hecho este asistente?

Levantó del suelo al hombre y lo sujetó fuertemente por los brazos. Mientras, este permanecía con la cabeza gacha.

—¿Quién es este hombre? —preguntó con firmeza el extranjero.

Las trabajadoras de la cocina, que estaban todas en el comedor, se miraban unas a otras y no tenían respuesta. Yaco, que entró en ese momento al lugar, quedó sorprendido sin saber qué había ocurrido allí. Por un instante permanecieron todos en silencio.

—Yaco, ¿conoces a este hombre? —preguntó el extranjero.

Yaco se aproximó al sirviente, que permanecía sujeto por el extranjero.

—Este hombre no trabaja en palacio, nunca lo he visto anteriormente.

—Y entonces, ¿de quién se trata y qué hace aquí? —preguntó también el rey sorprendido esperando una respuesta.

Los guardias se aproximaron y lo observaron con detenimiento.

—Nosotros tampoco lo habíamos visto antes.

—¿Están seguros de eso? —preguntó el extranjero.

—Sí, lo estamos —contestaron los dos al mismo tiempo.

—¿Desde cuándo conocen a este hombre? —preguntó el extranjero mirando a las cocineras.

—Hoy lo hemos visto por primera vez —dijo una de ellas mirando hacia los demás—, le hemos dado trabajo porque nos dijo que Urle, el otro sirviente de la cocina, ha enfermado. Solo sabemos eso.

—¿Quién eres y por qué estás aquí? —le interrogó el extranjero con gesto contrariado.

El sirviente permanecía con la cabeza gacha y no respondió. El extranjero se dirigió entonces a los dos guardias.

—Enciérrenlo hasta que se aclare todo.

—Enseguida, señor —respondió uno de los guardias sujetándolo y llevándolo fuera.

Después de que salieran con el prisionero, el rey tomó de nuevo asiento con semblante fatigado, el extranjero lo observó preocupado.

—Alteza, no se preocupe que yo me hago cargo de la situación —comentó —. Y ustedes —dirigiéndose a todos los trabajadores de la cocina—, recojan todos los alimentos que se prepararon hoy y tírenlos; luego preparen algo rápido, no sabemos si la comida ha sido envenenada. Yaco, quiero hablar con el capitán de la guardia de palacio.

—Sí, señor —contestó el fiel sirviente saliendo velozmente del comedor.

Con gran rapidez fueron retirados todos los alimentos de la mesa. El extranjero no podía ocultar su nerviosismo mientras esperaba al capitán, paseaba pensativo por el comedor. No tardó mucho en presentarse, saludó al rey y luego se acercó al extranjero.

—Yaco acaba de informarme de lo sucedido, no sé cómo pudo ocurrir —comentó el capitán preocupado.

—La situación puede ser grave —explicó el extranjero—, no sé de dónde ha salido ese hombre, ni qué intenciones podía tener. Hay que registrar minuciosamente el palacio para comprobar si hay más hombres. Además debe ser interrogado lo más pronto posible para aclarar cuanto antes esta situación. Quisiera saber también qué ha sido del otro sirviente.

—¿A qué sirviente se refiere, señor? —preguntó el capitán.

—Este hombre le dijo a una de las cocineras que venía a trabajar en lugar de Urle, porque este había enfermado. Intente averiguar qué ha sido de él. Mientras se aclara todo, yo no me apartaré del rey para protegerlo. Le agradecería que nos informara cuando sepa algo más.

—Reforzaré la vigilancia en palacio y daré las órdenes oportunas para que se aclare todo —dijo el capitán.

Se retiró después de despedirse cortésmente del rey. El extranjero se sentó nuevamente en la silla.

—Esto no había ocurrido nunca —dijo el monarca mirándolo.

—Para todo siempre hay una primera vez —susurró el extranjero.

—Me intriga una cosa —manifestó el rey sujetándose su barba blanca—, ¿cómo se percató de que este hombre no trabajaba en palacio? Nadie se había dado cuenta de ello, incluso vestía como un sirviente. Como mi vista no es muy buena, no le había visto bien la cara.

—Por sus botas.

—¿Qué tenían sus botas? —preguntó el rey extrañado.

—Cuando lo vi, me di cuenta que había algo que no encajaba. Luego me fijé en sus botas y reparé que era eso. Sus botas eran exactamente iguales a las que llevaban los soldados que atacaron el mercado. Por eso, creo que se trata de un soldado del país vecino. Hay que interrogarle y averiguarlo todo. También me preocupa la suerte del otro sirviente, no sé lo que ha hecho con él.

—Me doy cuenta que es usted muy observador porque nadie se había fijado en eso —añadió el rey.

De nuevo comenzaron a servir la mesa con nuevos alimentos, de los cuales sobró bastante, pues tanto el rey Dor como el extranjero habían perdido el apetito.

—Alteza, ¿desea retirarse ahora a su habitación para descansar?

—No, no puedo descansar mientras no sepa algo más —respondió el rey.

—Entonces, si le parece bien, vayamos a la biblioteca y juguemos una partida de ajedrez —sugirió.

—¿También sabe jugar al ajedrez?

—¡Por supuesto! —exclamó el extranjero—, mi maestro me enseñó y bastante bien, quizá pueda ser un buen rival para su alteza.

—Eso espero —dijo el rey sonriendo—, así la partida será más entretenida. Yo antes jugaba mucho con la reina, que era muy buena y sabía muchos trucos.

Llegaron a la biblioteca y se sentaron junto a una mesa circular, donde estaba el tablero de ajedrez con las treinta y dos piezas colocadas cada una en su sitio correspondiente. El rey inició la partida con las piezas blancas; con las de color negro, el extranjero. Estuvieron bastante tiempo jugando, al final terminó en tablas. El extranjero solo pretendía distraer al monarca, y lo consiguió. Se olvidó del incidente del comedor, puesto que no habló más del asunto.

—Lo he pasado muy bien, se desenvuelve perfectamente en el juego, sabe salir airoso de las situaciones difíciles. Debemos jugar con más asiduidad —comentó el rey.

—El ajedrez siempre me ha entusiasmado y me parece muy buena idea que intentemos jugar con más frecuencia.

Luego se puso en pie y se dirigió a uno de los ventanales. Descorrió un poco la cortina y pudo contemplar que se trataba del mismo paisaje que veía desde su dormitorio.

—La verdad es que este palacio se construyó en un sitio estratégico. Desde aquí se puede divisar gran parte de este territorio, desde el bosque hasta la ciudad; y la vista se pierde en la lejanía. Cuando construyeron este palacio sabían lo que hacían —comentó el extranjero.

—Este palacio fue construido por mis antepasados, y desde luego que supieron elegir bien el emplazamiento —añadió el rey.

—Quisiera preguntarle algo, alteza, ¿qué ha sido de los hombres que atacaron en el mercado?

—Fueron recogidos del suelo y conducidos hasta aquí. Luego el médico de palacio los observó, por si alguno tuviera alguna herida grave, y a continuación los encerraron en los calabozos —aclaró.

—Y ahora, ¿qué va a suceder con ellos? ¿Cuánto tiempo permanecerán ahí?

—Creo que seguirán en prisión por bastante tiempo, después los consejeros se reunirán con el capitán de la guardia de palacio y tomarán una decisión.

—Y mientras…, ¿estos presos no hacen algo útil?

—¿Útil?, ¿qué sugiere usted? —preguntó el rey extrañado.

El extranjero quedó pensativo, se aproximó al rey y tomó de nuevo asiento, cogió uno de los peones que estaban en el tablero de ajedrez y jugó con él entre sus dedos. A continuación miró al monarca con esa mirada penetrante que poseía y prosiguió hablando:

—Estas personas han causado daños a los *comercientes* del mercado, han asustado a la población y, por lo tanto, han contraído una deuda con este lugar, deben pagar por ello.

—Eso me parece muy bien, pero… ¿cómo pagarían? —preguntó el rey.

—Trabajando para los *comercientes* afectados y también para la comarca, hasta que se decida que ya han pagado lo que tienen pendiente. Entonces volverían a ser libres para retornar, si quieren, a su país —expuso el extranjero.

—Esa idea es buena —afirmó el monarca sujetando su barba blanca—, por otra parte, tengo algunas dudas, ¿cómo hacer para que no huyan una vez que salgan de los calabozos?

El extranjero soltó el peón, colocándolo nuevamente en el tablero de ajedrez, luego prosiguió la conversación.

—Se tomarían las medidas oportunas para que eso no ocurriera. Se les podrían poner cadenas en los pies, y así no llegarían muy lejos. Asimismo tendríamos a un grupo de soldados vigilando para que no se produjese ningún intento de fuga. Por otro lado, siempre habría algún riesgo de evasión que se debe asumir y aceptar.

—Todo esto es algo nuevo que se podría estudiar e intentar llevar a cabo. Si se autorizara, ¿usted se comprometería a preparar este proyecto? —preguntó el monarca.

—Para mí, ocuparme de este asunto sería un honor, me sentiría más útil. Además, espero que dé buenos resultados y que se pueda mejorar la situación de la comarca en general.

En ese momento tocaron a la puerta, uno de los sirvientes anunció al capitán de la guardia de palacio. Entró y antes de comenzar a hablar, hizo una reverencia al monarca.

—Alteza, traigo nuevas noticias sobre el incidente del comedor.

—Acércate, toma asiento y cuéntanos con calma —intervino el rey.

El capitán acercó una de las sillas que estaban junto a la mesa grande rectangular y se sentó enfrente del soberano. En la mirada del monarca había inquietud, deseaba saber con urgencia cuáles eran esas noticias.

—El falso sirviente ha sido interrogado, con persuasión logré que colaborara y pude obtener la información que necesitaba.

—Sí, continúa —dijo súbitamente el rey algo impaciente.

—Se trata —continuó el capitán— de un soldado del ejército del país vecino, de Tritania. Dice que vino solo, y se introdujo en el palacio como espía porque en su país quieren saber qué está sucediendo. Ellos están extrañados porque de los soldados que enviaron para producir agitación en la ciudad, solo regresaron tres. Estos tres soldados que regresaron contaron que un solo hombre los había desarmado. El nuevo rey no creyó sus palabras y lo mandó a él para averiguarlo todo. Este falso sirviente estuvo vigilando a cierta distancia el palacio, buscando una forma de poder entrar. Pensó que disfrazado de sirviente era una buena manera de introducirse, pero ese mismo día fue descubierto por «el hombre que viste de forma diferente» —los tres sonrieron por la forma que tuvo el espía de describir al extranjero—. También contó que siguió a Urle cuando salió de palacio, lo apresó, lo amordazó y lo amarró a un árbol situado entre la maleza, no muy lejos de aquí. Envié a un grupo de hombres en la dirección que nos indicó y allí encontramos a Urle. Estaba algo asustado pero no había sufrido ningún daño. Por otro lado, el palacio fue registrado minuciosamente y no se encontró a ningún otro espía. He dado las órdenes oportunas a los guardias de la puerta para que no dejen entrar a nadie que no conozcan bien. También reuní a toda la servidumbre de palacio para decirles que cuando haya un trabajador nuevo se les reunirá a todos como se hizo hoy, y se les presentará e informará sobre esta nueva persona.

—¡Has hecho un buen trabajo, capitán!, te felicito —exclamó el rey satisfecho.

El extranjero también lo felicitó por la rapidez y eficacia con la que había resuelto todo.

El capitán se sentía complacido por el trabajo bien hecho, y en cierta medida estos sentimientos se le reflejaban en el rostro; sus ojos irradiaban un brillo que anteriormente no tenían, su boca mantenía una sonrisa casi continua y se mostraba más extrovertido que de costumbre.

—Capitán —dijo el rey—, si no tienes otro compromiso nos gustaría que esta noche nos acompañaras a la mesa.

—Acepto su invitación con mucho gusto, para mí sería un honor —dijo súbitamente.

La idea de compartir la mesa con el rey Dor y el extranjero parecía que le agradaba, tampoco eran muchas las veces que recibía ese tipo de invitaciones.

El rey hizo sonar la campanilla que habían dejado los sirvientes junto al tablero y al instante entraron para ayudarle.

—Yo por ahora debo ir a solucionar unos asuntos pendientes. Ya nos veremos a la hora de la cena —manifestó el rey.

El extranjero y el capitán hicieron una leve inclinación de respeto al monarca y salieron a continuación.

4
Sénter

—Necesito hacer algo de ejercicio, quisiera dar un paseo a caballo y conocer mejor la ciudad —comentó el extranjero al capitán.

—Si lo desea, puedo acompañarle en este paseo, así le serviría de guía en la ciudad.

—Muchas gracias, capitán, eso me agradaría —respondió complacido el extranjero mientras salían del edificio y se encaminaban a las cuadras.

Recogieron sus respectivos caballos y los ensillaron cerca de la puerta, pues allí se encontraban todas las sillas dispuestas sobre un gran madero, de manera ordenada una a continuación de la otra. Cada cual conocía la suya ya que, a pesar del gran parecido entre ellas, poseían pequeños detalles que las diferenciaban.

No tardaron mucho y salieron de las cuadras ya montados. Avanzaron hacia el patio y lo atravesaron. Los guardias que estaban al cuidado de las puertas, nada más verlos, comenzaron a abrirlas. Los dos jinetes salieron de palacio al trote. El caballo del capitán iba ligeramente por delante del otro. Por el camino no se encontraron con nadie. Cuando se aproximaban a la ciudad suavizaron el paso para evitar arrollar a algún caminante, y a la vez poder contemplar con detenimiento los diferentes rincones de Zalai, nombre que recibía esa ciudad.

Poco a poco fueron recorriendo sus calles. El capitán saludó a varios conocidos mientras le explicaba la historia de algunas familias del lugar.

—Creo que este lugar —dijo al pasar por la plaza— lo conoce usted bien… —Sonrió mirando para el extranjero.

El extranjero no contestó.

—¿Hay mercado todos los días? —preguntó.

—Sí, todos los días por la mañana. Los agricultores, ganaderos y comerciantes de toda la comarca venden aquí sus productos. Es en ese momento cuando hay más movimiento en la ciudad. Por ese motivo suelen verse soldados dando vueltas por los alrededores para evitar reyertas.

—¿Se producen peleas entre los *comercientes* para conseguir los mejores lugares? —preguntó el extranjero.

—Se dice comerciantes —le corrigió el capitán.

—Lo siento, a veces tengo algún problema con esta lengua.

—No se preocupe, a pesar de ser extranjero habla bastante bien. Sobre la pregunta que me hizo le diré que a veces hay disputas, pero ellos saben que quien llegue primero ocupará el mejor sitio. No obstante, los principales enfrentamientos se producen con las otras gentes que vienen a comprar, o con los comerciantes cuando se regatea un precio. Sin embargo, esta ciudad es bastante tranquila y se suelen producir pocos problemas si la comparamos con otras ciudades parecidas —explicó el capitán.

Después atravesaron la plaza y entraron por otra de sus calles. Desde ahí se oía un murmullo lejano que se hacía más nítido a medida que se iban acercando.

—¿De dónde provienen esas voces? —preguntó extrañado el extranjero.

—Vienen de una taberna que se encuentra un poco más adelante. Si lo desea entramos, le invito a un trago.

—No, gracias, no bebo —respondió cortésmente el extranjero.

—Entonces será mejor que sigamos —propuso el capitán.

Cuando estaban saliendo de la calle vieron junto a una esquina un hombre acurrucado en el suelo.

—¡Hay un hombre en el suelo! —exclamó el extranjero—, ¿estará enfermo?

—No creo —respondió el capitán—, debe de ser algún borracho.

El extranjero se apeó del caballo seguido del capitán. Se acercaron al hombre y lo observaron. No parecía que tuviera ninguna herida. Se trataba de un anciano.

—¿Qué… qué sucede? —dijo abriendo los ojos algo asustado.

—¿Se encuentra bien? —preguntó el extranjero.

—Sí, creo que sí, ¿por qué me pregunta eso? —respondió el anciano mientras se incorporaba para ver mejor.

—¿Qué hace aquí, en el suelo? ¿Dónde está su casa? —le interrogó nuevamente el extranjero.

—Yo vivo aquí, en la ca… —Entonces comenzó a toser estrepitosamente sin parar durante unos instantes—. Como le iba diciendo, vivo en la calle.

—Debemos irnos, solo se trata de un vagabundo, no perdamos más el tiempo —intervino el capitán.

—¿¡Solo se trata de un vagabundo!? —dijo sorprendido el extranjero—,

36

este hombre necesita ayuda, no puede quedarse aquí. Le llevaré a la posada, que no está muy lejos, en una ocasión pasé allí una noche. Yo pagaré su estancia.

—No debe malgastar su dinero así —añadió el capitán.

—La mejor forma de gastar el dinero es emplearlo en algo útil y que sea verdaderamente necesario, como en esta ocasión —comentó el extranjero al mismo tiempo que ayudaba al anciano a ponerse en pie—. ¡Venga conmigo!, le llevaré a la posada, donde tendrá los cuidados que necesita.

Ayudó al anciano a llegar hasta el caballo, luego con la colaboración del capitán lo cogió y lo subió en él. El capitán montó y el extranjero siguió el camino a pie tirando de las riendas. Volvieron sobre sus pasos hasta llegar a la posada. El capitán desmontó para ayudar al extranjero a bajarlo. Luego entre los dos lo llevaron dentro.

—¡Posadero! —grito el extranjero mientras ayudaba a sentarse al anciano en una de las sillas que estaba más próxima a la entrada.

El lugar estaba bastante concurrido y el posadero se hallaba muy ocupado; no obstante, nada más verlos, dejó de servir y se aproximó sin dilación. Mientras tanto, el anciano continuaba tosiendo repetidamente.

—¡Buenas noches, señores! —saludó mientras se sacudía el delantal—, ¿en qué puedo ayudarlos?

—¡Buenas noches! —respondieron a la vez el extranjero y el capitán.

El extranjero se aproximó y tomó la palabra.

—Necesito una habitación para este hombre; también precisa que lo vea un médico, creo que no se encuentra muy bien. Yo pagaré todos los gastos que ocasione, como la habitación, comida, médico…

—Así se hará, señor, no se preocupe que aquí estará bien atendido —le interrumpió el posadero—, ahora en lo que la muchacha trae al médico, lo instalamos en una habitación y le damos una sopa caliente.

El extranjero sacó del interior de sus ropas una bolsita y cogió unas monedas de oro.

—Creo que con esto sea suficiente por el momento…, ya vendré uno de estos días para saber del anciano y, mientras tanto, si me necesita para algo, estaré en el palacio.

—¡Muchas gracias, señor! —respondió agradecido el posadero—, haremos todo lo que sea necesario por el anciano.

—¡Buenas noches! —dijo el extranjero al mismo tiempo que le obsequiaba con una sonrisa.

Luego se acercó al capitán que se había mantenido a cierta distancia.

—Ya está todo arreglado, podemos irnos.

Salieron de la posada sin decir nada. Ya había anochecido y el frío era más intenso.

—¿Regresamos al palacio? —preguntó el capitán.

—Sí, ya es tarde y por hoy es bastante. Además la cena estará a punto de servirse y no debemos hacer esperar al rey.

Al salir de la ciudad, aligeraron el paso y llegaron rápidamente al palacio. Allí estaban ya encendidas las antorchas que iluminaban el lugar. Yaco salió a su encuentro.

—¿Están esperando por nosotros para la cena? —preguntó el extranjero.

—No, todavía no. La cena estará servida dentro de un rato. Yo le quería preguntar si desea bañarse porque el agua está preparada —dijo el sirviente.

—¡Muy bien, Yaco!, eso es lo que necesito.

El extranjero desmontó.

—¿Puedes guardar el caballo?, necesito darme prisa —preguntó a Yaco.

—Sí, señor, yo lo guardo.

—¡Capitán!, ya lo ha oído, dentro de un rato se servirá la cena. Tenemos todavía tiempo para asearnos.

—Sí, yo no tardaré mucho, ¡hasta luego! —respondió el capitán dirigiéndose a las cuadras.

El extranjero entró en palacio y se fue directamente a la sala donde estaban los baños. En efecto, allí estaba todo preparado para que pudiera tomar el baño, incluso tenía junto a la bañera unas ropas limpias bien colocadas sobre un taburete.

Cuando comenzaba a disfrutar del agua caliente, tocaron en una de las puertas, la que daba a la cocina.

—¡Aquí esta Mauga para frotar al señor!

Acababa de entrar Mauga y, como de costumbre, se remangó y comenzó a frotarle enérgicamente. Este permaneció en silencio soportándolo con resignación sin decir nada…

—He terminado, señor, ya está limpio —manifestó Mauga secándose las manos y brazos con una toalla.

—Muchas gracias, Mauga —dijo finalmente el extranjero mientras se recostaba en la bañera para relajarse unos minutos.

Luego volvieron a tocar a la puerta, pero esta vez en la otra puerta, la que daba al pasillo. Entró Yaco para preguntar si todo estaba bien.

—Si por el momento no me necesita, le espero en el comedor, señor.

—Está bien, Yaco.

Al marcharse el sirviente, el extranjero salió de la bañera y se apresuró para no llegar tarde a la cena.

Antes de entrar en el comedor, fue al salón y se encontró con el capitán, que hablaba con Yaco mientras esperaba.

—¡Capitán! —saludó el extranjero—, ¿lleva mucho tiempo esperando?

—No, acabo de llegar. Yaco hacía los honores entretanto esperaba.

—El rey se retrasará un poco —comentó Yaco—, he dispuesto que les sean servidos unos aperitivos aquí.

—Gracias, Yaco —dijo el extranjero tomando asiento en el diván.

Seguidamente hizo lo mismo el capitán; se sentó en una de las butacas que estaban colocadas enfrente del extranjero. Yaco salió, y a los pocos minutos entró una de las mujeres que trabajaban en la cocina con una bandeja grande y la colocó sobre la mesa pequeña situada entre los dos hombres.

—Esta tarde, cuando usted hablaba con el rey Dor, dijo algo sobre lo que quisiera preguntarle —comentó el extranjero.

—¿De qué se trata?

—Cuando hacía referencia al rey de Tritania, lo llamó «el nuevo rey», ¿a qué rey se refiere, quién era el otro rey?

El capitán permaneció pensativo unos instantes antes de contestar.

—El anterior rey ya murió; era más joven que nuestro rey y las relaciones entre ambos países no eran malas. El rey de Tritania respetaba al rey Dor, pero después de su muerte le sucedió su hijo mayor; este, además de ser joven, ambicioso y arrogante, carece de la experiencia que dan los años y la vida; asimismo le entusiasman los retos. Igualmente sabe que el rey Dor ya es mayor, que su salud es delicada y que no posee herederos. Por este motivo hace pequeñas incursiones en nuestro país para ir tanteando la situación. —El capitán hizo una pausa para degustar algunos aperitivos—. ¡Pruebe algo, extranjero, esto esta delicioso!

El extranjero sonrió, y para complacer al capitán probó algunas de las viandas.

—La ambición de este joven rey —continuó el capitán— es desmesurada, desea sentarse en el trono del rey Dor y ser el próximo soberano de este país. Cada día nos sentimos más preocupados por los acontecimientos que se van sucediendo, y no encontramos una solución que satisfaga a todos.

—¿Qué piensa el rey Dor sobre esto?

—El rey se ha reunido varias veces con los consejeros para tratar el tema, pero creo que no encuentran una salida al problema. Nos angustia pensar en el vacío que quedará cuando falte nuestro monarca, si no se encuentra antes un sucesor.

Era evidente la preocupación que sentía el capitán, la expresión de su cara y la tristeza de su mirada lo decían todo.

Yaco tocó a la puerta para anunciar la llegada del rey, quien apareció instantes después ayudado por otro sirviente. El capitán y el extranjero se pusieron en pie y saludaron. Seguidamente pasaron todos al comedor que se encontraba a continuación del salón y tomaron asiento.

—Me he retrasado porque estaba reunido —confesó el rey—, entre otras cosas estuvimos tratando el tema que comentó conmigo esta tarde, sobre los presos.

El rey hizo una pausa para colocarse bien la servilleta, luego dirigiéndose al extranjero continuó.

—Los consejeros están de acuerdo conmigo en darle la oportunidad de poner en práctica este proyecto, del cual estuvimos hablando. Así que cuando lo crea oportuno puede comenzar. Como es el capitán quien está a cargo de los presos, si necesita ayuda creo que él gustosamente se la dará, ¿no es así capitán?

El capitán escuchaba con mucho interés el transcurrir de la conversación, pero no sabía de qué asunto se trataba.

—Me gustaría poderle ayudar extranjero; perdóneme alteza, pero aún no sé de qué se trata.

El extranjero y el rey Dor se miraron, luego el monarca tomó la palabra.

—Discúlpame capitán, olvidé que no conocías esta idea que quiere llevar a cabo nuestro huésped. Esta tarde estuvimos hablando sobre ello y me pareció una excelente solución. Después cuando me reuní con los consejeros, les mencioné el tema y ellos también están de acuerdo. Ahora, extranjero, ¿desea poner al tanto al capitán?

—Por supuesto —contestó—. Estuve pensando sobre los presos y…

A continuación estuvo explicando sus planes al capitán. Este a su vez manifestó sus temores acerca de alguna posible evasión, pero los argumentos que utilizó el extranjero le convencieron.

—¿De qué manera le puedo ayudar? —preguntó el capitán.

—De momento, necesito una lista con los nombres de los *comercientes*, perdón —dijo mirando hacia el capitán, este asintió con la cabeza y sonrió—, quería decir comerciantes; estos comerciantes afectados por los soldados extranjeros y la cuantía del daño. También necesito saber qué comerciantes de esa lista están dispuestos a tener a uno de estos prisioneros como sirviente. Quizá rechacen esta ayuda por temor —admitió el extranjero.

—Intentaré comenzar mañana —añadió el capitán.

—Muchas gracias, capitán, le agradezco su colaboración. Por la mañana estaré en el patio con los veinte hombres para iniciar el entrenamiento.

Al mismo tiempo que cenaban, iban comentando de paso algunos temas de interés. A su término, permanecieron en la mesa conversando.

—Lo siento —interrumpió el monarca—, ya es muy tarde y hoy ha sido un día muy largo y agitado para mis años. Ya va siendo hora que me retire a descansar.

—Sí, alteza, ya es tarde para todos y es cierto, este día ha sido muy largo —manifestó el capitán.

El rey hizo sonar la campanilla que estaba sobre la mesa, e inmediatamente se aproximaron los dos sirvientes que se encontraban junto a la puerta y ayudaron al monarca a ponerse en pie. El extranjero y el capitán asimismo se levantaron, se dieron las buenas noches y se retiraron a continuación del monarca.

Al llegar a su habitación, el extranjero se sentía inquieto. Apagó las velas, descorrió la cortina y estuvo observando a través de la ventana. No sabía por qué se sentía así, necesitaba reflexionar acerca de todo lo ocurrido durante el día, poner en orden su mente, sus pensamientos…«Quizá sea la responsabilidad que siento al iniciar en la lucha mañana a veinte hombres. ¿Y si alguno de ellos la empleara al servicio del mal? ¿Se volvería a repetir la historia?». Su mirada se perdía en la lejanía, más allá de donde alcanzaba su vista…, se perdía en el tiempo, en el recuerdo, en el pasado… «¡Cuánto tuvo que sufrir mi maestro! —pensaba— ¡Cuánto amor y cuidado puso en mi educación! Y a pesar de todo le decepcioné. Si pudiera retroceder en el tiempo e impedir lo ocurrido, mucho dolor se hubiera evitado».

El extranjero en un gesto de dolor cerró los ojos.

Recordó vagamente cuando su maestro le hablo del «despertar»; él en aquella época no entendía algunas cosas que le enseñaba, ¿sería esto lo que le estaba sucediendo? Cómo le gustaría en ese momento poder hablar con su maestro aunque solo fuese por un breve instante. Pese a que ya no se encontraba en el bosque de la Boa, la soledad le acompañaba.

Decidió acostarse y dejar transcurrir los días, esperando que esos pensamientos se disipasen.

A la mañana siguiente, después de desayunar muy temprano, comenzó a prepararlo todo en el patio. El primero en aparecer fue el capitán, luego empezaron a presentarse poco a poco los soldados. Antes de salir el sol ya estaban los veinte hombres allí, ilusionados y dispuestos a iniciar algo nuevo. Se sentían felices por haber sido seleccionados entre los demás soldados. Era un privilegio hallarse en ese grupo y poder estar bajo el mando del extranjero, al cual ya empezaban a admirar, pues habían trascendido sus destrezas por gran parte de la comarca.

Entretanto, el capitán se disponía a partir en dirección del mercado para hablar con los comerciantes y tener dispuesta la lista.

El extranjero condujo a los soldados a una zona más tranquila en la parte posterior del palacio. Allí les pidió que se sentaran en el suelo, él también lo hizo. Comenzó a conversar con ellos, igual que solía hacerlo su maestro, el viejo monje de su tierra natal.

Les habló de la mente, de su importancia, del poder que ejerce esta sobre el resto del cuerpo y de la necesidad de controlarla para poder tener un mayor dominio de uno mismo. También les dijo que harían todos los días una serie de ejercicios para desarrollar y despertar esa parte de la razón que está dormida; y al mismo tiempo que trabajasen con ella, lo harían con el cuerpo. Necesitarían fortalecer todo el cuerpo, hacerle trabajar al máximo en condiciones extremas. Por lo tanto, sería una tarea ardua para todos. Finalmente se puso en pie.

—Si alguno de ustedes no desea seguir adelante, puede levantarse y marcharse, lo entenderé.

Entonces hizo una pausa, esperando para darles tiempo a tomar una decisión; no obstante, nadie se levantó. Luego prosiguió, cogió los veinte trozos de tela que previamente había preparado y los fue distribuyendo entre los soldados. Les indicó que se los ataran alrededor de la cabeza cubriéndose los ojos para evitar ver. Posteriormente les sugirió que trataran de escuchar todo cuanto se producía en las proximidades…

El extranjero permaneció en silencio. Al cabo de un rato les mandó retirarse la tela de los ojos.

—¿Qué sonidos han podido captar? —preguntó.

Tímidamente fueron levantando la mano para responder a lo solicitado.

—He escuchado cómo relinchaba un caballo en las cuadras y el sonido que producían las hojas de aquel árbol cuando la brisa las movía —respondió un soldado señalando un árbol que se encontraba cercano.

—Yo he oído a los pájaros cantar y voces de algunos soldados al otro lado del patio —contestó otro soldado.

Así poco a poco cada uno fue contando su experiencia…

—Quisiera saber si antes de taparse los ojos eran conscientes de estos sonidos que han escuchado —preguntó el extranjero.

—No, no, creo que no… —contestó casi a la vez el grupo.

—Muchas veces la visión dificulta la percepción de lo que nos rodea, y se puede escuchar mejor cuando no nos distrae la vista. Aprenderán a escuchar, pues de ello quizá dependa su vida y la vida de los que estén bajo su responsabilidad —el extranjero hizo una pausa—. También aprenderán a «meditar», necesitan concentrarse cada momento en lo que están haciendo, eludiendo pensamientos vanos que solo producen un entorpecimiento y un derroche inútil de energía y, de esta manera, evitarán que la fatiga haga mella en ustedes. Además se utilizará todo esto en la lucha. Por otro lado, una vez que aprendan a combatir, nunca deberán hacer mal uso de estas enseñanzas, solo las utilizarán en defensa propia o del reino. Les enseñaré a derribar al enemigo, a desarmarlo y a dejarlo fuera de combate, sin que para ello sea necesario darle muerte. No es indispensable matar a alguien para ganar una batalla, esto no lo olviden jamás. No necesito en este grupo a ningún asesino. Solo necesito hombres justos, valientes y honrados. Asimismo practicarán relajación para saber apartar de la mente y del cuerpo toda tensión producida por el nerviosismo de los acontecimientos. Necesitan tener las ideas claras para actuar con mayor seguridad y rapidez sin vacilar en algunos momentos especiales —nuevamente hizo una pausa, juntó sus manos y luego les indicó que ya podían ponerse en pie—. Ahora vamos a comenzar con algo fuerte. Iremos corriendo a la ciudad y volveremos; procuren llevar todos el mismo ritmo en la carrera e intenten no dispersarse.

—¡De acuerdo, capitán! —dijo animado uno de los soldados.

El extranjero miró a su alrededor buscando al capitán, luego se dio cuenta de que el soldado se había dirigido a él con ese término porque el rey Dor le había nombrado capitán de ese grupo de soldados. Pensando esto sonrió y prosiguió dirigiendo al grupo fuera de palacio. En el exterior les dio nuevamente algunas indicaciones y comenzaron con el ejercicio… Los soldados imitaban al extranjero, que al principio corría muy suavemente y luego poco a poco fue acelerando el paso. Por el camino se cruzaron con algunos transeúntes que, al verlos, se paraban y volvían la cabeza por lo insólito de tal práctica en los soldados.

Cuando llegaron a la ciudad regresaron por el mismo lugar sin romper el ritmo que llevaban. Cerca del palacio algunos soldados mostraban signos de cansancio, pero ninguno manifestó queja por este motivo.

Al entrar al patio del palacio, decidió darles unos momentos de descanso antes de continuar con el siguiente ejercicio.

—Ahora cada uno cogerá su caballo y lo traerá hasta aquí una vez ensillado —instó el extranjero encaminándose también hacia las cuadras.

Mientras iban llegando los soldados con los caballos al patio, el extranjero les daba las instrucciones para que se fueran colocando en hilera junto al caballo. Luego montó en el suyo y se dirigió al grupo.

—Tienen que aprender a cabalgar y defenderse al mismo tiempo. Así que ahora les haré una pequeña demostración y a continuación me imitarán —explicó.

El extranjero comenzó a trotar. Los soldados observaban expectantes, no querían perderse ningún instante de la exhibición. Después cogió el látigo, se puso de pie sobre el caballo, dio un latigazo en el aire y con un giro rápido se sentó nuevamente pero al revés, dando la espalda a la cabeza del animal. A continuación se oyó el chasquido del látigo pero casi no se le vio usarlo. Entretanto, el caballo había llegado al final del patio, donde giró y regresó al trote mientras el capitán de estos veinte soldados iba realizando otros ejercicios, como ir ocultándose a derecha e izquierda del caballo.

Cuando se aproximó al grupo, se detuvo.

—Ahora intenten hacer lo mismo. De momento no utilizarán el látigo hasta que esto no lo tengan bien dominado. Por ahora el caballo irá a ritmo de paso, luego más adelante, lo llevarán al trote.

El extranjero se hizo a un lado para dejar el camino libre a los caballos.

—¡Ya pueden montar! —vociferó—, ¡cuándo quieran pueden comenzar!

Los caballos empezaron a moverse y sus jinetes se pusieron en pie sobre el animal, pero con algunas dificultades para mantener el equilibrio. Donde más problemas tuvieron fue al regreso, cuando intentaban ocultarse a derecha e izquierda del animal, pues algunos caían al suelo.

El extranjero sonreía y observaba a cierta distancia, dejándoles que ellos mismos corrigieran sus fallos.

Al llegar junto al extranjero, este les ordenó que volvieran a colocarse en hilera. Habló nuevamente al grupo y les corrigió los errores que había apreciado.

Practicaron estos ejercicios una y otra vez. Poco a poco iban adquiriendo mayor desenvoltura. Advirtió que en el grupo destacaban dos soldados; estos hacían los ejercicios con más agilidad y rapidez que el resto. El extranjero comenzó a interesarse por ellos.

—¿Cómo se llama, soldado? —preguntó acercándose.

El soldado miró a derecha e izquierda y con mucha timidez respondió:

—Mi… mi nombre es Mazut, capitán.

Luego fue a hablar con el otro soldado que se encontraba casi al final de la hilera.

—¿Y usted, soldado, cuál es su nombre?

—Me llamo Grodín capitán —contestó el joven soldado sin titubear.

—¡Mazut y Grodín, acérquense por favor! —gritó el extranjero.

Los dos soldados desmontaron y se aproximaron.

—He observado como los dos han aprendido muy rápidamente; aunque todavía les queda mucha instrucción. Me gustaría que intentaran ayudar al resto de los compañeros que presenten más dificultades, esto también contribuiría a mantener el grupo más unido.

—¡Muy bien, capitán! —respondió rápidamente Grodín.

—Intentaré hacer todo lo posible para ayudar a los compañeros, capitán —manifestó Mazut algo más relajado que antes.

Hasta el descanso de mediodía los soldados prosiguieron con los ejercicios. Mazut y Grodín colaboraban con él en la instrucción de estos jinetes. Después todos se retiraron para comer y descansar. El extranjero montó en su caballo y se encaminó a la ciudad velozmente. Cuando estaba entrando por una de sus calles principales se cruzó con el capitán y con unos cuantos soldados que salían en dirección del palacio.

—¡Sooo! —gritó el capitán al caballo—, ¿va todo bien, extranjero?

—Sí, muy bien, solo he venido a visitar al anciano. ¿Tiene ya la lista?

—Sí, luego hablamos —dijo el capitán.

—¡Hasta más tarde! —el extranjero se despidió con una sonrisa.

Posteriormente recorrió varias calles hasta llegar a la posada donde la noche anterior había dejado al anciano vagabundo. Desmontó y dejó el caballo atado en una de las argollas que colgaban de la pared de la posada. En ese momento no había demasiada gente en el lugar, el posadero enseguida se acercó.

—¡Señor, mucho gusto de volver a verle! —saludó el posadero muy amablemente.

—¡Muy buenas, posadero! —respondió—. Quiero saber cómo sigue el anciano.

—Anoche estuvo el médico observándolo. Dijo que estaba muy débil y que necesitaba una buena alimentación. También dijo que la tos se la había producido el frío, pero ya se encuentra un poco mejor. ¿Desea subir a verlo?

—Sí, por supuesto.

Ascendieron por una estrecha escalera de madera que crujía a cada paso que daban. Llegaron a una galería bien iluminada, el posadero se paró frente a la segunda puerta a la derecha, tocó suavemente y a continuación la abrió sin más.

—Abuelo, aquí le traigo una visita —dijo al abrir la puerta.

Cuando el extranjero entró, el posadero cerró la puerta y regresó abajo.

La habitación era algo pequeña y tenía pocos muebles, pero suficientes. Enfrente de la ventana se encontraba la cama, y en ella, el anciano, quien no dejaba de mirarle. El extranjero se aproximó y se sentó en la cama junto a él.

—Parece que de esta sobrevivirá —dijo cariñosamente mientras sonreía.

—¿Quién es usted, señor? —preguntó el anciano.

—Anoche le recogí de la calle y le traje a esta posada para que le atiendan y se recupere totalmente.

—Yo le vi también en otra ocasión anterior. En el mercado me preguntó por un lugar para pasar la noche, y le indiqué este lugar.

—¡Ah! Tiene buena memoria, me recordó —dijo sorprendido el extranjero—. Yo tampoco olvido, recuerdo ese día.

—¿Por qué? —preguntó el anciano, mientras sus ojos se llenaban de lágrimas.

—No le entiendo, ¿qué me quiere decir? —confesó el extranjero.

—¿Por qué? —insistió nuevamente el anciano mientras las lágrimas recorrían su cara.

Durante la conversación, le observaba con lástima pero no le comprendía.

—Solo soy un anciano, ya no valgo para el trabajo. Suelo ir al mercado para alimentarme de las limosnas. Hasta ahora nadie se había preocupado por mí. Y usted, un extranjero, al que no conozco ni sé su nombre, me ayuda. ¿Por qué? —volvió a preguntar.

El extranjero lo miró con benevolencia y sonrió.

—Lo que hago por usted no es nada, si lo comparamos con lo que usted está haciendo por mí.

—¿Yooo? —preguntó el anciano sorprendido, al mismo tiempo que secaba su cara con la manga de la ropa —. No sé de qué me está hablando, hijo.

El extranjero quedó pensativo al oír como el anciano utilizaba este lenguaje tan afable, y el tono tan dulce que empleaba al dirigirse a él.

46

—Permitiéndome que le ayude me está dando la oportunidad de elevar mi alma, y eso no tiene precio. Así que soy yo quien debe estarle agradecido.

—Interesante teoría —susurró el anciano—. Hasta ahora nunca había oído a nadie decir algo así.

El anciano dejó de hablar y comenzó a toser fuertemente. El extranjero se levantó y se acercó a la mesita que había junto a la cama. Allí vio un tarrito de miel y una cuchara sobre un plato. Cogió un poco de miel y le ayudó a incorporarse, aunque ya se le pasaba la tos.

—Tome un sorbo de esta miel, seguro que le alivia la tos.

Luego volvió a recostarse y el extranjero le arropó.

—Muchas gracias, señor —dijo el agradecido anciano—. ¿Me permite que le tutee?

—Me agradaría que lo hiciera. Ahora he de irme, pero volveré mañana si dispongo de un momento.

—No te olvides de mí, hijo —dijo algo suplicante el anciano.

El extranjero, que ya se marchaba, se volvió y sonriendo dijo:

—Ya le dije hace un momento que yo tampoco olvido.

El anciano le devolvió la sonrisa. El extranjero se marchó más tranquilo y satisfecho después de la visita.

Se despidió del posadero y se fue rápidamente hacia palacio. Allí comió algo en solitario porque el rey tenía la costumbre de hacerlo más temprano.

Al terminar volvió al patio para ver si veía al capitán. Necesitaba hablar con él.

—¡Soldado! —dijo súbitamente.

—¿Sí, señor?

—¿Dónde se encuentra su capitán?

—Está en capitanía, señor —dijo el soldado señalando a la derecha del palacio.

El extranjero iba en esa dirección cuando el capitán salía.

—¿Me buscaba? —preguntó.

—Sí, quería hablar sobre la visita que hizo hoy al mercado.

El capitán se aproximó.

—Estuve hablando por separado con cada uno de los comerciantes afectados por los ataques de los soldados de Tritania. Les agrada la idea de recibir ayuda, pero están recelosos de estos soldados. Solo pude convencer a dos de ellos. Uno de los comerciantes es algo mayor y tiene bastantes animales a su cargo. Dice que la ayuda le será muy propicia para poder seguir adelante.

El otro es agricultor, trae al mercado los productos que cosecha y no le importa demasiado el riesgo.

—Me imagino que los demás comerciantes del mercado estarán ahora expectantes por lo que pueda ocurrir. Y si todo sale bien, más tarde querrán que les facilitemos esta ayuda que ahora les estamos proponiendo —comentó el extranjero.

—Supongo que ocurrirá así, yo también pienso lo mismo.

—En este momento necesitamos que dos de los presos voluntariamente se presten a colaborar con estos comerciantes —indicó pensativo el extranjero—, hasta cierto punto, el hecho de salir de la celda debe de ser bastante sugerente para ellos.

—Sí, evidentemente, en ese sentido no creo que haya ningún problema —añadió el capitán—. ¿Cuándo le parece que hablemos con los presos?

—Esta misma tarde, después del entrenamiento, ¿le parece?

—Me parece perfecto —respondió el capitán.

Se despidieron y cada uno se marchó a sus obligaciones.

Cuando el extranjero llegó al patio trasero del palacio, ya le estaban esperando los veinte hombres. Se encontraban dispersos por el lugar formando pequeños grupos y hablando entre sí. Al verle, se pusieron en pie y se fueron agrupando a su alrededor. Antes de empezar a hablar hubo un saludo previo.

—Ahora haremos unos ejercicios que repetiremos una y otra vez, para más tarde utilizarlos en el combate. Vayan situándose en dos filas y dejen distancia suficiente entre ustedes para no molestarse cuando practiquen.

—¿Dejamos la distancia de un caballo, capitán? —preguntó un soldado.

El extranjero sonrió y asintió. Luego, fue supervisando a cada soldado. Después de estar todos colocados en su sitio, pidió que le observaran e imitaran.

Así pasaron gran parte del tiempo, realizando una serie de ejercicios que luego pudieron utilizar casi al final de la tarde, en el tan esperado combate.

El extranjero solicitó que se pusieran por parejas. Él eligió a uno de los soldados al azar para poner en práctica lo que acababan de aprender. Todos observaban con mucho interés, deseaban comenzar pronto la lucha, esa era la gran meta.

Primeramente realizó varias veces un ejercicio de forma pausada con el soldado, a fin de que los demás no se perdieran ninguno de los pasos. A continuación le mandó que regresara con los demás y les ordenó a todos que lo repitieran con su compañero. A medida que iban mejorando, ejercitaban los movimientos con más ligereza. Poco a poco fueron poniendo en práctica todos los ejercicios que habían preparado.

Los soldados aprendían rápidamente al mismo tiempo que se divertían; lo confirmaban las risas espontáneas que se producían de vez en cuando en algunas situaciones inesperadas durante el combate.

Cuando caía la tarde, el extranjero dio la señal de parar.

—¡Es suficiente por hoy! —exclamó.

Los soldados obedecieron de inmediato. El extranjero se aproximó con gesto complacido.

—Estoy satisfecho con el trabajo que han hecho, se han esforzado todos, en cada ejercicio. Si continúan así, pronto estarán preparados. Ahora —prosiguió—, haremos unos ejercicios de relajación y luego se podrán marchar.

—Sepárense unos de otros y vayan tendiéndose sobre la hierba.

Cuando estaban todos preparados, continuó hablando, pero en un tono más suave y sosegado.

—Aparten de la mente toda preocupación, todo pensamiento negativo…

Les siguió dando instrucciones hasta conseguir un estado de reposo absoluto en todos sus hombres. Luego lentamente los fue sacando de ese estado y dio por concluida esta sesión de relajación.

—¡Qué sensación tan serena, capitán! —exclamó un joven soldado.

El extranjero se limitó a sonreírle.

—¡Hasta mañana, soldados! —dijo finalmente.

—¡Hasta mañana, capitán! —respondieron.

Luego se encaminó hasta el patio lateral buscando al capitán Lim. Había muchos soldados montados a caballo, regresaban en ese momento de alguna misión. El extranjero buscaba, pero entre tantos soldados y caballos no era capaz de distinguirlo. Se hizo a un lado para dejar pasar a los caballos y decidió esperar un poco mientras se despejaba el lugar.

Los caballos se veían cansados, casi agotados; los soldados también lo estaban, mostraban el rostro sudoroso y apenas hablaban entre ellos. Poco a poco se fue desocupando la zona y el extranjero pudo localizar al capitán hablando con un grupo de soldados. Esperó a que terminara.

Al cabo de unos minutos, el capitán Lim le hizo señas con la mano indicándole que se acercara. Mientras se aproximaba, el capitán ya se despedía del grupo de soldados.

—¿Va todo bien, capitán? —preguntó.

—No muy bien —respondió mientras se sujetaba el sombrero para que el viento no se lo llevara—, concretamente esta tarde, una de las partidas que tiene como misión vigilar la zona norte, cerca de esta ciudad, fue atacada por un grupo de soldados de Tritania cuando hacía su recorrido habitual.

—¿Resultó herido algún soldado?

—Sí, hay cuatro soldados heridos pero ninguno grave, aunque pudo ser peor. Los soldados enemigos los tenían acorralados entre unos árboles cuando uno de nuestros soldados logró escapar para pedir ayuda. La providencia quiso que se tropezara no muy lejos de allí con otro destacamento que iba de paso a otra ciudad. Después este grupo acudió en ayuda del otro, logrando hacer huir a los soldados que se habían hecho fuertes allí. Ahora se han quedado unos soldados vigilando la zona. Por el momento tenemos suerte, pues hemos salido airosos en cada encuentro, pero no sé cuánto más nos durará. Los soldados empiezan a ponerse nerviosos y, si le digo la verdad, yo también.

El extranjero escuchaba en silencio y con gesto preocupado mientras hablaba el capitán, pero no hizo ningún comentario al respecto.

—¿Nos ocupamos de los presos ahora? —preguntó el capitán Lim.

—Si no está muy cansado…, ¿o prefiere dejarlo para mañana? —añadió el extranjero.

—No, no, vayamos en este momento.

—¿Dónde se encuentran los presos, capitán?

—Las celdas están situadas en los sótanos, entrando por capitanía —dijo Lim apresurando el paso.

En el lugar había varias puertas a un lado y a otro, además de un pasillo largo y estrecho a la derecha. Al pasar junto a una de las estancias que tenía la puerta entreabierta, el extranjero pudo ver en su interior una gran mesa rectangular situada en el centro y rodeada de sillas.

—Como creo que esta es la primera vez que viene por aquí, le presentaré a los guardias del lugar, así los irá conociendo —manifestó el capitán.

El extranjero no comentó nada, solo se limitó a seguirlo.

Al doblar la esquina del pasillo divisó al primer guardia, que estaba sentado junto a una pequeña mesa delante de unas rejas. Se puso en pie y les saludó mientras se aproximaban. El capitán les presentó, aunque el extranjero era conocido entre casi todos los soldados debido a los acontecimientos del mercado. Todos hablaban de él, pero casi nadie sabía quién era, ni siquiera cómo se llamaba. Ya había surgido una leyenda en torno suyo;

relatos fantásticos que cada cual iba añadiendo y aumentando con detalles. Pero lo que sí parecía cierto era la admiración y respeto que sentían todos por él.

El guardia descolgó de la pared un manojo de llaves y seleccionó de entre ellas la que abriría la reja. Cuando la traspasaron, el guardia la volvió a cerrar. Recorrieron otro pasillo y bajaron por una escalera no muy profunda. Allí se encontraban dos guardias más, sentados cada uno en su respectiva mesa. La luz en aquel lugar era muy tenue, el aire estaba enrarecido y se percibía un olor muy fuerte a humedad.

Nuevamente el capitán los presentó, el extranjero se adelantó y estuvo observando a través de la siguiente reja. Mientras, el otro militar se quedó unos instantes hablando con los guardias. Luego uno de ellos abrió la reja contigua y el otro guardia los acompañó. En el pasillo siguiente se encontraban las puertas de las celdas.

—¿Cuántos presos hay en cada celda? —preguntó el extranjero.

—En las más pequeñas cuatro y en las mayores seis —respondió el guardia mientras continuaba avanzando por el pasillo.

Se detuvo junto a una de las puertas y, cogiendo una enorme llave, la abrió.

—Apártense, por favor, y colóquense detrás de mí —susurró el guardia mirando hacia los dos visitantes—. A veces se ponen violentos.

El capitán miró para el extranjero y sonrió ante los comentarios del guardia. Parecía que ya había olvidado quién los había desarmado y dejado fuera de combate.

El guardia, debido a su complexión fuerte y al garrote que se acababa de sacar del cinturón se sentía fuerte, y deseaba demostrar a los presos quién mandaba allí.

Al abrir la puerta, un hedor nauseabundo hizo retroceder al extranjero. Al capitán no le cogía de improviso, ya había sacado de su bolsillo un pañuelo y lo sujetaba delante de su nariz. El extranjero asió un trozo de la tela del turbante, que caía por la parte posterior de su cabeza, y la pasó por delante de la cara para atenuar la intensidad del olor.

Igual que en el resto del lugar, la luz era escasa y la ventilación también. Solo disponía de una pequeña claraboya situada en lo alto de la pared, como en las demás dependencias del sótano. La celda era pequeña, en ella había cuatro presos sentados en sus catres observando expectantes. Los tres hombres entraron y se colocaron delante de la puerta. El guardia, adelantándose, se dirigió a los presos:

—El capitán —señaló con la mano al extranjero—, tiene una propuesta que hacerles.

—¿Y eso es un capitán? —dijo uno de los presos más osados riendo—, ¿así se visten aquí los capitanes?

—¡Más respeto! —gritó con brusquedad el guardia al mismo tiempo que levantaba el garrote para asestarle unos golpes.

El extranjero avanzó con rapidez y le sujetó el brazo.

—No perdamos el tiempo con pequeñeces.

El guardia, mirándole con furia, desistió de su intento. Se hizo un silencio en el lugar, el guardia bajó el garrote y el extranjero se dirigió a los presos:

—Han causado daños a los habitantes de este país. Al mismo tiempo algunos de ustedes produjeron destrozos en las casas, cosechas o en el mercado. Ahora han contraído una deuda con este lugar y tendrán que pagar por ello. Por este motivo vengo a hacerles una propuesta.

—¡Ya estamos pagándolo aquí dentro! —exclamó el mismo preso con brusquedad.

—Mientras están en prisión, ahí fuera todo sigue igual, es hora de que hagan algo para enmendar el daño que causaron —dijo con firmeza —. Los que estén dispuestos a reparar el daño, disfrutarán de ciertos privilegios que no tendrá el resto.

—¿De qué privilegios habla? —preguntó el mismo prisionero con voz tosca.

—Pues… —Hizo una pausa y luego continuó—: Saldrán a diario de aquí para ayudar a diferentes personas del lugar o para subsanar algunos daños en la ciudad, comerán lo que ellos coman y les obedecerán en todo momento. Tendrán cierta libertad de movimiento, pero esta será parcial, porque llevarán cadenas en los pies y además estarán vigilados… Si alguno considera aceptar la propuesta pensando en fugarse, que desista porque será muy difícil. Tras terminar la jornada volverán a la prisión para dormir.

—¡Yo no pienso trabajar para este perro país! —exclamó el prisionero al mismo tiempo que escupía en el suelo, expresando así su desprecio.

—Nadie le obliga a que lo haga —manifestó el extranjero—. El guardia tomará nota de los que acepten la propuesta —dijo finalmente.

Ya había dado por concluida la conversación cuando otro de los presos que hasta entonces había permanecido en silencio, por timidez o por prudencia, le hizo una pregunta:

—Los que acepten esta propuesta, ¿cuánto tiempo estarán pagando la deuda?

El extranjero al oírle se volvió.

—Eso depende del comportamiento de cada uno. Si eres buen trabajador, no das problemas y estamos contentos contigo, tu libertad llegará antes. Habría que estudiar cada caso. Cuando hayan pagado por el daño producido, serán totalmente libres para ir donde quieran o para quedarse si lo prefieren.

—¡El que quiera quedarse debe de estar loco! —comentó el prisionero de siempre.

—Entonces, si tantas ganas tienes de marcharte de este país que tanto aborreces, harás todo lo posible por pagar tu deuda y comportarte de otra manera —dijo el extranjero dirigiéndose al preso.

El prisionero, ante este comentario, quedó en silencio y pensativo. El extranjero salió a continuación, le siguió el capitán Lim y a los pocos minutos el guardia.

—¿Algún prisionero se decidió? —preguntó el capitán al guardia.

—Sí, tres de ellos. El más testarudo no quiere hablar del tema.

—Ya cambiará —indicó el extranjero—. ¿Ha tomado nota de sus nombres?

—Sí, aquí los tengo. Vayamos ahora a visitar otra celda.

—¿Cuántas celdas quedan? —preguntó nuevamente el extranjero.

—Con presos de Tritania quedan dos —dijo el guardia sacando otra vez la enorme llave que abría la puerta—. En esta celda también hay cuatro presos.

Después de la experiencia en el calabozo anterior, al extranjero el hedor no lo cogía de improviso. Antes de que la puerta se abriera, ya él estaba preparado.

La conversación se desarrolló de una manera parecida. Las preguntas que le hicieron allí y en la siguiente celda eran del mismo estilo que en la primera. En ellas se encontraban dos presos con un fuerte carácter, pero el extranjero supo en todo momento darles una respuesta adecuada.

A pesar de las dudas y de no estar totalmente de acuerdo con lo que les estaba proponiendo el extranjero, en ese calabozo y en el siguiente, donde se encontraban cinco reclusos, aceptaron todos.

—¿Qué hacemos ahora con todos los presos de la lista? —preguntó el capitán cuando subían a las dependencias de capitanía.

—Vamos de momento a elegir a dos de los más pacíficos. Que sean llevados mañana a los dos comerciantes que lo solicitaron y… esperemos que todo salga bien.

—De acuerdo, voy a dejar la lista aquí —dijo el capitán, entrando en una de las habitaciones que estaba junto a la salida.

El extranjero recordó que fue allí donde él estuvo entrevistando a los soldados para la selección.

La dejó sobre la mesa y salió con el extranjero al exterior.

—Ahora necesito hablar con un grupo de soldados para preparar el trabajo de mañana —comentó el capitán.

—Yo me retiro a descansar —dijo el extranjero, y se despidió.

Después de darse un baño relajante, cenó con el rey Dor. Durante la velada el rey se interesó en cómo le había ido el día. Hablaron del entrenamiento, los presos, el encuentro con los soldados de Tritania… Antes de irse a dormir jugaron una partida de ajedrez, la cual estuvo muy animada. El rey se marchaba cuando recordó algo:

—Tenía que decirle una cosa y ya me marchaba sin comentársela. Le voy a enviar el sastre para que le confeccione la ropa que necesite; le dará las indicaciones sobre el tipo de vestuario que le gusta llevar.

—Es usted muy amable, me está tratando demasiado bien y no creo que me merezca tanto.

—Yo sé lo que hago…, ahora sí que me retiro, ¡hasta mañana, extranjero, y que duerma bien!

—Lo mismo le deseo, alteza.

Al día siguiente, el entrenamiento transcurrió de forma similar; aunque esencialmente fue algo más duro. En esa ocasión fueron corriendo un trecho más allá de la ciudad. El extranjero se proponía exigir cada día un poco más a sus hombres. Tenía que conseguir que la fuerza, tanto física como mental, se multiplicara para que pudieran soportar con éxito situaciones extremas y especiales. Por este motivo conjuntamente con sus hombres sostenía largas charlas, encauzadas a abrir y orientar sus mentes.

A mediodía, antes de comer, el extranjero fue hacia la ciudad para visitar al anciano, que se reponía en la posada. El posadero no se encontraba en ese momento en el lugar, pero una de las mujeres que servían allí le acompañó hasta la habitación. Entró y comprobó como el anciano había mejorado considerablemente. Se encontraba sentado cómodamente en un sillón junto a la ventana y apoyado en un mullido almohadón.

Al anciano se le iluminó el rostro al verle.

—Veo que se encuentra bastante mejor, incluso le han salido los colores.

—Gracias por volver, extranjero. Aquí, como ve, me miman demasiado.

—Ya lo compruebo, hasta le trajeron un sillón para que estuviera más cómodo —le comentó el extranjero acercando una silla para sentarse frente a él—, ¿se encuentra más fuerte?

—Sí, bastante más fuerte. Pero… —hizo una pausa, los ojos se le llenaron de lágrimas que trató de ocultar mirando hacia la ventana.

—¿Qué sucede, hay algo qué le preocupa? —preguntó rápidamente al darse cuenta de que le costaba continuar hablando.

—Siento vergüenza de decirte lo que pienso —dijo el anciano sin retirar el rostro de la ventana.

—¿De qué se trata? Puede confiar en mí —susurró el extranjero.

El anciano suspiró, miró al extranjero a los ojos y, sujetando una de sus manos con la otra, dijo:

—Me tratan tan bien aquí, que me siento como hace tanto tiempo no me sentía. Había olvidado lo bien que sabe una sopa caliente, poder dormir en una cama, el olor tan agradable de la ropa limpia… Ahora siento miedo de recuperarme y tener que volver a las calles.

El anciano secó sus lágrimas con las manos y volvió a dirigir la mirada hacia la ventana.

El extranjero quedó en silencio conmovido al oír estas palabras… Se veía tan anciano, frágil y débil al mismo tiempo.

—¿Tiene usted familia? —preguntó tras reflexionar unos instantes.

—Tuve una familia, pero de eso hace ya muchos años —susurró el anciano mientras continuaba sin volver la cara.

—¿Y qué ha sido de ella?

—Mi mujer murió de pena después que nos robaron a nuestro hijo.

—¿Tenía usted un hijo? ¿Quién se lo quitó?

—Nosotros vivíamos a las afueras de la ciudad. Teníamos un terreno y una pequeña casa cerca del río. Sembrábamos las tierras y cuidábamos de los animales. En aquellos días éramos muy felices los tres. —El anciano hizo una pausa, luego continuó—. Se trata de una historia muy triste que no me gusta recordar —confesó.

—Le comprendo *perfectamento*. Perdón, perfectamente. Quiero ayudarle y para ello necesito saber más sobre usted. ¿Quién le quitó el hijo? —insistió nuevamente el extranjero.

—Un día pasaron unos soldados de Tritania y se llevaron los dos caballos que teníamos y a mi único hijo.

Al anciano, al recordar estos hechos, se le humedecieron los ojos.

—¿Qué edad tenía su hijo?

—Acababa de cumplir catorce años —respondió con el rostro lleno de dolor a pesar del tiempo que había transcurrido.

—¿Cuándo ocurrió esto? ¿Cuántos años han pasado desde entonces?

—Yo tenía entonces cuarenta y seis años, y ahora tengo… —hizo una pequeña pausa mirando hacia el techo— creo que setenta y uno.

—Han pasado desde entonces… —el extranjero hizo una pausa para calcular— veinticinco años y, si no me equivoco, su hijo tendrá ahora… treinta y nueve.

—¿Estará aún con vida? —preguntó el anciano con evidentes signos de ansiedad.

—¿Por qué no? —respondió el extranjero muy serio.

—Bueno, eso solo lo sabe Dios.

—Quienes se lo llevaron tenían algún interés en él y me imagino que por ello les convenía que continuara con vida.

—No sé…, no sé… —se expresó el anciano dudando.

—Me gustaría saber su nombre.

—Se llama Tirás, como el padre de mi mujer.

—¿Y usted?

—¿Yo?

—Sí, ¿cómo se llama? —insistió el extranjero.

—Me llamo Sénter, ¿y tú, hijo mío?

—Ya es tarde y debo marcharme. No se preocupe por su futuro, ya lo hago yo por usted —dijo el extranjero sujetando con cariño una de sus manos.

Mientras, el anciano sonreía en un gesto de gratitud.

—¿Volverás mañana?

—Si no estoy demasiado ocupado, volveré. Espero que siga mejorando, ¡hasta mañana!

—¡Hasta mañana, hijo! —respondió el anciano complacido.

El extranjero regresó al palacio, comió rápido y continuó toda la tarde con el entrenamiento.

Al atardecer dio por terminados los ejercicios y se despidió de sus hombres. Tenía que hablar con el capitán.

—Soldado, ¿dónde se encuentra su capitán? —preguntó al primer hombre que encontró.

—Acaba de entrar en las cuadras —indicó el soldado mirando en esa dirección.

El extranjero avanzó con paso rápido hacia allí. Estaba impaciente por averiguar algo. Al entrar no vio a nadie.

—¡Capitán! —gritó.

—¿Sí? Estoy aquí, detrás de usted.

El extranjero se volvió y lo encontró detrás de unos fajos de paja, casi oculto. Estaba sentado sobre uno de los maderos donde se colocan las sillas de montar, agachado, quitándose una de las botas.

—Creo que me ha entrado una piedra y no lo soporto más —dijo con el ceño fruncido.

—Le estaba buscando porque necesito saber algo.

—¿De qué se trata? —dijo mientras agitaba la bota enérgicamente.

—¿Recuerda al anciano que llevamos a la posada?

—Sí. ¿Qué le ocurre, no ha mejorado?

—Sí, ha mejorado bastante. Él me dijo que tenía una casa y tierras a las afueras de la ciudad, cerca del río. Y…, yo quería visitar el lugar, pero no sé dónde se encuentra.

El capitán, que ya se calzaba la bota, le dirigió una mirada como si quisiera averiguar sus intenciones.

—Mañana preguntaré a mis hombres, seguro que habrá alguien que lo sepa, ¿sabe su nombre?

—Sí, se llama Sénter.

—De acuerdo, en cuanto sepa algo le informaré.

—¡Muchas gracias!, le agradezco la ayuda. ¡Hasta mañana!

—¡Hasta mañana!

Regresó al palacio y después de asearse fue a la biblioteca para descansar leyendo un poco.

No llevaba mucho tiempo absorto en la lectura cuando tocaron a la puerta. Apartó la mirada del libro para ver de quién se trataba. Entró Yaco acompañado de otro señor mayor.

—Aquí le traigo al sastre para que le tome las medidas y para que le oriente en el tipo de vestimenta que usted desee —dijo el sirviente.

—Está bien, Yaco, gracias.

—¡Buenas tardes, señor! —saludó el sastre, luego sacó de una bolsa algunas cosas que necesitaba para comenzar su trabajo.

—¡Buenas tardes! —respondió.

Cerró el libro y lo dejó sobre la mesa que tenía a la derecha. Se puso en pie y el sastre fue tomando las medidas que necesitaba.

—¡Es usted muy alto, señor!, también se le ve muy fuerte —comentó el sastre.

El extranjero permaneció en silencio, solo sonrió y se limitó a observar.

—Dígame usted, ¿qué tipo de ropa quiere que le confeccione?

—Quisiera algo similar a la que llevo. También quisiera que haga un caftán porque el que tenía se rompió.

—¿Un caf… qué? —dijo el sastre extrañado.

—Un caftán —repitió el extranjero sonriendo al ver la expresión del sastre—, si me lo permite, intentaré dibujárselo para que se haga una idea.

Le hizo una ilustración en el mismo papel donde el sastre iba anotando las medidas. El sastre le hizo algunas preguntas y quedó informado de lo que tenía que confeccionar. Después de terminar su trabajo, volvió a guardarlo todo en la bolsa.

—Desde ahora me pongo a trabajar y pronto tendrá su nuevo vestuario.

—¡Gracias! —respondió el extranjero.

Seguidamente se despidieron, y de nuevo prosiguió con la lectura. Pasó un largo rato hasta que tocaron de nuevo a la puerta. Era otra vez Yaco.

—¡Señor!

—Sí, Yaco, ¿me buscabas?

—El rey Dor quiere saber si desea ir esta noche a cenar.

—Sí, por supuesto. Quería descansar un poco y sin darme cuenta se hizo tarde. Ya debe de ser hora de cenar.

—Sí, el rey ya se encuentra en el comedor.

—Pues…, entonces no le haré esperar más, gracias por avisarme.

—De nada, señor.

El extranjero dejó el libro que leía sobre una mesa circular que tenía cerca y salió sin más dilación.

Al entrar en el comedor, observó que el monarca compartía la mesa con un invitado que nunca había visto anteriormente. Se trataba de un señor algo mayor, delgado y de pequeña estatura. Lucía barba y un bigote prominente.

—Alteza —dijo al entrar.

—¡Muy buenas, extranjero! Nos alegramos de que quiera cenar esta noche y compartir la mesa con nosotros. Temí que no viniera…

—Lo siento, pero me puse a leer y se me pasó el tiempo sin darme cuenta.

—Quiero presentarle a Yambrus, el médico de palacio.

El médico se puso en pie. El extranjero, que aún no había tomado asiento, se acercó y ambos se saludaron.

—Pero siéntese y tome algún aperitivo mientras sirven la cena —insistió el monarca.

—Algo sé sobre usted, parece que es muy hábil luchando y entrena muy bien a los soldados —comentó el médico.

—Muchas gracias —manifestó el extranjero—, ¿nos ha visto?

—Sí, varias veces desde alguna de las ventanas —admitió sonriendo—. Sus hombres le admiran y sienten un gran respeto hacia usted. Quizá por eso aprenden con tanta rapidez.

—Indudablemente —intervino el rey Dor—. Cuando se está al mando hay que procurar ganarse el respeto de los soldados. Bueno, él se ha sabido ganar el respeto y la admiración de todo el que le conoce; y también hay personas que no le conocen en persona y que le admiran igualmente.

—Alteza, ¿cómo sabe eso?

—Aquí llegan muchos rumores y… hay pocas cosas de las cuales no me entero.

—¿De qué país procede, señor? —preguntó Yambrus.

Al oír la pregunta, tanto el rey Dor como el extranjero se miraron. Se hizo el silencio.

—De un país muy lejano.

—¿Cómo se llama ese país? —insistió Yambrus.

—Está tan distante que no creo que aquí hayan oído hablar de él.

—¿Por qué no prueba esto? —intervino el rey Dor para sacar del apuro al extranjero—. ¡Está delicioso!

El extranjero miró fijamente al monarca como si comprendiera su intención; el monarca a su vez le hizo un guiño.

Mientras tanto, Yambrus saboreaba las viandas que le había recomendado el rey.

—¿Cómo se encuentra su protegido, el anciano Sénter? —preguntó el rey Dor.

—¿Cómo se ha enterado que estoy ayudando a ese anciano?

—Como dije anteriormente, hay muy pocas cosas que sucedan por estos alrededores de las que no me entere —dijo con semblante pícaro.

—Estoy sorprendido —respondió el extranjero.

—El médico que está atendiendo al anciano y yo somos muy buenos amigos. Él me lo ha comentado, y yo a su vez, al rey Dor —confesó Yambrus.

—Así que ya sabe de dónde procede la información —dijo el soberano con una sonrisa.

—Quisiera poder continuar ayudando a este anciano, se ve tan frágil y solo… —susurró el extranjero como si pensara en voz alta.

—¡Eso es una buena idea! —exclamó el rey.

—Me parece muy bien —dijo casi al mismo tiempo el médico—. Hay muy pocas personas que se compadezcan de los demás. Esto que hace dice mucho de usted.

El extranjero estaba absorto en sus pensamientos y pasó por alto estos comentarios.

—Se encuentra solo y no tiene a nadie. Me dijo que tenía casa y tierras a las afueras de la ciudad, cerca del río. Hablé con el capitán y le pedí que me ayudara a buscar ese lugar. Quizá mañana pueda visitarlo.

—¿Y con qué intención, extranjero? —preguntó el monarca.

—Quiero ver en qué condiciones se encuentra el lugar. Creo que seguramente necesitará reparaciones. Si es así, voy a utilizar a los presos para que realicen los arreglos necesarios.

—Y hablando de los presos, sabrá que hoy todo ha salido muy bien. Los dos comerciantes han quedado satisfechos y desean que mañana regresen —comentó el rey.

—No sabía nada. Estuve hablando con el capitán pero olvidé preguntarle sobre eso. Si todo continúa sin problemas, pienso que otros comerciantes solicitarán también la ayuda de los presos.

—Yo también lo creo —manifestó el rey limpiándose con la servilleta.

—¿No tiene apetito, alteza? —preguntó el médico viendo lo poco que había comido.

—No mucho, cuando me excedo un poco a mediodía luego por la noche aún me siento satisfecho.

—Pues es una pena, porque este pollo está delicioso —comentó el médico.

—¿Qué fue ese ruido? —preguntó el extranjero extrañado—. Con permiso, alteza.

El extranjero se levantó de su asiento, se dirigió a uno de los ventanales y descorrió la cortina.

—Son truenos, hay una tormenta acercándose.

—¡Por favor, extranjero, vuelva a correr las cortinas! —exclamó el médico algo inquieto.

Era evidente que las tormentas no eran de su agrado. Por este motivo decidió volver a tapar la ventana y regresó de nuevo a la mesa.

El resto de la velada transcurrió sin más incidentes. La cena fue rápida, pues el rey Dor y su médico estaban cansados.

Al día siguiente por la tarde, una vez terminada la jornada de entrenamiento, el capitán acudió acompañado de un soldado para hablar con el extranjero.

—¡Buenas tardes!

—¡Hola, capitán!

—Ayer me pidió cierta información sobre las tierras y la casa del anciano mendigo. Este soldado —dijo mirando al joven— vive muy cerca de ese lugar. Conoce al anciano y su historia. Cuando quiera, él le puede acompañar hasta allí.

—Muchas gracias, capitán, quisiera acercarme ahora mismo a la zona.

—De acuerdo, ya mañana me contará.

—¡Hasta mañana!

El capitán se alejó y el extranjero quedó solo con el soldado.

—¿Cuál es su nombre?

—¿El mío?

El extranjero lo miró y, sonriendo, asintió con la cabeza.

—Mi… mi nombre es Bruren —contestó el joven algo nervioso.

—¿Conoces a Sénter?

—Sí, su casa está bastante cerca de la mía.

—Perfecto. ¿Tienes tu caballo por aquí?

—Sí, lo tengo allá —dijo señalando hacia la salida del patio.

—Voy a las cuadras a buscar el mío y nos vamos.

El extranjero fue ligero a recoger su caballo y el joven hizo lo mismo. Luego salieron en dirección al bosque hasta llegar al río, por el que cabalgaron en paralelo durante un buen rato.

—¿Falta mucho todavía? —preguntó el extranjero.

—No, señor, ya estamos llegando. Detrás de aquel grupo de árboles están las tierras de Sénter.

Atravesaron la arboleda y a unos pocos metros se veía una pequeña casa de madera en ruinas. A simple vista, el techo se apreciaba hundido por varios sitios. No había puerta en la entrada pero, a pesar de todo, las ventanas parecían estar en buen estado. Se bajaron de los caballos y entraron.

En su interior, los escasos muebles que aún resistían estaban muy deteriorados. Las maderas del suelo, debido a la humedad, se habían podrido. El extranjero levantó una de las sillas que estaba tendida en el suelo y presionó sobre ella con el pie; el asiento cedió y se hizo pedazos. El resto de la pequeña vivienda se encontraba en las mismas condiciones.

—Toda la casa necesita una buena reparación. No creí que estuviera en tan malas condiciones.

—Esta casa lleva mucho tiempo deshabitada, señor.

—Comprendo… Me gustaría saber también hasta dónde llega el terreno del anciano.

—Todo su terreno está vallado, ¿lo ve? —dijo señalando a lo lejos—. En algunos sitios tiene paredes de piedras, como en aquel lugar, ¿lo ve? En el resto aún quedan troncos de la valla.

—Está bien, Bruren, agradezco la ayuda. Ahora ya me conozco el camino, ¿tú te quedas por aquí cerca?

—Si no me necesita más, señor, me iré a casa, que no está lejos.

—Sí, puedes marcharte y muchas gracias.

—De nada, señor.

5
Lobo

Ya atardecía cuando inició el regreso al palacio. No tenía prisa, y deseaba saborear el paseo. Aquel silencio, roto solamente por el canto de algunos pájaros que apuraban los últimos minutos del día, le parecía maravilloso. Ese lugar, esos sonidos, la soledad… le traía a su memoria recuerdos nostálgicos. Cómo había cambiado todo, su aspecto, su situación actual…, parecía otro hombre. Tras hundirse totalmente, había renacido de nuevo. Por el momento se sentía satisfecho de cómo estaba transcurriendo su vida. Los demás le necesitaban, deseaba ayudar y hacer todo el bien posible…, así conseguiría la tan ansiada paz interior y quizá…, la felicidad.

Se detuvo para contemplar el bosque que le había dado refugio. Las sombras de la noche iban haciendo su aparición, y aquel paraje iba convirtiéndose poco a poco en un lugar de aspecto tenebroso.

Cuando decidió continuar su camino, oyó un ruido poco habitual que le llamó la atención. Se paró para percibir mejor de qué se trataba…, pero no oyó nada. Continuó la marcha y el sonido se hizo esta vez más definido; entonces tomó la decisión de investigar. Parecía un gemido, pero no estaba seguro. Cruzó el río a caballo y, al llegar a la otra orilla, cogió el látigo que tenía colgado de la silla y fue avanzando muy sigilosamente. Sabía que tenía que estar alerta debido a los peligros que acechaban en aquel bosque. Una vez que se adentraba en él, si se quería seguir con vida, no se podía bajar la guardia.

A medida que se aproximaba, el sonido se fue haciendo más nítido, parecía un aullido. La vegetación por esa zona se iba haciendo más densa a cada paso. Ya no podía continuar a caballo, se bajó y lo ató a una de las ramas de un árbol. También dejó el látigo porque con tan poco espacio no podía utilizarlo. Cogió el arco que tenía en el caballo y que utilizaba en algunas ocasiones, como en cacerías. Buscó entonces entre la espesura una rama adecuada que le sirviera como defensa. Cuando la localizó, pisó por uno de sus extremos para troncharla.

Tenía que darse prisa porque ya quedaba muy poca luz. El sonido le indicaba que se encontraba muy cerca. Vio que algo muy pequeño se movía. Se acercó para ver mejor y pudo distinguir a un pequeño lobato que aullaba asustado junto a su madre muerta. Examinó los alrededores y pudo encontrar a dos cachorros más que también estaban muertos.

Sin pensarlo mucho tomó al cachorro entre sus manos y salió del lugar. Al llegar junto al caballo montó y se alejó rápidamente. Mientras cabalgaba, sujetaba con una mano el cachorro y con la otra las riendas. El cachorro entretanto le mordisqueaba los dedos tratando de jugar. Parecía que le estaba agradecido por salvarle de una muerte segura.

Cuando llegó a palacio guardó el caballo en las cuadras y se llevó consigo al pequeño animal. Antes de subir a la habitación pasó por la cocina. Allí estaban las cocineras atareadas con la comida.

—¡Buenas noches, señoras! —dijo al entrar.

—¡Buenas noches, señor! —contestaron todas.

—¿Desea algo de la cocina? —preguntó una de las mujeres al mismo tiempo que se sonrojaba.

—Pues…sí, si fueran tan amables de conseguirme un poco de leche para este cachorro —dijo mostrándolo.

—¡Qué bonito! ¡Qué pequeño! —dijeron acercándose para observarlo mejor.

—Ahora mismo le calentamos un poco de leche —añadió una de las mujeres—, pero no se quede de pie, venga y siéntese que enseguida se la tendremos lista.

Se aproximó a una gran mesa situada en el centro de la cocina y se sentó en el extremo del banco que tenía más cerca. Una de las cocineras se apresuró para apartar los vegetales que se esparcían desordenadamente por la mesa y luego la limpió con un trapo. Mientras tanto el cachorro no dejaba de jugar.

—Señor, aquí tiene la leche, creo que ya está buena para tomar.

—Gracias, señora —dijo cogiendo el cuenco y poniéndolo en el suelo.

Le mostró la leche al cachorro y después de olfatearla comenzó a beber sin parar. Las tres cocineras observaban formando un círculo alrededor.

—¡Parece que está hambriento!

—¡Pobre animal! —comentaban entre ellas sin apartar la vista.

—¿Se lo regalaron, señor?

—No, lo encontré junto a su madre muerta.

—¡Pobre perrito!, se quedó solo —añadió otra de las cocineras.

Pero el extranjero no hizo ningún comentario para aclarar que no se trataba de un perro.

Por fin se sació y apenas dejó algo de leche. El extranjero lo volvió a tomar entre sus brazos. El lobato estaba agradecido, le lamía las manos sin parar.

—Más tarde, si le parece bien, le volvemos a calentar más leche —dijo una cocinera.

—Se lo agradezco, señora, muchas gracias. Si ven a Yaco díganle que le busco.

Se levantó y se despidió cortésmente de las mujeres. Ellas quedaron impresionadas con el tono tan respetuoso que les había mostrado.

Después se marchó a su habitación. Cuando se cambiaba de ropa, observó como el cachorro olfateaba por todos los rincones. Luego llamaron a la puerta, era Yaco.

—¿Desea algo, señor? —preguntó.

—Sí, quiero que bañes al cachorro.

—¿Qué cachorro, señor?

—Perdón —dijo mirando en todas direcciones—. Debe de estar por aquí…

Hizo ademán para inclinarse y mirar debajo de la cama, pero en ese momento apareció corriendo a los pies de Yaco.

—¡Aquí está, señor! ¿Es este el cachorro?

—Sí, es él.

—¿Y quiere que bañe al perro?

El extranjero movió la cabeza afirmativamente, pero no dijo nada.

—Pero… ¡pero si los perros no se bañan!

—¿Por qué no? La limpieza es buena para todos.

—Bueno, si usted lo desea, lo haré.

—Dentro de un momento iré a cenar. Cuando termine, me traes al cachorro, quiero regalárselo al rey.

—Como quiera, señor.

Terminada la cena, el rey y el extranjero se reunieron en la biblioteca para jugar una partida de ajedrez. Al terminar se sentaron junto a la chimenea.

—Dentro de un momento le daré un obsequio, espero que sea de su agrado —dijo el extranjero.

—¿Un obsequio? ¿De qué se trata? —preguntó extrañado sujetándose la barba blanca.

—Le pedí a Yaco que lo trajera después de la cena y no sé qué ha podido pasar…

—Ya estoy intrigado, ¿no me puede decir de qué se trata?

—Si me disculpa, voy yo mismo a buscarlo.

—Sí, sí, vaya rápido.

Cuando salió de la biblioteca se encontró con Yaco en el pasillo.

—Perdone, señor, pero…

—¿Qué ha sucedido? —le interrumpió el extranjero.

—El cachorro, después de bañarlo y secarlo, se escapó y no lo encontrábamos. Nos hemos recorrido casi todo el palacio hasta que por fin…

—Vale, vale, está bien. Dámelo que el rey está esperando. Gracias, Yaco.

Yaco le entregó una cesta con el cachorro en su interior. Seguidamente volvió a la biblioteca. El rey esperaba algo impaciente.

—¡Qué rápido ha vuelto! —dijo mirando ansioso la cesta que llevaba en las manos.

—Yaco ya venía cuando yo salía, alteza.

Mientras el extranjero se acercaba, el rey extendía sus brazos para recoger el regalo.

—Tenga, alteza —dijo al fin.

El rey Dor cogió la cesta entre sus manos y miró dentro.

—¡Un cachorro!, ¡qué belleza de perro!

Lo sacó de la cesta y lo sujetó entre sus brazos.

—¿De dónde lo ha sacado?

—Perdone, alteza, pero no se trata de un perro, es un cachorro de lobo.

—¿Un lobo? Pero… ¿cómo lo ha conseguido?

—Fue esta tarde mientras regresaba…

El extranjero contó con todo detalle el rescate del cachorro. Emocionado, el rey escuchaba muy atento la historia.

—¿Y cómo sabe que la madre del cachorro era la hembra dominante de la manada? —preguntó el rey.

—Las manadas de lobos están gobernadas por jerarquías muy rígidas, una entre los machos y otra entre las hembras. Solo el macho y la hembra dominante se aparean. Suelen tener entre tres y siete cachorros más o menos en cada camada, pero a veces pueden tener hasta nueve. Este es el único cachorro que se pudo salvar. Yo creo que tendrá entre ocho y diez semanas.

—¿Y cómo lo sabe?

—Porque entre los diez y catorce días los lobeznos ya abren los ojos. Con cuatro semanas ya salen de la lobera y este, por su tamaño, creo que tiene ese tiempo.

—¡Qué curioso!, y... ¿cómo sabe todo esto?

—Mientras estuve viviendo en el bosque tuve tiempo suficiente para observarlos desde cierta distancia y conocerlos mejor. A veces imitaba su aullido y ellos me respondían, lo que me divertía mucho. Me di cuenta de que el lobo no es tan fiero como piensa la mayoría de la gente.

—Pues yo también lo creía hasta ahora. Muchas gracias, agradezco el regalo y lo acepto complacido.

—¿Qué nombre le pondrá? —preguntó el extranjero.

—¿Quiere que le busque un nombre?

—Es suyo —respondió el extranjero.

El rey Dor se quedó pensando unos instantes hasta que dijo por fin:

—Le llamaré Lobo, ¿qué le parece?

—Es perfecto, así se llamará. Si lo desea lo entreno para que aparte de hacerle compañía, le obedezca y proteja.

—¿Eso lo puede hacer?

El extranjero afirmó sonriendo, mientras acariciaba al cachorro.

—Lo vi hacer muchas veces a los monjes del monasterio. Incluso con frecuencia los ayudaba porque me gustaban mucho los perros.

—¿Y con qué propósito los entrenaban?

—Pues...—permaneció un momento pensativo como si se hubiera ausentado por un instante—, utilizaban a los perros para la caza, para guardar el monasterio y como ayuda en caso de ataque, aunque ese lugar era respetado por todos, incluso por los ladrones más violentos. Recuerdo a un conocido bandolero que tenía amistad con uno de los monjes más ancianos, y con frecuencia aparecía por el monasterio...

—¿Y le dejaban entrar? —interrumpió el rey.

—El monasterio estaba siempre abierto para todo aquel que lo necesitara; ya fuera porque estuviera herido, enfermo, necesitara alimentos o consejo espiritual. Incluso venía a veces algún padre de familia cuando tenía algún problema y tenía que tomar decisiones importantes.

—¡Eso es muy interesante!, pero...continúe con lo que estaba diciendo sobre el bandolero.

—¿El bandolero?

—Sí, por favor.

—Creo que no tengo mucho más que contar. Salvo que traía víveres al monasterio para ayudar a los pobres que por allí aparecían. Lo poco que tenían los monjes, lo compartían con los más necesitados.

—¡Esa acción me parece extraordinaria!

—Las gentes del pueblo también les ayudaban con lo que podían. Creo, alteza, que ya es muy tarde y necesita descansar.

—Me fascina esta conversación, pero tiene razón, debo retirarme a descansar. Tome a Lobo para que lo vaya entrenando y mañana me lo trae un ratito.

—Está bien, hasta mañana, alteza.

El rey hizo sonar la campanilla y entraron dos sirvientes para ayudarle.

6
La casa de Sénter

A la mañana siguiente, el extranjero habló a primera hora con el capitán. Le contó que pensaba hacer reparaciones en la casa de Sénter y para ello necesitaba presos voluntarios que hicieran el trabajo.

El capitán se puso en marcha y no tardó en conseguir hombres para dicha reparación. Solo habían pasado unas dos horas de su petición cuando ya disponía de los trabajadores.

—¡Extranjero!

—Sí —contestó mirando hacia el capitán.

—Ya tiene seis presos voluntarios para reparar la casa del anciano. Cuando desee que comiencen los trabajos solo tiene que dirigirse a las celdas y allí uno de los guardias le atenderá. Además estarán acompañados por dos soldados para evitar posibles problemas.

—Muy bien, capitán, estoy muy agradecido. Quisiera primero dar las instrucciones para que mis soldados sigan con el entrenamiento mientras me ausento. También necesito un carpintero.

—¿Un carpintero?

—Sí.

—Hay un carpintero no muy lejos de aquí. Cerca de la ciudad verá un desvío a la izquierda, junto a un gran árbol que destaca por su altura y grosor; por allí, subiendo por un camino está la casa del carpintero.

—He entendido, capitán Lim, gracias por su ayuda.

—Si necesita algo más, ya sabe dónde encontrarme.

El extranjero dejó instrucciones a sus hombres para que continuaran con el entrenamiento y se encaminó a la casa del carpintero. No le fue difícil dar con la dirección, puesto que no había otro árbol tan voluminoso por los alrededores. Al llegar a la casa vio a dos hombres junto a unas tablas cepillando la madera.

—Buenos días, señor, ¿qué le trae por aquí? —dijo uno de los hombres.

Él les saludó y se acercó.

—Necesito maderas para reparar una casa. Las puedo conseguir de los árboles que están cerca del río, pero como estarían recién cortadas no serían muy buenas. Entonces quiero unas maderas que estén bien secas, para que luego no se agrieten. ¿Usted puede ayudarme?

—Detrás de casa tengo bastante madera seca. Pase y mire a ver si tiene suficiente.

—Se trata de una casa pequeña —comentó el extranjero.

Los dos hombres dieron la vuelta por un lateral de la vivienda para examinar la madera.

—¿Es mucho lo que tiene que reparar?

—Pues…el techo, suelo, puertas y no sé si alguna cosa más.

—Ahí hay mucha madera, creo que con eso tendrá suficiente para hacer una buena reparación. Pero si necesita más, le llevo más. Si la quiere, aquí tengo dos carretas para el transporte. Me dice el lugar y se la llevamos.

—Muy bien, de acuerdo.

—Además, si me corta unos cuantos árboles de los que están al otro lado del río, le dejo esta a buen precio.

—¿Se refiere a los árboles que están en los límites del bosque? —preguntó el extranjero.

—Sí, me refiero a esos. ¿Usted se arriesgaría a cortar unos cuantos? No sé si sabrá que ese lugar es peligroso.

—Me arriesgaría a cortar dos o tres, no más. Ese lugar debe permanecer inalterable.

—Trato hecho, ¿para cuándo la quiere?

—¿Hoy puede ser?

—Sí, hablaré con mi hijo y se la vamos cargando.

—La casa que hay que reparar se encuentra pasado el palacio, subiendo en paralelo al río, la primera casa que se encuentra. Yo ahora me dirijo hacia allí, así que cuando llegue, estaré con los trabajadores tratando de limpiar un poco el lugar.

—Está bien, allí nos vemos.

Regresó al palacio para recoger a los presos y comenzar los trabajos lo antes posible.

Los nueve hombres se encaminaron al lugar. Esta vez al extranjero le pareció más corto el camino. Debía de ser porque iba distraído con la conversación que tenía con los otros dos soldados. También los presos parecían animados, esta salida se presentaba como algo especial para ellos. Poder estar de nuevo fuera de aquellas celdas malolientes, poder respirar el aire fresco de la mañana y dejar que el sol acariciara sus cuerpos, proporcionándoles ese tibio calor que les desentumecía las extremidades, era maravilloso.

Al llegar, los presos bajaron de la carreta y el extranjero dio instrucciones para que limpiaran toda la maleza que se encontraba alrededor de la casa. Él también se unió a los reclusos, trabajando juntos. Los soldados, que observaban para evitar que se produjera alguna fuga, quedaron sorprendidos al ver como participaba en esa clase de trabajos.

Una vez que quedó limpia la zona, comenzó la tarea en el interior de la cabaña. Había que sacar todas las tablas que estuvieran deterioradas para luego sustituirlas por las nuevas.

Las maderas descompuestas las fueron apilando junto a los hierbajos que habían arrancado anteriormente.

—¿Alguno sabe algo de carpintería? —preguntó el extranjero.

Los presos se miraron, algunos dijeron que no y otros negaron con la cabeza. Entre ellos había un muchacho joven que tímidamente se decidió a hablar.

—Yo entiendo algo…, mi abuelo es carpintero y muchas veces le echaba una mano.

—Muy bien, serás de gran ayuda. Cuando esté todo limpio, hay que poner maderas nuevas. Tú irás indicando a los demás cómo hacer el trabajo.

El extranjero habló con los soldados para comunicarles algo:

—Para reparar el techo, los presos no pueden subir con las cadenas en los pies.

—¿Y usted qué sugiere, señor? —preguntó un soldado.

—Retiren las cadenas a dos de ellos, y que sean esos dos los que se encarguen de la reparación en esa zona. Procuren no perderlos de vista.

—Está bien, señor. ¿Quiere qué se las quitemos ya?

—Sí, por favor.

Los dos hombres entraron en la casa donde se efectuaban los trabajos.

—¡Necesito a dos para subir al techo! —dijo el extranjero—. Aproxímate tú y… tú —dijo señalando a los dos más delgados.

El soldado, con la llave en la mano, se inclinó y retiró las cadenas de los pies de ambos. Ellos se miraron y suspiraron aliviados.

Cuando se disponían a subir al tejado, se oyó el ruido de las dos carretas que se acercaban cargadas con las maderas. El extranjero esperó mientras se aproximaban.

—¡Ya estamos aquí! —dijo el carpintero sonriendo—. ¿Cómo va el trabajo?

—Estuvimos limpiando un poco aquí fuera y ahora estamos limpiando dentro. Estos dos hombres van a retirar del tejado toda la zona que esté dañada.

—¿Quiere que dirija el trabajo o ya saben lo que hay que hacer?

—Uno de los presos parece que sabe algo, pero no estaría mal que hablara con él y le oriente un poco.

El extranjero entró en la casa donde se encontraban los otros cuatro presos.

—¿Pueden salir fuera un momento?, hay que descargar dos carretas y necesitamos ayuda.

Los presos dejaron el trabajo y salieron fuera.

—El carpintero quiere hablar contigo, es aquel hombre —dijo al más joven.

Las carretas las descargaron rápidamente. Entretanto, el carpintero iba dando pequeñas instrucciones al preso. Este escuchaba con atención y preguntaba sobre algunas cosas.

El tiempo fue pasando y todo fue saliendo según se había planeado. La casa iba tomando mejor aspecto cada día. El anciano ya se había repuesto totalmente y desconocía las obras que se estaban llevando a cabo en su ruinosa vivienda. Esta era una de las sorpresas que quería darle el extranjero.

En palacio las cosas también marchaban muy bien. Los soldados que entrenaban con el extranjero habían mejorado extraordinariamente. Combatían entre ellos mejorando de día en día la técnica. El propio rey solía presentarse en algunos de estos entrenamientos, pues le servían de distracción. El sastre también había terminado las ropas del extranjero y las había llevado a palacio; este quedó satisfecho con ellas, habían quedado a su gusto.

Por otro lado, Lobo estaba bastante crecido y su adiestramiento iba progresando. El animal era inteligente y sus destrezas sorprendían a todos. El monarca estaba muy encariñado con él y le echaba muchísimo de menos cuando estaba con el extranjero, aunque Lobo prefería su compañía porque le llevaba de un sitio a otro llegando incluso a agotarlo.

—¿Mañana terminan la casa de Sénter? —preguntó el rey Dor mientras movía uno de los peones del tablero de ajedrez.

—Creí que estaría terminada para mañana, pero como construimos un pequeño granero que no tenía pensado, necesito unos cuantos días más. Luego también nos entretuvimos uno de los días cortando unos cuantos árboles para el carpintero.

—Quería comentarle algo…, ¿la casa tiene muebles? Bueno, me refiero a si tiene cama, mesa, sillas…, usted ya sabe —preguntó el rey.

—No, eso es otra cosa de la que debo ocuparme en…

—Yo quiero —interrumpió el rey— colaborar también y he pensado que puede llevar los muebles que necesite de palacio. Hay una habitación en la parte alta donde se van colocando los muebles y demás enseres que están algo deteriorados, yo creo que con un pequeño arreglo quedarán como nuevos. Puede llevarse lo que necesite, Yaco le ayudará en ello.

—Alteza, esto no lo esperaba, muchas gracias, no sé qué decir.

—Nada, nada, no diga nada. Esto no es nada para lo que está haciendo por Sénter —dijo el rey sonriendo—. Ese entusiasmo que ha puesto en socorrer y ayudar al anciano Sénter causa admiración, y de todo esto, algo se me ha contagiado, por eso deseo contribuir también ofreciéndole estos muebles.

—Él no sabe nada de todo esto, quiero darle una sorpresa —dijo el extranjero con el rostro iluminado por la emoción.

—¿Cree que se sentirá feliz viviendo de nuevo en ese lugar?, ¿no le traerá tristes recuerdos? —comentó el rey algo preocupado.

—También he pensado en eso, y no crea, que estoy algo inquieto con esa idea. Pero también pienso que no debemos anticiparnos ni ver los problemas antes de que existan. Esperemos que todo salga bien y no ocurra nada de eso.

—Esperemos, esperemos —dijo el monarca moviendo otra pieza en el tablero.

En las siguientes semanas quedaron finalizados los trabajos en la nueva granja del viejo Sénter. Además de reformar la casa, también se repararon los muros de piedra y las vallas de madera de los lindes. Se acondicionó y labró la huerta sembrando verduras y hortalizas.

Por otra parte, junto a la casa se hizo un pequeño corral para instalar unos cuantos animales pequeños para que le sirvieran de sustento al anciano.

Por fin llegó el día de darle la gran sorpresa a Sénter. A media mañana se fue a la ciudad para recogerlo. Esta vez no iba en su caballo, llevaba un carro tirado por dos caballos que le había proporcionado el capitán.

En la posada arregló las cuentas con el posadero y mandó que recogieran las ropas del anciano y las llevaran a la carreta. El posadero le informó que el anciano no se hallaba allí en aquel momento.

—¿Puede indicarme dónde se encuentra?

—Suele salir casi todos los días a dar un paseo por la ciudad, pero normalmente regresa cerca del mediodía.

—Entonces daré una vuelta por los alrededores —comentó el extranjero.

Se despidió del posadero y este muy amablemente le acompañó hasta la salida. Se subió a la carreta e inició la búsqueda por las calles más próximas. Después acudió al mercado y allí lo encontró sentado, hablando con otros dos ancianos.

—¡Sénter! —lo llamó haciendo señas con el brazo en alto.

El anciano comentó algo a sus acompañantes y se levantó con dificultad. Se aproximó con el semblante muy feliz, como si hubiera visto a un familiar muy querido.

—¡Hijo mío!, ¿qué te ha traído a estas horas por aquí?

El extranjero se incorporó y extendió su mano para ayudarle a subir a la carreta.

—¡Venga, amigo mío!, vamos a dar un paseo.

El anciano subió y se acomodó.

—¿Un paseo? ¿Adónde vamos? —preguntó desconcertado.

—Ya lo verá, es una sorpresa.

—No me gustan las sorpresas —añadió el anciano.

—Espero que esta sí le guste.

—¿De qué se trata? —preguntó nuevamente.

—Solo disfrute del paseo y no se preocupe por nada. Hoy hace un buen día y quiero que visite un lugar —comentó el extranjero.

—¿Hoy no has traído a Lobo?

—No, le he dejado en palacio, ya lo verá otro día.

—Le he cogido cariño y me hacía ilusión verle. Además, creo que él también siente algo cuando me ve. ¿Te has fijado lo animado que se puso las últimas veces que me vio?

—Sí, es muy cariñoso —comentó el extranjero con una sonrisa.

—Y… ¿cómo va su adiestramiento?

—Va muy bien, aprende rápido, pero lo que más le cuesta es obedecer; yo creo que debe de ser porque no es un perro sino un lobo.

—Cuando no obedece, ¿qué haces? —preguntó el anciano.

—Bueno, solo le levanto un poco la voz y con eso es suficiente. El comprende y a veces se acuesta en el suelo con las patas hacia arriba, creo que esperando el perdón.

Este comentario causó risa al anciano. Luego permanecieron en silencio disfrutando del paseo.

—Nos estamos acercando a palacio —comentó Sénter.

El extranjero prosiguió en silencio. Pasaron junto a este y continuaron el camino cerca del bosque.

—Esta senda nos lleva a mi casa y a mis tierras.

—¿Le gustaría volver a visitar su casa? —preguntó el extranjero.

El anciano se mantuvo pensativo unos instantes.

—Por un lado me gustaría volver a ver el lugar, pero por otro no. Siento pena de ver la ruina en que se ha convertido un sitio tan querido para mí.

—Si lo desea podemos ir por allí y echar un vistazo.

—Ya que estamos aquí… podemos pasar un momento —sugirió Sénter en un susurro.

—Está bien, entonces pasaremos —respondió el extranjero animado.

—Hace tiempo que tengo ganas de preguntarte algo…

—Sí, ¿de qué se trata? —dijo súbitamente el extranjero.

—¿Por qué no has querido decirme nunca cómo te llamas?

—No tengo nombre. Bueno…, tuve uno, pero lo perdí.

—¿Cómo se puede perder un nombre?

—Es una historia muy larga que no quiero recordar —confesó el extranjero mirando fijamente a los ojos de Sénter.

Se hizo el silencio por un buen rato. Tan solo se escuchaba el trotar de los caballos y las ruedas de la carreta golpeando contra el suelo.

—Te comprendo, hijo mío —comentó finalmente el anciano—, todos hemos sufrido malos momentos a lo largo de nuestra vida y no deseamos volver a revivirlos.

Sénter, sintiendo compasión por el extranjero, extendió el brazo y con el dorso de su mano, acarició dulcemente su rostro. Este solo le miró y sonrió.

—Por detrás de estos árboles fue donde encontré a Lobo —dijo el extranjero señalando el lugar e intentando desviar la conversación.

—Pues ya estamos cerca de mi casa —añadió Sénter algo emocionado.

El extranjero observaba al anciano por el rabillo del ojo a medida que se iban acercando. Veía como este no quitaba la vista del lugar; se mostraba inquieto y deseoso de llegar.

Ya se divisaba la chimenea y parte del tejado. Sénter curioseaba con mucha atención. Cuando se encontraban bastante próximos, el anciano reaccionó.

—¿Qué ha pasado aquí? Creo que alguien se ha instalado en mi casa y en mis tierras. Incluso sale humo por la chimenea. ¿No lo ves?

Sénter parecía preocupado. El extranjero no quiso que siguiera sufriendo y paró el carro para darle una explicación.

—Sénter, tengo que contarle algo y espero que me perdone si obré mal. He reparado su casa para que pueda vivir en ella y vuelva a tener un hogar, pero si no le gusta la idea, lo comprenderé y buscaré otra solución.

—¿Que has reparado la casa? Pero… ¡eso cuesta una fortuna!… Esto es un sueño, nunca nadie hizo tanto por mí —susurró el anciano.

El extranjero arreó los caballos y continuó acercándose. Entretanto, Sénter no salía de su asombro.

Cuando estaban próximos a la casa, salió el soldado que vigilaba el lugar. Saludó al extranjero y ayudó a bajar al anciano.

—¿Cómo va todo por aquí, soldado?

—Todo bien, capitán. La comida ya casi está.

—Nunca estuvo este lugar tan bonito, quizá sea que ya no recuerdo bien —comentó Sénter observándolo todo.

—¡Mire! —dijo el extranjero señalando—, hemos hecho ahí un granero, ¿le gusta?

—¡Es increíble!, creo que estoy soñando. Incluso la huerta está sembrada.

Se aproximó a la cerca y la estuvo examinando.

—¡Estos maderos sí que están bien puestos!, a mí nunca me quedaron así —comentó.

—Me alegro de que sean de su agrado.

—¡Cuánto dinero tuviste que gastar!

—No mucho, los presos hicieron el trabajo —confesó el extranjero—. Por otra parte quería consultarle algo…

—Sí, hijo mío, ¿qué te preocupa? —interrumpió el anciano emocionado.

—Quizá no desee vivir solo aquí y prefiera estar acompañado. Además necesita ayuda en la casa y en el cuidado de las tierras y de los animales. Yo… había pensado, y si a usted no le importa, dejarle a uno de los presos de más confianza para que viva aquí y le ayude.

—¿Eso podría ser?

—Sí, solo tiene que dar su permiso —respondió el extranjero.

—Recomendándomelo tú, yo estoy de acuerdo.

—Entonces pasemos dentro que se lo voy a presentar y, de paso, ve cómo quedó la casa. Espero que simpaticen.

La puerta se encontraba abierta, el anciano se detuvo en el umbral para contemplar con calma el interior. Al entrar tuvo que sujetarse a la mesa para no caer al suelo; el extranjero, que se encontraba junto a él, lo asió y le ayudó a llegar hasta una silla.

—¿No se encuentra bien? ¿Qué le sucede?

—Nada, no te preocupes, es solo un pequeño mareo debido a tantas emociones.

—De todas maneras, es mejor que permanezca aquí sentado hasta que se le pase.

—¿Puedo servir la comida, señor? —preguntó el preso.

—Sí, sírvela por favor —contestó el extranjero.

El preso se alejó con dificultad arrastrando las cadenas que llevaba en los pies.

—¡Cúver!, ¿puedes acercarte un momento? —preguntó el extranjero al preso.

—Sí, señor, ¿desea algo más?

—Quiero presentarte a Sénter, ya te hablé de él.

El preso muy tímidamente le saludó. El anciano le sonrió.

—Sénter, él es Cúver. Este joven cuidará de usted, de los animales y de las tierras. Espero que se lleven bien. Su abuelo es carpintero y le ha enseñado el oficio. Yo creo que es un buen chico.

En ese momento, el soldado llamó a la puerta y entró.

—Disculpe capitán, si no me necesita me retiro.

—Por ahora no le necesito, pero antes de irse siéntese a la mesa con nosotros y coma algo. Luego podrá marcharse.

—Bueno… yo…

—¡Venga para acá y siéntese, joven! —dijo el anciano señalando la silla más próxima.

El soldado algo comprometido se sentó. Al momento el preso sirvió una sopa bien caliente y luego un guiso de carne con salsa.

—Esta comida está mejor que la que ponen en la posada —comentó Sénter radiante.

—Sí que está buena —comentó también el soldado.

—Parece que Cúver, además de carpintería, también sabe de cocina —añadió el extranjero.

Cúver observaba por si faltaba algo en la mesa y al mismo tiempo escuchaba los comentarios. Parecía complacido con los halagos que hacían de la comida.

Al terminar, el soldado se despidió de todos. El extranjero, viendo que el anciano se encontraba mejor y que incluso le habían salido los colores, le mostró el resto de la casa. Sénter quedó muy satisfecho con los arreglos llevados a cabo.

—¡Esto es una maravilla! Nunca esta casa estuvo tan bella. Estos muebles son muy suntuosos, tuvieron que costar una fortuna.

—Todos estos muebles que hay aquí son un obsequio del rey Dor para usted, fueron traídos de palacio.

El anciano quedó conmovido por este agasajo. Sus ojos se llenaron de lágrimas y por un momento no pudo articular palabra.

—Esto es mucho para mí —fue lo único que pudo decir.

—Yo por ahora me tengo que ir. Mañana me pasaré para ver si todo marcha bien. Disfrute de su casa y del lugar. ¡Hasta mañana!

—¡Hasta mañana, hijo mío! —contestó en un susurro.

Sénter, que todavía no había asimilado su nueva situación, allí quedó absorto en sus propios pensamientos. Necesitaba tiempo para adaptarse y aceptar el cambio que se había producido en su vida.

El extranjero, al pasar junto a Cúver, le hizo señas para que saliera fuera.

—Solo quería recordarte lo que hablamos ayer. Este anciano es un buen hombre que ha sufrido mucho, ya lo comprobarás por ti mismo. Espero que respondas a la confianza que estoy poniendo en ti, trátalo con respeto y facilítale la vida aquí, no me defraudes. Quizá muy pronto hable en tu favor para que obtengas tu libertad y puedas marcharte. Si me decepcionas o haces algún daño a este buen hombre y huyes, no habrá ningún lugar en este mundo donde puedas ocultarte, porque no descansaré hasta encontrarte. Eso te lo prometo; pero confío en que esto no suceda.

—Sí, señor, puede estar seguro. Le doy mi palabra de que va a quedar contento con mi trabajo y no intentaré fugarme.

—No me falles. Toma, estas son las ropas de Sénter —dicho esto se despidió.

Regresó al palacio satisfecho de dejar a Sénter en su hogar y convencido de que quedaba en buenas manos.

7
La decisión

Esa tarde estuvo entrenando más duro que de costumbre a sus veinte hombres. Combatió personalmente con cada uno de ellos hasta dejarlos agotados. Estaba satisfecho del progreso que iban realizando.

El monarca estaba impaciente por hablar con el extranjero. Quería que le contara con todo detalle la llegada de Sénter a su antigua casa, ahora reformada.

Durante la cena no se habló de otra cosa; incluso el rey Dor se emocionó mientras el extranjero le narraba todo lo acontecido.

Después de cenar, y como de costumbre, jugaron una partida de ajedrez. A su término, el extranjero quería informar al rey de algo importante.

—Alteza…, quiero hacer algo más por Sénter y deseo que usted sea el primero en saberlo.

El monarca le miró a los ojos y antes de que dijera nada, preguntó:

—¿Qué otra cosa desea hacer por él?

—Un día me contó que los soldados de Tritania secuestraron a su único hijo. Desde entonces vive desolado. —Hizo una pausa—. Yo… quiero ir a Tritania. Quiero buscar a su hijo y traerlo de vuelta.

El rey Dor lo miraba sorprendido, luego bajó la mirada y permaneció en silencio unos minutos.

—Eso que pretende es muy arriesgado —dijo finalmente—. Tampoco hay ninguna seguridad de que siga con vida. Va a poner su propia vida en peligro y tal vez para nada.

—Es algo que debo hacer, si no lo intento, nunca lo sabré. Siento lástima por ese anciano, nunca nadie ha hecho nada por él. Por otro lado, tengo que darle sentido a mi vida. Debo hacer algo útil por los demás, más que nada para que mi existencia tenga otro significado.

—Ya lo está haciendo, por aquí usted ha cambiado muchas cosas. Yo mismo, desde que está entre nosotros, parece que tengo más ganas de vivir, incluso me siento con más fuerzas.

El extranjero, en una muestra de afecto, cogió las manos del monarca entre las suyas y le sonrió.

—Me alegra oír esto, alteza. Desde que me acogió en palacio, protegiéndome como un padre, yo también me siento mejor. Mi vida ha sufrido un enorme cambio y esto se lo debo a su alteza.

—Yo temo por usted, bueno…, ¿me permite que le tutee? —preguntó el rey.

—Sí, por favor.

—Yo temo por ti; la gente de Tritania es muy violenta, no le gustan los forasteros, desconfían de toda persona que no es de allí. Y si te apresan, seguramente te torturen sin piedad, son crueles con los prisioneros.

—Tal vez, pero primero tendrán que cogerme, y eso no se lo voy a poner fácil.

—¡Eso, eso! —dijo el rey sonriendo.

—No debe preocuparse, le prometo que regresaré —dijo resuelto.

—¿Ya lo tienes decidido?

—Siento su preocupación, pero sí, estoy decidido. Dentro de unos días me iré. Solo quiero informarme de todo lo referente a ese país y a su sultán.

—¿Al sultán?, ¿qué es un sultán? —preguntó el rey extrañado.

El extranjero quedó pensativo un instante.

—Lo siento, alteza, me refería a su soberano, al rey de Tritania —aclaró.

—Mañana te voy a proporcionar toda la ayuda que necesites. Te presentaré a varias personas que te darán los datos que deseas saber. Así entrarás más seguro en ese país.

—Muchas gracias —dijo agradecido.

—Ahora vamos a dormir un poco —añadió el rey incorporándose de su cómodo sillón.

Se despidieron y se retiraron a sus respectivas habitaciones.

Al día siguiente, desde muy temprano, el extranjero estuvo muy ocupado con el entrenamiento. Quería estar seguro antes de irse de que sus soldados podían enfrentarse a un posible ataque a la ciudad.

Entrenaron cuerpo a cuerpo y también utilizaban gran variedad de objetos como barras de madera, látigos, piedras y cuerdas.

Sus soldados estaban animados porque cada día se sentían más fuertes y seguros. Al mismo tiempo también se hallaban ansiosos por realizar un combate real, pues por ese motivo entrenaban tan duramente.

Durante los ejercicios, un soldado fue a buscarle.

—Señor, mi capitán quiere que vaya porque necesita hablar con usted.

—Está bien, ahora voy.

Antes de ausentarse, habló con sus hombres y dejó instrucciones para que continuaran con los ejercicios.

Por fuera de capitanía estaba el capitán hablando con un soldado.

—¡Buenas, extranjero! —le saludó.

—¡Hola, capitán!

—Esta mañana el rey Dor me comentó que piensa entrar en Tritania y me pidió que le facilitara toda la ayuda indispensable para que corra el menor riesgo posible. Yo no quiero quitarle la intención, pero debe saber que son pocas las personas que han ido a Tritania y han vuelto con vida. Y las pocas que han regresado cuentan que sufrieron unas torturas espantosas.

—Gracias por las advertencias, pero es algo que tengo decidido.

—De acuerdo, pues pasemos dentro y le presento a dos personas que le pondrán al tanto.

En el interior había una sala con una gran mesa rectangular que el extranjero ya había visto con anterioridad cuando pasó frente a ella para visitar a los presos.

El capitán le presentó a dos hombres; uno de edad avanzada, que era consejero del rey, y el otro de mediana edad, que era militar.

Este último le facilitó varios mapas: un mapa de Marem, país del rey Dor; otro de Tritania, y los demás eran de los países limítrofes. Pasaron bastante tiempo dando explicaciones de cada cosa que aparecía en ellos y contestando a todas las preguntas que hacía el extranjero. Se interesó especialmente por saber hasta dónde llegaba en Tritania el bosque de la Boa y cómo podía llegar hasta allí desde Marem.

No sabían si el extranjero tendría que salir huyendo de Tritania por algún otro país fronterizo. Por este motivo le informaron de todo lo necesario para que su regreso fuera lo más seguro posible.

—Es necesario que se estudie bien estos mapas. Si tiene alguna duda, puede volver a consultarme. Por otro lado, cuando emprenda el viaje no debe llevar consigo estos mapas, pueden pensar que es un espía y eso… es muy grave. Por consiguiente, llévelos memorizados, así nadie los podrá encontrar —indicó finalmente el militar.

—Ese es un buen consejo —admitió el capitán.

El militar muy amablemente le deseó suerte y se despidieron. El consejero del rey también le asesoró con gran interés. Sus recomendaciones fueron muy apreciadas por el extranjero.

Cuando ya terminaba, le hizo una última sugerencia.

—Recuerde que debe pasar lo más inadvertido posible.

—¿Inadvertido? ¿Qué significa esa palabra? —preguntó.

El consejero y el capitán se miraron y sonrieron.

—Perdone —se disculpó el consejero—, pero había olvidado que es usted extranjero y en ocasiones no comprende todas las palabras, aunque habla muy bien nuestra lengua. La palabra «inadvertido» significa que usted debe procurar no llamar la atención en Tritania. Debe parecer un habitante de aquel lugar. Por lo tanto, le recomiendo que se vista como se visten allí para que no se fijen en usted. Además, procure hablar lo menos posible porque su acento le delataría. El pelo también debería cortárselo, no se olvide que algunos soldados de Tritania le podrían reconocer…—Hizo una pausa y se quedó pensativo—. Eso es todo de momento, creo que no se me olvida nada. Espero que lo que hemos hablado le sirva de ayuda, solo me queda por decirle que regrese pronto sano y sin ningún inconveniente.

—¡Muchas gracias, señor! —dijo agradecido—. Espero volver pronto y con buenas noticias.

—Aquí le esperaremos ansiosos por saber de usted, sobre todo el rey Dor, porque le ha tomado mucho aprecio —confesó el consejero.

—Sí, eso es cierto, el rey tiene un gran corazón —admitió el extranjero.

—Si necesita algo más, no dude en preguntarme, yo gustosamente le ayudo en todo lo que esté en mi mano —manifestó el anciano consejero—. Ya sé lo que se me olvidaba —añadió—, el capitán le va a entregar una bolsa con dinero de Tritania, le será de mucha utilidad allí. Necesitará alojamiento y comida, ese dinero le puede ayudar.

—¿Cómo han conseguido ese dinero? —preguntó.

—Mejor que no pregunte —dijo el consejero—, a su regreso le contaré. —Miró al capitán y los dos sonrieron.

El extranjero percibió cierta complicidad en la mirada de ambos hombres. «No sabía qué hecho le estaban ocultando. Ya se enteraría más adelante —pensó—, no le daría más vueltas».

—Ha sido muy amable, y creo que sus recomendaciones me serán de gran ayuda. Por todo esto le estoy agradecido —admitió.

Se despidieron y los tres hombres salieron juntos hasta la puerta. Mientras se alejaba el consejero, el capitán y el extranjero se quedaron hablando unos instantes.

—¿Necesita algo más o cree que la información que le han dado es suficiente? —preguntó el capitán.

—Sí, yo creo que con esto y con un poco de suerte, ya me las arreglo bien.

—La hora de la comida hace rato que se pasó. Ya debe de tener hambre —comentó el capitán.

—Como estaba entretenido no me daba cuenta, pero ahora que usted lo menciona parece que tengo algo de ganas —admitió.

—Ya nos veremos, ¡hasta luego! —se despidió el capitán.

—¡Hasta después, capitán!

Como era tan tarde, ese día el extranjero comió solo. El rey se encontraba descansando en ese momento. Al terminar, bajó al patio y reunió a sus hombres para seguir con el entrenamiento. Trabajó con los soldados hasta el atardecer.

—Por hoy ya hemos acabado, pueden retirarse a descansar.

—¡Hasta mañana, capitán! —se despidieron sus hombres.

El extranjero fue a recoger el caballo al establo.

—Vamos, Lobo —le dijo al pasar junto a él.

Se montó en el caballo y cabalgó hasta la casa de Sénter seguido en todo momento por el lobo.

Al llegar vio al anciano sentado en una silla junto a la puerta. Lobo, como de costumbre, le saltó con las dos patas a las rodillas. El anciano se alegró al verlos.

—Ya pensaba que no ibas a venir. Llevo toda la tarde aquí fuera esperando que llegaras.

—Lo siento, no pude venir antes. ¿Y cómo se encuentra? ¿Esta noche durmió bien?

—Sí, sí, dormí muy bien; aunque de vez en cuando me despertaba y me parecía todo un sueño.

—¿Y Cúver?

—Está ahí dentro haciendo la cena.

—¿Cómo se ha portado?

—Muy bien, parece buen chico. Cuida bien de los animales y de las tierras.

—¿Y de usted?

—También, está pendiente de mí todo el tiempo. ¿Pero no sería posible que le quitases las cadenas de los pies? Lo digo porque le están haciendo daño; hoy vi como sangraba, aunque él no se ha quejado.

El extranjero no comentó nada y se acercó a la puerta.

—¡Cúver! —le llamó.

—Sí, señor. —Se acercó lo más rápido que pudo.

—¿Cómo te ha ido con el trabajo?

—Muy bien, señor.

—¿Te encuentras bien aquí? —preguntó de nuevo.

—Sí, muy contento de poder estar al aire libre. Esto es mejor que la celda.

—¿Y tus pies? Dice Sénter que las cadenas te están haciendo daño.

—Bueno, un poco, creo que cuando me acostumbre ya no me harán tanto daño.

El extranjero se arrodilló para examinar las heridas. Luego buscó en uno de sus bolsillos y sacó una llave.

—Te voy a quitar estas cadenas, parece que te están haciendo bastante daño. Yo voy a confiar en ti, si no tratas de escapar esto va a decir mucho en tu favor.

—¡Gracias, señor! Puede estar seguro de que no me fugaré.

—Eso espero, acuérdate lo que hemos hablado. Ahora ve y lávate las heridas.

—Gracias por quitarle las cadenas —dijo el anciano—. Yo sufría solo de verlo. Se ve que eres compasivo. Tu padre, si vive, debe de estar orgulloso de ti.

—Lo estaba, creo…, aunque nunca me lo dijo, ya murió.

—Siento que lo hayas perdido —comentó Sénter.

Por un rato los dos hombres se quedaron en silencio y pensativos.

—¡Qué sucesos más extraños nos sobrevienen a lo largo de nuestra vida! —manifestó el anciano pensativo.

—Eso es cierto —dijo el extranjero.

—Yo soy un padre que ha perdido a su hijo, y tú eres un hijo que ha perdido a su padre.

—Sí, pero usted quizá tenga la esperanza de recuperarlo alguna vez.

El anciano, apoyando los brazos en las rodillas, miró hacia el suelo. Luego hizo un gesto de desaliento.

—Ya a mis años casi todas las esperanzas han muerto. Solo deseo vivir tranquilo lo que me queda de vida.

—Yo no quiero darle falsas esperanzas, pero dentro de unos días voy a viajar hacia Tritania, en busca de su hijo. Y si sigue con vida lo encontraré y lo traeré de vuelta.

Sénter, desconcertado, levantó la mirada hacia el extranjero.

—Pero, ¿qué estás diciendo, sabes en que peligros te vas a meter? Yo deseo con toda mi alma recuperar a mi hijo, pero no quiero que te ocurra nada malo. Te quiero como a un hijo, y no soportaría perder a otro.

El anciano se pasó las manos por los ojos para secar las lágrimas que brotaban de ellos.

—No se preocupe, volveré. He estado en peligro muchas veces y aquí estoy, así que debe pensar que todo va a salir bien.

—¿No has considerado que mi hijo probablemente haya muerto? ¿Cómo podré seguir viviendo si no regresas?

—Pienso regresar, pero de todas maneras procuraré que a usted no le falte de nada.

—¡Ya se me acabó la tranquilidad! Hasta que no regreses, hijo mío, yo no viviré.

—Lamento que mi marcha le produzca esta angustia, pero no tardaré en volver. Así que no se preocupe tanto.

—Pero me inquieta que estés en peligro, esas tierras no son seguras.

—Me sé defender, estoy bien preparado.

Mientras ellos hablaban, Lobo no dejaba de correr y jugar por aquellos alrededores.

—Señor, ¿va a cenar con nosotros? —preguntó Cúver.

—Me gustaría, pero es casi de noche y debo marcharme.

—¿Cuándo piensas hacer ese viaje? —preguntó el anciano.

—Posiblemente pasado mañana.

—¿Vendrás por aquí para despedirte?

—No me gustan las despedidas, pero vendré.

Se dieron las buenas noches y Lobo, como intuyó que ya se iban, corrió rápidamente hacia Sénter y este lo acarició como de costumbre.

El extranjero montó en el caballo y regresó a palacio. Hizo una cena breve y comentó con el rey los acontecimientos del día. Decidió retirarse pronto a su alcoba para tratar de memorizar los mapas que le habían dado. Esa noche durmió poco. Mientras estaba tumbado en la cama y desvelado, iba repasando mentalmente cada elemento que recordaba de los mapas. También le venía a la mente la conversación que tuvo con el consejero y las palabras de Sénter. Tampoco podía olvidar la expresión de tristeza del anciano al saber de su marcha. La preparación del viaje, la incertidumbre de no saber bien por dónde empezar a buscar y de cómo resolver los posibles problemas que pudiera encontrar, le producían desasosiego.

8
Un té muy especial

A la mañana siguiente se levantó muy temprano, aún no había amanecido. Se metió en la biblioteca y allí pasó bastante tiempo estudiando los mapas.

Oyó un ruido en la puerta y levantó la mirada.

—Pensé que todavía seguías en la cama, seguramente el viaje te ha quitado el sueño —dijo el rey Dor aproximándose lentamente por la estancia.

—¡Buenos días, alteza! Creo que tiene razón, esta noche he dormido muy mal —manifestó el extranjero poniéndose en pie—. También veo que su alteza ha madrugado.

El rey se sentó en el sillón que estaba situado enfrente del extranjero, ayudado en todo momento por uno de sus sirvientes.

—Ya te puedes marchar, cuando esté el desayuno vuelves —le indicó al sirviente—. Tu marcha a Tritania también me tiene desvelado, aunque no lo creas estoy verdaderamente preocupado. Todavía no te has ido y ya estoy deseando que regreses.

—Espero no tardar en volver. No me conviene quedarme mucho tiempo por allí, porque alguno de los soldados que me ha visto podría reconocerme.

—Eso es cierto. ¿Y cómo te va con estos mapas? —dijo señalándolos.

—Ya los tengo bien estudiados, espero no olvidarme de nada.

—Y Sénter, ¿ya sabe que vas a Tritania en busca de su hijo?

—Sí, ayer tarde se lo dije.

—Debe de estar muy contento al pensar que puede volver a ver a su hijo —comentó el rey.

—Pues… no, todo lo contrario. Él ha perdido toda esperanza de que siga con vida y ahora solo le preocupa mi seguridad. Está triste y bastante preocupado.

—Yo creía que se iba a alegrar, esto me ha desconcertado —confesó el monarca.

—Lo mismo me ha pasado a mí, planeaba este viaje con tanta ilusión pensando en Sénter y ahora me he quedado algo desanimado, pero a pesar de todo debo intentarlo, ¿no cree?

—Pues… ¿qué quieres que te diga? Yo preferiría que no fueras, pero eso es algo que debes decidirlo tú. Si yo tuviera tu edad, posiblemente iría en busca de su hijo. Ahora con los años me he vuelto más prudente y juicioso. Tomar decisiones que entrañen riesgo me cuesta. Por eso debes hacer lo que consideres más conveniente.

—Yo también quería comentarle…, en el caso de que me pasara algo y no pudiera regresar, me preocupa el bienestar del anciano Sénter.

—¡Ah, era eso!, pensé que se trataba de otra cosa más grave. Por eso no estés preocupado; déjalo en mis manos, que mientras tú estés fuera, Sénter estará bien asistido.

—¿Haría eso por mí?

—Eso y mucho más —manifestó el rey con una sonrisa, y el extranjero al oírle, también sonrió—. ¿Y cuándo piensas marcharte?

—Mañana temprano.

—¡Tan pronto! —exclamó el rey levantando la mirada hacia el extranjero.

—Ya tengo las cosas resueltas, así que cuanto antes mejor.

—Hay que buscarte otras ropas, recuerda lo que dijo el consejero, no debes llamar la atención.

—Sí, alteza, solo necesito eso y algo de alimento para el camino.

—Tenía que decirte algo más y… ahora no recuerdo. ¡Esta cabeza mía!, ya no es la misma de antes —susurró el monarca contrariado.

—No se preocupe, ya lo recordará. Hasta que me vaya todavía queda tiempo.

—¡Ya lo tengo! —exclamó el rey levantando el brazo—. Quería decirte que te lleves a Lobo contigo. Ahora tú lo necesitas más que yo.

—Lobo es suyo y lo estoy adiestrando para que le acompañe, le obedezca y si fuera necesario que también le proteja.

—Sí, sí, ya lo sé; pero en este momento lo necesitas, y yo me quedaría más tranquilo si lo llevas contigo. Al menos no te sentirás solo en un país extraño y peligroso.

—Bueno, acepto si eso es lo que desea.

En ese momento tocaron a la puerta y entró el sirviente.

—Alteza, ya los desayunos están servidos.

—Sí, vamos ya, aunque no tengo ningunas ganas de comer —dijo el rey.

—¿No se encuentra bien?

—Llevo ya unos días sin apetito y hoy me siento más cansado que de costumbre. Yo creo que son los años, y ya son muchos.

Llegaron al comedor y continuaron allí con la conversación. Esta vez el desayuno se prolongó más de lo acostumbrado, y no porque comieran más, todo lo contrario. Ambos querían disfrutar del poco tiempo que faltaba para la despedida.

Posteriormente en el entrenamiento solo se trabajó el combate, pero tan duramente que los soldados quedaron agotados. Al terminar se despidió de ellos dándoles algunos consejos importantes.

Luego cabalgó hasta la casa de Sénter. Comprobó que Cúver todavía permanecía allí. A pesar de estar sin cadenas, no se había fugado.

—Cúver, tengo que hacer un viaje, pienso estar fuera unas cuantas semanas, cuando vuelva hablaré sobre tu libertad. Cuida de Sénter como si fuera tu propia familia.

—Sí, señor, no se preocupe. Aquí estaré cuando regrese —dijo el preso complacido.

Luego se dirigió al anciano, que esperaba sentado en uno de los troncos que estaban preparados para la lumbre. Se paró frente a él. Los dos hombres se miraron, las palabras sobraban.

—¡Alegre esa cara, abuelo! No me gusta verle triste. Antes de que se dé cuenta, estaré de regreso.

—¡Qué Dios te proteja, hijo mío! —fue lo único que dijo.

—Veo que por aquí todo marcha bien. El huerto cada día está más bonito y los animales también. Los días que esté fuera vendrán algunos soldados para comprobar que todo marcha bien. Si tiene algún problema o queja, dígaselo a ellos. Ahora tengo que marcharme, todavía tengo algunas cosas que preparar. Salgo mañana temprano. ¡Hasta pronto!

—¡Hasta pronto! —respondió Sénter secándose las lágrimas.

Montó en su caballo y, aproximándose al anciano, le hizo un saludo con la mano al mismo tiempo que decía:

—¡Volveré!, tenga fe.

En palacio preparó todo lo necesario para la partida. Sobre la cama de su habitación ya le habían dejado las ropas que tenía que llevar.

Luego por uno de los pasillos se encontró con Yaco.

—¡Señor!, le dejé sobre la cama las ropas para el viaje. Me dijeron que le preguntara si quería cortarse el pelo.

—Gracias por todo, Yaco, pero prefiero tener el pelo así. En su lugar me dejaré crecer la barba, quizá eso cambie algo mi aspecto.

—Sí, señor, creo que con otras ropas y la barba ya no parecerá el mismo.

—¿Qué ocurre?, pareces algo triste.

—Estoy preocupado por el rey Dor.

—¿Qué le pasa al rey?

—Esta tarde el rey enfermó. Esta acostado y el médico no se ha separado de su lado.

—Iré a verlo ahora mismo —comentó.

En ese instante salió preocupado hacia la habitación del rey. En su puerta unos soldados montaban guardia. El extranjero se aproximó y los soldados le impidieron el paso.

—Lo sentimos, señor, pero el médico ha prohibido las visitas.

—Necesito ver al rey y hablar con el médico.

—Por ahora no podrá entrar, tendrá que esperar a que salga —dijo uno de los soldados.

—Está bien, esperaré.

El extranjero estuvo dándose unos paseos por el ancho pasillo mientras aguardaba. Una de las doncellas del rey salió de la habitación apresurada. Cuando regresó traía consigo una palangana y varias toallas. Decidió esperar sentado en una de las sillas que había en el pasillo; permaneció mucho tiempo sin ver a nadie que entrara ni saliera de la habitación.

Lobo apareció por el lugar, y moviendo su cola se echó en la alfombra junto a los pies del extranjero. Más tarde también se presentaron varios consejeros que al pasar a su lado le saludaron.

Finalmente se abrió la puerta y salió el médico. En ese momento todos se acercaron; el médico se veía pensativo y cansado.

—¿Qué está pasando? —preguntó un consejero.

—El rey tiene mucha fiebre y no logro que baje —dijo mirando hacia el grupo—, además tiene fuertes dolores que no se le alivian con nada, no puede estarse quieto del dolor. Se levanta, se sienta, se acuesta y no encuentra cómo mitigarlos. Mis remedios parece que no le hacen nada.

—¿Por qué tiene fiebre? —preguntó el extranjero.

—No lo sé, pues no tiene tos y…

—Aparte de la fiebre —interrumpió el extranjero—, ¿qué otro problema presenta?

—Bueno… aparte de la fiebre y de los dolores que tiene en ambos lados de la cintura, hay otro problema relacionado con la orina.

—¿Qué problema es ese? —preguntó de nuevo el extranjero.

Los consejeros que allí se encontraban escuchaban con interés.

—Parece que no puede orinar, y cuando lo hace, lo único que orina es un poco de sangre. Solo puedo decir que está bastante mal y que el problema es grave.

—¿Podemos entrar? —preguntó un consejero.

—Por ahora no. Está sufriendo mucho y es mejor dejarlo tranquilo. Las doncellas se ocupan de él. Yo volveré dentro de un rato.

Yambrus se alejó por el pasillo. El extranjero se quedó pensativo, luego corrió en busca del médico, le seguía también Lobo.

—¡Yambrus, Yambrus! —gritó.

Al doblar el pasillo lo divisó.

—¿Sí? —dijo el médico dirigiendo su mirada hacia el extranjero.

—Quería decirle que en mi país hay un remedio muy eficaz para los problemas de orina. Si da su permiso iré en busca de unas hojas…

—De momento no hace falta —le interrumpió—, si se empeora ya hablaremos.

El extranjero quedó apesadumbrado sin saber qué hacer. En estos momentos no tenía paciencia para esperar leyendo ni para irse a su habitación a descansar. Pensó que lo mejor sería volver y esperar sentado cualquier noticia.

Yambrus no tardó en regresar. Saludó al pasar y entró nuevamente para atender al rey. En el pasillo se habían presentado unos cuantos consejeros más, todos estaban ansiosos por tener noticias.

Por fin Yambrus salió, pero su aspecto indicaba que las cosas no iban mejor. Se paró frente a los consejeros y mirando a todos dijo:

—La salud del rey continúa agravándose. La fiebre sigue subiendo y no hay forma de bajarla. No sé cuánto tiempo podrá su naturaleza soportar esto. Yo creo que ya solo se puede esperar un milagro.

Luego buscó con la mirada al extranjero, que se encontraba algo más retirado que los consejeros.

—¡Extranjero, acérquese!, el rey Dor pregunta por usted continuamente, así que puede pasar.

El extranjero fue hacia la habitación rápidamente sin decir nada.

—Mire —dijo súbitamente Yambrus—, cuando salga debemos intentar probar con esas hojas que me comentó antes, quizá puedan ayudar al rey.

El extranjero cerró la puerta dejando tras sí un murmullo. En la habitación se encontraban, aparte del rey, dos doncellas y un sirviente. La chimenea estaba encendida y varios candelabros iluminaban el lugar. El rey estaba acostado y apoyado sobre varios almohadones. Al oír la puerta abrió los ojos. El extranjero se aproximó, y el rey le hizo señas con la mano para que se sentara en la cama. Sus ojos se veían enrojecidos y sus mejillas sonrosadas por el efecto de la fiebre.

—¿Te estropeé el viaje? —dijo con voz cansada.

—No se preocupe, cuando se recupere lo iniciaré.

—No creo que me recupere, me encuentro bastante fastidiado. Yambrus fue sincero conmigo, me informó de la gravedad. También me dijo que estabas ahí fuera esperando noticias junto con algunos consejeros; y que conoces un remedio de tu país para curar los problemas relacionados con la orina. Le sugerí que lo probáramos, de todas maneras no hay nada que perder.

—Sí, alteza, se trata de las hojas de unos árboles que no sé cómo los llaman aquí. A sus frutos le dicen…

El extranjero intentaba recordar, pero no lo lograba. El rey quería ayudarle.

—Explícame cómo son.

—Sus frutos son de forma ovalada y tienen dos cáscaras duras y rugosas.

—Yo creo que te refieres a las nueces.

—Sí, sí, así se llaman.

—Entonces se trata de las hojas del nogal —aclaró el rey—. Hay algunos árboles cerca de aquí, pero próximos al bosque.

—Sí, también hay muchos en el interior del bosque. Yo me alimentaba entre otras cosas de estos frutos. Si me perdona, ahora mismo voy a traerlas, verá qué rápido mejora.

—Que Dios te oiga, hijo mío —manifestó el rey sonriendo a pesar de su estado.

El extranjero se despidió y salió muy entusiasmado. Por fuera le esperaba el médico, que en ese momento hablaba con los consejeros. Al verle, se acercó y le pidió más información sobre esas hojas.

Luego salió de palacio seguido en todo momento por Lobo. Cabalgó bastante tiempo en busca de esos árboles. Como era de noche y había poca luz iba despacio, aunque gracias a que había luna podía ver algo. Iba en paralelo al río y este le servía de referencia. A lo lejos se oían algunos lobos aullando. Lobo, al escucharlos, movía las orejas y la cola.

Cruzaron el río y se acercaron aún más al bosque para poder distinguir mejor esos árboles.

«No recuerdo haber visto ninguno por aquí, pero deben de estar cerca por el comentario que hizo el rey», pensó.

Decidió bajarse del caballo y continuar a pie. Delante se veían unos árboles muy frondosos, pero al acercarse comprobó que se trataba de otros similares. Se fijó mejor y le pareció que junto a estos árboles por la parte trasera estaban los que buscaba. Se aproximó y comprobó de cerca que parecían nogales. Cogió una hoja, la partió y la olió. Verificó entonces que no se equivocaba, los había encontrado por fin. Recogió todas las hojas que pudo y las fue introduciendo en una bolsa de cuero que tenía en la silla de montar.

El regreso fue más rápido. Al llegar a palacio fue directamente a la cocina con la bolsa repleta de hojas. Al entrar saludó a las tres cocineras.

—Señoras, necesito que hagan un té con estas hojas.

Sacó un puñado de hojas de la bolsa y las depositó sobre la mesa.

—¿Qué cantidad de té necesita, señor? —preguntó una de ellas.

El extranjero echó un vistazo a su alrededor y cogiendo un caldero vacío que se encontraba colgado dijo:

—Llenen este recipiente de agua y hagan el té ahí. Cuando esté listo le llevan una taza al rey Dor. Después que se lo haya bebido no dejen pasar mucho tiempo en volverle a llevar otro; así continuamente hasta que se encuentre bien.

—Sí, señor, ya hemos entendido —manifestó una de las cocineras.

—Luego, el resto de las hojas las ponen a secar a la sombra y las guardan para otra ocasión.

—Muy bien, señor —dijo otra de las mujeres.

El extranjero subió para ver cómo seguía el monarca. El pasillo estaba lleno de gente; unos eran consejeros, los otros ignoraba quiénes eran.

El tiempo pasaba y nadie salía de la habitación. Por fin vio a una de las doncellas llevar el té. En ese momento llegó el capitán junto con otros militares que el extranjero desconocía.

Yaco también pasó por allí, y preguntó en voz baja al extranjero si quería bajar para comer algo.

—Por ahora no, quizá más tarde tome algo. Gracias, Yaco.

—De nada, señor.

Luego, otra doncella subió varias bandejas con aperitivos para ofrecer a toda la gente que se había agrupado en los pasillos. La espera se hacía larga, todos parecían impacientes. Algunos consejeros, debido al cansancio y a los años, se habían retirado.

Ya le habían llevado varias tazas de té.

Las horas pasaban y ya era de madrugada. Por fin salió el médico, y parecía que traía buenas noticias. El semblante de su cara lo decía todo. Se paró frente al grupo y dijo:

—El rey ha mejorado, la fiebre ha desaparecido totalmente y los dolores también. Ahora solo necesita descansar y mañana, si continúa así, podrá seguir con su vida normal. Muchas gracias por esperar y buenas noches a todos.

Luego miró al extranjero y se acercó.

—¡Esas hojas parecen ser milagrosas! Le doy las gracias por su colaboración en la pronta recuperación del monarca. Él desea hablar con usted, pero sea breve. Por ahora lo importante es que duerma, porque está débil y necesita descansar.

El ancho pasillo se fue despejando y el bullicio se alejó. Pronto el silencio fue total; solo quedaron allí el extranjero, que continuaba sentado en una silla, y Lobo a sus pies.

Se levantó y llamó a la puerta. Uno de los sirvientes le abrió.

—Alteza —saludó.

—Cómo me alegra que hayas podido venir, hijo mío. Como tardabas, pensé que no te encontrabas cerca y que estarías durmiendo.

—No, me hallaba en el pasillo. He querido esperar a que todos se fueran para entrar.

—¿Y por qué? —preguntó extrañado el monarca.

—Todos deseaban verle y hablar con su alteza. Yo no quería que los demás pensaran que poseo ciertos privilegios. Ya usted me ha dado bastante con permitirme vivir aquí, compartir la mesa conmigo y darme su amistad. Me ha dado más de lo que cualquiera podría soñar. Quizá no sean vistas con buenos ojos las distinciones que me hace.

—¡Pamplinas! Yo soy el rey y no tengo que pedir permiso ni dar explicaciones cuando quiero beneficiar a alguien.

—Sí, alteza, yo solo…

—Está bien, está bien. Tu prudencia me complace, es una cualidad positiva. Yo quería verte para darte las gracias, pues me he recuperado rápidamente con ese té que recomendaste. El médico desconocía también las propiedades curativas de estas hojas. Quedó admirado con los extraordinarios resultados.

—Estoy feliz de haber podido ayudar y verle sano de nuevo. Ya es hora de dormir, su alteza necesita descansar. Mañana seguiremos hablando.

El rey extendió su mano y con una afable sonrisa se despidió del extranjero.

Lobo continuaba esperando en el pasillo. Al ver al extranjero se levantó y lo siguió hasta la puerta de su habitación. Acababa de cerrar la puerta cuando alguien llamó.

—¡Adelante!

—Señor, aquí le traigo un poco de leche de almendras para que no se vaya a la cama sin nada en el estómago.

—Gracias, Yaco, eres muy atento, pero es muy tarde y no tenías que molestarte.

—No ha sido ninguna molestia, tómesela y trate de descansar. Hasta mañana, señor.

—¡Hasta mañana, Yaco!

A la mañana siguiente, todos se encontraban felices porque el rey había pasado bien la noche y se encontraba perfectamente. Incluso desayunó como de costumbre en el comedor, acompañado por el extranjero.

Al finalizar, el extranjero se despidió porque esa mañana emprendía el viaje hacia Tritania. Yaco le esperaba en los establos con una bolsa de tela llena de comida para el viaje y otra bolsita más pequeña que le entregó de parte del capitán. El extranjero la abrió y comprobó que estaba llena de monedas.

—Señor, no parece el mismo: esas ropas, el pelo atado atrás… y como ya tiene algo de bigote y barba será difícil que le reconozcan.

—De eso se trata, Yaco, espero que dé resultado. ¿Cuándo le dio la bolsa el capitán?

—Me la trajo esta mañana muy temprano, antes de irse con los soldados.

Después de terminar de preparar la silla, montó en el caballo.

—¡Hasta pronto, amigo! —dijo a Yaco.

—¡Vuelva pronto, extranjero!

—¡Vamos, Lobo!

9

La partida

El extranjero, antes de salir de los contornos del palacio, detuvo su caballo y miró hacia lo alto. Desde una de las ventanas vio como el rey Dor observaba su salida. Levantó el brazo e hizo una breve inclinación con la cabeza. El monarca, a su vez, respondió al saludo.

Poco a poco se fue alejando seguido por Lobo. Atravesó la ciudad, unos fértiles campos de cultivo, un pequeño río y algunas montañas que encontró a su paso. Iba seguro, la ruta que debía tomar la tenía grabada en su mente. A lo largo del trayecto hizo varias paradas para descansar y comer algo.

«Necesito alrededor de tres días para empezar a entrar en Tritania», pensaba mientras hacía sus cálculos tumbado en el suelo antes de dormir.

Ya amanecía cuando se despertó con los lametones de Lobo en la cara. Había dormido toda la noche profundamente. La vigilia de la noche anterior y la larga cabalgada habían hecho efecto.

Comió y también le dio a Lobo, luego continuaron el viaje. El sol le servía como guía para orientarse. Debía continuar en dirección noroeste.

Mientras cabalgaba, no pudo evitar recordar la época en la que vivía solo y el cambio que había experimentado en los últimos tiempos. Aceptaba con agrado su situación actual, todo parecía un sueño. Luego miraba a Lobo y volvía a la realidad.

El sol durante el mediodía calentaba con gran intensidad y la marcha se hacía más lenta y pesada. Cuando empezaba a caer la tarde, oyó sonido de caballos a lo lejos y voces que se acercaban y que poco a poco se hacían más nítidas. El extranjero fue hacia unos matorrales y desmontó.

—¡Lobo, ven! —le dijo en voz baja.

Luego subió a una pequeña loma para vigilar mejor. Desde allí, comprobó que se trataba de un grupo de unos veinte hombres uniformados. Constató que se trataba de soldados del ejército de Marem.

Regresó junto a su caballo y se encaminó en dirección al grupo. Los soldados al verle se pararon, hablaron entre ellos y continuaron aproximándose. Cuando se hallaban cerca, un militar se situó frente al extranjero.

—¿Me puede decir quién es y qué hace por esta zona?

—Vengo de la ciudad de Zalai y allí me llaman «extranjero».

El militar miró a sus compañeros y luego al extranjero.

—Hemos oído hablar de usted y nos informaron que iba a pasar por estas tierras; también nos pidieron que le prestáramos ayuda si lo necesitaba.

—Muchas gracias, pero por ahora no la necesito.

—De todas formas tenga cuidado. Esperamos verle de vuelta pronto.

Los hombres se despidieron y continuaron su camino. Acto seguido prosiguió cabalgando mientras hubo algo de luz. Luego se acercó a un pequeño bosque donde pasó la noche.

Al día siguiente no aconteció ninguna novedad. Como había previsto, cruzó la frontera a los tres días. Entre estos dos países, la frontera la indicaba un río no muy profundo que se podía cruzar a caballo.

Se mantenía en guardia continuamente; con cada ruido que oía, por muy insignificante que fuera, lo ponía en actitud de defensa. Esto le llevaba a dormir poco y mal. Lobo parecía que intuía el peligro y también estaba alerta con cada sonido.

Por fin encontró campos cultivados. Subió a lo alto de una colina para ver mejor el lugar.

—Parece que hay gente cerca —dijo a Lobo.

Este solo movió la cola.

Desde lo alto pudo distinguir un grupo de casas a lo lejos. Al parecer se trataba de una pequeña aldea situada al pie de un bosque frondoso. Pensó en rodearla para evitar que le vieran.

Cuando se aproximaba al bosque alguien le saludó.

—¡Hola!

Miró hacia la derecha y vio a un niño de unos diez años sentado junto a un árbol.

—¡Hola! —respondió el extranjero.

—¿Ese perro es tuyo? —preguntó el niño.

—No, es de un amigo.

Lobo, que estaba dando vueltas por los alrededores olfateándolo todo, se aproximó corriendo y se subió encima del niño con la intención de lamerle la cara. Este no paraba de reír.

—¡Lobo, quieto! —le indicó el extranjero.

Lobo obedeció al instante. Luego se echó en el suelo junto al niño con las patas hacia arriba. El niño lo acariciaba y jugaba con él.

—¿Por qué lo llamas Lobo?

—Porque ese es su nombre.

—Le pusieron Lobo porque es fiero como un lobo, ¿no es así?

—Puede ser —respondió el extranjero sonriendo.

—¿Por qué hablas raro?

El extranjero no respondió a la pregunta, solo sonrió.

—¿Me puedes decir si hay alguna ciudad grande por aquí?

—Sí, hacia allá —respondió el niño señalando con el dedo—. Hay una ciudad muy grande.

—¿Cuánto se tarda en llegar?

—Mi abuelo me ha llevado tres veces y se tarda mucho tiempo.

En ese momento el extranjero oyó un ruido detrás. Saltó del caballo y se puso en guardia.

—Se tarda dos días en llegar —contestó el hombre acercándose, puesto que había escuchado la pregunta.

Lobo se levantó y se puso delante del extranjero enseñando los dientes para que el hombre no siguiera acercándose.

—¿Ese perro es suyo?

El extranjero miró a su alrededor y comprobó que no había nadie más.

—¡Tranquilo, Lobo!

—Ese perro parece peligroso —comentó el hombre soltando el haz de leña en el suelo.

—¡Padre, parece peligroso pero no lo es!, por eso se llama Lobo —dijo el niño corriendo junto a Lobo para jugar.

—¿Usted no es de por aquí? —preguntó el hombre.

—No, vengo de tierras lejanas.

—¿Y qué busca en Tritania?

—Me gusta viajar, solo eso.

—Pues tenga cuidado, aquí no gustan los extraños. Si se encuentra con soldados lo va a pasar mal.

—Ya lo tendré en cuenta, gracias por la información. ¿Puede decirme si en este bosque hay buena caza?

—Si tiene puntería, encontrará buena caza.

—Dentro de un momento voy a intentar cazar algo —respondió el extranjero montando en su caballo.

—No se vaya todavía, debe de estar cansado y con hambre —comentó el hombre—. Si no tiene mucha prisa, ahora mando al chico a la casa para que le traiga algo de comer. No deseo que piense que somos todos iguales, aquí también hay gente hospitalaria.

El extranjero le miró a los ojos. Pensó que solo se trataba de un buen hombre que únicamente deseaba ser amable y que no ocultaba otra intención.

—No quisiera que por culpa mía tuviera problemas—manifestó el extranjero.

—Nada de eso, nadie tiene por qué saberlo.

Antes de que el extranjero contestara, el hombre decidió.

—¡Chico! —dijo al niño—. Ve a casa y dile a tu madre que te dé algo de comer para un viajero.

—Sí, padre —contestó el niño al mismo tiempo que corría entusiasmado. El extranjero lo siguió con la mirada hasta que desapareció detrás de unos árboles frondosos.

—¿Va hacia la ciudad de Sarén?

—Sí, después de cazar algo y descansar.

—Tenga cuidado en la ciudad y hable poco, podrían pensar que es usted extranjero. Nunca diga que viene de tierras lejanas.

—No se preocupe, lo tendré en cuenta. ¿Qué hacen aquí cuando apresan a alguien que no es de este lugar?

—Mejor será que no lo sepa.

—¿Por qué? —preguntó.

—Así no estará tan preocupado.

—¿Tan malo es ser extranjero?

—Aquí en Tritania, sí.

—Y… ¿qué hacen con los extranjeros? —preguntó nuevamente.

—Pues…—se quedó pensativo—, no sé muy bien, pero yo creo que primero les extraen información y luego, si valen para trabajar, los esclavizan.

—¿Y si no valen?

—El que no sirva, muere. Ya trae mi hijo la comida —dijo el aldeano mirando hacia los árboles.

—Ha sido muy amable ofreciéndome su ayuda y sus consejos sin conocerme de nada.

—Así comprueba que no toda la gente de Tritania es igual —expuso el campesino.

El extranjero cogió la bolsa que colgaba del caballo. El niño se le acercó con una cesta con frutos y una hogaza de pan, él los metió en la bolsa. Luego dio las gracias y se despidió.

—¡Adiós, Lobo! —gritó el niño cuando se alejaban.

El extranjero fue en dirección al bosque y se adentró en él buscando caza. Cabalgó un rato hasta encontrar un claro, donde amarró el caballo y cogió el arco.

Posteriormente estuvo examinando en silencio los alrededores. Se agachó en busca de huellas de animales. Comprobó que en el lugar existían conejos por los restos esparcidos que habían dejado por el suelo. Buscó alguna madriguera y encontró varias. Se colocó en un lugar algo retirado y se sentó a esperar con el arco en la mano. No tardó en ver varios conejos correteando de acá para allá. Eligió uno y apuntó con su arco…

—Esta noche vamos a comer algo caliente —dijo a Lobo mientras le seguía como si entendiera lo que decía.

Hizo un fuego y asó la carne. Esa noche comió conejo acompañado de pan y algunos frutos que le regaló el aldeano. Luego durmieron hasta el amanecer.

Esa mañana se sentía más descansado que los días anteriores. No sabía si sería por la cena caliente y sabrosa que había tomado o si se debía al lugar donde se encontraba. Ese bosque hacía que se sintiese seguro, le recordaba los años que vivió en un bosque parecido.

Con las fuerzas recuperadas recogió todo y se dispuso a continuar el viaje. Salió del bosque e intentó buscar un camino que le llevara a la ciudad más próxima.

Cabalgó largo tiempo hasta que encontró un camino, siguió por él sin que nada relevante acaeciera. Al cabo de unas horas oyó el sonido del agua. Se aproximó hacia el lugar de donde provenía ese rumor y encontró un pequeño riachuelo. Lobo se acercó jadeante a beber y el extranjero inspeccionó los alrededores y desmontó, luego se inclinó en el agua, refrescó su cara y bebió un poco. Recogió la bolsa que tenía en el caballo y sentándose en unas piedras comió él y también le dio a Lobo; después descansaron un buen rato.

Posteriormente reanudaron el camino, que se hizo monótono y tedioso. A lo largo del día descansaron varias veces.

Empezaba a oscurecer cuando se oyó el trotar de caballos, entonces el extranjero paró el suyo.

—¡Sooo…! —Permaneció a la escucha.

El sonido de los caballos se intensificaba cada vez más.

—¡Lobo, vamos! —Desmontó con rapidez.

Llevó al caballo y a Lobo detrás de unas rocas junto a unos árboles. En aquel lugar podía ver perfectamente cualquier jinete que se aproximara.

No tardaron en aparecer los primeros caballos. Desde las rocas no pudo distinguir bien quiénes eran, pero le pareció que todos vestían igual, parecían uniformados. Se trataba de un grupo bastante numeroso, alrededor de veinticinco hombres. Esto le hizo pensar que se había tropezado con los primeros soldados de Tritania. A partir de ese instante tendría que moverse con más cuidado y ser más cauteloso.

Consideró que por el momento no sería aconsejable dejarse ver por los soldados y debería evitar cualquier tipo de enfrentamiento; esto podría arruinar todos los planes. Se sentó mientras oía como se alejaban. Permaneció pensativo unos minutos.

—Ahora creo que debemos alejarnos del camino —comentó a Lobo acariciándolo con ternura.

Lobo le correspondió lamiéndole la mano. Seguidamente subió a las rocas más altas para orientarse mejor y proseguir su camino.

Pensó buscar un lugar más alejado para pasar la noche. Llegó a un paraje que parecía bastante solitario; por los alrededores no pudo ver ninguna vivienda ni campos cultivados. Esas tierras no parecían ser muy fértiles, había mucho matorral y estaba poco arbolado. Determinó que por motivos de seguridad, no encendería ningún fuego.

Esa noche durmió mal… Apenas empezó a clarear el día ya estaba en pie. Como no le apetecía cazar esa mañana, utilizó las provisiones que aún le quedaban. Luego recogió todo rápidamente y se alejó del lugar a través de una pradera, lejos del camino.

10
Sarén

Llevaba algunas horas de camino cuando empezó a divisar varias casas junto a campos sembrados. A lo largo del día paró en varias ocasiones para descansar y alimentarse. Mientras se iba aproximando a su destino, el paisaje fue transformándose, se veían más viviendas y en el camino tuvo que esquivar a varias carretas.

Creyó que sería más oportuno entrar en Sarén cuando estuviera anocheciendo. Buscaría alojamiento y luego ya vería cómo se iban desarrollando los acontecimientos.

Cuando pudo distinguir la ciudad a lo lejos, paró y esperó a que llegara el crepúsculo. Luego poco a poco se fue aproximando a la ciudad. Se cruzó con varias personas, pero no repararon en su presencia. Esto le infundió más seguridad, parecía que su aspecto pasaba inadvertido.

Entró sin ningún problema en Sarén, después estuvo recorriéndola para conocerla mejor. Vio que no era muy diferente de las ciudades que había visto. Quizá estuviera más sucia que otras, al menos su nariz lo percibía.

Al pasar por una de sus calles oyó voces próximas. Se acercó y comprobó que procedían de un mesón.

—¿Qué te parece si entramos y comemos algo caliente? —preguntó a Lobo. Este movía la cola como si entendiera.

El extranjero desmontó y amarró el caballo a una argolla que había en la pared. Entró en el mesón seguido de Lobo. El lugar era grande, había muchas mesas distribuidas por todo el salón. Casi todas estaban llenas de hombres que comían y bebían sin dejar de hablar. Se mezclaban las voces y no se distinguía lo que decían. El extranjero buscó un sitio libre, y encontró una mesa vacía en un rincón debajo de una escalera. Al cabo de un rato una muchacha de tez roja se le acercó.

—¡Buenas noches, señor!, ¿desea comer?

El extranjero asintió con la cabeza.

—De acuerdo, ahora le traigo su comida —dijo la joven sonriendo.

No tuvo que esperar mucho, enseguida apareció con un guiso que humeaba.

—¿Le traigo hidromiel para beber? —preguntó.

—Agua —respondió el extranjero.

El guiso desprendía un aroma muy apetitoso, estaba compuesto de verduras y carne.

Se lo comió casi todo, le dejó un poco a Lobo, que lo devoró en un instante. La muchacha se acercó nuevamente y trajo algunos huesos para Lobo.

—Creo que el perro tiene hambre —comentó la joven tirando los huesos al suelo—. ¿La comida fue de su agrado, señor?

El extranjero afirmó.

—¿Dónde puedo pasar la noche? —preguntó finalmente.

—Aquí detrás tenemos habitaciones, ahora nos quedan dos libres. Si lo desea dentro de un momento se las puedo enseñar.

El extranjero mientras tanto se dedicó a observar a los demás clientes del mesón. La joven hizo unas cuantas diligencias por el salón y regresó rápidamente. El extranjero sacó de entre sus ropas la bolsa con el dinero, preguntó a la chica y pagó.

—Vamos —dijo a Lobo mientras este aún buscaba por el suelo algún hueso más.

La muchacha avanzó por un pasillo que se encontraba detrás de la escalera, el extranjero y Lobo la seguían. Era un pasillo largo y estrecho con puertas a ambos lados. La chica se paró frente a una de ellas y sacó una llave de su bolsillo, la abrió e invitó al extranjero a pasar. El primero en entrar fue Lobo. La habitación era sencilla, pero parecía limpia. El extranjero se acercó a la ventana y vio que daba a la calle.

—La otra habitación da a un patio donde están las cuadras, ahora se la muestro y usted decide.

—Me quedo con esta. ¿Dónde puedo dejar mi caballo?

—Puede dejarlo en nuestras cuadras, allí se lo cuidaremos.

—De acuerdo —añadió.

—Avisaré al chico para que lo lleve, ¿lo tiene afuera?

—Sí.

—¿Piensa quedarse muchos días en Sarén?

—No lo sé.

—¿Es usted del norte? —preguntó la joven.

El extranjero no contestó.

—Se lo pregunto por su forma de hablar —manifestó.

—Sí, lo soy —respondió para que no continuara el interrogatorio.

La joven sonrió y el extranjero salió de la habitación para llevar el caballo a las cuadras.

En la calle desató el caballo y esperó a que viniera el chico que se encargaba de las cuadras. Del mesón salió un joven delgado, desaliñado y sucio.

—¿Es este el caballo que va a dejar en las cuadras? —preguntó.

—Sí.

—Démelo que se lo llevo, pero si quiere ver las cuadras, acompáñeme.

El extranjero le dio las riendas del caballo y el chico lo llevó. El joven iba silbando una melodía mientras caminaba.

Cruzaron una esquina y fueron a la parte trasera del mesón. Abrió una puerta ancha y entraron en un patio. Lo atravesaron y volvió a abrir otra puerta. En aquel lugar se hallaban varios caballos, cada uno en su establo correspondiente, parecían bien cuidados.

Colocó el caballo del extranjero en su establo. El extranjero recogió sus pertenencias, y el chico retiró la silla y la colgó de la pared. El extranjero sacó una moneda y se la dio.

—Cuida bien de mi caballo.

—¡Oh, muchas gracias, señor! Le prometo que lo cuidaré como si fuera mío —dijo agradecido—. Para regresar al mesón puede hacerlo por esa escalera —le indicó señalándola—, y desde ahí, puede llegar hasta su habitación sin pasar por el mesón.

—¡Gracias, chico!

Volvió a su habitación desde las cuadras y al llegar vio que la llave seguía en la cerradura, la sacó y cerró por dentro. Necesitaba descansar y estar tranquilo. Esa noche a pesar de encontrarse en un lugar extraño durmió muy bien.

Cuando se despertó ya entraba luz por la ventana. Se aseó un poco en una palangana que había en la habitación a la derecha de la cama y, cuando se disponía a salir, oyó que alguien hablaba por el pasillo. Pensó que serían otros huéspedes que también se alojaban allí.

Al abandonar la habitación cerró nuevamente la puerta con la llave y buscó a la chica.

—¡Buenos días, señor!, ¿durmió bien? —preguntó la doncella cerrando una de las habitaciones del fondo del pasillo.

—Sí, muy bien, gracias. ¿Esta llave se la dejo?

—No es necesario, aquí tenemos otra. Si quiere desayunar pase al salón, que ahora le sirvo.

El extranjero pasó a la zona del mesón y advirtió que se encontraba casi vacío. Solo había dos hombres sentados en la zona más próxima a la puerta de entrada y tenían una jaula sobre la mesa con algunas palomas. También vio a una mujer gruesa que limpiaba el lugar.

—Mi hija ahora le atiende —dijo la mujer.

La chica no tardó en presentarse.

—Aquí le traigo su desayuno caliente para comenzar el día.

Llevaba varios platos en las manos con una destreza impresionante. Colocó en la mesa un tazón de leche de almendras, una hogaza de pan y unos huevos con carne.

—¿Puede decirme qué carne es esta?

—Se trata de carne de erizo, ¿le gusta?

—Sí, es bastante buena.

—¿Quiere que le dé al perro restos de la comida de ayer?

—Sí, por favor.

Se tomó su desayuno con tranquilidad. Luego pagó la comida y la habitación por dos días.

Cogió sus cosas y las llevó a la cuadra.

—Necesito el caballo —dijo al joven que en ese momento se encontraba en las cuadras alimentando a los caballos.

—Enseguida, señor.

Luego salió del lugar dispuesto a explorar la ciudad. De momento prefirió ir a pie tirando del caballo por las riendas, pues necesitaba hacer ejercicio.

Fue memorizando los lugares por donde iba pasando para más tarde saber regresar. En las calles había gran movimiento de personas, carretas y animales. Lobo no se apartaba de su lado, parecía como si temiera perderle. Recorrió las calles durante varias horas hasta llegar a una enorme plaza. Dejó el caballo amarrado de un árbol para moverse mejor entre tanto gentío.

Advirtió que en esa plaza se comerciaba con casi todo. Era el zoco más grande que había visto. Al pasar por algunos puestos le ofrecían toda clase de mercancías.

Unos gritos le llevaron a encaminarse en esa dirección para investigar. Vio como varios hombres se peleaban. Curioseó desde la distancia y no creyó prudente intervenir. Al instante apareció un grupo de jinetes uniformados. Golpearon a tres de ellos y los apresaron, los otros consiguieron huir mezclándose entre la multitud. Al momento la normalidad llegó al lugar.

Cuando pasaba por uno de los puestos le llamó la atención lo que allí vio:

—Señor, le vendo esta muchacha, no come mucho y trabaja bien — explicaba el comerciante a un grupo de hombres que se paraban a mirar.

El comerciante, viendo cómo el extranjero observaba, se dirigió a él.

—¿La quiere usted, señor?, se la vendo muy barata. Le puedo hacer una buena oferta.

El extranjero negó con la cabeza y prosiguió caminando. No entendía como en ese lugar se comerciaba con mercancías, animales y personas como algo normal.

Más adelante encontró un cercado con caballos en su interior. Varios hombres, posiblemente de la misma familia, intentaban venderlos. Se aproximó y, apoyándose en la valla, los estuvo contemplando. Algunos de ellos poseían una belleza increíble.

—¡Bonitos ejemplares! ¿Le interesa alguno? —le preguntó uno de los comerciantes.

—Muy bonitos, pero por ahora no me interesan.

—¿Es usted del norte?

—Sí —respondió el extranjero y, sin añadir nada más, continuó.

Se paró en uno de los puestos que vendían espadas, hachas, machetes y cuchillos de todos los tamaños. Algunos cuchillos eran muy lujosos, poseían un mango labrado e incluso algunos tenían piedras brillantes de diferentes colores.

«Aquí se me pasa el día sin darme cuenta —pensó—. Debo darme prisa si quiero investigar más».

Los siguientes puestos los pasaba con mayor rapidez. Oyó voces que provenían del fondo a la izquierda. Se dirigió hacia allí y comprobó que se trataba de una oferta de esclavos.

Subidos en una tarima, se encontraban dos hombres corpulentos ofreciendo a tres jóvenes que estaban encadenados por los tobillos. También se hallaban en el lugar varios compradores interesados. Discutían entre ellos y a su vez con el vendedor, regateando por el precio. Mientras esto sucedía, eran observados por una muchedumbre curiosa.

El extranjero esperó pacientemente a que finalizara la venta. El vendedor tuvo éxito, logró ponerse de acuerdo con los compradores y pudo vender a los tres.

Después, la multitud que allí se agolpaba se fue dispersando poco a poco.

El extranjero quiso probar suerte hablando con el vendedor de esclavos. Este recogía sus cosas y las iba colocando en una carreta.

—¿Puedo hablar con usted, señor?

El comerciante de esclavos lo miró de arriba abajo.

—Sí, dígame.

—Necesito un buen esclavo, que sea fuerte y obediente —dijo con firmeza.

—Hace un momento vendí los tres últimos que me quedaban —manifestó el comerciante—. Y ayer vendí tres mujeres y un hombre.

—¿Sabe de alguien que quiera vender un esclavo?

—Quizá los haya…, pero en este momento no sé de nadie.

—Y… ¿sabe de alguien que conozca a personas que tengan esclavos?

—Pues…, bueno…, posiblemente si habla con el capitán de la guardia, le podrá dar un listado. Él lleva el control de los esclavos que entran en esta ciudad.

—¿Dónde puedo encontrarle?

—¿No es usted de Sarén, verdad?

—No —aclaró el extranjero.

—Bueno —continuó el comerciante sin más preámbulo—, tiene que subir a la parte alta de la ciudad, allí hay una especie de fortaleza, pregunte por el capitán. Él sabe de las familias que tienen esclavos y dónde están. Yo no le puedo asegurar que la próxima semana tenga más esclavos. A veces hay suerte y puedo traer varias semanas seguidas.

—De acuerdo, muchas gracias por su ayuda.

—¡Qué tenga suerte y encuentre un buen esclavo!

El extranjero sonrió y dio por concluida la visita al mercado. En estos momentos quería pensar en cómo dar el siguiente paso.

Mientras salía del mercado, su mente no dejaba de pensar. Ir a la fortaleza para hablar con el capitán tenía sus riesgos, pero este nuevo desafío le entusiasmaba.

Una vez fuera del mercado buscó su caballo y regresó a la posada. Dejó el caballo al chico del establo y regresó a su habitación. Bebió un poco de agua y le dio de beber a Lobo. Se recostó para descansar y Lobo a su vez hizo lo mismo.

Unos toques a la puerta le despertaron. Se trataba de la chica del mesón.

—Perdone, señor, pero el chico le dijo a mi tío que usted ya había llegado. Mi tío me manda a que le pregunte si desea comer algo.

—Todavía no, estoy algo cansado. Estuve recorriendo las calles hasta llegar al zoco y allí…

—¿Qué zoco? —preguntó confusa la muchacha.

—Me refería al mercado —aclaró el extranjero—. Allí estuve visitando los diferentes puestos. Nunca había estado en un mercado tan grande.

—Sí, aquí en Sarén estamos orgullosos de nuestro mercado. Vienen comerciantes de todos los alrededores, y algunos desde muy lejos. Usted ha tenido suerte porque hay mercado dos días a la semana. Hoy fue el segundo día, y hasta la próxima semana no volverán. Se mueve mucho dinero en la ciudad estos dos días. Aquí en el mesón hay mucho trabajo desde el día antes de abrir el mercado. Ya esta tarde empiezan a recoger y todos los que han llegado de fuera regresan. Luego la ciudad parece otra, más tranquila y silenciosa.

—Vi como vendieron a tres jóvenes esclavos —añadió el extranjero.

—Sí, es costumbre aquí la venta de esclavos, pero solo pueden comprarlos las familias más pudientes.

—Esta tarde quiero visitar la fortaleza. Me dijeron que se encuentra en la parte alta de la ciudad, ¿sabe si queda muy lejos?

—No está lejos, si va a caballo llega rápido. Desde el patio que está en las cuadras se puede ver.

—Ayer me preguntó si yo era del norte y me gustaría saber cómo lo supo.

—Pues… es que toda la familia de mi padre procedía del norte y como allí tienen una forma muy particular de hablar…

—¿De qué ciudad procedía su padre?

—De Donia, ¿la conoce usted?

—Creo que no. He estado viajando y ya no recuerdo bien. ¿Qué me puede contar de esa ciudad?

—Bueno, solo sé lo que me contaba mi padre porque nunca estuve allí. Me decía que era la ciudad que se encontraba más al norte, casi en la frontera con el país vecino. Allí se mezclaban a veces las dos lenguas y era lugar de muchos conflictos.

—¿Puedo hablar con su padre?

—Mi padre hace unos dos años que murió. Lo mataron —susurró con gran tristeza.

—¡Oh!… lo siento —contestó el extranjero—. ¿Quién lo mató?

—Nadie lo sabe con certeza. Ocurrió en unas revueltas en la calle con los soldados del ejército. Mi padre intervino y allí murió. Pensamos que fue algún soldado, pero nadie sabe bien.

—¿Por eso está su tío aquí?

—Sí, mi madre le pidió a su hermano que viniera a trabajar y así también nos ayudaría. En los mesones siempre tiene que haber un hombre, ¡usted sabe! A veces hay problemas y los hombres lo solucionan mejor.

—Sí, lo comprendo —afirmó el extranjero, sonriendo—. Voy a darme prisa para regresar antes que anochezca.

—Pues no le entretengo más —añadió la muchacha.

El extranjero llamó a Lobo y fue a recoger su caballo a las cuadras. Montó y desde el patio estuvo mirando hacia arriba, en dirección a la fortaleza. A continuación partió sin más, pues quería tener esa cuestión resuelta.

Mientras ascendía hacia la fortaleza observó que Lobo estaba agotado y tenía la respiración muy agitada, de manera que aflojó el paso en el último tramo para no ponérselo aún más difícil. No empleó mucho tiempo en llegar; aunque el ascenso fue escabroso debido a que la cuesta era muy pronunciada.

Comprobó que la fortaleza poseía unas murallas extraordinarias y una gran puerta custodiada por dos soldados que sujetaban unas lanzas entre sus manos. Al acercarse, los soldados le dieron el alto y se pusieron en guardia. El extranjero detuvo el caballo.

—Necesito hablar con su capitán.

—¿Para qué le busca?

—Quiero comprar un esclavo y me han dicho que él sabe si alguna familia quiere vender alguno.

—Espere un momento.

El soldado golpeó la puerta y desde el otro lado le abrieron. El soldado estuvo hablando con otro hombre, pero no se pudo oír lo que decían.

—Puede entrar, ahora le atienden.

—Gracias, soldado —contestó el extranjero.

Abrieron totalmente uno de los lados de la puerta para que pudiera pasar con el caballo; seguidamente la cerraron. El lugar estaba lleno de soldados y caballos. El extranjero se sentía un poco inquieto, resultaba extraño verse en terreno enemigo y rodeado por él. Un soldado lo iba guiando a través del enorme patio.

—Espere un momento —le indicó.

El soldado se introdujo entre un grupo de militares y el extranjero le perdió de vista. Lobo, cansado, se había acostado en el suelo.

Apenas habían pasado unos minutos, el extranjero comprobó que el soldado volvía acompañado por un militar alto y delgado. Desmontó y Lobo, intuyendo peligro, se levantó.

—¡Buenas tardes! —saludó el capitán acercándose—, ¿quiere hablar conmigo?

—¡Buenas tardes, capitán! —respondió el extranjero—, quiero comprar un esclavo y en el mercado me indicaron que hablara con usted, por si sabe de alguien que quiera vender alguno.

—De acuerdo, acompáñeme.

El capitán regresó por el mismo sitio que había venido y, atravesando el grupo de soldados, llegaron frente a unas dependencias de la fortaleza. El extranjero le seguía acompañado de Lobo. Después entraron en una habitación algo pequeña para tantos muebles. Había, entre otras cosas, una mesa grande rodeada de sillas; un mueble con estantes llenos de libros, otros dos más con estanterías cerradas y también un mapa de Tritania en la pared.

El capitán buscó en un baúl que estaba junto a la mesa y, sacando un documento cuidadosamente enrollado y atado con una cuerda, lo desató y extendió.

—Entonces, ¿busca usted un esclavo?

—Sí —contestó sin más explicaciones.

—No es usted de por aquí, no lo había visto antes.

—No, vengo del norte.

—Eso me había parecido, ¿de qué parte?

—De Donia.

—He oído hablar de ese lugar, pero nunca he estado por allí. Aquí —dijo mirando el documento—, hay varias familias que cuentan con esclavos, pero no sé si querrán venderlos. ¿Sabe usted leer?

—Sí, por supuesto.

—Entonces le voy a anotar varias direcciones a ver si tiene suerte.

—Y en las ciudades más cercanas ¿hay esclavos?

—Sí, también. Si lo desea, le anoto unas cuantas direcciones más.

—Sí, sería conveniente.

Volvió a abrir el baúl y cogió varios documentos enrollados.

—Perdone, pero tengo las anotaciones en diferentes documentos dependiendo de la ciudad. Si algún día busca trabajo por aquí, no dude en venir a hablar conmigo, necesito hombres que sepan leer y escribir. ¡Es tan difícil encontrar gente con esas cualidades!

—Muchas gracias, capitán, lo tendré en cuenta.

Estuvo unos minutos anotando algo en otro papel con una gran pluma. Cuando terminó, lo lio y ató. Seguidamente se levantó y se aproximó al extranjero. Este a su vez hizo lo mismo y, al extenderle las anotaciones, Lobo le gruñó enseñándole los dientes. El capitán, mostrando sorpresa, dio un paso hacia atrás.

—¡Quieto, Lobo! —dijo inmediatamente el extranjero.

—¿Es un lobo? —preguntó extrañado el capitán.

—Sí, pero no se preocupe, no le hará nada, está enseñado.

Lobo se calmó y el capitán le entregó el documento.

—¿Cómo pudo conseguir ese lobo y enseñarle?

—Lo encontré junto a su madre y hermanos muertos, él fue el único que sobrevivió; luego me lo llevé y se lo regale a un amigo. Este amigo me pidió que se lo adiestrara, y así lo hice.

—Se lo compro, ¿cuánto pide por él?

—Como le dije, no es mío, es de un amigo, y no creo que quiera venderlo.

—Pregúntele a su amigo y, si quiere venderlo, acuérdese de mí.

—Está bien capitán, lo recordaré. Ha sido usted muy amable, gracias por todo.

El capitán sonrió complacido.

—¡Vamos, Lobo! —dijo el extranjero cuando se dirigía hacia la puerta.

—Antes de que se vaya, me gustaría saber dónde se aloja.

—Me quedo en un mesón que también tiene habitaciones.

—Ya sé a cuál se refiere, conozco el lugar; que tenga suerte y hasta pronto.

—¡Hasta pronto, capitán!

El extranjero salía del lugar satisfecho por la información y por el buen trato recibido. Estaba comprobando que la gente de Tritania no era tan perversa como le habían informado en Marem. Por ahora las cosas iban transcurriendo con toda normalidad.

En el momento que salió nuevamente al patio, se le acercó el mismo soldado que le había acompañado anteriormente, trayéndole el caballo.

—Gracias, soldado —le dijo, y cogiendo el caballo montó y salió de la fortaleza con la misma facilidad con la que había entrado. Al llegar afuera respiró hondo y sonrió. Ahora ya podía ir en busca del esclavo. Empezaría la búsqueda al día siguiente porque empezaba a oscurecer.

Cuando bajaba hacia la ciudad, se cruzó con un grupo de militares, pero no se produjo ningún incidente. Se sentía como en casa.

Pronto llegó al mesón y pasó directamente al salón para comer antes de irse a dormir.

Al amanecer de la mañana siguiente ya estaba en pie. Se hallaba impaciente por tener alguna pista sobre Tirás, el hijo del anciano. Habló con la chica del mesón y esta le preparó una bolsa con comida para el camino, pues pensaba estar fuera todo el día. También le preguntó por las direcciones que le había dado el capitán. La joven le dio todas las explicaciones necesarias para que no tuviera ningún problema en encontrar esos lugares.

Después del desayuno partió con Lobo sin demora. La dirección más cercana se encontraba en un extremo de la ciudad, no muy lejos. Recorrieron varias calles hasta encontrar una arboleda junto a una calle. Al final de esta calle estaba la primera dirección.

Llegaron a una gran casa rodeada por un cercado que concentraba gran cantidad de caballos. Cuando se aproximaba a la vivienda oyó que alguien le hablaba, miró y vio a un hombre con aspecto de sirviente.

—¡Buenas, señor! ¿Está buscando a alguien?

—¡Hola! —dijo el extranjero—, quiero comprar un esclavo, me dijeron que quizá me puedan vender alguno. ¿Cuántos esclavos tienen aquí?

—Conmigo somos siete, pero no sé si los señores querrán vender.

—¿Cómo te llamas?

—¿Yo?

—Sí.

—Mi nombre es Yelym.

—¿Vive aquí algún esclavo llamado Tirás?

—No, señor. Si espera pregunto a la señora si está vendiendo algún esclavo.

—De acuerdo, espero.

El esclavo rápidamente fue hacia la casa. Al momento salió acompañado de una señora mayor de pelo blanco. El extranjero al verla se acercó.

—¡Buenos días, señora!

—¡Buenos días! —contestó la mujer.

—Quiero comprar un esclavo y quería saber si usted vende alguno.

—No, por ahora mi marido no tiene intención de vender ningún esclavo. Los necesitamos a todos, en la casa hay mucho trabajo, al igual que en el campo.

—Lo entiendo, señora, gracias por su tiempo, no la molesto más.

—No ha sido ninguna molestia, espero que tenga suerte.

Salió del lugar en busca de la siguiente dirección. Esta se encontraba un poco más lejos. Esperaba tener más suerte en las otras dos direcciones que le quedaban, si no fuera así tendría que trasladarse a otra ciudad.

Tuvo que subir de nuevo la cuesta y recorrer algunas calles estrechas por las que ya había pasado. Un grupo de soldados le adelantaron a mitad del trayecto, pero sin ningún problema. Luego se encontró con dos perros que al ver a Lobo corrieron en su dirección para atacarle. Lobo les hizo frente y se inició una pelea; varias personas, al oír los aullidos de los perros, salieron de sus casas para ver el espectáculo. El extranjero cogió su látigo por si tenía que salir en defensa de Lobo, pero este se sabía defender bastante bien.

Varios hombres estaban haciendo apuestas y disfrutaban con la riña. Al final, los dos perros, que tenían un considerable tamaño, acabaron ensangrentados y salieron huyendo con la cola entre las patas, dando alaridos.

Guardó el látigo, se bajó del caballo y se acercó a Lobo para examinarlo, vio que se lamía una pata y cojeaba algo. Lo examinó y comprobó que tenía una pequeña herida por la cual sangraba un poco.

—No te preocupes que casi no tienes nada, has sabido defenderte bien, eres muy valiente.

—Le compramos el perro —dijo uno de los dos hombres que aún permanecían allí—. Es bueno peleando.

—Es la primera vez que se pelea —comentó el extranjero.

—Dígame, ¿cuánto quiere por él?

—No está en venta, además no es mío, es de un amigo.

—No importa, se puede ganar un buen dinero, luego le cuenta a su amigo lo que quiera.

El extranjero se puso en pie y le miró fijo a los ojos.

—Eso que me está sugiriendo no está bien. El perro no se vende —admitió con firmeza.

Los dos hombres se miraron y no insistieron más. El extranjero continuó su camino algo contrariado.

Posteriormente estuvo cabalgando un rato en busca de la siguiente dirección, que no acababa de encontrar. Por fin localizó la casa, era una vivienda situada en el otro extremo de la ciudad. Había dos carros en la entrada y varios sirvientes bajaban cosas de ellos. Se acercó para preguntar a un joven.

—¿Venden esclavos aquí?

—No sé, señor, pero puedo preguntar.

—Está bien, pero antes de irte, ¿me puedes decir si conoces a un esclavo llamado Tirás?

—Yo no, pero puedo preguntar al capataz.

—De acuerdo, pregúntaselo.

El joven se alejó y entró en la casa. Luego salió acompañado de un hombre alto y corpulento que se acercó.

—Soy el capataz y el chico me dijo que quiere comprar un esclavo.

—Sí, necesito un esclavo.

—Lo único que puedo venderle es una esclava que me sobra.

—Lo siento, no necesito una esclava, perdone.

—Le puedo hacer una buena oferta por ella.

—Por ahora no, gracias. ¿Tiene agua para mí y mi perro?

—Sí, allí detrás hay un pozo con agua fresca —dijo señalando para la parte posterior de la casa—, puede utilizarlo.

—Gracias.

Pronto halló el pozo y pudo beber del cántaro que colgaba de él. Dio de beber a Lobo y al caballo. También lavó la herida de Lobo, y este en agradecimiento lamió su mano.

11
El mensaje de la cueva

La última dirección en aquella ciudad se encontraba en las afueras, hacia el norte, a varios kilómetros de allí. Preguntó por ese lugar en las últimas casas que halló para evitar contratiempos. Comprobó que había gente muy amable y respetuosa, eso le hacía sentir más seguro.

Después de subir varias colinas recubiertas por abundantes y verdes pastos, descubrió un pequeño bosque bastante exuberante. Decidió entonces hacer una parada junto a un pequeño riachuelo que lo atravesaba. Aprovechó la ocasión para beber, comer y refrescarse, pues el sol calentaba mucho.

Posteriormente pensó que el lugar era muy apropiado para descansar algo; ya Lobo lo estaba haciendo echado a la sombra debajo de un árbol. Se recostó a su lado porque el fuerte calor del lugar lo había agotado, y casi sin darse cuenta entró en un profundo sueño…

El aullido de Lobo le despertó, no sabía el tiempo que había estado durmiendo, creía que bastante, estaba algo desorientado. A Lobo no lo veía por los alrededores, pero oía sus aullidos cerca. Se levantó y por precaución cogió el látigo que guardaba en la montura del caballo antes de ir en su busca.

Descendió por el terreno y se adentró entre una vegetación espesa. Lobo seguía aullando. Se encaminó en esa dirección y al apartar las últimas ramas vio la entrada de una cueva.

—¡Lobo! —gritó.

Decidió acercarse a la entrada para averiguar qué era lo que le alteraba tanto. Cuando Lobo vio al extranjero corrió a su lado.

—¿Qué ocurre?

Lobo continuaba mirando hacia el interior de la cueva pero ya no aullaba. El extranjero avanzó, se acercó un poco más y vio algo muy extraño: un reflejo luminoso con varios colores muy bellos iba tomando poco a poco mayor intensidad y fuerza, haciendo resplandecer el fondo de la cueva. Continuó acercándose hasta que su brillo aumentó de tamaño, deslumbrándole con su luz cegadora.

—¿Qué es esto? —murmuró.

La luz se fue haciendo más sutil y el extranjero podía mirar sin que le molestara en los ojos. En su interior predominaba el color dorado, y desde allí apareció una dama de la cual emanaba una penetrante paz y dicha que llegaba hasta lo más profundo del alma del extranjero. Estas sensaciones y emociones tan intensas lo dejaron sin palabras.

A esta señora ya la había visto anteriormente en dos ocasiones; se dirigió a él con una sonrisa:

—Me manifiesto ante ti nuevamente para traerte otro mensaje: por ahora estamos complacidos contigo y esto ha permitido que mientras camines por estas tierras de Tritania, puedas utilizar un nombre nuevo, elige un nombre sencillo y humilde. Recuerda que solo podrás usarlo en Tritania. Utilízalo bien.

Dicho esto desapareció y la oscuridad volvió a la cueva. El extranjero quedó unos instantes inmóvil, asimilando lo que acababa de acontecer.

Lobo se acercó y lamió una de sus manos, entonces él se inclinó y acarició su cabeza.

—¡Vamos, Lobo, salgamos!

Regresó junto al riachuelo, se sentó y estuvo un largo rato meditando lo sucedido. Luego, muy emocionado, decidió elegir un nombre apropiado. Estuvo barajando varios y por fin se inclinó por Sénter. Era un nombre que ya conocía y el señor que lo llevaba era un buen hombre, humilde y cariñoso. Este nombre quizá le daría suerte, además se encontraba precisamente en Tritania por él.

Muy animado determinó continuar el camino. Salieron del bosque avanzando lentamente debido a la cuesta.

Ya pensaba que andaba perdido cuando se encontró con dos hombres que conducían un carro lleno de leña.

—¡Buenas tardes, señores! Busco la casa del señor Moleine. ¿Ustedes le conocen?

—¡Buenas tardes! —saludaron a la vez—. Está cerca, nosotros nos dirigimos hacia allí. Si lo desea acompáñenos.

—Está bien. ¿Viven allí?

—Sí, somos esclavos del señor Moleine.

—¿Conocen a un esclavo llamado Tirás?

—No, ¿es suyo ese esclavo?

—No, pero un amigo lo conoce y quería saber de él.

—Por aquí viene poca gente, vivimos muy lejos de la ciudad…

El camino se le hizo más corto al ir hablando con los dos hombres. El extranjero pudo comprobar a lo largo de la conversación que se sentían felices en aquella propiedad. Trabajaban y eran bien tratados por el señor de la casa. Parecía que no echaban nada de menos. Incluso bromearon sobre Lobo riendo con ganas.

Al llegar, otros sirvientes salieron a su encuentro. Llevaron la carreta a uno de los establos y entre todos ayudaron a bajar la leña. El extranjero desmontó y los acompañó.

—¡Parece que tu perro tiene una amiga! —dijo uno de los sirvientes mirando a Lobo.

El extranjero se volvió y pudo ver a Lobo con una perra grande de color amarillo correteando por fuera, parecía que la herida ya no le molestaba, los dos parecían muy felices.

—Al parecer se llevan bastante bien, creo que es la primera perra que conoce —comentó el extranjero sonriendo.

En el lugar entró un señor de mediana edad muy bien vestido, todos le saludaron cortésmente.

—¡Buenas tardes! —saludó el extranjero.

—¡Buenas tardes, señor! ¿A qué debemos su visita?

—En la ciudad me dejaron su dirección porque busco un esclavo y tal vez quiera venderme alguno.

—Lo siento, ha perdido el viaje porque en estos momentos no puedo prescindir de ninguno. Es época de mucho trabajo en los campos y hay demasiados animales que atender.

—Lo entiendo, entonces seguiré buscando en los pueblos próximos.

—Por aquí somos muy hospitalarios, y antes de irse me gustaría invitarle a comer algo con mi familia.

—No quisiera molestarle aún más…

—De eso nada —le interrumpió el señor de la hacienda—. También quisiera presentarle a mi familia, estamos tan aislados que se agradece cualquier visitante que se pase por aquí.

—Como desee.

—¿Ese perro es suyo?

—Sí.

—Hasta nuestra perra agradece también las visitas, ¿ve cómo se divierten?

—Sí, ya lo veo, parece que se llevan bien.

Subieron unos cuantos escalones para entrar en la vivienda y una mujer salió a su encuentro.

—Mira, Eline, tenemos visita, ¿cuál es su nombre, señor?

El extranjero vaciló antes de contestar.

—Bueno…, yo… me llamo Sénter —dijo finalmente.

—Pues, Sénter, le presento a mi mujer, Eline.

—Mucho gusto, señora.

—¡Buenas tardes, señor Sénter!

—Pero no se quede ahí, pase a la cocina y siéntese, nuestra cocina es el sitio preferido de la familia.

Entraron en una enorme cocina, había dos sirvientas trabajando en los fogones y dos jóvenes cosiendo.

—Aquí están mis dos hijas: Gracil y Cratina.

Las jóvenes se levantaron y saludaron, luego se miraron y sonrieron.

—¿Quiere un poco de hidromiel? —preguntó una sirvienta.

—No, gracias.

—Nosotros vamos a cenar dentro de un rato, nos gustaría que nos acompañara si no tiene mucha prisa.

—Yo agradezco su amabilidad, pero no…

—No se preocupe, cenamos y no le entretendremos más, para que pueda seguir su camino —dijo con firmeza Eline.

—¿No es usted de por aquí? —preguntó Moleine.

—No, soy del norte.

—Por eso tiene un acento diferente al hablar —comentó Cratina.

—Sí, a mí me gusta oírle hablar, me parece bonito —añadió su hermana Gracil.

—¿No tiene hijos varones? —preguntó el extranjero.

—Nuestro primer hijo era varón, le pusimos como su padre, pero cuando tenía dos años le dieron unas fiebres y murió. Nos quedamos muy entristecidos —comentó la esposa.

—Lo siento —manifestó el extranjero.

—Luego nacieron nuestras hijas, se llevan poco tiempo ya que las tuve muy seguidas. Al cabo de un tiempo la alegría volvió de nuevo a nuestro hogar, aunque mi esposo siempre tuvo desconsuelo por un varón.

—Ya comprendo.

—¿Está casado? —preguntó Gracil.

—No.

—Pues ya es hora de que forme una familia —sugirió sonriendo Moleine.

—Sí, pero por ahora, tengo otros asuntos importantes que resolver.

—Eso está muy bien, es usted muy juicioso, hay que tener las cosas solucionadas antes de contraer matrimonio —añadió Eline.

Las sirvientas pusieron la cena en la mesa y la reunión transcurrió muy animada.

—Les doy las gracias por la hospitalidad que me han brindado, pero debo regresar.

—Le comprendemos, mi familia y yo le estamos agradecidos por la visita. Si en otra ocasión pasa por aquí cerca, venga a saludarnos —comentó Moleine con patente sinceridad.

El extranjero se despidió del resto de la familia y al salir de la casa buscó con la mirada a Lobo.

—Ahora le traen su caballo, el perro no andará muy lejos —dijo Moleine.

—¡Lobo! —gritó el extranjero.

Al instante apareció corriendo, seguido por la perra. Un sirviente le traía el caballo.

—Ya los perros han comido —comentó el sirviente.

—¡Muchas gracias por todo!

Se despidió de Moleine, montó en el caballo y salió de la hacienda rumbo a la ciudad. Miró hacia atrás y vio que el sirviente sujetaba a la perra para que no los siguiera.

La noche llegó rápido y debido a la oscuridad no pudo seguir cabalgando. Buscó un lugar apropiado y allí descansaron hasta el amanecer.

La primera luz de la mañana le despertó. Aún seguía pensando en lo que había visto en la cueva, no se lo podía quitar de la mente. La inmensa paz y alegría que había inundado todo su ser se había prolongado por el resto del día anterior. Le parecía un sueño, pero un sueño hermoso. Se trataba de la misma dama que se le había presentado en dos ocasiones en el pasado, de eso estaba seguro.

Lo recogió todo y prosiguió el camino, más animado que los días anteriores a pesar de no haber podido encontrar a Tirás.

El regreso lo estaba llevando más rápido; el terreno ayudaba a apresurar el paso. Por fin ya llevaba recorrida la mitad del camino.

—¡Sooo! —dijo al caballo, este obedeció al instante.

Lobo le miró como buscando una respuesta y comenzó a aullar.

—¡Calla, Lobo, escucha!

Lobo giró la cabeza y movió sus orejas, pero siguió inmóvil.

—¿No escuchas nada? ¿Será que me lo pareció? De todas formas vamos a descansar un poco.

Comieron lo que quedaba en la bolsa y descansaron. Luego continuaron el camino a paso ligero.

Más adelante el aullido de Lobo le hizo parar, se volvió y vio que Lobo se había detenido y miraba en dirección contraria.

—¡Vamos, Lobo!, ¿quieres volver con tu amiga?

Pero Lobo no reaccionaba; decidió entonces bajarse del caballo e investigar lo que sucedía. Se acercó y descubrió que Lobo miraba fijamente hacia una loma.

—¿Sucede algo, Lobo? —le susurró—, ¡vamos, sigamos! —Le dio un toque cariñoso.

Cogió las riendas del caballo y continuó a pie parte del camino. Pasaron por una zona de matorral donde había un árbol. Ató el caballo al árbol, limpió el suelo para hacer una fogata y cogió el látigo. Luego se sentó a esperar. Pensaba que alguien los seguía y quería descubrir quién era.

Lobo también sospechaba lo mismo, por eso se encontraba de pie y miraba hacia atrás.

Esperaron un rato y empezaron a escuchar cascos de caballos que se aproximaban. El extranjero se levantó y descubrió que se trataba de dos hombres a caballo. Esperó a que estuvieran cerca. Lobo miraba gruñendo, parecía que esos hombres no eran de su agrado.

—¡Otra vez ustedes! ¿Y ahora qué quieren? —manifestó contrariado el extranjero.

—Te hicimos una oferta por ese perro y no quisiste ni escuchar. Ahora nos quedaremos con el perro, porque cuando quiero algo lo consigo, por las buenas o por las malas.

—Te dije por las buenas que el perro no se vendía y ahora te lo diré por las malas si no nos dejas en paz.

—Parece que el norteño nos salió gallito —dijo mordazmente el hombre que había permanecido en silencio.

—¡Ocúpate del perro que de este me ocupo yo! —dijo el más corpulento de los dos.

El otro hombre sacó una red de una de sus alforjas y con el caballo se dirigió a Lobo, este le gruñía con todos los dientes al aire, esquivándole en cada momento.

El hombre que acababa de bajarse del caballo, de aspecto más recio, portaba en una de sus manos un machete. Fue hacia al extranjero con el arma en alto, pero el extranjero, con un golpe de látigo, se lo arrebató y luego lanzó el machete lejos. El hombre, más enfurecido que antes, se le acercó, pero el extranjero le arreó varios golpes con brazos y piernas, lo derribó y lo dejó sin sentido. Seguidamente cogió de nuevo el látigo y se dirigió al que trataba de echar la red a Lobo, el cual se movía muy rápido, eludiéndola. Con un latigazo logró tirarlo al suelo, momento que aprovechó Lobo para atacarle.

—¡Socorro, ayúdeme! —decía gritando.

El extranjero dejó que Lobo se desahogara un poco y luego lo apartó.

Los dos hombres quedaron tendidos en el suelo. Uno estaba lleno de magulladuras y aturdido; el otro ensangrentado y con mordeduras de perro por todo el cuerpo.

—¡Cómo vuelva a ver a ese perro sarnoso cerca de mí, acabo con él, esto no se va a quedar así! —amenazó el hombre que había sido atacado por Lobo.

El extranjero montó en su caballo y prosiguió su camino. Era por la tarde cuando entró en la ciudad y llegó sin más problemas al mesón. Dejó el caballo en las cuadras, subió a la habitación, se aseó y salió hacia el salón del mesón.

Se sentó en una de las mesas hasta que la chica terminó de atender a un grupo de hombres.

—¡Hola, señor! ¿Acaba de llegar?

—Sí.

—¿Y ha tenido suerte, logró comprar un esclavo?

—No pude *compriar* ninguno, lo siento, quería decir comprar; pero he conocido a varias personas muy amables.

—Por esta región la mayor parte de la gente es amable. ¿Y no se perdió?

—No, sus indicaciones fueron buenas, también pregunté a varias personas y muy amablemente me ayudaron.

—Entonces, ¿no tuvo ningún problema?

—Solo con dos hombres que quisieron comprarme a Lobo, y como me negué, al regresar me asaltaron para robármelo.

—¿Y le hicieron daño? —preguntó sorprendida.

—No, entre Lobo y yo nos defendimos bastante bien —aclaró sonriendo.

—¡Pero qué suerte tuvieron para que no les pasara nada!

—¡Chica! —gritó un cliente del mesón, reclamándola.

—¿Desea qué le traiga algo para comer?

—Sí.

—Voy a atender a ese hombre y ahora le sirvo.

La joven regresó pronto con la comida.

—Mañana pienso marcharme a otra ciudad, pero antes tengo que comprar algunas provisiones para el camino —le comentó.

—Si lo desea, yo se las puedo conseguir —dijo resuelta la muchacha.

—Se lo agradezco, me haría un favor, mañana le digo lo que necesito.

La joven se marchó y regresó más tarde con comida para Lobo. Se la tiró al suelo y este la devoró en un instante.

—Parece que el paseo te dio hambre —comentó el extranjero con Lobo.

Después de comer se despidió de la chica y se retiró para descansar. En la habitación, Lobo aullaba mirando hacia la palangana, entonces el extranjero comprendió que tenía sed. Cogió la jarra, vertió agua en la palangana y se la colocó en el suelo. Lobo estuvo bebiendo un buen rato. Esa noche descansaron muy bien.

Organizó todo muy temprano para su marcha y comunicó a la joven del mesón las provisiones que necesitaba. La chica le dispuso unos alimentos en una bolsa.

—Espero que lo que le preparé sea suficiente y de su agrado, señor.

—No me cabe duda que lo será, gracias.

—Deseo que todo le vaya bien y que algún día pueda volver por aquí.

—Si vengo por Sarén le aseguro que pasaré por aquí.

Luego pagó la cuenta y se despidió con algo de tristeza de la muchacha, de su familia y del chico que cuidó de su caballo, pero debía continuar buscando a Tirás.

12
Apresado injustamente

Mientras cabalgaba por las calles, pensaba que si al regreso disponía de tiempo se pasaría de nuevo por el mesón. Esa familia le parecía buena gente. Luego estuvo recordando el mapa de Tritania que había memorizado. Necesitaba localizar en su mente las próximas ciudades: una de ellas se encontraba un poco más al norte; la otra más alejada, en dirección sur; y después la siguiente sería Becer, en dirección oeste. Pensaba que sería mejor dirigirse primero al norte porque le quedaba más cerca, y si ahí no encontraba a Tirás, intentaría probar en la otra. Si no lo encontraba en ninguno de los dos sitios, tenía la esperanza de averiguar algo o conseguir alguna información sobre su paradero.

Después de salir de la ciudad, encontró un caminó por el cual también viajaban otras personas; unas iban a pie, otras a caballo y otras en carretas. Oyó que se aproximaban unos caballos al galope, se volvió para mirar y advirtió que se trataba de un grupo de soldados. Se echó a un lado para dejarlos pasar, pero se pararon justo a su lado, rodeándolo.

—¿Es suyo ese perro? —preguntó uno de ellos señalando a Lobo.

—Es de un amigo, pero estará conmigo una temporada, ¿por qué?

—Tiene que acompañarnos para aclarar algo.

El extranjero no opuso resistencia, pues creía que no había motivos y, por otro lado, no era el momento. En estas circunstancias les acompañaría y averiguaría de qué se trataba.

—Está bien, les acompañaré, pero no vayan muy rápido porque el perro se quedaría atrás.

—No se preocupe, iremos al paso que el perro pueda seguirnos —dijo el joven soldado.

Volvieron a desandar el camino. El extranjero llevaba tres hombres delante y, detrás, cuatro. Pensaba que ya era raro no haber tenido ningún problema con los soldados. Por su tranquilidad no quería estar especulando el motivo de su arresto.

Recorrieron la ciudad y comenzaron el ascenso hasta la fortaleza. Cuando se iban acercando comenzó a preocuparse algo, pero procuraba deshacerse de esos pensamientos negativos que no le estaban ayudando en nada. Al llegar, los soldados que se encontraban en la puerta la abrieron. El extranjero echó una mirada breve hacia atrás y vio como volvían a cerrarla. Lobo estaba bastante cansado. El extranjero se bajó del caballo y le dio unos toques de cariño en el lomo.

—¿Puede atar el perro a esa cuerda? —dijo un soldado.

—¿Es necesario? —preguntó el extranjero.

—¡Es una orden!

Al extranjero no le agradaba la idea, pero no quería aumentar sus problemas.

—¡Ven, Lobo!, ahora tienes que quedarte aquí y esperar por mí.

Mientras ataba a Lobo el soldado esperaba. Lobo fue bajando su cola hasta que esta llegó al suelo. No le gustaba estar atado, siempre estuvo suelto.

—Venga conmigo.

—¿A dónde?

El soldado no contestó y siguió andando. Entraron en la fortaleza y recorrieron varios pasillos. Luego se pararon delante de una puerta y el soldado que la custodiaba la abrió.

—¡Síganos! —dijo el soldado mirando al extranjero.

Bajaron por unas escaleras donde no llegaba la luz del exterior, solo las iluminaban unas antorchas fijadas a la pared.

Al extranjero le parecía que se dirigían a los calabozos y eso le inquietaba. A medida que bajaban, el fuerte olor a humedad iba aumentando. Las paredes presentaban ciertas tonalidades oscuras producidas por el moho. Al pasar la tocó, estaba fría y algo mojada.

Al final de las escaleras se encontraban tres guardias hablando junto a una mesa. Había un largo pasillo, y a derecha e izquierda se encontraba lleno de celdas.

—¡Hola, Yelón!, ¿hoy te tocó a ti? —dijo un guardia al joven soldado.

—¡Abre esta puerta! —ordenó el soldado—. Debe entrar y esperar aquí hasta que se aclare un asunto —indicó al extranjero.

—¿Qué asunto? —preguntó.

—¡Entre!, ya le informarán.

El extranjero entró con la esperanza de que fuera un malentendido.

Al cerrar la reja de su celda, el extranjero se dio la vuelta para examinar aquel lugar lúgubre, sombrío y luctuoso. Apenas entraba algo de luz procedente de las antorchas que se encontraban en los pasillos, pero pudo distinguir un cubo en el suelo y un montón de paja apilada en una esquina. Nunca había visto un calabozo desde ese lado, se veía distinto cuando uno estaba dentro. Era difícil tener pensamientos positivos estando allí dentro. Lo peor de todo era no saber por qué estaba encerrado. Se sentó sobre la paja y esperó mucho tiempo. No sabía cuánto, pues en el calabozo no entraba la luz del día.

Unos ruidos llamaron su atención, también oyó a varios hombres hablar en alto. Se puso en pie y se acercó a los barrotes para ver si veía a alguien. Luego vio a dos soldados que le acercaron un plato con comida y un vaso de agua por una cavidad dispuesta entre los barrotes junto al suelo.

—¿Cuánto tiempo voy a estar aquí y por qué? —preguntó en vano, porque no obtuvo respuesta.

Recogió el plato del suelo, lo olió y volvió a depositarlo en la misma abertura; el agua se la bebió toda. Se recostó en la paja y se quedó dormido.

Se despertó muchas veces algo inquieto tras sueños extraños. Cuando ya no pudo dormir más decidió hacer ejercicio en el poco espacio que le quedaba en la celda. Necesitaba mantener su cuerpo ágil y fuerte, no podía permanecer sentado o acostado todo el tiempo que estuviera allí. Oyó a unos reclusos hablar, a otros quejarse o llorar. Los guardias, de vez en cuando, se paseaban por los pasillos y los mandaban callar. Todo esto le parecía deprimente. No sabía cuánto tiempo podía soportar un hombre en estas condiciones.

Escuchó nuevamente a varios hombres hablar y vio que el joven soldado que lo había llevado allí se acercaba a su celda.

—Tiene que acompañarme, hoy el gobernador quiere que conteste a unas preguntas.

—¿Cuánto tiempo llevo aquí?

—Le traje ayer por la mañana, lleva un día.

—En este lugar parece que el tiempo se ha detenido —comentó pasándose las dos manos por el pelo tratando de ordenarlo—. ¿Cómo está Lobo?

—¿Se refiere al perro? —preguntó el soldado mirándole.

El extranjero afirmó con un movimiento leve de cabeza.

—Está bien y continúa en el mismo sitio que lo dejó ayer.

El resto de las escaleras las subieron en silencio. El extranjero estaba impaciente por salir de los calabozos. Al llegar arriba siguieron por el pasillo en dirección contraria a la salida. Se cruzaron con varios soldados y con otras personas del pueblo. Se pararon en una puerta ancha custodiada por dos soldados;

la puerta se abrió y salió una señora mayor llorando. Luego se volvió a abrir y salió un soldado.

—¡Ya pueden entrar!

Se trataba de una sala enorme, en la que destacaba una gran mesa alargada con forma rectangular situada sobre una tarima; en ella se encontraban varios ancianos sentados. Uno debía de ser el gobernador, porque su silla era más alta y elegante que las demás. Todos tenían el cabello gris o blanco. En el resto la sala, delante de estos hombres, también se hallaba un grupo de personas sentadas.

—¡Siéntese aquí! —dijo el soldado, permaneciendo de pie junto al extranjero.

—El siguiente problema que resolveremos está relacionado con un perro llamado Lobo —dijo uno de los ancianos—. ¡Que se ponga en pie su dueño!

El extranjero se levantó y, al mirar hacia la izquierda, advirtió que otro hombre también se había levantado. Los dos hombres cruzaron sus miradas. El extranjero comprobó con sorpresa que se trataba de uno de los hombres que dos días antes le había asaltado para robarle a Lobo cuando regresaba a la ciudad.

—Veo que dos personas se han puesto en pie —dijo otro anciano—. ¿El perro tiene dos dueños? ¿Cuál es su nombre? —preguntó mirando al asaltante.

—Mi nombre es Róper.

—¿Qué tiene que decir, Róper? —preguntó nuevamente el anciano.

—Ese hombre —dijo señalando al extranjero—, me vendió su perro y luego me lo quitó. No conforme con esto, encima me dio una paliza que casi me mata.

—¿Cómo se llama usted? —preguntó al extranjero.

—Me llamo Sénter.

—Y… ¿qué tiene que decir?

—Ese hombre no dice la verdad. Quiso comprarme a Lobo y le dije que no estaba en venta. Luego cuando regresaba a la ciudad, me asaltaron él y su amigo.

—¿Es cierto que le dio una paliza?

—Solo me defendí y traté de impedir que se llevaran a Lobo.

En la sala se hizo el silencio. Los ancianos comenzaron a hablar entre ellos.

—Nos encontramos ante un caso difícil. El gobernador quiere saber —dijo dirigiéndose a Róper— si tiene testigos de que Sénter le vendió el perro.

—Sí tengo un testigo, mi amigo Linten.

—¿Su amigo se encuentra aquí? —preguntó el anciano.

—Sí, está ahí —dijo mirando hacia atrás.

—¡Linten!, siéntese por aquí delante y díganos si es cierto lo que dice Róper.

—Sí, todo es cierto, ese hombre le vendió el perro y hace dos días se lo quitó; además mandó al perro que me atacara, y estoy lleno de mordeduras de perro por todas partes.

Las otras personas que se hallaban en la sala rieron y algunos ancianos sonrieron.

—¿Usted no le había hecho nada al perro?

—No.

Los ancianos entre ellos comenzaron a hablar en voz baja, parecía que no se ponían de acuerdo. Luego permanecieron en silencio.

—¿Cuánto pagó por el perro? —preguntó el mismo anciano.

En ese momento alguien entró en la sala. El extranjero miró y vio al capitán de la fortaleza que entraba.

—Me costó veinte monedas —respondió Róper afirmando al mismo tiempo con la cabeza.

El capitán se acercó a la mesa y estuvo hablando con el gobernador y con los ancianos.

—El capitán Badín nos va a ayudar a resolver este problema. El perro por el momento le pertenece al señor Róper.

—¿Cuánto tiempo hace que compró el perro? —preguntó el capitán.

—Pues…, quizá…, como un mes —dijo finalmente.

—Acabo de ver el perro amarrado ahí fuera y me pareció un buen perro, hace tiempo que estoy buscando un animal como ese. Quisiera comprárselo, ¿si le doy veinticinco monedas me lo vende? —dijo mirando para Róper.

—No sé… tengo que pensar…, si me da treinta y cinco se lo vendo —dijo finalmente.

—¡Lobo no es suyo! —intervino el extranjero—. Él no puede vender lo que no le pertenece.

—¿Usted afirma que el perro es suyo? —preguntó el capitán dirigiéndose al extranjero.

—Es de un amigo y de momento está a mi cuidado.

—Y si usted quisiera venderlo, ¿por cuánto lo vendería? —preguntó el capitán al extranjero.

—Ya sabe que Lobo no está en venta.

—Y… si le ofrezco sesenta monedas, un caballo y un esclavo, ¿lo vendería?
En ese momento en la sala se produjo un murmullo.

—A pesar de que me está ofreciendo una fortuna por Lobo, no puedo aceptar. No está en venta —respondió el extranjero.

—¿Por qué a mí no me ofreció lo mismo? —preguntó Róper en voz alta y algo contrariado.

El capitán miró hacia los ancianos, se acercó y estuvieron hablando.

—El señor gobernador ya ha tomado una decisión —dijo el anciano que estaba sentado a la derecha.

—Tengo que aclarar que este caso se ha resuelto gracias a la intervención en este asunto del capitán Badín. Reciba la gratitud de mi parte y de todos mis consejeros —manifestó el gobernador dirigiéndose al capitán. Luego miró al extranjero y continuó—: ¡Sénter!, aquí hemos comprobado que es usted el dueño de Lobo, porque nos dijo el capitán que usted estuvo por aquí hace unos días con Lobo, mientras que Róper afirmó que usted se lo vendió alrededor de un mes y que hace dos días se lo quitó. Por otro lado, Róper no estaba demasiado interesado en el perro porque estaba dispuesto a venderlo por treinta y cinco monedas, y a usted se le ofreció una fortuna y se negó. Reciba nuestras disculpas por todas las molestias que ha padecido —luego miró a Róper y continuó—: ¡Róper!, tiene usted que pagar a Sénter la cantidad de veinticinco monedas por haberlo calumniado y pasará treinta días en el calabozo, al igual que su amigo Linten por haber mentido.

El capitán miró al extranjero sonriendo, este le devolvió la sonrisa. Se levantó y lo saludó.

—No sabe cuánto le agradezco lo que hoy ha hecho por mí. Ya me estaba viendo otra vez en el calabozo.

—Me enteré hace un rato porque he estado fuera de la ciudad. Al llegar vi a Lobo atado, pregunté qué hacía allí el perro y me informaron. Siento mucho que haya pasado un día en el calabozo, ¿qué podría hacer para compensarle?

—Ahora deseo salir al exterior y que me dé un poco el aire.

—Entonces salgamos —dijo resuelto el capitán.

Salieron del lugar a paso ligero y, una vez fuera, el extranjero respiró profundamente el aire fresco de la mañana. Se sentía aliviado de no estar en los calabozos y poder disfrutar de la calidez del sol.

Un soldado acababa de desatar a Lobo y el extranjero vio como corría a su encuentro.

—¡Lobo! —le gritó poniéndose de rodillas y abrazándolo. Lobo le lamía la cara y las manos— ¡Amigo!, ¿lo has pasado mal?

El capitán sonreía mientras los miraba.

—Vale, vale, ya está —le decía mientras le retiraba las patas de sus hombros.

—¿Tiene algo pensado para hacer hoy? —preguntó el capitán.

El extranjero se incorporó y quedó pensativo.

—Si le digo la verdad, hoy solo tenía planes de volver al calabozo —diciendo esto, los dos hombres rieron con ganas—. Ahora no sé qué hacer. Intentaré seguir mi camino, excepto que otra persona también quiera quedarse con Lobo.

—Creo que debe estar cansado por la misma preocupación, además habrá dormido poco. Si lo desea puede descansar un día en la fortaleza y mañana continuar su camino. Esto no se suele hacer —aclaró—, pero sé que usted no tiene su casa cerca y ha sufrido una injusticia.

—De acuerdo, descanso hoy y mañana continúo el viaje. Se lo agradezco.

—Yo también estoy cansado de tanto cabalgar y necesito al igual que usted un descanso —manifestó el capitán. Luego hizo señas a un soldado y este se acercó—. Lleva al señor Sénter a la zona de invitados y muéstrale su habitación.

—¡Sí, señor!

—Si lo desea, también podrá comer conmigo y mis hombres, o si lo prefiere, puede comer en su habitación y haré que se lo lleven allí.

—No, ya estuve bastante tiempo solo en el calabozo y ahora necesito algo de distracción.

—Cuando nos reunamos para comer le avisaré —dijo finalmente el capitán.

—Está bien —contestó resuelto el extranjero.

—Si me acompaña le muestro su habitación —dijo entonces el soldado—. Estará contento de cómo se han resuelto sus problemas y que esos dos sicofantes tengan su merecido. Me imagino que la próxima vez que quieran robar algo se lo pensarán mejor —el soldado hablaba sin parar—. Esta es la zona de los invitados —dijo al abrir la puerta—, ahora tenemos varios invitados importantes de los territorios del oeste. Ellos deberían haber estado en la sala donde el gobernador resuelve los conflictos, para que tomen ejemplo. Como ya usted sabe, este territorio tiene fama de ser ecuánime resolviendo los problemas. Bueno, eso siempre nos lo está repitiendo nuestro capitán. Ya hemos llegado, esta es su habitación. Como ve, es una habitación bonita y muy limpia. Espero que se sienta cómodo, y si necesita algo no dude en pedirlo. Cualquiera de nosotros le ayudaremos gustosamente.

—Has sido muy amable, gracias.

La habitación era bastante grande y muy luminosa. Se acercó a la ventana y comprobó las vistas. Desde allí se podía distinguir gran parte de la ciudad, algunos campos cultivados y el bosque a lo lejos. Se quedó un buen rato observando la belleza del paisaje, hasta que oyó como llamaban a la puerta. Entró un soldado joven con una cesta con frutas que colocó sobre la mesa.

—Perdone que le moleste, pero tengo que traer varias cosas.

—No es molestia —contestó el extranjero aproximándose a la cesta y cogiendo una jugosa manzana roja. La olió y la mordió mientras Lobo miraba desconsolado—. ¿Tú también tienes ganas de comer? —Cogió otra fruta, se la lanzó y Lobo la cogió con la boca antes de que llegara al suelo. Luego se retiró a un rincón para comérsela tranquilo.

El extranjero volvió a la ventana y continuó apreciando las bellezas del lugar mientras se terminaba la manzana.

—Lobo, ¿quieres dar un paseo? ¡Vamos! —Lobo, que ya se había terminado la fruta, se levantó precipitadamente al oír la palabra «paseo».

Salieron nuevamente al exterior y estuvo examinando la fortaleza y lo que se hacía en el lugar. Luego se acercó a la salida y pidió que le abrieran la puerta. En las proximidades, estuvo dando un paseo por una arboleda cercana. Se recostó en el suelo junto a un árbol y cerró los ojos. La tranquilidad y el silencio de la zona le permitieron escuchar los sonidos de la brisa entre los árboles y el canto de algunas aves. Estos sonidos le transportaron al pasado y le daba la sensación de que el tiempo no había transcurrido… hasta que Lobo lo trajo de nuevo al presente con unos lametones en la cara.

—¡Para, Lobo! Descansa algo, acuéstate aquí —le indicó poniendo la palma de su mano en el suelo, junto a él. Lobo le obedeció de inmediato.

Seguidamente volvió a cerrar los ojos y se quedó dormido. La paz del lugar y el cansancio habían podido con él.

Más tarde el aullido de Lobo le despertó. No sabía cuánto tiempo había pasado, pero se sentía mejor. Fue en su busca y lo encontró junto a una madriguera de conejos; comprobó, por consiguiente, que ese era el motivo de los aullidos.

—Debemos regresar, ¡vamos!, ahora no podemos cazar. —Lobo protestó con un débil gemido, pero obedeció al que él consideraba su dueño.

Los guardias de la puerta, al verlo llegar, le abrieron sin ningún problema. Parecía que ya le conocían. Luego se le aproximó el soldado que le había llevado la fruta.

—¡Sénter! Le estaba buscando para informarle de que ya puede ir a comer, venga conmigo que le muestro el lugar.

Entraron por un lateral del edificio que daba a una sala donde se encontraban muchos soldados sentados en varias mesas hablando y riendo.

—Pase y sígame —dijo el soldado—. Lo siento —se disculpó al tropezar con otro soldado—. Puede sentarse aquí, le hemos guardado este sitio.

Llegó a una mesa mucho más larga que las otras. Saludó a los que allí estaban y tomó asiento justo en frente del capitán. Todos los demás ya estaban comiendo.

—Se le hizo tarde —comentó el capitán.

—Salí a caminar por los alrededores y se me pasó el tiempo.

—Muy bonito el lugar y la ciudad —intervino otro militar que estaba sentado a su lado izquierdo—. ¿Le gusta esta comarca?

—Sí, bastante. No solo la comarca, también sus gentes. Aparte de los dos que querían robarme el perro, he encontrado a buenas personas, amables y justas.

El militar miró al capitán y ambos sonrieron satisfechos.

—Hoy, cuando quise comprar a Lobo, ¿qué pensó? —preguntó el capitán.

—Pues me lo creí y pensé que perdía a Lobo. También estaba casi seguro de que me quedaría en el calabozo una temporada. Todo fue muy extraño.

—¿Y es cierto que es un lobo? —preguntó el militar, que sin darle tiempo a contestar formuló otra pregunta—. ¿Cómo lo consiguió?

—Mientras cabalgaba cerca de un bosque, oí los aullidos del cachorro. Me acerqué y encontré a su madre muerta junto a dos crías que también habían muerto. Solo quedaba vivo él. Me lo llevé conmigo y se lo regalé a un gran amigo. Luego lo entrené para que le fuera más útil.

—¿Y cómo es que ahora lo tiene usted? —le preguntó el capitán.

—Porque mi amigo sabía que ahora iba a estar viajando, y Lobo me haría compañía y me serviría de ayuda en caso de ataque. Por estos caminos nunca se sabe —aclaró mientras comía.

—Por lo que oí, los dos supieron defenderse bien de los ladrones —comentó con una sonrisa el militar que tenía a su lado el extranjero—, a pesar de que los dos hombres eran bastante fuertes.

—Solo tuve suerte —confesó.

—Sí, la suerte es importante —intervino el capitán—, aunque cuanto más se preparan mis hombres, más suerte tienen.

—¿Cómo los prepara, capitán? —preguntó el extranjero.

—Los preparo luchando entre ellos cuerpo a cuerpo, con espada y disparando con el arco para ir mejorando la técnica. También hacemos pequeñas incursiones en Marem, que es el territorio enemigo que tenemos más cerca.

—¿Por qué entran en territorio extranjero? —preguntó el extranjero—, ¿eso no es peligroso?

—No lo decidimos nosotros, son órdenes de nuestro rey.

—¿Y han tenido alguna vez problemas en ese territorio? —le interrogó nuevamente, poniendo mucho interés en la respuesta que daría el capitán.

—Mmmm…, nosotros pocas veces, pero esa pregunta debe contestarla él —dijo dirigiéndose al hombre de aspecto rudo que tenía el extranjero a la derecha—. Darios es uno de los mejores hombres del ejército de los territorios del oeste —aclaró—, y ha entrado hasta Zalai varias veces.

El extranjero lo miró atentamente y vio que se trataba de un hombre alto, ancho de espalda y grueso. Su aspecto era, en apariencia, el de un hombre extremadamente fuerte. Además la barba negra que lucía le daba una imagen más abrupta.

El grupo de hombres que estaban sentados a su alrededor esperaban con entusiasmo su relato.

—¿Es eso cierto? —le preguntó el extranjero.

Darios soltó el hueso que tenía entre sus manos, se frotó la boca y con un movimiento de cabeza afirmó.

—Hemos entrado varias veces —hizo una pausa y miró al círculo de hombres que le escuchaban—, y una de las últimas veces encontramos un grupo de soldados que no pudieron con nosotros. Conseguimos matar a varios, pero otros huyeron —mientras decía esto sonrió orgulloso, a continuación hizo una breve pausa y continuó con el relato—. Las demás veces siempre en Zalai había demasiados soldados y siempre teníamos que retirarnos. Menos la última vez, que nos atacó un solo hombre, pero el maldito luchó él solo con la destreza de cuarenta hombres.

Al oír esto, el extranjero lo observó mejor, y recordó el incidente que estaba contando.

—¡Darios exagera como siempre! —dijo el militar mirando al capitán.

—¿Y no sabe quién era ese hombre? —preguntó el extranjero.

—No lo sé, era un hombre raro. Un soldado no era, porque los soldados allí no se visten así. Si algún día vuelvo a encontrármelo de nuevo quizá no tenga tanta suerte y podré darle su merecido. La cicatriz que me dejó en la cara hace que lo recuerde todos los días. —Fue entonces cuando el extranjero lo observó con más detenimiento y comprobó la fea cicatriz que le recorría toda la cara, desde la frente hasta la mejilla—. Además fui con dieciséis hombres y solo regresamos tres.

Al oír esto, todos permanecieron en silencio unos instantes. El extranjero no insistió haciendo nuevas preguntas para evitar levantar sospechas.

Muchos soldados habían terminado su comida y ya se marchaban.

—La comida ha estado buena, pero la bebida está inmejorable —comentó el militar que tenía el extranjero a su izquierda.

—Pues hagamos un brindis —opinó el capitán levantando su jarra.

—¡Venga! —instó alegremente Darios con la jarra en la mano. Parecía que ya había olvidado el incidente que acababa de contar.

—¡Por Tritania y por nosotros! —exhortó resuelto el militar de la izquierda.

—¡Por Tritania y por nosotros! —exclamaron a coro los que estaban en la mesa.

El extranjero levantó su jarra y permaneció en silencio. Luego llevó la jarra hacia la boca e hizo ademán de beber, pero no ingirió nada.

Poco a poco se fueron levantando y saliendo del lugar. Lobo permaneció todo el tiempo echado detrás del banco del extranjero. Antes de salir, este recogió unos huesos de la mesa y se los tiró al suelo. Lobo los trituró rápidamente.

—¿Le ha parecido bien la reunión? —le preguntó el capitán cuando salían.

—Todo estuvo perfecto, muy entretenida. Gracias por invitarme.

—Más tarde hablamos, tengo que darle una cosa —le comentó el capitán, desapareciendo entre los soldados que se habían agrupado a la salida.

El extranjero siguió andando hasta el patio delantero y se sentó en un banco que estaba junto a la pared. Desde allí observaba las actividades que estaban realizando los soldados; eso le entretenía y además podría aprender algo nuevo.

Vio como los soldados reparaban los desperfectos de las armas: afilaban cuchillos, lanzas, espadas y hachas de batalla. También comprobó que estaban muy bien armados. Algunos soldados, además de los arcos, disponían de mazas con tres bolas. En otro lado del patio otros soldados sacaban brillo a los escudos.

Observando esto pasó gran parte de la tarde. Luego vio al capitán entre los soldados, hablando y posiblemente dándoles instrucciones. Mientras hablaba, uno de ellos apuntó con el dedo en su dirección. El capitán entonces fue hacia él.

—Le buscaba para entregarle esto —llevaba consigo un documento atado con una cuerda—. Este documento es un salvoconducto que le permitirá viajar por otros territorios casi sin problemas, o eso espero —aclaró—, también incluye a Lobo. Confío además que no se repita ningún otro suceso con Lobo. Esto es lo mejor que puedo hacer para resarcir el daño que se le ha causado. Y estas son las monedas que le corresponden del pago que tuvo que hacer Róper por la sentencia a su favor.

—No sé qué decir, esto no lo esperaba. Ahora me siento en deuda con usted, capitán. Muchas gracias por todo, algún día espero devolverle el favor. Me llevo un buen recuerdo de este lugar.

—Espero que nos volvamos a encontrar algún día, pero en mejores circunstancias. Le deseo un buen viaje. ¡Ah!, se me olvidaba advertirle que los territorios del oeste son muy conflictivos, vaya con cuidado si va a viajar por allí. No quise hacer mención de esto en la comida porque nos acompañaban a la mesa varios solados de ese lugar, usted comprende.

—Sí, lo entiendo, y gracias por el aviso.

—¡Hasta pronto, Sénter! Quizá mañana no esté por aquí cuando se vaya.

—¡Hasta pronto, capitán Badín!

Después de despedirse, el extranjero volvió a sentarse y leyó detenidamente el documento.

—Lobo, este documento va a evitarnos muchos problemas.

El animal movió sus orejas y siguió tumbado en el suelo.

Permanecieron allí hasta el atardecer, luego se retiraron a la habitación y descansaron tranquilamente toda la noche.

Esa mañana, apenas empezaba a amanecer, el extranjero se preparaba para partir. Uno de los soldados que estaban en el patio le trajo el caballo.

—¡Vamos, Lobo, emprendemos de nuevo el viaje!

Salieron de la fortaleza y descendieron el camino. Cuando ya estaban a cierta distancia, hizo una parada y volvió la vista hacia atrás.

—Quizá algún día visitemos de nuevo este lugar —comentó a Lobo.

13
Becer

Recorrieron el pueblo y se cruzaron con pocas personas. Todo estaba muy silencioso. Salieron y dejaron la ciudad atrás. En el trayecto, para tener las ideas más claras y evitar perderse, iba recordando el mapa del lugar.

Todavía no estaba seguro hacia dónde dirigirse, si al norte o al oeste. Deseaba encontrar al hijo de Sénter, estuviera donde estuviera.

Le estuvo dando vueltas en la cabeza a lo que dijo el capitán sobre Darios: «Su entrada en Zalai varias veces, ser uno de los mejores hombres del ejército de los territorios del oeste… Esto podía ser una señal para saber qué camino tengo que tomar», pensaba.

Todos estos pensamientos le iban convenciendo a inclinarse por la dirección oeste. Mejor dejaría el norte y el sur para otra ocasión.

Hizo varias paradas a lo largo del camino y todo transcurrió con normalidad. Pasó por pequeños poblados humildes, donde sus habitantes eran agricultores y ganaderos, gente sencilla y pacífica.

Viendo que caía la tarde, buscó un lugar donde pasar la noche. Prefería dormir lejos de poblados, le producían más seguridad los animales que las personas desconocidas. Los animales solo atacaban para alimentarse o para defenderse cuando pensaban que estaban en peligro; sin embargo, las personas atacan sin sentirse en peligro, por otros motivos oscuros.

Encontró una arboleda y le pareció un buen lugar para dormir. Estuvo examinando los alrededores y no encontró ningún peligro importante. Comieron y descansaron toda la noche.

A la mañana siguiente recogió y prosiguieron el camino, siempre en dirección oeste. Encontró una ruta y la siguió.

Hacia el mediodía se cruzó con cuatro soldados y más adelante encontró una carreta llena de cerdos viajando en su misma dirección. Saludó al aldeano.

—¿Vive por aquí cerca?

—Sí, en una granja más abajo.

—¿Sabe si queda cerca la ciudad?

—Sí, no está muy lejos, estará allí no muy avanzada la tarde. Yo llevo también esa misma dirección. Me compraron estos cerdos y voy a entregarlos.

—Gracias, y que tenga buen viaje.

El extranjero creía que se trataba de Becer, una de las ciudades más importantes de la zona oeste de Tritania y también donde se concentran mayor cantidad de soldados, debido a que el rey residía en ese lugar.

Pronto divisó la ciudad. Estaba amurallada y era bastante grande, posiblemente el doble que Zalai. Cuando se encontró lo suficientemente cerca pudo distinguir a unos soldados custodiando la entrada. Iban parando a todo aquel que entraba, registrando sus pertenencias. A pesar de esto, mucha gente entraba y salía de ella.

Cuando se aproximó a los soldados, se le acercó uno de ellos y sujetándole el caballo le hizo parar.

—¿De dónde viene? —preguntó fríamente.

—De Sarén.

—¿A qué ha venido a Becer?

—Quiero comprar un esclavo.

—¿Cuál es su lugar de procedencia?

—Donia, al norte.

El soldado lo observó detenidamente, dio una vuelta alrededor del caballo.

—¿Ese perro es suyo?

—Sí.

—¡Abra esta bolsa! —le ordenó.

El extranjero la abrió y mostró su contenido.

—Este arco, ¿para qué lo quiere?

—Para cazar —respondió tranquilamente.

—¿Cuál es su nombre?

—Sénter.

—Está bien, Sénter, puede pasar; y no se meta en problemas.

El extranjero pudo finalmente entrar, pero el interrogatorio no le agradó demasiado. Comprobó que las calles estaban muy concurridas, como en Sarén los días de mercado. En cualquier lugar de las calles se veían puestos con mercancías.

Desmontó y continuó a pie. Su primera impresión del lugar le indicó que la ciudad parecía envuelta en cierta inquietud. La gente parecía agitada, hacían las diligencias apresuradamente, y por la forma de dirigirse unos a otros, dando gritos y en un tono poco cortés, daba la sensación de ser una ciudad poco acogedora.

Recorrió varias calles y el bullicio era el mismo; también lo eran el olor pestilente y la suciedad. Se acercó a uno de los puestos con la intención de preguntar al comerciante.

—Señor, ¿puede indicarme algún lugar tranquilo dónde pueda hospedarme?

—¡No sé, pregunte en otro lugar! —respondió en tono aspérrimo—. ¿Ese animal es suyo? —preguntó mirando a Lobo.

—Sí.

—¡Pues aparte a ese perro sarnoso de mis gallinas! —dijo bruscamente.

Lobo se encontraba junto a una jaula de gallinas olisqueándolas, de ahí que estas se hubieran alborotado un poco.

—Lo siento, disculpe. ¡Lobo, vamos!

Se alejaron rápidamente del lugar con el mismo ritmo acelerado que el resto de los viandantes.

—Ya empiezo a comprender por qué las personas de esta ciudad van tan apresuradas —comentó sonriendo a Lobo.

Lobo le respondió con un pequeño aullido al mismo tiempo que movía la cola.

Después de pasar por varias calles, encontró a un chico descargando sacos de una carreta.

—Joven, ¿sabes de algún lugar dónde pueda hospedarme?

El joven lo miró, apartó la vista y continuó descargando el carro.

—Mira, acabo de llegar a esta ciudad y necesito un lugar donde pasar la noche.

El joven lo miró nuevamente.

—Soy un esclavo y me prohíben hablar con extraños —susurró cabizbajo al pasar junto al extranjero.

El extranjero echó un vistazo a su alrededor, pero no vio a nadie en particular mirando. A continuación se agachó y empezó a acariciar a Lobo.

—Lo siento, pero debo hacerte una pregunta, ¿conoces a un esclavo llamado Tirás? —preguntó como si estuviera hablando con el perro.

El joven negó con la cabeza y siguió con su trabajo. El extranjero se incorporó y se alejó un poco más. Luego se sentó a cierta distancia en unos escalones, para desde allí averiguar quién era el amo del joven esclavo.

Este no tardó mucho tiempo en salir de la casa que estaba junto a la carreta. Era un hombre bajo y grueso con una barba negra muy poblada.

—¿Todavía no has terminado? ¡Eres un vago!, ¡despabílate! —gritó al joven con brusquedad, y con la vara que asía le golpeó en las piernas. El joven al instante se aligeró en finalizar la tarea.

El extranjero permaneció un rato más en el lugar. Después de ver partir la carreta continuó su recorrido en busca de una posada.

En una calle más estrecha de lo habitual tuvieron que acercarse a la pared de una vivienda, porque un grupo de soldados montados a caballo la invadieron a todo galope, desapareciendo al instante.

—¿Cómo le va por Becer? —le preguntaron, y al volverse comprobó que se trataba del aldeano que encontró cuando se dirigía a la ciudad.

—Hola, me alegra verle de nuevo, parece que ya dejó los cerdos.

—Sí, los acabo de bajar y ahora voy a comprar algunas cosas que necesitamos en la granja.

—¿Puedo acompañarle? Es la primera vez que vengo a esta ciudad y no la conozco...

—Claro, vamos juntos y así nos hacemos compañía. Ate el caballo a la carreta y suba. Yo sé que esta ciudad para un extraño es algo complicada, y a la gente de este lugar hay que saberla tratar. Yo, como llevo toda mi vida aquí, la entiendo y ya me conocen, pero sé que no es fácil.

—Busco una posada y no sé a dónde dirigirme.

—En eso sí que le puedo ayudar. Hay tres, una de ellas no se la aconsejo y las otras dos están bastante bien. Un primo de mi mujer es dueño de la Posada del Águila, y no se la recomiendo por ser de la familia, yo le llevo hasta allí y usted decide.

—Me parece bien —dijo animado el extranjero—. ¿Qué días hay mercado aquí?

—Todos los días, ¡esto no es Sarén! —le respondió sonriendo—, ¿es de allí de donde viene?

—Sí, vengo de allí, aunque soy del norte.

—Eso también lo sospechaba por su forma de hablar. Pensaba que sería del norte o también que fuera extranjero, aunque pensé que eso no sería posible porque, como sabe, por aquí se mira muy mal a los extranjeros.

—Sí, lo sé —susurró.

—Llevamos hablando un rato y todavía no nos hemos presentado. Yo me llamo Nergus, ¿y usted?

—Soy Sénter y soy de Donia.

—No he viajado nunca al norte, pero he conocido a algunas buenas personas de allí. Mire, aquí tengo que parar para comprar.

Dejó la carreta junto a la tienda y entraron. El local era grande y el extranjero comprobó que vendían casi de todo. Desde alimentos, ropas, telas, lámparas y utensilios para la casa y el campo, hasta armas, sillas para montar, sogas y un sinfín de artículos más que el extranjero iba curioseando.

—¡Hola, Nergus! ¿De nuevo por la ciudad? —saludó el comerciante al terminar de atender a otro cliente.

—Sí, he venido por negocios y de paso necesito llevar algunas cosas.

—Sírvete tú mismo, que ahora te atiendo.

Nergus iba cogiendo algunos suministros que precisaba.

—¿Usted necesita algo? —preguntó el comerciante dirigiéndose al extranjero.

—Él viene conmigo y busca alojamiento —se apresuró Nergus a aclarar.

—¿Le vas a llevar a la Posada del Águila?

—Sí, cuando termine aquí le llevo, y de paso saludo a la familia.

—¿Y cómo sigue tu familia? ¿Y el ganado?

—Todos bien, aunque hay demasiado trabajo en la granja. Y no me puedo quejar, que al menos los hijos han crecido y me ayudan.

—¿Cuántos años tiene el mayor?

—Ya el mayor tiene catorce años y está más alto que yo. Mira, necesito un saco de harina y… también aceite.

—¿Te hago la cuenta ya? —preguntó después de servirle.

—Sí, hazla para ir cargando la carreta. No quiero que se me haga la noche por el camino.

—¿Le puedo ayudar? —preguntó el extranjero a Nergus.

—¡Ah!, pues sí, me haría un gran favor si va subiendo estos sacos en la carreta.

El extranjero subió sin ningún problema los sacos llenos de grano y cuando regresó para subir lo demás, ya Nergus salía con el resto de las provisiones dentro de dos sacos.

Luego continuaron el camino.

—Dígame, Sénter, ¿cuánto tiempo piensa quedarse en la ciudad?

—No mucho, solo he venido a comprar un esclavo y luego me marcho.

—La mejor ciudad para comprar esclavos es esta; suelen venir de todas las comarcas a comprarlos aquí. En Becer tenemos el mayor mercado de esclavos.

—Y… ¿de dónde los traen?

—De los territorios vecinos. También ese es el motivo que las relaciones con estos territorios estén tensas. Por esta razón hay muchas personas que no ven con buenos ojos el comercio de esclavos —comentó Nergus bajando la voz por temor a ser escuchado.

—Sí, yo también he oído esos comentarios.

—Y el esclavo que quiere comprar, ¿es para usted?

—No, nada de eso, se trata de un encargo que me hace un anciano.

—¡Ah!, ya me parecía. ¿El anciano vive solo?

—Sí, es bastante mayor y lo necesita para las tareas de la granja y también para que le haga compañía.

—Mire, en esa casa está la Posada del Águila. Bajaré un rato para saludar a la familia y luego me marcho porque tengo prisa. Dejaré la carreta enfrente, junto a ese árbol. Esta zona es muy tranquila y no suelen producirse muchos problemas.

—¡Lobo, ven!

—Tiene un perro bonito y obediente, ¿lo quiere para cazar?

—La verdad es que no es mío, es de un amigo, y me lo dejó para que me acompañara mientras viajo.

Se bajaron de la carreta y se dirigieron a la posada. En lo alto del mesón aparecía la figura tallada de un águila con las alas abiertas y debajo, en una tabla alargada, se encontraba inscrita la leyenda «Posada del Águila».

—¡Nergus! —dijo un niño que acudió corriendo y se le tiró a los brazos.

—¿Cómo está mi pillastre preferido? —preguntó Nergus cariñosamente a la vez que lo zarandeó por los aires.

—¿Por qué no has venido antes?

—Porque no he tenido ocasión, pero me he acordado mucho de ti.

Lobo se había emocionado viendo la escena y había querido participar como uno más de la familia, lamiendo a unos y otros. El niño reía cuando Lobo le daba unos lametones en la cara. Seguidamente los dos se pusieron a jugar.

—¿Es tuyo el perro, Nergus?

Pero Nergus estaba saludando al resto de la familia y no se percató de la pregunta.

—¿El perro es tuyo, Nergus? —insistía el niño.

—No, es mío —respondió el extranjero sonriendo.

—¿Y cómo se llama?

—Lobo, se llama Lobo.

—Es un nombre muy bonito para un perro —comentó el niño mientras Lobo no lo dejaba caminar echándole las patas en los hombros.

—¡Sénter, pase para dentro! —le llamó Nergus desde el fondo de la posada—. Él es Tremón, el primo de mi mujer —dijo presentándolos—. Y este es Sénter, viene de Sarén y busca alojamiento por unos días. Espero que tengas habitaciones libres donde poder alojarlo.

—Sí, algunas hay; si piensa quedarse se la preparamos.

—Sí, necesito una habitación para unos cuantos días. Luego volveré al norte.

—Entonces viene de muy lejos y ha hecho un largo viaje. Me gustaría saber, ¿cómo va la vida por el norte?

El extranjero se quedó pensativo, no esperaba esa pregunta.

—Más o menos como siempre —dijo finalmente.

—¿Había estado antes por Becer?

—No, es la primera vez que la visito.

—Y… ¿qué le parece? —preguntó sonriendo.

—Me parece una ciudad impresionante. Nunca había estado en una ciudad tan grande.

—¿Sabe qué significa su nombre?

—¿Qué nombre? —preguntó extrañado el extranjero porque no sabía concretamente qué le estaba preguntando.

—Me refiero al nombre de esta ciudad, a Becer, ¿sabe qué significa?

—No, no lo sé.

—Significa «Puerta del Sol», por donde el sol se pone. Esta es la ciudad más al oeste de Tritania, es la última ciudad que ilumina el sol.

—Muy interesante, eso no me lo habían contado.

—Aquí en Becer estamos muy orgullosos de nuestra ciudad. Tenemos muchos motivos para estarlo.

—Sí, lo entiendo —dijo el extranjero afirmando a su vez con un movimiento leve de cabeza.

—También, si le soy sincero —prosiguió hablando—, hay bastantes cosas de las que estoy descontento, pero esas se las dejo a usted para que las vaya descubriendo por sí mismo.

—De acuerdo —sonrió el extranjero.

—¿Ha traído caballo?

—Sí, está atado a la carreta de Nergus.

—Luego mi hijo el mayor se lo recoge y lo guarda en unas cuadras que tenemos aquí al lado. También tendrá hambre, porque después de un viaje largo…

—Sí, yo también tengo hambre —manifestó Nergus apresuradamente sin dejar terminar de hablar a Tremón.

—Pues… ¿a qué esperamos?, acérquense a esta mesa y ahora les servimos la comida.

El extranjero se sentó a la mesa y Nergus fue hacia la cocina. Desde allí se le veía saludando a dos muchachas jóvenes y a una mujer que debía de ser la esposa de Tremón. Posteriormente salió y se sentó a la mesa con el extranjero.

—Estaba saludando al resto de la familia —comentó.

—Me lo imaginé, tiene una familia muy agradable.

—Tremón tiene, aparte de su mujer, un hijo y dos hijas. Las chicas son muy guapas y están en edad casadera. Pronto, quizá, encuentren marido. Yo solo tengo dos hijos, uno de catorce años y otro de once. Me hubiera gustado tener alguna hija —comentó algo desconsolado—. ¿Y usted, Sénter, está casado?

—No, no lo estoy.

—Y eso, ¿por qué?

—He tenido una vida muy ocupada y poco tiempo para dedicarme a buscar esposa. Tampoco he conseguido estabilidad en mi vida, he viajado mucho y no me he mantenido demasiado tiempo en el mismo sitio.

—Ya comprendo, pero, ¿alguna mujer habrá conocido que le guste algo? —comentó sonriendo.

—Sí, claro, algunas mujeres han pasado por mi vida. Al principio de conocerlas creía que estaba enamorado, pero luego con el paso de los días, la relación se iba enfriando y ya no deseaba pasar el resto de mi vida junto a esa persona. Creo que el problema era que no estaba realmente enamorado.

—Es importante compartir la vida con alguien. Compartiendo no solo los buenos momentos sino también los malos; así, los buenos momentos son mejores, y los malos, no son tan malos.

—Pensaré en eso y lo tendré en cuenta —manifestó el extranjero con una sonrisa.

La esposa de Tremón saludó al extranjero y les sirvió los alimentos.

Mientras tomaban la cena, Tremón atendía a otros clientes y de vez en cuando se pasaba por allí para participar de la conversación.

A Lobo no se lo veía, pero se lo oía jugando con el niño. Nergus y el extranjero se lo terminaron todo rápidamente.

—¡Tremón, todo estuvo delicioso! Cada vez que vengo, compruebo que aquí se cocina mejor.

—Son las hijas las que cocinan y mi mujer les ayuda. Tienen buena mano para la cocina. Y a usted, Sénter, ¿también le ha parecido buena?

—Sí, todo ha estado muy apetitoso.

—Lo siento, quisiera quedarme más tiempo, pero no quiero que se me haga la noche por el camino, así que debo partir.

—Lo entiendo —comentó el extranjero.

—Mucho gusto de haberle conocido, Sénter, y si algún día necesita algo, ya sabe aproximadamente por dónde vivo.

—Gracias por todo, Nergus. Ha sido de gran ayuda, no olvidaré.

Luego se despidió de Tremón y del resto de la familia. El extranjero le acompañó hasta la puerta del mesón. Nergus ató el caballo del extranjero al árbol y este sintió cierta nostalgia viendo como un amigo se alejaba. Después entró y llamó a Lobo, que andaba correteando con el niño por toda la posada.

—Sénter, acompáñeme que le enseño su habitación —dijo Tremón.

—¿Puede dar de comer al perro?

—Sí, tráigalo a la cocina que allí le darán de comer.

—¡Lobo, ven!

Le echaron en el suelo de la cocina los restos que habían quedado en los platos; Lobo los devoró con ansia. También le pusieron agua en un cazo y al terminar de comer estuvo bebiendo bastante. El extranjero lo observaba desde la puerta, y cuando Lobo hubo terminado se le acercó moviendo la cola mientras se relamía.

—Tengo algunas cosas en el caballo que quiero dejar en la habitación —le informó a Tremón.

—Mi hijo se las acaba de traer y se las llevó a la habitación. Venga, que se la muestro y de paso ve si está todo.

Salieron de la zona de la taberna y entraron por un pasillo estrecho donde había puertas a derecha e izquierda. El suelo era de madera y crujía a cada paso. Tremón se paró en la penúltima puerta a la izquierda, giró la llave que estaba ya en la cerradura y la abrió.

—Es aquí, esta es su habitación. Mire a ver si el chico le trajo todo.

Como siempre el primero en entrar fue Lobo. Se coló entre los pies y comenzó a olerlo todo. El extranjero comprobó que sobre un baúl que había junto a la cama se encontraba el arco con las flechas, el látigo y la bolsa.

—Sí, está todo —aseguró.

—Tenga la llave, y si necesita algo no dude en pedirlo. Esperamos que aquí se sienta como en su casa. Ahora le traigo un poco de agua para el perro.

—Muchas gracias.

Tremón salió y cerró la puerta. El extranjero examinó la llave que tenía en la mano y seguidamente la colocó en la cerradura. Luego se sentó en la cama y comprobó que era muy mullida.

—Parece que la cama es buena —comentó a Lobo.

Después fue hacia una pequeña ventana que había frente a la puerta. Descubrió que desde allí no se veía gran cosa, parecía el patio de la casa: entre otras cosas había varios barriles, troncos cortados y apilados contra la pared, utensilios de labranza y debajo de un saliente del techo, varios sacos llenos probablemente con algún grano.

Mientras estaba abstraído observando, alguien llamó a la puerta.

—Mi padre me mandó traerle agua al perro, ¿se la dejo aquí? —dijo dirigiéndose al pie del palanganero.

—Sí, ahí está bien, gracias.

Cuando el chico cerró la puerta, Lobo se acercó a ella e intentó abrirla con la pata.

—¿Quieres salir de nuevo? —Lobo le miró y movió la cola—. Espera que te acompañe.

Abrió la puerta y Lobo corrió por el pasillo, atravesó la taberna y salió a la calle. El extranjero tuvo que aligerar el paso para no perderle de vista. Primeramente Lobo fue en dirección del árbol que estaba en frente de la posada, luego comenzó a olisquear en los alrededores y finalmente volvió al árbol para abonarlo. Después estuvo inspeccionando los contornos y cuando se cansó, regresó a la posada, donde el extranjero le esperaba junto a la puerta.

—¡Vamos, entra!, tenemos que descansar.

Volvieron a la habitación y descansaron tranquilamente hasta el día siguiente.

Al amanecer ya se oía mucho bullicio en la posada. El ir y venir por el pasillo de madera molestaba bastante, y las voces de la taberna también se percibían muy claras.

—Hoy tenemos que averiguar algo sobre Tirás porque no podemos permanecer mucho tiempo aquí —comentó el extranjero a Lobo, este solo le miraba e hizo un movimiento con las orejas hacia atrás.

Recogió sus cosas para llevarlas al caballo. En ese momento no sabía cómo haría para investigar sobre el tema sin levantar sospechas.

—¡Vamos, Lobo!

Pasó por la taberna para hablar con Tremón.

—¡Buenos días, Tremón!

—¡Buenos días, Sénter!, ¿ya se va?

—Sí, tengo que arreglar unos asuntos.

—Pero antes será mejor que coma algo.

—Todavía no tengo ganas.

—No importa, pase y siéntese que ahora mis hijas le sirven alguna cosa, ¡no se va a ir con la panza vacía!

Tremón fue tan insistente que el extranjero no pudo rechazar su ofrecimiento. No le quedó otro remedio que sentarse y hacer un esfuerzo para comerse el desayuno.

Terminó rápido y le dio parte de su comida a Lobo. A continuación se despidió y salió en busca del caballo. El hijo de Tremón ya lo tenía ensillado y preparado.

Salió sin rumbo concreto, esperaba tener suerte y poder enterarse de algo que le indicara el paradero de Tirás. Fue avanzando hacia el centro de la ciudad, dirigiéndose a las calles más concurridas.

Como era muy temprano y todavía no había salido el sol, hacía bastante frío. Determinó bajarse del caballo e ir a paso rápido para desentumecer las piernas.

Poco a poco, según iba entrando en calor, sus piernas adormecidas fueron cobrando agilidad. Llegó a una plaza con mucho movimiento de gente alrededor de los diferentes puestos que se habían instalado. Unas escalinatas conducían a una enorme construcción que parecía un palacio y que disponía de una gran puerta frente a la plaza. En ella, dos soldados armados custodiaban la entrada.

El extranjero decidió investigar por los alrededores. Buscó un lugar en donde dejar el caballo. Lo amarró junto a otros a un lado de la plaza. Estuvo curioseando por los distintos puestos e intentando encontrar algún esclavo para preguntarle por Tirás.

Vio a un hombre mayor llevando unas jaulas con gallinas y patos a uno de los puestos, en el cual se encontraba otro hombre que le iba dando órdenes. Se acercó al carro donde estaban las jaulas que aún faltaban por descargar y allí esperó al sirviente.

—¡Hola!, me llamo Sénter y soy nuevo en la ciudad —dijo al acercársele—. Estoy buscando a una persona y no sé a quién preguntar.

Pero no obtuvo respuesta.

—¿Conoces a Tirás? Es un esclavo.

—¿Por qué le está buscando? —dijo por fin.

—Entonces, ¿le conoces?

—Puede ser, pero ahora no puedo hablar, estoy ocupado.

—Sí, lo entiendo, si le parece esperaré cerca hasta que pueda hablar.

—Como quiera.

Parecía que por el momento tenía suerte, esto era esperanzador, por fin había alguien que parecía conocer a Tirás. Decidió sentarse cerca, donde el esclavo pudiera verle.

Entretanto esperaba, algunas dudas invadieron su mente: «Tal vez haya otros esclavos que también se llamen así, o podía ser que el esclavo estuviera equivocado. Bueno, de todas formas solo necesito esperar un poco», pensaba. Luego se entretuvo observando cómo se afanaban los comerciantes para tratar de vender alguna mercancía. La afluencia a la plaza era cada vez mayor y el bullicio que se producía era enorme.

El esclavo iba y venía siguiendo las órdenes de su amo. Terminó de descargar el carro y luego ordenó la mercancía en el puesto.

De vez en cuando el esclavo miraba hacia él, para asegurarse que aún seguía ahí.

Más tarde ayudó a unos cuantos compradores con la mercancía que acababan de adquirir, llevándosela hasta el caballo a unos, o al carro a otros.

Posteriormente volvió a subir unos sacos llenos al carro, y mirando hacia el extranjero, le hizo una señal algo disimulada, indicándole que le siguiera. El extranjero comenzó a seguir al carro, pero a cierta distancia para no levantar sospechas y evitarle así un disgusto con su amo. Después el esclavo poco a poco fue alejándose de la plaza y adentrándose por otras calles. En algunos momentos miraba hacia atrás para comprobar que el extranjero continuaba siguiéndole. De pronto paró y le esperó.

—¡Venga, suba! —le dijo—. Tenemos poco tiempo para hablar porque tengo que llevar estos sacos a una dirección que no queda lejos de aquí.

El extranjero se subió y Lobo seguía a pie junto a la carreta.

—Estoy buscando a Tirás y por ello me puedo meter en serios problemas —comentó el extranjero.

—¿Por qué le está buscando, señor?

—Es una promesa que le hice a su padre y quiero cumplirla antes de que muera, pues ya es muy anciano.

—¿Viene usted de Marem? —preguntó el esclavo con los ojos muy abiertos.

—Usted comprenderá si no contesto a esa pregunta.

—Sí, sí…, será mejor que no la conteste, pues yo mismo podría tener problemas. Pero todos los que conocen a Tirás saben que es un esclavo traído de Marem.

—¿Entonces le conoces?

—Sí, vive y trabaja en palacio. No es fácil llegar hasta él. Yo he entrado algunas veces en palacio para dejar comestibles que le han encargado a mi amo. Le he visto allí y he hablado con él.

—¿El palacio está junto a la plaza? —preguntó el extranjero.

—Sí, está allí mismo.

—Y… ¿cómo puedo entrar en palacio?

—No sé cómo puede entrar, y tampoco quiero que me diga cómo va a entrar. No quiero tener más problemas de los que ya tengo. Solo le deseo que tenga suerte porque la va a necesitar.

El esclavo paró el carro y mirándole con compasión le dijo:

—De verdad que si pudiera ayudarle lo haría, pero solo soy un esclavo. Será mejor que se baje aquí, estoy llegando y no es bueno que le vean conmigo.

—Entiendo, sepa que me ha ayudado bastante. Le deseo suerte.

El extranjero se bajó y más animado volvió a la plaza para averiguar cómo entrar en palacio.

—¡Vamos, Lobo! —le gritó porque se estaba distrayendo con otro perro.

Rápidamente regresó a la plaza para analizar las entradas y salidas del palacio. Intentaba trazar un plan para poder entrar. Se sentó en uno de los escalones que conducía desde la plaza al palacio, y estuvo un buen rato estudiando todas las posibilidades. Pensó que debía de haber otra puerta, pues por la que daba a la plaza, debido a los escalones, no podían entrar ni caballos ni carros. Estaba tan distraído con estos pensamientos que no se había dado cuenta de que el esclavo ya había regresado del mandado. Advirtió como lo observaba disimuladamente para no levantar sospechas del amo.

Después rodeó el lugar buscando otras entradas. Divisó una enorme puerta que daba a la zona este. Al acercarse comprobó como salieron del lugar varios jinetes y un carro; a continuación unos soldados cerraron la puerta.

Descubrió, como era de esperar, que el lugar estaba bien custodiado y vigilado. Tenía que pensar en un buen plan para poder entrar y salir. Regresó a la plaza y se sentó nuevamente en las escaleras para idear el plan. También desde allí pudo observar a las personas que entraban y salían de palacio.

Permaneció un rato y se levantó para regresar a la posada, necesitaba pensar más serenamente lo que debía hacer. Cuando se aproximó a su caballo para recogerlo, oyó un alboroto que se producía al otro lado de la plaza. Dirigió la vista hacia el lugar y vio un tumulto de gente arremolinada cerca de una pared. Se acercó hasta allí para tratar de investigar. Le costó atravesar por medio del gentío y poder ver un bando colocado en la pared. Cuando pudo leer lo que decía comprobó por qué la noticia había causado tanto revuelo en la plaza. La mayoría solo quería curiosear el escrito, pues no sabían leer. El soldado que lo había colocado, acababa de dar la información en voz alta.

El extranjero pudo leerlo por sí mismo y enterarse de la novedad: la familia real abría un plazo de tres días para inscribirse en un torneo de arco, en el que participarían los mejores arqueros del reino. Estaban invitados a este torneo todos aquellos que quisieran batirse con los mejores. El premio consistiría en una bolsa de monedas de oro para el ganador, y además todos los que quedaran finalistas asistirían a una fiesta con la familia real y las principales autoridades.

Esta noticia llenaba de ánimo al extranjero y suponía una puerta abierta para entrar en palacio y poder llegar a Tirás. Parecía que la suerte le acompañaba. La inscripción había que hacerla en palacio previo pago de una cantidad.

Al día siguiente iría al palacio para inscribirse e intentar hablar con Tirás. En aquel momento debía familiarizarse con las calles que rodeaban el lugar por si tenía que salir apresuradamente.

Cogió el caballo, montó y recorrió tranquilamente todas las calles y callejones principales del lugar, las memorizó y buscó también las diferentes salidas que tenía la ciudad. Constató que no eran muchas, además todas se encontraban custodiadas por soldados. Al caer la tarde regresó a la posada, se sentía algo cansado y hambriento.

Comió en el mesón y a Lobo le echaron los restos de la comida que había en la cocina. Esa noche descansaron perfectamente.

14
Alisin

Por la mañana no se apresuró a levantarse, ya que tenía más claro lo que iba a hacer, y eso le daba tranquilidad. Al igual que la mañana anterior, Tremón no le dejó partir sin haber comido antes algo en la taberna. Verificó que ya se habían enterado del torneo y en el mesón no se hablaba de otra cosa.

Cuando terminó cogió sus cosas y se fue a caballo hasta la plaza. Pasó junto al puesto donde trabajaba el esclavo que había conocido el día anterior. Se encontraba solo, no vio al amo por los alrededores, pero sospechaba que no estaría lejos. Se miraron y ninguno dijo nada. Atravesó la plaza encaminándose a la calle donde estaba situada la otra entrada. No necesitó llamar a la puerta, en ese momento la acababan de abrir para que pasaran unos soldados. Al pasar, uno de los soldados que estaba en la entrada le dio el alto.

—¿Quién eres y qué deseas?

—Soy Sénter y vengo para inscribirme en el torneo de arco.

—¡Espera un momento que ahora te acompaño! —manifestó secamente.

Después de cerrar la puerta, lo miró detenidamente.

—¡Amarra el caballo ahí —dijo señalando un madero— y acompáñame!

Dejó el caballo atado y ordenó a Lobo quedarse en el patio junto al caballo.

Entraron y luego subieron por una escalera estrecha y oscura en forma de caracol. Recorrieron un pasillo cuyas ventanas daban al patio por donde acababa de pasar. Al doblar la esquina de la galería, encontraron a un grupo de hombres esperando frente a una puerta.

—¡Espera tu turno junto a esos hombres para inscribirte! —dijo, y a continuación se marchó.

El extranjero se acercó al grupo de hombres; le pareció que había unos nueve.

—¿Llevan mucho tiempo esperando? —le preguntó al que estaba más cerca.

—Sí, llevo bastante tiempo aquí, creí que esto de inscribirse sería más rápido.

El extranjero, sin hacer ningún otro comentario, atravesó por medio del grupo de hombres que esperaban y que, según pudo escuchar, hablaban unos con otros de sus hazañas en las cacerías.

Aprovechó el momento para investigar por el palacio. Dobló de nuevo el pasillo y descubrió una gran escalera. Bajó por ella un trecho y miró hacia abajo. Comprobó que esa escalera daba a la entrada que estaba en la plaza. De nuevo volvió a subir, llegando al pasillo por donde había entrado. Decidió entonces seguir subiendo las escaleras, hasta que se encontró en otra planta de anchos pasillos, más luminosos y lujosos que la anterior. Las paredes estaban decoradas con tapices y el suelo con alfombras de bellos colores. Pensó que esa planta debía de estar destinada a la estancia privada de la familia real. Si lo encontraban en esa zona, le harían muchas preguntas y se vería en dificultades, por lo que determinó volver a bajar y salir de allí.

Cuando estaba terminando de bajar las escaleras, escuchó pasos que se acercaban. Se detuvo y vaciló por un momento sin saber qué debía hacer… Acto seguido tomó la decisión de continuar bajando con paso firme y seguro para no denotar inseguridad, evitando así levantar sospechas. En ese momento apareció ante sus ojos una hermosa joven de cabello largo, oscuro y ojos grandes de un color azul muy intenso. Los dos se detuvieron y cruzaron sus miradas. Permanecieron unos instantes contemplándose con los ojos clavados el uno en el otro sin decir nada; daba la sensación de que el tiempo se había detenido para ellos.

Finalmente, el extranjero la saludó con una leve inclinación de cabeza y pasó junto a la joven sin apartar la vista. Ella le correspondió con una sonrisa.

Cuando se alejaba, la joven se decidió a hablar:

—¿Busca a alguien, señor? —preguntó.

Él se detuvo y la miró de frente.

—Estoy algo perdido, quiero inscribirme en el torneo de arco y no encuentro el pasillo.

—Si me permite, le acompaño y le muestro el lugar.

—Es usted muy amable y no quiero molestarla.

—No es ninguna molestia, venga conmigo, es por este pasillo. —Le indicó con la mano—. Me gusta su forma de hablar, ¿es usted de las regiones del norte?

—Sí, ¿tanto se nota?

—He conocido algunas personas del norte y hablan parecido. Nunca le había visto por Becer.

—Es la primera vez que visito esta ciudad y me iré dentro de algunos días.

En ese momento llegaron cerca de la puerta donde se hacían las inscripciones. La puerta estaba abierta y allí solo quedaban cuatro hombres.

—Es ahí donde tiene que inscribirse —le mostró la joven.

—Gracias por su ayuda, sin usted estaría aún perdido —confesó sonriendo—. Me gustaría saber su nombre —manifestó el extranjero.

—Alisin, ¿y usted?

—Es un nombre muy bello, al igual que quien lo lleva.

—Gracias —agradeció complacida la joven.

—Mi nombre es Sénter, y para mí ha sido un gran honor haberla conocido.

—Ya le veré de nuevo en el torneo, le deseo mucha suerte.

—Gracias —respondió el extranjero. Seguidamente se inclinó ante la atractiva joven.

Luego fue hacia la puerta para inscribirse y comprobó que ya solo quedaban dos hombres. Esperó unos minutos y finalmente pudo entrar.

Sentado junto a una mesa, se encontraba un señor mayor de pelo cenizo y largos bigotes. Entre sus dedos asía una larga pluma y junto a una hoja llena de nombres, un tintero.

—¿Nombre? —preguntó sin mirarle a la cara.

—Sénter.

—¿Lugar de procedencia?

—De las tierras del norte.

—Son veinticinco monedas.

El extranjero sacó una bolsa de entre sus ropas, contó las monedas y las colocó sobre la mesa.

—Aquí tiene, señor.

Recogió las monedas de la mesa y comprobó la cantidad.

—Eso es todo, ya se puede ir. Recuerde que el torneo será el viernes, no llegue tarde.

—Allí estaré, muchas gracias.

Al salir vio que en el pasillo, esperando para inscribirse, había otro grupo numeroso de hombres. Comprendió entonces la actitud que había mostrado el soldado de la entrada.

Salió al patio y Lobo al verlo corrió hacia él. Desató el caballo y al acercarse a la puerta, el soldado la abrió. Se sentía más animado que los días anteriores aunque todavía sabía muy poco de Tirás.

Montó en su caballo y fue nuevamente hacia la plaza. Al llegar frente al palacio se detuvo para contemplarlo, entonces advirtió que desde una ventana del último piso, junto a una cortina algo abierta, había una joven observándolo. Reconoció a Alisin e hizo una leve inclinación, la cortina se cerró y la joven desapareció. El extranjero sonrió y continuó su camino.

Volvió de nuevo a recorrer la ciudad como el día anterior, quería conocer todos sus rincones sin titubear.

Más tarde regresó a la posada y dejó el caballo en las cuadras. En la taberna preguntó por Tremón, le dijeron que estaba en la cocina. Se sentó y esperó.

No tardó mucho en presentarse en la mesa del extranjero.

—Me acaban de decir que me buscaba, ¿le sirvo ya la comida?

—No le buscaba para comer, pero puede servirla. Le buscaba para preguntarle si sabe aproximadamente cuánto cuesta un caballo.

—¿Quiere comprar un caballo?

—Depende, si encuentro alguno que tenga buen precio y sirva.

—Pues… —se quedó pensando unos instantes mirando hacia el suelo—, el precio varía en relación a lo bueno que sea el caballo y a su edad. Pero creo que lo puede encontrar entre cincuenta y cuatrocientas monedas.

—Está bien, lo pensaré, si encuentro alguno a buen precio, lo compro. También quiero contarle que me inscribí en el torneo y probablemente me vaya el viernes.

—¿Es bueno con el arco?

—No lo hago del todo mal, solo quiero probar suerte.

—Todos los años por esta época suelen organizar torneos; entre los que quedan finalistas suelen conseguir buenos hombres para formar parte del ejército. ¿Usted no estaba al corriente?

—No, estas noticias no siempre llegan a todo el reino. De todas formas, no puedo quedarme más tiempo. Dentro de dos días me iré. Como ya sé cuándo me voy, le quiero dejar pagado todo. —Sacó la bolsa de entre sus ropas y le entregó diez monedas—. Tenga, creo que con esto sea suficiente.

—No, solo serían… ocho —dijo después de hacer unos cálculos.

—Déjelo así, y lo que sobre es para su hijo.

—¡Muchas gracias, señor, es muy considerado!

Terminó de comer y de nuevo salió, pero esta vez sin el caballo. Necesitaba hacer algo de ejercicio. Al salir de la ciudad no tuvo que dar tantas explicaciones a los soldados de la puerta como al entrar.

Cogió el rumbo hacia las montañas. Por esa zona no había muchos árboles, pero la soledad, el silencio del lugar y la sensación de libertad le agradaban. Los años de aislamiento que permaneció en el bosque le habían hecho cambiar, ya no era el mismo hombre. No le complacía quedarse mucho tiempo en la ciudad y aún menos mantenerse en un lugar bullicioso.

Caminó durante varias horas, comió algunos frutos que encontró por el camino y bebió agua de un pequeño manantial. Después se tumbó sobre la hierba fresca y Lobo hizo lo mismo a su lado. La tarde caía con rapidez a causa de unos nubarrones oscuros que se aproximaban, tapando el azul del cielo y dejándolo todo gris.

Se dio cuenta de que no podía apartar de su mente a Alisin, era difícil olvidar su belleza. Esa extraña sensación acaparaba totalmente su atención y no le dejaba pensar. Esto era algo nuevo para él, nunca antes lo había experimentado. Abrió los ojos y escuchó unos instantes; sacó lentamente el cuchillo que guardaba en el cinturón y se incorporó con ligereza. Lobo, al igual que él, se puso en alerta. Se giró rápidamente y lanzó el cuchillo a la cabeza de una enorme serpiente que se iba aproximando. Cuando comprobó que estaba muerta, se volvió a recostar.

—Ya tenemos la comida de esta noche —comentó a Lobo.

Descansó un poco más y luego despellejó la serpiente, la limpió e hizo un fuego donde pudo asarla. Posteriormente comieron hasta estar saciados.

La noche había llegado y se estaba levantando un poco de viento.

—¡Lobo!, debemos regresar porque parece que va a llover.

Se pusieron en marcha a toda prisa. Cuando iban a mitad de camino comenzó la lluvia. Lograron llegar rápido a la ciudad y no tuvieron ningún problema al entrar porque estaban los mismos soldados en la puerta.

En la posada se cambió las ropas empapadas y las colgó de las maderas de los pies de la cama. Durmió toda la noche de forma apacible. En cierto modo, el ejercicio del día anterior le había hecho un efecto excelente.

Por la mañana preguntó a Tremón si había alguna posibilidad de tomar un baño caliente.

—Claro, aunque no es una costumbre muy habitual; pero si lo desea se lo prepararemos. Diré a mis hijas que le calienten agua. Mi hijo le llevará el baño a la habitación y dentro de un rato lo tendrá todo dispuesto.

No pasó mucho tiempo hasta que tuvo el baño listo en la habitación. El agua estaba a buena temperatura; no obstante, era un poco pequeño para su estatura, porque al sentarse las piernas le quedaban por fuera. A pesar de todo, pudo por fin bañarse y ponerse ropa limpia.

Después salió muy animado en dirección al mercado. Continuaba sin poder apartar de su pensamiento a tan bella joven, y este sentimiento extraño iba aumentando en todo su ser.

Cuando se iba aproximando al mercado y oía el gentío, su corazón iba latiendo cada vez más rápido.

En la plaza se mezcló con la muchedumbre sin apartar la mirada del palacio, recorría con sus ojos todas las ventanas buscando a la joven.

En uno de los puestos le ofrecieron varias mercancías. Entre ellas se encontraba un brazalete con unas preciosas turquesas. Ese color le recordó los ojos de Alisin.

—Le compro ese brazalete y aquel cofre pequeño —dijo sin titubear al comerciante.

—Ha hecho una buena elección. ¿Es un regalo para su esposa? —preguntó el comerciante.

—¿Cree usted que esto le guste a las mujeres? —respondió formulando otra pregunta.

—Si quiere impresionarla, esto sin duda lo hará —respondió el comerciante con firmeza, y él sonrió satisfecho.

Le pagó y recogió el cofre con el brazalete. Luego buscó el naranjo que se encontraba enfrente de la Posada del Águila. El naranjo estaba en flor, y sus flores blancas desprendían un aroma especialmente agradable. Cogió una ramita de azahar y la colocó en el interior del cofre junto al brazalete.

—¡Vamos, Lobo!

Este era también un motivo para volver a presentarse en palacio e intentar hablar con Tirás. Esa vez trataría de entrar por la puerta principal.

Al llegar a la puerta de palacio, los soldados que la custodiaban le pararon.

—¿Qué desea, señor?

—Quiero ver a Alisin para entregarle esto.

—¿Usted la conoce?

—Sí.

—¿Está citado con ella?

—No, pero…

—Puede pasar —interrumpió el otro soldado—, espere dentro que ahora le anunciamos.

—¡Quédate ahí, Lobo! —le ordenó permanecer junto a la puerta de entrada.

Hicieron sonar una campana y al momento apareció un sirviente algo mayor.

—Este señor trae un obsequio para la princesa Alisin —comunicó el soldado al sirviente.

El sirviente se acercó al extranjero.

—¿Quiere que le dé algún mensaje de su parte, señor?

—Solo entréguele esto y diga que se lo manda Sénter.

—Perdone, ¿quién es Sénter?

—Soy yo.

El sirviente se quedó pensativo y recogió el pequeño cofre.

—Espere un momento aquí —dijo señalando un banco junto al pasillo—, puede que la princesa quiera darle un mensaje.

Diciendo esto, el sirviente se alejó por el pasillo, luego le oyó subiendo las escaleras que ya él conocía.

El extranjero estaba sorprendido, no sabía que se trataba de una princesa. Entonces se encontraba algo más nervioso; aunque tenía que habérsele ocurrido esa posibilidad, no fue así. Se preguntaba si había obrado bien llegando hasta allí, quizá se había precipitado.

La espera se le hacía larga o eso le parecía a él. No estaba acostumbrado a relacionarse con mujeres y no sabía bien cómo proceder.

Pensando sobre esto, llegó a la conclusión de que lo mejor sería actuar con naturalidad y en todo momento intentar ser «él mismo».

Estaba sumergido en estos pensamientos cuando volvió el sirviente. El extranjero, algo nervioso, se puso en pie.

—Acompáñeme, por favor —dijo el sirviente amablemente.

Subieron las escaleras y recorrieron el pasillo de la derecha, luego abrió la puerta e hizo una indicación para que el extranjero pasara al interior, él permaneció junto a la puerta.

El salón era enorme y muy lujoso; las paredes estaban cubiertas con bellos tapices y los suelos de magníficas alfombras. Una claridad muy agradable entraba por las ventanas, filtrándose a través de las cortinas de finas sedas y envolviendo toda la estancia con una luminosidad inefable. Al mismo tiempo, la ligera brisa hacía que estas se agitaran con unos movimientos ondulados, como si de una danza se tratara.

Mientras observaba abstraído, alguien entró.

—¡Sénter!, qué grata sorpresa, no esperaba verle hasta mañana.

El extranjero se volvió y contempló por unos instantes a la joven sin decir nada, le parecía aún más bella que el día anterior.

El sirviente entró, cerró la puerta y continuó de pie junto a ella.

—Bueno…, yo…, seguramente mañana me iré después del torneo. Hoy me pasé por el mercado y la recordé, por ese motivo quise traerle un obsequio, espero no lo tome a mal.

La princesa se aproximó con una sonrisa.

—El brazalete es muy bello —dijo mostrándole el brazo—. Pero no tenía que traer nada si deseaba visitarme.

—Espero no haberla molestado.

—No, en absoluto. La vida en palacio es muy aburrida, y como salgo tan pocas veces, me agrada mucho recibir visitas. Mañana es una de las pocas ocasiones que se me permite salir; por motivos de seguridad, ya usted sabe…

—Comprendo.

—Pero no se quede ahí de pie, venga y siéntese. —Le indicó, y se aproximó a un diván. Ella se sentó en un sillón frente a él—. Entonces, ¿piensa irse mañana?

—Sí, debo marcharme ya, si no lo he hecho antes es por el torneo.

—¿No está en sus planes ganar o al menos quedar entre los finalistas?

—¿Ganar? Eso es aspirar demasiado, quizá consiga con mucha suerte estar entre los finalistas.

—Después del torneo habrá aquí, en palacio, una fiesta para el ganador y los finalistas, espero verle entre ellos. También vendrán muchas autoridades de todas las ciudades de Tritania, será una gran celebración.

—Si logro llegar a la final vendré a la fiesta, y luego si no estoy muy cansado me iré.

—¿Le espera su familia?

—No…, no tengo familia.

—¿Y sus padres?

—Murieron.

—Lo siento.

El extranjero bajó la cabeza y no respondió. Por un momento los dos permanecieron en silencio.

—Y ahora, ¿dónde vive? Hábleme de usted, quisiera saber más.

—Trabajo para un señor mayor que me tiene mucho aprecio, y yo a él. Creo que no debo quitarle más tiempo, será mejor que me vaya.

Se puso en pie y la princesa también.

—Espero no haber dicho algo que le molestara —manifestó la princesa.

El extranjero la miró fijamente a los ojos.

—Nada de su alteza me molesta, todo lo contrario —le confesó, y seguidamente se inclinó.

—Le veré mañana, y le deseo mucha suerte —dijo Alisin sonriendo.

—Todavía nadie me ha dicho en qué lugar se va a celebrar el torneo y a qué hora.

—Tiene que salir de la ciudad por la puerta del oeste; allí a la derecha lo encontrará con facilidad, y será por la tarde.

—Espero no perderme con esta explicación, muchas gracias.

—¿Dónde se aloja?

—En la Posada del Águila.

—Sé dónde está, el torneo le queda cerca.

De nuevo se volvió a inclinar ante la princesa. El sirviente, que aún seguía junto a la puerta, le acompañó. Lobo esperaba echado en la escalera cerca de los soldados.

Salió con una sensación extraña. Por un lado estaba contento de volver a ver a Alisin y, por otro lado, desanimado porque el tiempo se acababa y no lograba ver a Tirás. La oportunidad que se le brindaba el viernes era algo especial y no podía dejarla escapar. Estaba decidido a intentar, por todos los medios que tuviera a su alcance, ver al día siguiente al hijo de Sénter; aunque para ello tuviera que poner en peligro su propia vida.

Como pensaba marcharse, compró provisiones para dos personas, pensando en irse con Tirás. Las guardó en una bolsa y comprobó que no le quedaba dinero suficiente para comprar un caballo. Tendrían que montar los dos en el mismo caballo y esto los retrasaría en la huida.

El resto de la jornada transcurrió sin incidencias.

15
El torneo

Al día siguiente, ya estaba en pie al amanecer. Se encontraba algo preocupado y al mismo tiempo contento de poder regresar.

Aunque era muy temprano, decidió acercarse al lugar donde se iba a celebrar el torneo y reconocer el terreno. En las calles había mucho movimiento, más de lo acostumbrado. Se notaba que la ciudad se preparaba para celebrar algo extraordinario. Las personas se veían más contentas y con mejor disposición que lo habitual. La atmósfera se cargaba de esa energía pletórica de entusiasmo que contagiaba el ambiente.

Tal como dijo Alisin, desde la Posada del Águila se llegaba muy rápido hasta el emplazamiento donde se iba a celebrar el torneo. La instalación era extraordinaria. Los soldados más jóvenes estaban adornando el lugar para que pareciera más atractivo. Colocaban una especie de dosel en la tribuna que parecía reservada para el monarca, su familia y autoridades. Muchas personas se acercaban hasta allí para curiosear desde el palenque.

Pasó bastante tiempo viendo cómo se organizaba todo, hasta que el cansancio le hizo regresar.

En la taberna comió y luego se retiró a su habitación para descansar.

La tarde se aproximaba y el extranjero recogió las pocas pertenencias que tenía, las llevó a la cuadra y las colocó en el caballo. También colgó de la montura la bolsa con el viático que había comprado el día anterior. Todo debía estar listo por si las circunstancias lo requerían, quizá tuviera que salir apresuradamente.

Luego se despidió de Tremón y su familia. Le dijeron que podía dejar el caballo en la cuadra hasta el momento en que se fuera. Amarró a Lobo en la cuadra para no tener que estar pendiente de él.

Después salió en dirección al torneo. Un gentío se encaminaba también al mismo sitio. Los soldados que se encontraban en la puerta oeste de la ciudad por la mañana, y también los que estaban por la tarde, dejaban que todo el mundo la atravesara sin hacer preguntas.

Toda la zona estaba abarrotada. En la tribuna principal algunas autoridades estaban llegando. Buscó con la mirada a Alisin, pero no la vio.

Luego fue hacia la zona de los participantes y esperó junto a unos cincuenta hombres más.

Comprobó que a lo lejos había una gran diana. Muchos de los participantes eran soldados, formaban un grupo y no se relacionaban con el resto de los participantes.

Con el sonido de unas trompetas se hizo el silencio en el lugar. En ese momento fue anunciada la entrada del rey:

—¡Su alteza, el rey Trano! —gritó un militar.

Todos los que estaban sentados se pusieron en pie. El extranjero estaba ansioso por verle, quería conocer al hombre más temido en Marem.

Llegó a la tribuna un hombre corpulento, con cabeza rapada y de semblante rudo. Luego apareció una señora mayor y seguidamente Alisin, tan bella como siempre. Entre Alisin y el rey se sentó la señora mayor. El extranjero pensó que sería la madre.

Un militar pronunció un discurso para iniciar el torneo. A continuación iban llamando de cinco en cinco a los participantes; eliminando en cada tirada a los peores.

Por fin el extranjero oyó su nombre, miró hacia la tribuna y sus ojos se clavaron en los de Alisin. Ella le obsequió con una sonrisa.

Cogió el arco, lo tensó y se concentró, aislándose completamente del ruido y de todo lo que le rodeaba; su mente solo estaba centrada en la diana. Disparó y su flecha se clavó en el mismo centro. La multitud entusiasmada aplaudió.

Cuando terminó la primera vuelta, hubo una exhibición de caballos; los mejores ejemplares del reino estaban presentes.

Al dar comienzo la segunda vuelta, quedaban unos treinta participantes. Alejaron la diana unos metros hacia atrás, para ponerlo más complicado. Volvieron a llamar a los participantes que quedaban de cinco en cinco. El extranjero percibió que ahora a sus compañeros les resultaba más duro hacer buen tiro. Cuando le llamaron repitió los resultados anteriores, y recibió el aplauso de los asistentes y la sonrisa de Alisin. Al terminar la segunda vuelta, quedaron eliminados alrededor de la mitad.

Al terminar esta eliminatoria, un grupo de mujeres jóvenes animaron el lugar bailando acompañadas de una música muy alegre. Cuando finalizó, la multitud gritaba y aplaudía.

Volvieron a alejar la diana unos metros más hacia atrás. En la tercera vuelta solo quedaban quince hombres, considerados ya finalistas. Volvieron a competir de cinco en cinco. Desde esta distancia, eran pocos los que lograban dar en el blanco. Le tocó el turno al extranjero y consiguió sin esfuerzo hacer diana. La multitud gritaba y aplaudía más animada que antes. En esta vuelta solo quedaron cuatro hombres. De ellos saldría el ganador, salvo que hubiera un empate.

Nuevamente volvieron a retirar la diana unos metros hacia atrás. Esta vez iban nombrando a cada participante e informando el lugar de donde procedía. El extranjero participaba en tercer lugar.

—¡Procedente de las tierras del norte, Sénter! —anunciaron.

El ambiente estaba tenso. La multitud esperaba con impaciencia. Se concentró y disparó, pero su flecha quedó rozando la flecha del segundo participante, justo por detrás. Hasta el momento, este segundo participante había hecho el mejor tiro.

—¡Oh! —gritó a coro la multitud.

La flecha del cuarto y último participante se desvió, alejándose totalmente del centro. Concluyó la competición y quedó como ganador Fúrem, un soldado veterano; y, en segundo lugar, Sénter. El extranjero se acercó a Fúrem y lo felicitó.

Para finalizar hubo otro discurso. Anunciaron al ganador, quien recibió un trofeo del mismo rey. Fue aclamado por la multitud; con el arco sujeto en la mano y en alto, se dio un paseo frente a todo el público, que gritaba de emoción su nombre:

—¡Fúrem, Fúrem,…! —vociferaban sin parar.

Algunos de los participantes felicitaron al extranjero, reconociendo su habilidad. El capitán de la guardia también se presentó al extranjero y elogió su destreza.

—¡Tenga!, aquí tiene una invitación para el banquete que hay a continuación en palacio, esperamos verle por allí —le comentó muy amablemente, dándole un documento enrollado y atado con una cuerda, seguidamente se despidió.

El extranjero observó cómo les repartían el mismo documento a los quince finalistas. Después miró hacia la tribuna real, pero estaba vacía, Alisin ya se había ido.

Poco a poco, todos los participantes se iban retirando del lugar. Decidió hacer lo mismo y desplazarse hasta el palacio. Lo haría a pie y más tarde recogería el caballo y a Lobo.

Las calles por donde transitaba estaban llenas de gente. Le llamó la atención como algunas personas le reconocían.

—¡Arquero! —le saludaban al pasar.

16
El banquete real

Alrededor del palacio, la muchedumbre se iba agolpando, había más gente que un día normal de mercado. Los soldados contenían a la multitud para que pudieran pasar tranquilamente las autoridades. El extranjero pasó sin ningún problema junto con otros participantes.

Cuando llegó a la entrada mostró el documento que le había dado el capitán y pasó sin dificultad. Había soldados a lo largo de los pasillos que iban mostrando el camino, y por esta razón, no pudo alejarse del grupo para buscar al hijo de Sénter.

Subió las escaleras y pasó junto a la puerta del salón donde había estado el día anterior, dobló la esquina y contempló desde lejos una gran puerta. Al llegar comprobó que se trataba de un gran comedor lleno de mesas considerablemente grandes, rodeadas de sillas con finos labrados. La mesa real estaba sobre un altillo presidiendo el lugar. Al extranjero le indicaron la mesa donde debía sentarse. En la misma mesa se sentaron todos los finalistas del torneo; por un lado de la mesa se iban agrupando los militares y soldados que quedaron finalistas y, por el otro, el resto de finalistas que no eran soldados, entre ellos el extranjero, situado en una esquina.

Estuvo vigilando a todos los que iban entrando. Vio a Darios y reconoció a varios soldados de Sarén. Puso especial atención en buscar entre los asistentes al capitán Badín; pero no lo encontró entre el grupo.

Decidió que debía levantarse y preguntar por él antes de que comenzara la cena.

—¡Hola, Sénter! —le dijo uno de los soldados al verle—. Le felicito por su buena puntería, le faltó apenas para ganar.

—¡Gracias! ¿Y el capitán Badín, dónde está?

—¿Badín?, ¿no lo sabe?

—¿Qué debo saber? —preguntó el extranjero.

—Le mandaron entrar con un grupo de soldados en Marem y ninguno regresó. No sabemos nada, quizá estén prisioneros o algo peor, puede que no quede nadie con vida. Todos estamos muy preocupados y no sabemos qué pensar.

—¡Lo siento!, no sabía nada.

—Marem se ha vuelto un lugar peligroso desde hace una temporada. Todos los soldados tememos que nos manden ir allí, porque vuelves herido o no vuelves.

—Lo siento —confesó nuevamente el extranjero con gesto preocupado. Se despidió y volvió a su sitio.

Se sentía de veras preocupado por la suerte que corriera Badín. En Sarén se había portado muy bien con él y le ayudó cuando lo necesitó. Experimentaba un sentimiento ambivalente; por un lado sufría con lo que le habría podido pasar al capitán Badín, y por otro lado, si los hombres que él mismo había estado entrenando en Marem habían combatido con estos soldados de Tritania, estaba satisfecho, puesto que parecía que estaban haciendo bien su trabajo.

Mientras estaba sumergido en estos pensamientos, el comedor se fue llenando poco a poco de mucha más gente.

Le llamó la atención como las autoridades y militares más importantes iban acompañados de sus esposas, costumbre poco habitual.

Una trompeta dio la señal de que el rey estaba a punto de entrar. Todos los asistentes se pusieron en pie.

—¡Su alteza, el rey Trano! —gritó un hombre mayor.

Entró el rey ataviado con otra vestimenta incluso más lujosa que la llevada al torneo. Iba acompañado de la mujer que parecía su madre, seguidamente vio a Alisin, más que una princesa parecía un ángel. Su vestido blanco y azul celeste hacía que su belleza resplandeciera aún más. Comprobó que llevaba puesto el brazalete que le había regalado el día anterior. Eso era una buena señal que le agradó.

El rey se sentó e hizo una señal para que el resto de los asistentes lo hicieran también. A continuación en el salón aparecieron un grupo de sirvientes portando bandejas humeantes llenas de alimentos. La atmósfera se colmaba de deliciosos aromas que abrían el apetito.

El extranjero no apartaba la vista de la mesa real. Alisin, desde su sitio, lo buscaba entre los asistentes. Hasta que sus miradas se encontraron y quedaron atrapadas. Ambos sonrieron quedando inmóviles, como si el tiempo se hubiera detenido y en ese enorme salón se encontraran ellos solos. No necesitaban las palabras para saber lo que se querían decir. Ambos tenían la sensación de que se conocían de siempre. Una sirvienta se acercó a Alisin y la sacó de su embelesamiento.

Varios sirvientes empezaron a distribuir las bandejas en la mesa donde estaban los participantes del torneo. El extranjero observaba el lugar, el ir y el venir de los sirvientes; buscaba el momento adecuado para levantarse e investigar por el palacio para encontrar a Tirás.

Luego pensó que sería mejor esperar al final, pues en aquel salón se bebía mucho y esto le iba a favorecer. Decidió comer algo y esperar el momento más idóneo.

No se podía decir que el rey Trano no hiciera buenas celebraciones. La comida era sabrosa y había toda clase de manjares para acompañarla.

Uno de los hombres que servían se acercó al extranjero.

—¿Es usted el arquero Sénter? —preguntó en voz baja.

—Sí, soy yo, ¿por qué?

—¿Es cierto que viene de las tierras del norte?

—¿Por qué me preguntas eso?

—Es que… su nombre, nunca lo he oído en Tritania. Sin embargo en Marem, sé de varias personas que lo llevan.

—¿Eres de Marem? —preguntó extrañado el extranjero.

—Sí, de Zalai. —Luego, mirando a su alrededor, continuó—: No debo seguir hablando por ahora, pues levantaría sospechas, luego continuamos.

—¡Espera! —dijo súbitamente el extranjero sujetándole del brazo—. ¿Eres Tirás?

—¿Cómo sabe mi nombre? —preguntó sorprendido.

El extranjero lo soltó y echó un vistazo a su alrededor, pero no vio nada extraño. Estaba sorprendido, no sabía cómo llegar a Tirás, y Tirás lo había encontrado a él. Parecía que había sido un acierto hacerse llamar Sénter.

—Tengo que hablar contigo —manifestó el extranjero.

—Dentro de un momento vuelvo y continuamos la conversación —aclaró Tirás con gesto preocupado.

El extranjero entonces le vigilaba desde lejos, sin perderse sus movimientos. Según su lenguaje corporal, parecía un hombre nervioso e inseguro; pero lo entendía, sabiendo las calamidades que debió de sufrir la mayor parte de su vida. De vez en cuando, Tirás también le observaba desde la distancia.

Se acercó nuevamente a la mesa de los finalistas del torneo, pero solo al grupo de soldados y militares que reclamaban más bebida.

Alisin también le contemplaba desde la distancia, ofreciéndole una sonrisa que él correspondía cada vez que sus miradas se encontraban.

Por fin Tirás regresó a la mesa para reponer las bandejas que iban quedando vacías, preguntaba a los finalistas si deseaban algo más. Dejó al extranjero para el final. Después se le acercó y continuaron hablando. El resto de la mesa no reparó en la conversación que entablaban, el bullicio del lugar no lo permitía.

—Sénter, me gustaría saber, ¿cómo sabía que yo soy Tirás?

—Conozco a tu padre, Sénter —y bajando la voz continuó—, he venido a Tritania para rescatarte y llevarte de regreso junto a él…

—¿Cómo se encuentran mis padres? —preguntó rápidamente sin dejar que el extranjero terminara de hablar.

—Tu padre está bien, pero ya es muy mayor y está cansado, solo desea volver a verte antes de morir. Siento decirte que tu madre murió hace tiempo.

Dicho esto, Tirás cogió su bandeja y, entristecido, se apartó del lugar con lágrimas en los ojos. El extranjero lo entendió y sintió lástima.

Por un rato no apareció por el salón. Más tarde el extranjero le vio hablar con la mujer que servía en la mesa real. Los dos estuvieron dialogando y luego juntos abandonaron el salón. No comprendía lo que estaba sucediendo y eso le inquietaba.

Al cabo de unos minutos volvieron a entrar juntos. A la mujer se la veía nerviosa. Hablaban entre ellos cuando la mujer miró hacia el extranjero.

En ese momento entraron unos músicos, se colocaron en una esquina y comenzaron a hacer sonar sus instrumentos musicales.

La mujer volvió a la mesa real para seguir sirviendo.

Muchos invitados habían terminado y se iban levantando para conversar con sus amistades de las otras mesas. La música era muy alegre y ayudaba a los comensales a sentirse más animados. La gente hablaba y reía mucho.

Tirás se acercó a la mesa para recoger lo sobrante. Miró al extranjero y con disimulo le hizo señas para que le acompañara.

El extranjero se levantó y siguió a Tirás a cierta distancia. Miró hacia Alisin, pero ella hablaba entretenida con su hermano el rey, y no se percató de que se ausentaba del lugar. Salió al pasillo y se encontró con varios sirvientes que iban y venían apresuradamente. Por un instante había perdido de vista a Tirás, no sabía hacia dónde dirigirse. Esperó un momento y al mirar hacia la esquina del pasillo, le vio. Se acercó sin saber qué sucedía.

Pasaron junto a la escalera y siguieron en silencio. Luego Tirás cogió un candelabro que estaba sobre una de las pequeñas mesas del pasillo, abrió una puerta y mirando hacia el extranjero, le indicó que entrara. Antes de entrar, el extranjero miró hacia ambos lados, vio que el pasillo en esa zona estaba despejado y seguidamente entró.

Era una habitación pequeña llena de baúles.

—¿Qué sucede? —preguntó el extranjero en voz baja.

—Aquí podemos hablar con tranquilidad sin levantar sospechas. Quiero decirle que tengo esposa y dos hijos, no me puedo marchar dejándolos atrás. Tengo una niña de tres años que vive con nosotros aquí, en palacio. Mi hijo tiene catorce años, es muy rebelde y por este motivo no lo querían aquí. Lo vendieron y vive en esta ciudad con una familia que no lo trata bien. Cuando era pequeño le hablaba mucho de Marem y de sus abuelos. Él ha intentado varias veces escaparse y dirigirse hacia allí, pero siempre lo capturaban y luego lo azotaban duramente. Su madre y yo sufrimos mucho por él. Hace un rato hemos estado hablando, y tanto ella como yo deseamos que en mi lugar, se lo lleve a él junto a su abuelo. —El extranjero le escuchaba atentamente en silencio—. Si yo me fuera, torturarían a mi esposa. Le quitarían a la niña para que hablara y les dijera a dónde me he ido. ¿Usted lo entiende?

—Lo entiendo —afirmó pensativo—. Llevaré a tu hijo junto a su abuelo, te lo prometo. Luego pienso volver y, si deseas regresar a Marem, los llevaré a los tres.

Tirás le miró fijamente después de reflexionar un instante.

—Ese sería el sueño de mi vida.

—Volveré para hacer realidad tu sueño y también el de tu padre. Dime dónde puedo encontrar a tu hijo, porque esta misma noche aprovechando que hay luna nos vamos.

—Eso suena tan bien… —comentó sonriendo Tirás.

—¿Cómo se llama tu hijo?

—Se llama Sénter, en honor a mi padre.

—Ese es un buen nombre —añadió el extranjero.

Le explicó detenidamente el lugar donde encontraría al joven Sénter. El extranjero se despidió con las ideas claras.

—Espere en silencio que voy a cerciorarme que no haya nadie en el pasillo —comentó Tirás en voz baja y salió.

—¡Ah, ahí estabas! Te he estado buscando, en el comedor te necesitan.

¿Qué hacías ahí dentro? —preguntó bruscamente una voz masculina desde el pasillo.

—Lo siento, oí ruido adentro, parece que hay ratas —respondió con destreza Tirás.

—¡Ratas! Entonces mañana no te olvides de subir al gato, y no le des de comer hasta que las haya cazado.

—No me olvidaré —respondió Tirás mientras su voz se alejaba por el pasillo.

El extranjero entretanto se había ocultado detrás de la puerta. Al momento la puerta se abrió lentamente; la silueta de la sombra que se proyectaba en el suelo era de un hombre. Desde la entrada curioseaba el interior. Después la puerta se cerró y se hizo el silencio.

No sabía si debía salir o esperar un poco más. Decidió esperar y a los pocos minutos alguien tocó débilmente a la puerta, abriéndola cuidadosamente.

—Sénter, soy la mujer de Tirás, ¿se encuentra usted ahí?

—Sí, aquí estoy.

—Ya puede salir. Tirás me mandó para que le ayudara.

—Muchas gracias, señora —respondió el extranjero saliendo al pasillo.

—¿Es cierto que esta noche se va con nuestro hijo hacia Marem?

—Si todo sale bien, nos iremos.

—Dígale de nuestra parte que le queremos —confesó la mujer con lágrimas en los ojos.

—Se lo diré, no se preocupen. Además cuidaré de él como si fuera mi propio hijo.

—No sé si algún día le podremos pagar de alguna manera, lo que está haciendo por nosotros. Espero que todo salga bien. Muchas gracias.

Dicho esto se apresuró en volver al comedor. Posteriormente lo hizo el extranjero. Estaba satisfecho de como estaban transcurriendo los hechos.

En el comedor había un ambiente muy animado, pero el extranjero ya deseaba marcharse. Se sentó en otra mesa y desde allí contemplaba tranquilo como un grupo se animaba a bailar formando un círculo.

Más tarde se le acercó el capitán que le había dado la invitación.

—Señor, el consejero del rey desea hablar con usted.

—¿Conmigo? —preguntó extrañado. El capitán asintió con la cabeza y sonrió.

—Acompáñeme, por favor.

Se dirigieron hacia la mesa real.

Al aproximarse, vio sentado a la mesa a un hombre de mediana edad que lucía una pequeña barba. El hombre los seguía con la mirada mientras se acercaban. El extranjero comprendió que se trataba del consejero.

—Consejero Fusen, le presento al arquero Sénter.

—Sénter, felicidades por ser tan buen tirador —comentó poniéndose en pie y saludando—. Siéntese, por favor.

Los tres hombres se sentaron.

—En nuestro ejército valoramos a los hombres que tienen ciertas habilidades. —Hizo una pausa y prosiguió—. Usted, Sénter, tiene mucha destreza con el arco. El capitán y yo le queremos proponer que se una a nuestro ejército. Se le pagará muy bien y además estará muy bien considerado. —Hizo otra pausa—. ¿Qué nos contesta?

—Mi agradecimiento por la propuesta, pero creo que no sirvo para luchar y tampoco para matar.

—Por eso no se preocupe, nuestro capitán le enseñaría a luchar. Para matar, solo tiene que acostumbrarse. Al principio es más duro, pero con el tiempo se hace más fácil.

—¿Se anima, se une a nosotros? —preguntó el capitán.

—Lo siento, por ahora no. Quizá más adelante lo piense mejor y considere esta propuesta.

—¿Podemos hacer algo para persuadirle? —insistió el consejero.

—Disculpen, en este momento tengo otras ocupaciones, pero puede que algún día acepte.

—Lamentamos que rechace el ofrecimiento, al menos lo hemos intentado. Ha sido un placer, Sénter, esperamos verle de nuevo.

El extranjero se levantó y, mirando a Alisin, hizo una leve inclinación. El capitán y el consejero continuaron sentados hablando. Luego atravesó el comedor dando por concluida la fiesta. Antes de salir por la puerta quiso contemplar por última vez a Alisin, ella también le miraba.

Seguidamente siguió por el pasillo y comenzó a bajar las escaleras para salir al exterior.

—¡Sénter, Sénter! —oyó la voz de Alisin y escuchó como bajaba apresuradamente las escaleras.

El extranjero se paró y, mirando hacia arriba, la vio aparecer. Ella se aproximó lentamente.

—¿Te marchas? —preguntó al llegar junto a él.

—Sí.

—¿Y no pensabas despedirte?

—Lo deseaba, pero no sabía cómo llegar hasta ti.

Luego, mirándose a los ojos permanecieron en silencio.

—¿Nos volveremos a ver? —preguntó ella.

—Si lo deseas con toda tu alma, yo lo intentaré.

—Lo deseo con toda mi alma y con todo mi corazón.

—Entonces prometo regresar, no sé cuándo, pero lo haré. ¿Confías en mí? —preguntó el extranjero. Alisin afirmó con la cabeza mientras sus ojos se llenaban de lágrimas.

—¿Tendré que esperarte mucho? —preguntó impaciente.

—Espero que no. Tengo que resolver unos asuntos y regresaré cuanto antes. —Se cogieron de las manos y se miraron en silencio. Luego se besaron apasionadamente, sus cuerpos se estremecieron por la intensidad del profundo sentimiento que ya los unía.

—No te vayas, por favor —suplicó ella.

—No me pidas eso, princesa. Lo siento de veras, pero tengo obligaciones que atender —añadió el extranjero mientras secaba con el dorso de su mano una lágrima que se precipitaba por la mejilla de la joven.

No hicieron ningún otro comentario, solo se limitaron a mirarse a los ojos. El extranjero continuó bajando las escaleras, luego se paró y se volvió de nuevo hacia ella. Alisin seguía en el mismo sitio. Él se puso la mano derecha sobre el lado del corazón y, dándose una palmadita, luego la señaló con el dedo índice, diciendo en voz baja:

—Mi corazón te pertenece —ella complacida le sonrió.

A continuación salió al exterior algo abatido. Cruzó la plaza y fue hacia la cuadra de la Posada del Águila.

17
La huida

Lobo, al verle entrar, aulló y comenzó a mover la cola. El extranjero descolgó la cuerda que tenía enganchada de la silla del caballo, se la cargó al hombro y luego volvió a salir. Las calles por donde pasaba estaban solitarias, solo se oían sus pasos. Después se encaminó hacia una de las murallas que rodeaban la ciudad. Al llegar hizo unos nudos en la cuerda y la lanzó hacia la columna más cercana que tenía la muralla. Comprobó que estaba bien sujeta. Posteriormente escaló el muro para comprobar la altura hacia el otro lado. Advirtió que por ese lugar la altura era muy similar al resto. Decidió no cambiar la cuerda de sitio Acto seguido lanzó parte de esta hacia el exterior de la muralla.

Volvió a bajarse por el mismo lugar que había subido y regresó a la cuadra para recoger a Lobo y al caballo.

Lobo al verle le saludó nuevamente. El extranjero lo soltó y montó en el caballo hacia la salida del este. Se trataba de la misma puerta por la cual había entrado hacía unos días. Los soldados le hicieron pocas preguntas y le dejaron partir.

Se alejó de la ciudad y de la vista de los soldados. Luego se desvió del camino y regresó de nuevo junto a la ciudad, quería llegar a la muralla que la protegía. Estuvo un rato buscando la cuerda que dejó colgada hacia el exterior.

Al encontrarla amarró el caballo a unos arbustos.

—¡Lobo, espera aquí! —le dijo.

Trepó por la cuerda y volvió a la ciudad. Recordó las indicaciones que le había dado Tirás y se encaminó en esa dirección, donde esperaba encontrar al joven.

Halló la casa sin ningún problema ni dudas. Estuvo examinándola desde fuera y buscando el mejor sitio para entrar. Se quitó la tela que usaba de cinturón y le dio varias vueltas alrededor de la cabeza. Solo dejó los ojos sin tapar. Quería volver a la ciudad y no deseaba que nadie le reconociera. Junto a la casa había un carro de carga suelto. Lo rodó y lo colocó debajo de una ventana. Se subió al carro y trepó hasta una ventana que se encontraba entreabierta. Se movía sigilosamente por la habitación, intentando hacer el menor ruido posible para no despertar a la familia. A veces resultaba difícil debido al crujido que hacían algunas maderas del suelo a su paso.

Lo buscó en la planta alta, pero no lo encontró. Bajó por una estrecha escalera que crujía aún más que las otras maderas y fue a investigar a lo que parecía ser la cocina. Allí el suelo, como era de piedra, no producía sonidos al caminar. Pudo distinguir, aunque con dificultad, un bulto en una esquina. Parecía una persona recostada en el suelo. Se acercó y se inclinó sobre el cuerpo cubierto por una manta vieja. Lo sujetó y le puso la mano sobre la boca. El muchacho se despertó sobresaltado al instante. Intentó soltarse, pero el extranjero lo tenía bien inmovilizado.

—¿Eres el hijo de Tirás? Si es así solo debes mover la cabeza. —Asustado, el joven afirmó con la cabeza—. Vengo a liberarte y a llevarte a Marem con tu abuelo —le susurró—, si no gritas te suelto. ¿Vas a estar en silencio? —El joven nuevamente afirmó con un movimiento de la cabeza. El extranjero entonces le soltó—. Vine para llevar a tu padre Tirás, con tu abuelo. Él me pidió que tú ocuparas su lugar. En otra ocasión le llevaré a él y al resto de la familia.

El joven permanecía en silencio, algo asustado y desorientado por la impresión. El extranjero se incorporó y ayudó al joven a ponerse en pie.

Mientras salían de la cocina, el extranjero tropezó con un cubo metálico que estaba en el suelo y que no había visto al entrar. La estridencia que produjo los asustó. El joven corrió hacia la puerta para salir huyendo, pero el extranjero le sujetó del brazo haciéndole parar.

—¡Shhh…! —le indicó que permaneciera en silencio.

El joven obedeció al instante. Después escucharon pasos que procedían de la escalera.

—¿Quién anda ahí? ¿Eres tú, maldito chico?

El amo terminó de bajar las escaleras y se encaminaba hacia la cocina cuando el extranjero se acercó por detrás y le dio unos golpes, sin darle tiempo a hablar. Quedó tendido en el suelo.

—¿Qué le ha pasado? —susurró el joven aproximándose—. ¿Está muerto?

—No, solo estará durmiendo un buen rato. Así nos dará tiempo a alejarnos lo suficiente. —Cogió la manta vieja que estaba tirada en la esquina y lo tapó—. Dormirá calentito —añadió, el joven lo miró y sonrió.

El resto de la familia parecía que seguía durmiendo.

Salieron de la casa y se marcharon hacia la muralla.

—¿A dónde vamos? —preguntó el joven, pero el extranjero no contestó. Absorto en sus pensamientos y preocupaciones por salir cuanto antes de la ciudad, no oyó la pregunta.

No tardaron mucho en llegar. Ayudó al joven a subir por la muralla y luego lo hizo él.

—¡Ahora baja! —le ordenó. El joven inmediatamente siguió sus instrucciones.

El extranjero desde el muro recogió la cuerda que daba a la ciudad, soltándola de la columna. También recogió el trozo que colgaba hacia el exterior, se la colgó del hombro y saltó al otro lado. Montó en el caballo y extendió la mano para ayudar al chico a subir.

—No podremos ir muy rápido, el caballo va pesado.

—Lo siento —comentó el joven.

—¡Vamos, Lobo! —exclamó.

Pronto se distanciaron del lugar y cabalgaron toda la noche en silencio.

Cuando comenzó a amanecer, el extranjero paró.

—Debemos ocultarnos. Viajaremos de noche y descansaremos por el día.

Abandonaron el camino y se alejaron hacia las montañas.

—Arriba estaremos seguros sin temer que nos den alcance. Buscaré además un lugar donde haya agua —comentó el extranjero.

Subieron por una zona de difícil acceso. Al llegar se bajaron del caballo y estiraron las piernas. El extranjero se quitó la tela que le envolvía la cabeza y miró hacia el joven, que lo estaba observando.

—¡Eres tú! ¡Nosotros ya nos hemos visto antes! Anoche con la oscuridad no pude ver bien tu cara.

Se acercó para examinarlo mejor. El joven, asustado, retrocedió creyendo que le iba a pegar.

—¡No temas!, no te voy a hacer nada. —Luego hizo una pausa—. ¡Esto es increíble! El primer día que llegué a Becer te pregunté si sabías de un lugar para hospedarme. Luego te pregunté si conocías a un esclavo llamado Tirás y lo negaste. ¡Estaba buscando a tu padre! —dijo algo indignado.

El joven estaba apesadumbrado.

—Lo siento, no sabía si se trataba de un amigo de mi amo que me estaba poniendo a prueba, como lo había hecho en otras ocasiones.

—¿Tu amo hacía eso?

El chico agachó la cabeza y afirmó. El extranjero se quedó contemplándolo en silencio unos instantes.

—Has debido de sufrir mucho, pero a partir de ahora eres libre, ya no tienes amo. Tu vida cambiará totalmente, vivirás con tu abuelo y él te querrá.

—Pero mi abuelo espera a mi padre, ¿no le molestará que vaya yo en su lugar?

—No le molestará, lo comprenderá y te querrá desde el primer momento en que te vea. Puedes estar *completamento* seguro de ello.

—¡Completamente!, se dice completamente —corrigió al extranjero sonriendo.

—Completamente —repitió el extranjero sonriendo también—. Me gusta verte sonreír. Tu madre me pidió anoche que te dijera que te quieren. —El joven, al oír esas palabras, quedó pensativo—. Ahora bebamos agua y comamos, pues tenemos que dormir.

Lobo ya había bebido y estaba estirado en el suelo durmiendo.

Pasaron las horas y por aquellos lugares nadie los importunó. Solo se oía el ruido de la brisa y algún ave a lo lejos.

Cuando el joven se despertó, miró a su alrededor buscando al extranjero, pero no lo vio. El caballo estaba cerca comiendo hierba, por lo que pensó que él no estaría lejos. Decidió seguir recostado un rato más. Se sentía extraño, por primera vez nadie le daba órdenes y podía descansar tranquilo, sin sobresaltos. Empezaba a disfrutar de las ventajas de la libertad, esto le agradaba. También tuvo pensamientos para sus padres: deseó con todo su corazón que llegara el día en que pudieran estar todos juntos, gozando de instantes como ese.

No tardó mucho en aparecer el extranjero acompañado de Lobo.

—¿Te acabas de despertar?

—No, hace un rato. ¡Qué bonito es sentirse libre! Este es mi primer día en libertad. Ahora prefiero morir que volver a ser esclavo.

—¡No hables de muerte!, nadie va a morir. Piensa en vivir, solo en eso.

—Está bien, solo pensaré en vivir. Antes, cuando desperté, estuve pensando… —el joven le contó las cosas que había estado pensando. El extranjero, sentado junto a él, le escuchaba con interés—. Muchas gracias por prestarme atención —le dijo al terminar.

—No tienes que darme las gracias —confesó el extranjero.

—Pocas personas suelen tener la paciencia suficiente para oír a los demás y menos a mí. Me ha dado la impresión de que mis cosas le interesan, y lo que pienso y siento también.

—Muchas personas están absorbidas por las preocupaciones diarias, las obligaciones, las tareas de cada día…, e incluso en los quehaceres de los días venideros, en las futuras obligaciones y futuros problemas que aún no han llegado y que posiblemente nunca lleguen. Así se olvidan que lo más importante lo tienen a su alrededor, junto a ellos, y lo dejan pasar. No son felices con el momento presente y no lo valoran. —Hizo una pausa—. Eso nos pasa a casi todos los adultos, incluso a mí. Vivimos angustiados por los hechos sufridos en el pasado y miramos con miedo el futuro. Es por este motivo por el que no vivimos el presente, no disfrutamos de cada momento, de cada instante, cada conversación, cada encuentro…

—Pensaré en todo esto, no lo olvidaré para que nunca me pase lo mismo —aclaró el joven Sénter.

—No lo olvides.

—Todavía no sé su nombre, ¿cómo se llama?

—Aquí he utilizado el nombre de tu abuelo, he dicho que me llamo Sénter, pero la verdad es que no tengo nombre.

—¿Y cómo es eso?

—Es una historia muy larga y penosa de mi vida pasada. No quiero recordarla. Como te dije, no debemos pensar en el pasado, solo en el presente. Las personas de Marem me llaman «extranjero». Ahora, en este presente, vamos a comer porque ya tengo hambre, ¿tú también?

—Sí, también tengo hambre —dijo sonriendo el joven.

Sacó los víveres que había preparado para el viaje. Todos comieron, incluso Lobo.

—Esperaremos a que se haga la noche para continuar. Evitaremos pasar por los pueblos. Así que tendremos que dar un rodeo y tardaremos un poco más, pero será seguro.

—Sí, parece un buen plan. Lo importante es llegar sin problemas.

Cuando se hizo completamente de noche continuaron el camino. El extranjero se había tapado nuevamente la cabeza.

Estuvieron cabalgando varias horas y, cuando se aproximaban a Sarén, salieron del camino y fueron dando un rodeo a la ciudad. Pasaron cerca de algunas casas y atravesaron campos de cultivo. No se encontraron con nadie; solo fueron descubiertos por los perros de algunos campesinos que, al oírlos por las inmediaciones, ladraban.

Se alejaron de Sarén y continuaron un poco más. Estaban cansados, Lobo también, aunque el extranjero a veces lo subía al caballo para poder ir más rápido.

Cuando estaba a punto de amanecer salieron del camino y buscaron refugio en unas montañas próximas. Lobo y el joven Sénter decidieron descansar después de comer. El extranjero prefirió examinar el lugar y buscar agua.

Ya calentaba el sol cuando regresó. El joven seguía durmiendo y Lobo salió a su encuentro para saludarlo. Se dispuso a dormir para estar recuperado para la noche.

Era por la tarde cuando el sonido de unos truenos los despertó.

—Parece que va a llover —comentó el joven.

—Eso nos vendría bien porque ya no queda agua. Estuve buscando por los alrededores y no encontré. Ahora comeremos y en cuanto anochezca continuamos el viaje.

La espera se hizo larga. Luego comenzaron a descender con mucha prudencia. Empezaba a llover y la oscuridad era casi absoluta, las nubes impedían que la luz de la luna los iluminara.

Tuvieron suerte y encontraron el camino. Procuraban no hablar para escuchar ruidos sospechosos y poder salirse del camino sin ser vistos. Llevaban mucho tiempo cabalgando cuando paró de llover. Se abrió un claro en el cielo y pudieron ver mejor por donde iban. Agilizaron el paso hasta llegar a un bosque, donde pararon porque ya amanecía.

Por la zona baja del bosque corría un riachuelo, bebieron agua y recogieron para el resto del día.

—Nos refugiaremos en aquella zona de allá —dijo el extranjero señalando un lugar donde la vegetación era más tupida y de difícil acceso.

Tuvieron que entrar a pie debido a la frondosidad de la espesura.

—Este sitio tampoco es muy seguro, puede haber serpientes y no se ven —comentó el extranjero, que ya asía un cuchillo en su mano. Después estuvo buscando entre los matorrales, pero no encontró nada peligroso—. Creo que nos podemos instalar aquí, aunque no estemos muy cómodos. Ahora voy a dar una vuelta por los alrededores, no tardaré. Lobo está nervioso, sujétalo para que no me siga.

—¿Lo amarro?

—Sí, tengo aquí una cuerda para eso.

Buscó en la bolsa que estaba sobre el caballo y le dio la cuerda al joven, que rápidamente lo ató. Lobo, al verse amarrado, soltó un pequeño gemido.

Luego se alejó a pie con el arco en la mano, perdiéndose de vista entre los arbustos. El muchacho permaneció en alerta un rato, esperando escuchar algo. Lobo miraba desesperado en la dirección que había tomado su amo.

El único tranquilo era el caballo, que comía sin parar de todo lo que encontraba a su alrededor. Cansado de esperar, Lobo se tumbó, pero permanecía con los ojos abiertos y moviendo las orejas en la dirección que se producían algunos sonidos.

Más tarde se escuchó el aullido de algunos lobos. Lobo se puso en pie y también aulló al mismo tiempo que movía la cola. El caballo dejó de comer, como si intuyera el peligro. Se escuchó ruido entre la vegetación; Lobo estaba vigilante y el joven, asustado, se abrazó a él. Seguidamente levantó el hocico intentando reconocer ese ruido a través de su olfato, a continuación comenzó a mover la cola. Sénter miraba con los ojos muy abiertos.

—¡Todavía están despiertos! —dijo al llegar.

—Estábamos asustados, Lobo más que yo, por eso tuve que abrazarlo, para que se tranquilizara.

El extranjero sonrió y no hizo ningún comentario.

—En los alrededores no hay nadie. Encontré estos frutos no muy lejos, y los podemos comer ahora.

—¿Puedo soltar a Lobo?

—Mejor será que no, hay algunos lobos cerca y puede irse tras ellos.

—Nosotros escuchamos sus aullidos y Lobo también aulló.

—Yo también los oí.

El extranjero sacó las provisiones y las repartió entre los tres. También se comieron los frutos que había encontrado. Luego descansaron y durmieron hasta que llegó la tarde.

—¿Queda mucho para llegar a Marem? —preguntó el joven Sénter.

—Baja la voz —le indicó—. No estamos solos en este bosque, hace un rato que escucho gente hablar.

El joven se incorporó y, acercándose a los arbustos, agudizó el oído. Pronto lo comprobó por él mismo. Se escuchaban voces y ladridos de perros.

—¿Ahora qué hacemos? ¿Nos estarán buscando?

—Creo que solo son cazadores y no tardaran en marcharse porque la noche se acerca. Esperaremos, y cuando se hayan alejado, podremos continuar.

Escuchando estas palabras, el joven se tranquilizó. Se sentó nuevamente junto a Lobo y estuvo esperando las instrucciones del extranjero. Poco a poco las voces se fueron alejando hasta que ya no se escuchaban.

El tiempo transcurría y el silencio continuaba. Mientras tanto permanecían a la expectativa, sin hablar y sin casi moverse.

—El peligro pasó —anunció con firmeza el extranjero, rompiendo la tensión del momento—. Debemos continuar.

—¿Aún nos queda mucho camino?

—Nos quedan otros tres días, si no tenemos ningún problema.

—¿Qué problema podríamos tener?

—Mejor no pensar en eso. Recógelo todo que nos vamos.

—¿Desato a Lobo?

—Hasta que no salgamos del bosque debe ir atado al caballo.

El chico lo guardó todo, ató a Lobo al caballo y continuaron. Se acercaron nuevamente al riachuelo para beber y llevar más agua para el viaje.

Poco a poco fueron saliendo del bosque y cruzaron por unos campos de cultivo. Pasaron cerca de algunas casas, pero no vieron a nadie.

18

El encuentro

Cabalgaron por tierras solitarias, últimas tierras de Tritania, hasta llegar al río que marcaba la frontera. Pararon y contemplaron el río.

—Una vez que crucemos este río dejaremos Tritania atrás. Cuando lleguemos a la otra orilla estaremos por fin en Marem —informó con una sonrisa de satisfacción al joven Sénter.

—¡Quiero llegar ya! —confesó impaciente el muchacho.

—¡Vamos, no esperemos más! —exclamó el extranjero.

Cruzaron rápidamente hasta el otro lado del río y al llegar echaron un vistazo atrás.

—Espero no tener que volver nunca a Tritania. Hemos dejado por fin el peligro —manifestó el joven con agrado.

—Confío que tengamos suerte y eso sea cierto.

—¿Por qué dice eso, nos encontraremos otros peligros aquí?

—Otros peligros no, los mismos. A veces los soldados de Tritania entran en este territorio y causan mucho daño, pero ahora vamos a pensar que todo va a ir bien. Dentro de tres días te encontrarás con tu abuelo y las cosas van a cambiar para los dos.

—Deseo tanto que llegue ese momento que me parece un sueño.

—Será un sueño hecho realidad —comentó el extranjero—. De momento continuaremos viajando de noche dos días más, luego el peligro será menor y podremos proseguir el viaje de día.

Así lo hicieron. Cabalgaron de noche dos días más, pero menos tensos.

Se acercaron a un pequeño bosque, donde el extranjero estuvo cazando ya que las provisiones se habían terminado. Después de comer descansaron muy poco porque el joven estaba tan impaciente por llegar que no podía dormir bien. Acordaron ponerse en marcha y así llegar cuanto antes.

—Posiblemente encontremos soldados del ejército de Marem. No debes preocuparte ni temer nada —dijo el extranjero.

—Yo no estoy preocupado, me encuentro bastante tranquilo desde que estoy en estas tierras.

El extranjero sonrió y no comentó nada por largo rato. De vez en cuando se bajaban del caballo y continuaban a pie.

—¿Tú sabes por qué en Tritania no quieren a nadie que venga de fuera?

El joven permaneció un rato en silencio.

—De ese tema no se puede hablar —dijo finalmente—, nadie puede hablar sobre eso. Está prohibido mencionar ese asunto. Al que hable de esa cuestión le pueden matar.

—¡Sénter, ahora no estamos en Tritania! Aquí nadie va a matarte por contarlo.

—Se me había olvidado, debe de ser la poca costumbre. —Hizo una pausa—. Se trata de una antigua profecía de la que nadie habla, pero todos la conocen. Por miedo solo se habla de ella entre la familia.

—Si no quieres hablar sobre esa profecía, no tienes por qué hacerlo. Piensa que las cosas que tienen que pasar pasarán, con profecía o sin ella.

—¿Cree en el destino?

—Creo que muchas veces podemos decidir el camino que queremos tomar, pero en otros momentos tenemos un destino ya marcado de antemano; aunque es muy difícil a veces saber lo que queremos hacer o qué camino coger. En alguna ocasión, un acontecimiento inesperado te marca el camino para el resto de tu vida y tienes que asumirlo lo mejor que puedes, porque ya no hay marcha atrás.

—¿Estaba en mi destino que usted apareciera en mi vida y me trajera hasta aquí?

—Probablemente sí, puesto que aquí estoy. —Ambos sonrieron.

El día fue avanzando y la noche llegó. Descansaron muy poco, ninguno podía dormir bien. Todavía era de noche cuando determinaron reanudar el viaje para llegar cuanto antes.

A media mañana se encontraron con una partida de soldados.

—¡Sooo! —El extranjero paró y esperó que se acercaran.

Ambos se saludaron.

—Hace días que esperamos su llegada y temíamos por usted.

—Pues aquí estoy, he regresado entero y acompañado.

—¿Quién es el joven? —preguntaron mirando para el muchacho.

—Es el nieto del anciano Sénter, el hijo de Tirás.

—Nos alegramos de que haya encontrado a alguien de la familia. Este caballo se ve cansado. Si lo desean les dejamos uno de los nuestros, que están más frescos y así llegarán antes.

—Les agradecemos la ayuda.

El joven Sénter se bajó del caballo y otro soldado le cedió el suyo. El extranjero subió a Lobo a su caballo para poder ir más rápido y seguidamente se despidieron.

Sénter seguía a galope al extranjero. Lograron llegar a Zalai cerca del mediodía. Lobo ahora iba a pie. Algunos habitantes se paraban para mirarlos, pensando que eran forasteros. Al extranjero no le reconocieron con su nuevo aspecto.

—Antes de llevarte con tu abuelo vamos a parar en palacio y a comer, debes de tener tanta hambre como yo.

Sénter no contestó, pero estaba de acuerdo con el extranjero. Llegaron rápido a palacio, donde dejaron los caballos. Allí, al verlos, se armó un revuelo. Los soldados los rodearon y les hacían innumerables preguntas. Al escuchar la algarabía, el capitán Lim no tardó en presentarse.

—¡Soldados, dejen tranquilos a nuestros recién llegados! —dijo.

Los soldados se alejaron un poco, pero se mantuvieron observando a los viajeros desde una distancia discreta.

—¡Extranjero, cuánto me alegra su regreso! Se le ve muy cambiado.

—Yo me alegro también de estar aquí, el viaje ha sido largo y estamos cansados y con hambre.

—Eso tiene solución. ¿Quién es el joven?

—Es el nieto del anciano Sénter; se llama igual que su abuelo.

—¡Bienvenido, joven, a las tierras de tus antepasados! Esperamos que este lugar te guste.

—Muchas gracias, por ahora me gusta todo —confesó tímidamente.

—Tengo muchas cosas que preguntar, pero las dejo para más tarde, no quiero entretenerlos más —manifestó el capitán.

—Luego nos veremos —dijo resuelto el extranjero.

Posteriormente entraron en palacio.

—¡Yaco! —gritó el extranjero.

Pronto apareció el sirviente sonriendo y feliz.

—¡Señor, qué sorprendido estoy de verle!

—Seguro que pensabas que no volvería —comentó con una sonrisa.

—No, señor, le aseguro que no. Tengo mucha fe en usted.

—¿Cómo han ido las cosas por aquí?

—Parecidas a como las dejó.

—¿Y cómo se encuentra el rey?

—Después de su marcha ha estado algo triste; sale poco y habla solo lo necesario. Algunos días no se quiere levantar de la cama ni para comer. Tenemos que llevarle allí los alimentos. Hoy mismo no ha querido levantarse. Cuando sepa que ha llegado se va a alegrar mucho.

—Lamento oír eso —dijo apesadumbrado—. Luego subiré para visitarlo. Ahora necesitamos comer y darnos un buen baño.

—Acompáñeme a la cocina que allí les darán de comer.

En la cocina, las cocineras les sirvieron abundante comida.

—Hacía tiempo que no comía algo caliente. Todo esto está muy exquisito —comentó el extranjero.

Yaco permanecía allí para atenderlos lo mejor posible.

—Yaco, este chico necesita también un baño y ropa limpia. No puede presentarse así ante su abuelo. Mira a ver qué le puedes encontrar. Yo también tomaré un buen baño, necesito mejorar mi aspecto.

—Sí, señor, dentro de un momento tendrá su baño listo, ya se lo están preparando. Ahora llamaré a Mauga.

—¡Joven! —dijo Yaco—, ¿puedes venir conmigo? Te llevaré a la zona donde se bañan los soldados y te buscaré ropa limpia.

—Gracias, señor, pero creo que el baño no es necesario.

Yaco miró al extranjero y este le hizo una señal para que lo llevara al baño.

Luego subió para afeitarse y volver a recobrar su aspecto de siempre. Cuando estaba terminando le llenaron de agua caliente la bañera. Se metió dentro y se relajó como hacía tiempo no lo conseguía.

«¡Mmm…! Qué agradable», pensó.

No tardó en aparecer Mauga.

—Me alegro de que haya vuelto, señor. Aquí todos le hemos extrañado, incluso el rey.

—Sí, ya me han contado.

Mauga no paraba de hablar mientras frotaba al extranjero.

—Parece que en Tritania no le han dado bien de comer. Le veo más delgado.

—Sí que me han dado bien de comer; bueno, casi siempre. Tanto en el viaje de ida como en el de vuelta he tenido los alimentos racionados y, además, no he podido dormir lo suficiente.

—Entiendo, ha debido de ser muy duro. Ahora necesita unos días de descanso y volverá a estar como antes.

El extranjero estaba sumido en sus propios pensamientos y no siguió la conversación. Los recuerdos de los días pasados le parecían en esos momentos un sueño, como si los días que estuvo fuera no hubieran acontecido. Era todo muy extraño, incluso él se sentía diferente, no parecía el mismo.

Entretanto, Mauga continuaba conversando. El extranjero la escuchaba en la lejanía, sin percibir lo que decía.

Volvió a la realidad cuando Mauga le vertió un cántaro de agua caliente por encima.

—Ya terminé, ahora si quiere puede quedarse un rato tumbado y disfrutar del agua caliente.

—Gracias, Mauga, me quedaré un rato mientras el agua siga caliente.

Se reclinó, cerró los ojos y estuvo recordando a Alisin.

Más tarde notó que el agua se estaba enfriando y ya no era agradable seguir dentro.

Fue a su habitación y se puso la ropa limpia que Yaco le había colocado sobre la cama. Ya se había olvidado de las comodidades que poseía en palacio. Después de comer y bañarse se sentía mejor, menos cansado.

Pensó entonces saludar al rey y darle una alegría. Se encaminó hacia los aposentos del monarca y llamó a la puerta, pero nadie contestó. En ese momento apareció Yaco.

—Señor, ¿está buscando al rey?

—Sí, quiero saludarle antes de llevar al chico con su abuelo.

—El rey se enteró que había vuelto y quiso levantarse. Comió en el comedor y ahora le espera en la biblioteca.

—Gracias, Yaco. Antes me olvidé decirte que le dieras de comer a Lobo porque también tiene hambre.

—Hace rato que comió y ahora está descansando.

—Yaco, estás en todo, gracias otra vez.

Fue a la biblioteca y tocó en la puerta. Un sirviente le abrió.

—¡Alteza!, mucho gusto en volver a verle.

—¡Cuánto tiempo, extranjero! Acércate que quiero verte bien… —El extranjero se acercó muy feliz—. Parece que te encuentro más delgado.

—Eso mismo me dijo Mauga.

—Pero a pesar de estar más delgado, se te ve con muy buen aspecto.

—¿Cómo se enteró de que había llegado? ¿Quién se lo dijo?

—Hay un delator en palacio que rápidamente vino a traerme la noticia —manifestó el rey sonriendo.

—¿De quién se trata? —preguntó.

—¿No sabes quién?

—No, ¿quizá Yaco?

—Pues no, fue él —dijo señalando en dirección a la alfombra que estaba junto a la chimenea.

Miró en esa dirección y pudo ver a Lobo tumbado sobre ella, durmiendo profundamente. El extranjero al verlo sonrió.

—¿Lobo, eres tú el delator de palacio? —Lobo continuaba con los ojos cerrados, pero contestó moviendo la cola.

—Estaba en mi habitación, porque algunos días no me encuentro con ánimo de levantarme. En esto oímos como si arañaran la puerta. El sirviente la abrió y Lobo corrió por la habitación, subiéndose en la cama y dándome lametones por todas partes. Le he echado mucho de menos y creo que él también a mí. —El extranjero asintió con la cabeza mostrando su acuerdo con el rey—. Me hizo muy feliz. Más tarde vino Yaco y me lo contó. Me animó tanto saber de tu regreso, que quise salir de la habitación.

—Me alegra oír eso. Tenía muchas ganas de verle, y tengo que contarle tantas cosas… Ahora debo llevar al chico con su abuelo. Más tarde hablaremos de todo con calma.

—Es cierto, no debemos hacer esperar más tiempo al abuelo Sénter. Yaco me contó que viniste con su nieto. Él debe de encontrarse peor que yo, así que vete y no le hagas esperar aún más.

—De acuerdo, luego hablamos.

Salió en busca del joven Sénter. Lo encontró en el patio hablando animosamente con dos jóvenes soldados.

Fue hacia las cuadras y sacó su caballo y el que le habían prestado para llegar hasta Zalai.

—¡Sénter! —llamó al joven—, nos vamos.

Montaron en los caballos y se marcharon hacia la casa del abuelo del joven.

El chico se veía feliz, aunque hablaba poco.

—Después del baño y vestido con esas ropas limpias y elegantes pareces otro —comentó el extranjero.

—Nunca tuve ropas tan buenas, ahora no parezco un esclavo. Si mis padres me vieran no me reconocerían. A usted también se le ve diferente, no parece el mismo.

Más adelante, cuando pasaron junto al bosque, el extranjero le explicó los peligros que podía encontrar en su interior.

—Procuraré no entrar, será mejor verlo desde fuera. ¿Y cómo sabe tanto de este bosque? ¿Ha estado alguna vez en él?

—Sí, por eso lo sé, pero nunca debes adentrarte en él solo. Si alguna vez quieres conocerlo, dímelo.

—Me estoy poniendo algo nervioso. ¿Queda mucho para llegar a la casa de mi abuelo? —preguntó impaciente.

—No, ya estamos cerca, no debes preocuparte por nada.

Siguieron cabalgando en silencio y pronto llegaron. Todo parecía igual que la última vez que el extranjero estuvo allí. El lugar se veía bien atendido.

—Primero quiero entrar solo, para explicarle a tu abuelo por qué no vino tu padre, y luego le hablo de ti. Espera aquí hasta que te llame.

El joven asintió con la cabeza, mostrando su acuerdo. El extranjero se aproximó a la casa; echó un vistazo a los alrededores, pero no vio a nadie. Tocó a la puerta y no tardaron en abrir.

—¡Cúver, cuánto me alegra que sigas aquí!

—Le prometí que cuidaría de Sénter y que aquí seguiría cuando volviera. Siempre cumplo mis promesas.

—Te recompensaré por ello —y diciendo esto entró.

—¿Con quién hablas, Cúver? —se oyó al anciano.

—Aquí estoy, Sénter, ya he vuelto.

El anciano miró al extranjero sorprendido, luego dirigió la vista hacia la puerta, la cual acababa de cerrar Cúver.

—¿Cuándo has llegado, hijo mío? —preguntó emocionado, y con dificultad se puso en pie.

—Hoy mismo, y casi no he podido descansar, pero siéntese que le cuento.

El anciano se pasó la mano por la cabeza con gesto nervioso y se sentó.

—¿No pudiste encontrar a mi hijo? —preguntó con voz entrecortada.

—Sí, le encontré —contestó sonriendo.

—¿Y dónde está?

—Ahora le cuento, cálmese. Su hijo se encuentra bien, está casado y tiene dos hijos; un chico de catorce años que se llama Sénter, igual que su abuelo, y una niña de tres años. Es un esclavo que vive y trabaja en palacio, por ese motivo le vigilan mucho.

—¡No me digas que está vivo y que tengo dos nietos! —dijo emocionado. Seguidamente las lágrimas corrieron por su cara y no pudo seguir hablando.

—Todos están bien. —Hizo una pausa y prosiguió—. Su hijo le recuerda con mucho cariño. Les habla a sus nietos de este lugar y de usted. Su nieto se ha escapado varias veces para venir hasta aquí, pero siempre le apresan y le castigan.

—No me cuentes eso, ¡pobre muchacho!

—A su nieto, por rebelde, lo vendieron a una familia que no lo trataba bien. —El anciano, con gesto apesadumbrado, descansó la cabeza en una de las manos que apoyaba sobre la mesa—. Su hijo me comentó que prefería que me trajera a su nieto. —El extranjero volvió a hacer otra pausa—. Por esta circunstancia he venido solo con su nieto Sénter.

En ese momento, el anciano reaccionó levantando la cabeza.

—¿Ha venido mi nieto? ¿Y dónde está? —preguntó emocionado.

—Está ahí fuera esperando que yo hable primero con usted.

Al oír estas palabras el anciano se levantó lo más rápido que pudo.

—Espere aquí, Sénter, ahora yo le hago entrar.

El extranjero salió, levantó el brazo e hizo una señal al joven para que se aproximara. El joven se acercó y ató el caballo. Cuando se disponían a entrar vieron al anciano que salía.

—¡Sénter!, le presento a su nieto Sénter —dijo al fin.

Por un instante se quedaron los dos inmóviles, mirándose a los ojos. Luego el joven se abalanzó hacia su abuelo y los dos se abrazaron rompiendo a llorar.

—¡Abuelo, abuelo! —decía el joven.

—¡Mi nieto querido! —murmuró su abuelo.

Cúver y el extranjero, observando esta escena, también se conmovieron.

Después de unos instantes muy emotivos, el abuelo pudo hablar.

—Anda, no nos quedemos aquí, entra a tu casa —dijo finalmente.

Cuando entraban, al abuelo le dio un ligero desvanecimiento. El extranjero y el nieto, que se encontraban muy próximos, le pudieron sujetar; Cúver rápidamente le acercó una silla.

—¿Qué te sucede, abuelo? —preguntó muy preocupado el nieto.

—No pasa nada, es por la emoción del momento, pero ya me encuentro mejor.

Cúver le llevó agua y el abuelo, con las manos temblorosas, tomó unos sorbos.

—Eres muy guapo, ¡tienes la misma cara de tu padre cuando tenía tu edad! —Hizo una pausa para beber unos sorbos más—. Cuando te miro parece que le veo a él… ¡Cómo son las cosas!, a tu padre me lo arrebataron cuando tenía catorce años y ahora me devuelven a mi nieto con esa misma edad. ¡Cómo es el azar!

—Si no me necesitan aquí, tengo que marcharme —confesó el extranjero.

—No tengo palabras para agradecerte lo que has hecho, hijo mío. Has traído la felicidad a este viejo corazón. Espero que Dios lleve también la felicidad al tuyo, te lo mereces. ¡Gracias por todos tus esfuerzos desinteresados! Espero que Dios sea justo contigo.

—Ya lo es —respondió con una sonrisa—. He disfrutado mucho con este encuentro y he sido feliz con ustedes. —Luego mirando para el nieto prosiguió—: Cuida bien de tu abuelo y sean los dos felices.

Cuando se aproximaba a la puerta, miró hacia el preso y le dijo:

—Cúver, has cumplido con tu palabra y te mereces ser libre. Hablaré de ti para que puedas regresar a tu tierra, con tu familia.

—¡Gracias, señor!

El extranjero regresó con los dos caballos a palacio. Al llegar preguntó por el capitán Lim y no tardó en reunirse con él. Estuvieron conversando largo tiempo. El extranjero le estuvo informando de su visita a Tritania y de todo lo que allí pudo descubrir. El capitán quedó muy satisfecho con la información.

Después volvió a palacio para hablar con más tranquilidad con el rey, que en esos momentos se encontraba en la biblioteca.

—¡Alteza! —saludó.

—Pasa, pasa, te he estado esperando toda la tarde y, como ves, sigo bien acompañado. —Dirigió la mirada hacia Lobo, que aún seguía echado en la alfombra, agotado todavía por el largo viaje.

—Está muy cansado, ha caminado y ha corrido mucho. Se portó bien, pero la próxima vez que vuelva lo dejo aquí.

—¿Es que piensas volver? —preguntó el rey con semblante algo preocupado.

—Hace tiempo le prometí a Sénter que si su hijo seguía con vida, yo lo traería de vuelta y… —hizo una pausa— no debo faltar a mi promesa. Ahora es feliz disfrutando de su nieto, pero hasta que no traiga al resto de la familia, no estaré en paz.

—Te comprendo, eres un buen hombre. Ojalá todos fuéramos como tú, este mundo sería mejor y viviríamos más felices. Pero cuéntame, ¿cómo te fue por Tritania?

—Cuando partí, tardé tres días en llegar a la frontera de Tritania. Allí me encontré primeramente con un niño…

El extranjero pasó gran parte de la tarde relatándole al monarca sus aventuras en el reino de Tritania. El rey escuchaba con mucho interés y a veces le preguntaba algunas cosas.

Le llamó mucho la atención el suceso de la gruta y el campeonato de tiro con arco.

—¿Por qué te dejaste ganar? Yo sé que si hubieras querido, habrías ganado sin esfuerzo.

—Lo hice porque mi intención no era llamar la atención ni demostrar nada. Solo quería entrar en palacio lo más inadvertido posible.

—¿Y piensas aceptar la propuesta que te hicieron de unirte al ejército de Tritania? —preguntó el rey con una sonrisa pícara.

El extranjero sonrió ante esta pregunta.

—Si lo necesitara para ayudar a Marem lo haría, pero esa propuesta no es de mi gusto.

—Me alegra saber que encontraste buenas gentes que te ayudaron y se preocuparon por ti.

—En Tritania hay buenas personas, al igual que en Marem. No se puede juzgar a un grupo entero por la conducta de unos pocos. —Hizo una pausa y los dos hombres permanecieron unos instantes en silencio. En ese momento entró un sirviente con unos candelabros—. Sobre esto quería hablar, en relación al capitán del ejército de Sarén, el capitán Badín. Como le conté hace un momento, él me ayudó cuando lo necesité y ahora yo le quiero ayudar, si sigue con vida.

—¿Cómo le quieres ayudar? ¿Tiene problemas? —preguntó el rey.

—No lo sé. Le mandaron venir a Marem y no ha regresado, no sé si ha muerto o está en prisión. Si estuviera en prisión quiero ayudarle, igual que él lo hizo conmigo. Estoy en deuda, y es un buen hombre. Me entregó un salvoconducto para viajar por Tritania y no tener problemas con el ejército. Aún lo conservo, puede que lo tenga que utilizar la próxima vez que vuelva.

—Ya veo que te ayudó bastante, déjalo en mis manos. Hablaré sobre esto y mañana te diré.

—También quiero mencionarle al preso que ayuda al abuelo Sénter. En mi ausencia cuidó bien de Sénter y de su granja. Pudo fugarse y no lo hizo. Le prometí comentar su liberación cuando regresara de Tritania.

—Igualmente hablaré a favor de este preso, no te preocupes, mañana también te informo.

—Le agradezco que quiera ayudarme, es muy importante para mí.

—¿Cómo no te voy a ayudar?, tú ayudas a los demás sin pedirles nada a cambio. Yo también deseo ayudarte, me agrada mucho que me la pidas. Y por otra parte me gustaría saber cuándo tienes pensado volver a Tritania.

—Todavía no lo he decidido, pero creo que posiblemente dentro de unas cuantas semanas. Debo hablar primero con mis hombres y ver cómo llevan el entrenamiento. Quiero continuar adiestrándolos para que estén mejor preparados.

—Creo que van muy bien, según lo que cuenta el capitán —dijo el monarca.

—¿El capitán le dijo eso? —preguntó sonriendo.

El monarca asintió con un leve movimiento de cabeza y, satisfecho, le sonrió también.

—Antes me dijiste que cuando volvieras a Tritania no llevarías a Lobo, ¿por qué?

—Lobo se comportó bien, pero me retrasa. Sin él viajaría más rápido y sería una preocupación menos.

—Lo entiendo, si es así déjalo conmigo. Él me da mucha compañía. — Luego miró hacia la ventana—. ¿Te has fijado? Ya se hizo de noche y casi sin darnos cuenta. El tiempo pasa más rápido cuando uno está entretenido y bien acompañado. Hasta parece que me ha entrado apetito, me gustaría que cenáramos juntos.

—De acuerdo.

El rey hizo sonar la campanilla y el sirviente se presentó al momento. El monarca le dio la consigna de servir la mesa.

Después de cenar se retiraron para descansar.

A la mañana siguiente, el extranjero se apresuró en reunirse con sus hombres. Estaban informados de su regreso y le esperaban desde muy temprano en el patio. Al verle se aproximaron y le saludaron. También algunos de ellos le hicieron preguntas:

—¿Qué peligros encontró en Tritania, capitán?

—¿Tuvo que defenderse y luchar con algún soldado?

—¿Desconfiaron de usted o alguien averiguó que venía de Marem?

—Y…

—¡Basta! Son demasiadas preguntas. Solo les diré que no sospecharon de mí. Solo tuve que defenderme de dos ladrones de perros que quisieron robarme a Lobo. También les diré que encontré a buenas personas y en varias ocasiones me ayudaron; entre ellas al capitán del ejército de Sarén. Pero ahora solo quiero saber cómo ha ido ese entrenamiento y quiero ver resultados.

Mientras se aproximaba el soldado Grodín al extranjero, los demás soldados se apartaban para dejarle pasar.

—Capitán, todos nos alegramos de verle de nuevo y poder comprobar que no ha sufrido ningún daño en Tritania. En su ausencia hemos entrenado muy duro todos los días, hasta la extenuación. También puede comprobar los resultados que hemos obtenido, fue obra nuestra el apresamiento de un grupo de soldados de Tritania. En esa lucha no hubo ninguna baja entre nosotros y tampoco entre los soldados enemigos. La batalla se desarrolló sin ninguna pérdida, como a usted le gusta.

—Me satisface mucho lo que estoy escuchando, veo que han comprendido mis enseñanzas. Ahora vayamos al patio trasero para comprobar la evolución de ese entrenamiento.

Los veinte hombres se trasladaron al otro patio y allí el extranjero luchó con cada uno de ellos. Les fue explicando uno por uno dónde tenían los fallos. Luego por parejas estuvieron poniendo en práctica estas enseñanzas, siempre con la supervisión de su maestro. Practicaron además varias formas de derribar del caballo al enemigo. Se tomaron un descanso corto y seguidamente estuvieron corriendo en grupo, acompañados del extranjero, hasta la caída de la tarde.

Al terminar, el extranjero se dirigió a ellos:

—Estoy orgulloso de todos ustedes. He comprobado que no han perdido el tiempo y que lo están haciendo bien, continúen así. Ahora ya se pueden ir a descansar, mañana a primera hora estén de nuevo aquí.

—¡Hasta mañana, capitán!

—¡Ah!, me olvidaba decirles que cada uno traiga consigo comida y agua porque vamos a entrenar lejos.

—Gracias, capitán —dijeron a coro, entusiasmados.

Seguidamente el extranjero entró en palacio. Lobo, muy alegre, se le acercó para saludarlo.

—Desde que estás aquí, casi no se te ve —le reprochó. También salió a su encuentro Yaco.

—¡Buenas tardes, señor! El rey me pidió que le dijera que cuando regresara, quería hablar con usted.

—Está bien, ¿dónde se encuentra ahora?

—En la biblioteca, allí se ha pasado toda la tarde. ¿Le acompaño?

—Gracias, Yaco, pero no es necesario.

El extranjero fue hacia la biblioteca seguido en todo momento por Lobo. Al llegar, llamó a la puerta y un sirviente le abrió.

—El rey le espera —comentó.

—¡Alteza! —saludó.

—¡Extranjero! Pasa y siéntate. Te estaba esperando, me dijeron que te encontrabas con tus soldados, preparándolos. ¿Cómo los encontraste?

—Estoy satisfecho con el trabajo que han hecho en mi ausencia, se ve que han trabajado duro y tienen mucho interés en superarse. Me contaron que ellos apresaron a un grupo de soldados de Tritania y que no murió nadie. Tengo esperanzas de que el capitán Badín esté entre ellos.

—Sobre eso quería hablarte. Hoy pedí información. Tienes que bajar a las celdas y verificar si él está entre los presos. Luego te prepararé un salvoconducto para que se lo entregues, y así le puedes devolver el favor que hizo por ti. También prepararé otro para el preso que ayuda a Sénter, ¿cómo es su nombre?

—Cúver.

—¿Cúver? —preguntó dudando.

—Sí, Cúver.

—A veces se me olvidan los nombres, ya no tengo la misma memoria que antes —comentó algo contrariado—. Te informo que este preso puede salir de Marem y dirigirse a Tritania en compañía de Badín. ¿Estás de acuerdo?

—Es perfecto, alteza. Quiero bajar a las celdas lo antes posible y comprobar si está allí el capitán.

—¿Quieres ir ahora? —preguntó sonriendo.

—Si me lo permite, me gustaría bajar ya.

—Pues ve y no tardes. Aquí se cena dentro de un rato y me complacería que me acompañaras.

—Está bien, no tardaré.

El extranjero salió entusiasmado y esperanzado de poder encontrar al capitán de Sarén. Andando por uno de los pasillos de palacio se tropezó con Yaco.

—¡Yaco!, manda que me preparen el baño, no tardo. Mañana entreno lejos y también necesito agua y comida para ese día.

—Enseguida, señor, lo tendrá todo preparado.

—Sujeta a Lobo porque no quiero que me siga.

—¡Lobo, ven! —gritó Yaco. Lobo muy obediente se acercó.

Al momento llegó a la entrada que conducía a las celdas. Luego recorrió el pasillo largo y estrecho que le condujo hasta el primer guardia.

—Quiero visitar las celdas.

—Sí señor —respondió el guardia—. Ya nos han avisado de que hoy o mañana vendría por aquí.

Le abrió las rejas que conducían a otro pasillo y a unas escaleras. A cada paso que daba iban apareciendo recuerdos y sensaciones que no eran agradables. Al final de las escaleras se encontró con otros dos guardias. Había olvidado aquel intenso olor a humedad.

Habló con los guardias y les comentó que no iba a hablar para no ser reconocido por su voz. Ellos lo comprendieron. Luego se pasó parte del turbante por delante de la cara para no ser reconocido y además le servía para protegerse del olor que despedían las celdas al abrirlas. Solo se le veían los ojos.

Los soldados le llevaron a las celdas del fondo. Era allí donde estaban los últimos soldados apresados.

Abrieron la primera celda y mandaron a los seis soldados que la ocupaban alejarse de la puerta. Con la antorcha alumbraron el interior. El extranjero entró y no reconoció a nadie. Salieron de la celda y entraron en la siguiente, pero allí tampoco reconoció a ningún preso.

—¿Quedan más celdas ocupadas? —preguntó al salir.

—Quedan dos —dijo el guardia.

Se pararon junto a la tercera celda. El guardia entró con la antorcha en una mano y, como no se alejaban de la entrada, cogió el barrote de hierro que sujetaba en el cinturón.

—¡Atrás! —les ordenó. Los presos retrocedieron hasta la pared.

El extranjero los observó uno a uno. Luego cogió la antorcha que sostenía el guardia y la acercó a uno de los presos. Pudo comprobar con sorpresa que se trataba del capitán Badín. Todos parecían asustados. El capitán presentaba un aspecto deteriorado y su mirada reflejaba cansancio.

Salieron nuevamente y tras cerrarse la puerta de la celda, el extranjero hizo señas al guardia para alejarse un poco.

—Ahí está el capitán Badín —le susurró—, es el preso al que le acerqué la antorcha a la cara. ¿Se puede sacar de esa celda y trasladar a otro lugar que esté mejor?

—Arriba hay unas celdas que están mucho mejor, pero eso tendría que ordenarlo el capitán.

—Ahora hablaré con él e intentaré sacarlo de ahí.

Salió lo más rápido que pudo y preguntó por el capitán. Le informaron que acababa de llegar y que estaba dejando el caballo en las cuadras. Iba en esa dirección cuando el capitán regresaba.

—¡Extranjero! —le saludó.

—¡Capitán! Le estaba buscando.

—¿Necesita algo?

—Necesito un gran favor. Vengo de las celdas y pude comprobar que tienen al capitán Badín del ejército de Sarén en una de las celdas. Ese capitán es un buen hombre. En Tritania estuve encarcelado y él habló en mi favor, liberándome. Además me dio un salvoconducto para viajar por Tritania y no me…

—Ya me lo contó el rey Dor esta mañana y estoy al corriente de lo sucedido, ¿qué quiere que haga?

—¿No hay un lugar mejor dónde colocarlo hasta que pueda regresar a Tritania?

—Pues… hay unas celdas aquí arriba en la que podríamos alojarlo, ¿cuándo quiere que lo traslademos?

—Ahora. ¿Puede ser?

El capitán se quedó pensativo unos instantes mientras estudiaba esta posibilidad.

—Mandaré a unos soldados para que preparen la celda. Le trataremos de acuerdo con su rango y comerá decentemente.

—Quiero estar presente en su traslado.

—Espere en la entrada que voy a dar la orden.

Animado, el extranjero se encaminó nuevamente a las celdas. Mientras esperaba estuvo hablando con el guardia de la primera puerta. Luego se oyeron voces y pasos que se aproximaban.

—Ya llegan para el traslado —comentó el guardia.

Los dos dirigieron la mirada hacia el pasillo. Seguidamente vieron aparecer a dos soldados corpulentos que se acercaban.

—¡Buenas noches! —saludaron los soldados.

—¡Buenas noches! —respondieron el extranjero y el guardia.

—Tenemos órdenes del capitán Lim para trasladar al capitán Badín a una de las celdas superiores.

—Entrégame la orden —indicó el guardia.

Después de leer el documento se lo devolvió a los soldados y les abrió la reja que conducía al siguiente puesto. El extranjero bajó con ellos.

Los guardias que custodiaban las celdas también leyeron el documento, pero se lo quedaron. Posteriormente abrieron la celda donde se encontraba el capitán de Sarén. Entró un guardia con la antorcha acompañado de un soldado, el otro esperó en la puerta junto al extranjero.

—¿Cuál es tu nombre? —preguntó el guardia.

—Soy Badín —murmuró con voz apagada.

—¿Y tu rango?

—Capitán del ejército de Sarén.

—¡Tienes que acompañarnos!

—¿A dónde?, ¿para qué? —preguntó entrecortadamente.

—¡Muévete y sal! —gritó el guardia bruscamente.

El extranjero y el otro soldado se apartaron de la puerta para dejarlo pasar. Su aspecto, demacrado y más delgado, le hacía parecer más envejecido.

Al pasar junto al extranjero se quedó mirándolo fijamente como si lo reconociera.

Mientras lo conducían al exterior nadie habló y llegaron a la nueva celda sin ningún incidente.

El extranjero pudo comprobar que esa celda parecía una habitación. Estaba provista de una cama, mesa y silla. Sobre la mesa había una vela encendida, una jarra con agua y una pequeña cesta con fruta variada. También tenía una ventana con rejas que daba a un lateral. Desde allí lo único que se podía ver era parte de la muralla que rodeaba el palacio, aunque era suficiente para que su estancia no fuera tan desagradable.

El extranjero le observaba desde la puerta y permaneció allí hasta que uno de los soldados la cerró. Badín parecía algo desorientado, pero no hizo ningún comentario.

Luego volvió al palacio, se tomó un baño rápido y se reunió en el comedor con el rey Dor, que ya le estaba esperando.

—¿Está todo solucionado? —preguntó el monarca.

—Sí, ahora estoy tranquilo. En esa celda el capitán Badín estará mejor.

—Cuando se tiene paciencia las cosas poco a poco se pueden ir solucionando. A veces, al sufrir un revés en la vida, nos deprimimos y pensamos que tenemos todos los elementos en contra y que no hay solución. Luego con el tiempo nos damos cuenta de que este suceso que nos sobrevino no fue tan malo, y que gracias a él se produjo un giro beneficioso en nuestra vida que nos favoreció posteriormente.

—Sí, estoy de acuerdo; yo soy un ejemplo de lo que acaba de comentar, alteza. —Hizo una pausa—. Sé que la paciencia es una virtud, pero qué difícil es mantenerla cuando hay momentos duros. —El extranjero se quedó reflexionando unos instantes sobre esto. Su mirada parecía perdida, y por un momento se mantuvo absorto en pensamientos lejanos.

—Me pareció interesante saber… —el monarca continuaba la conversación, pero el extranjero no le seguía. Su cuerpo estaba allí, pero su mente estaba muy lejos—… ¿qué opinas de esto?

—Perdón, me perdí, ¿qué me comentaba?

—No tiene importancia, sé que estás muy cansado y yo estoy abrumándote con mis cosas.

—Alteza, ¿aquí en Marem se sabe por qué no quieren extranjeros en Tritania?

—No, pero debe de ser porque no se fían de nadie que venga de fuera. ¿Por qué lo preguntas?

—Porque el nieto de Sénter me habló de una antigua profecía de la que no se puede hablar en Tritania pero que todos conocen.

—¿Qué profecía es esa?

—No lo sé, no me quiso comentar más porque tiene miedo. Aun estando lejos de Tritania, se inquieta al hablar del tema.

—Tuvo que sufrir mucho, quizá con el tiempo se le vaya pasando.

—Me gustaría llevarle algunos libros al capitán Badín para que los días no se le hagan tan largos.

—Puedes elegir en la biblioteca los que creas oportunos y llevárselos. Ese es un buen entretenimiento, tendrá la mente ocupada y su estancia no será tan dura. También podrá comprobar que aquí en Marem somos hospitalarios —comentó el rey sonriendo.

—Gracias, alteza.

—No necesitas darme las gracias, eso no es nada, pero creo que ya es muy tarde y debemos retirarnos.

—Sí, tengo entrenamiento muy temprano. Quiero que mis hombres se entrenen en campo abierto y que se familiaricen con los lugares fuera de Zalai pero cercanos a ella. Así que mañana estaremos entrenando aproximadamente a una hora a caballo.

—Deseo que todo salga bien, ya mañana me contarás. Recuerda que te espero para la cena.

—Aquí estaré.

Después de despedirse, cada uno se retiró a su alcoba.

El extranjero se levantó con las primeras luces del día y pasó por la cocina. Allí se encontró con Yaco. También había dos cocineras afanadas en los fogones.

—¡Buenos días!

—¡Buenos días, señor! —le saludaron.

—Ya tiene preparados los alimentos en esta bolsa, ahora se los iba a llevar a la habitación —comentó Yaco.

—Gracias, ¿te acordaste?

—Sí, claro, también aquí le han preparado algo para ahora —añadió.

—Tengo prisa.

—¡No tenga tanta prisa que aún es muy temprano! —exclamó la cocinera de más edad—, siéntese aquí mismo y coma algo, el día es muy largo y será menos duro si va con la barriga llena.

La cocinera le sirvió un plato de comida humeante y casi se sintió obligado a sentarse. Se lo comió aunque tan temprano no tenía muchas ganas.

—Gracias, señoras, estaba exquisito. Han sido muy amables.

Las cocineras sonrieron satisfechas. Después cogió la bolsa y fue hacia la biblioteca. Seleccionó dos libros que le parecieron interesantes. Se encaminó hacia la celda donde se encontraba el capitán Badín. Desde el exterior pudo comprobar que estaba despierto. Se paseaba por la celda de un lado a otro denotando nerviosismo.

Le silbó desde la ventana para llamar su atención. Badín miró en esa dirección y permaneció inmóvil observándole.

El extranjero se había tapado el rostro con parte del turbante para no ser reconocido. Con el dedo índice le indicó que se acercara. El capitán obedeció y se aproximó.

—¿Qué quieres?, ¿por qué te tapas?

Extendió su mano entre los barrotes de la ventana y le ofreció los dos libros.

El capitán los cogió y los ojeó.

—¿Por qué me traes estos libros?

El extranjero no respondió y se marchó. Fue en busca de su caballo y se reunió con los veinte hombres que le esperaban en el patio trasero.

—¡Buenos días, capitán!

—¡Buenos días! Hoy cabalgaremos por la ruta que suelen seguir los soldados de Tritania cuando se dirigen a Zalai. ¡Monten que nos vamos!

—Mazut, vamos a necesitar una pala, ¿puedes traer una?

—Enseguida, señor —respondió al instante.

Los soldados, muy emocionados, emprendieron el camino. Cuando llegaron el sol ya calentaba. En la zona elegida existía gran cantidad de árboles y podían disfrutar de su sombra.

—Este emplazamiento sería muy apropiado para tender una emboscada a los soldados de Tritania, porque debido a la frondosidad de estos árboles no nos verían de lejos, y podríamos atacarlos por sorpresa —comentó a sus hombres.

Luego se acercó a su caballo para recoger dos palos no muy largos que había traído. Les pidió que hicieran un círculo y se sentaran. Solicitó de un soldado que se reuniera en el centro con él.

—Ahora vamos a combatir, primero quiero que te defiendas y más tarde que me ataques.

—De acuerdo, mi capitán.

El extranjero, provisto de una barra de madera en cada mano, iba golpeándolo alternativamente con cada una de ellas. El soldado debía defenderse parando el golpe con los brazos o con las piernas, después tenía que atacar al extranjero con la parte de su cuerpo que creyera conveniente.

Fue haciendo lo mismo con cada uno del resto de los soldados, dándoles indicaciones y consejos.

—Ahora diez de ustedes deben luchar contra los otros diez y poner en práctica lo que acaban de aprender.

Más tarde cambiaron sus posiciones; los que atacaban, después se defendían y así sucesivamente.

Luego practicaron el ataque de dos contra uno. Primero con el extranjero y después entre ellos. Algunos recibieron golpes bastante fuertes.

—¡Descanso! —gritó el extranjero—. Beban agua y descansen un poco.

Varios se tiraron al suelo y prefirieron recostarse antes de beber agua.

—¡Me diste un golpe tan fuerte aquí que casi me rompes este hueso! —se quejaba un soldado a otro. El extranjero al oírlo sonrió.

Estuvieron descansando unos minutos hasta que el extranjero los llamó de nuevo.

—¡Soldado! —Se acercó a uno de ellos—. Toma esta pala y vete llenando de tierra este saco, pero solo hasta la mitad.

Mandó atarlo bien con una soga y colgarlo de una de las ramas más fuertes del árbol que tenían enfrente.

Les mostró cómo saltar girando en el aire y dar una patada al contrincante. En este caso el contrincante sería el saco.

Fueron practicando por turnos. Al principio algunos caían al suelo, pero fueron perfeccionándose hasta conseguirlo.

—A ver, tú, tú y tú, ¡vengan hacia aquí! —Señaló a tres soldados—. Quiero que me ataquen.

Se acercaron con precaución.

—No tengan miedo, acérquense a mí y ataquen los tres al mismo tiempo.

Ellos se animaron, pero el extranjero era tan rápido que no les permitió que le dieran ningún golpe.

—Voy a repetir cada movimiento que hice, pero esta vez más despacio para que ustedes hagan lo mismo. —Los tuvo que repetir varias veces hasta que les quedó claro. Luego les tocó a ellos. Insistieron una y otra vez para perfeccionar todos los movimientos, golpes y giros.

Esto les llevó hasta el mediodía. A continuación descansaron y comieron lo que cada uno había llevado. El resto del día estuvieron poniendo en práctica todo lo aprendido hasta el momento.

Hicieron también un simulacro de emboscada: diez de ellos montados a caballo serían el enemigo, y los otros diez permanecerían ocultos entre los árboles y serían los que atacarían primero.

El extranjero les estuvo corrigiendo algunos movimientos, saltos y conductas. Estos ejercicios los tuvieron que repetir varias veces hasta que el extranjero quedó conforme. Posteriormente, los soldados que hacían de enemigo se ocultarían, y los otros esa vez, simularían al enemigo. Lucharon duramente y aprendieron mucho a la vez que se lo pasaban muy bien disfrutando con todo aquello.

—Hemos acabado, ya pueden descansar, dentro de poco anochecerá.

Todos los soldados se tiraron al suelo, estaban exhaustos, sudorosos y agotados. El extranjero se sentó junto a un árbol, apoyándose en él; cerró los ojos e intentó también descansar. El silencio se hizo en el lugar, ninguno tenía ganas de hablar ni de bromear como en otras ocasiones. Así estuvieron un rato sin que nadie se moviera.

—¡Oigo ruido de caballos! —exclamó el soldado que estaba más alejado.

El extranjero entonces se recostó y puso el oído en el suelo.

—¡Pongan todos el oído en el suelo y escuchen! —les ordenó.

—Sí, lo escucho —dijo un soldado.

—Yo también lo oigo —comentó otro.

—Esperen aquí, que ahora vengo —dijo súbitamente el extranjero.

Se montó en su caballo y se dirigió a un claro fuera de la arboleda. Sus hombres se pusieron en pie, observando. El extranjero llegó pronto.

—Se trata de un soldado a caballo de nuestro ejército, no se preocupen. Pueden descansar un poco más y luego regresamos. Dejen libre el paso para el soldado que se aproxima.

Los soldados se apartaron y esperaron de pie oyendo el trotar cada vez más cercano. El jinete no tardó en aparecer, y al verlos se sorprendió.

—¡Sooo! —Paró el caballo— ¿Qué están haciendo aquí?

—Hemos estado entrenando, pero ya nos íbamos —respondió el extranjero que se encontraba junto a un árbol.

—¡Si aprecian sus vidas, huyan de aquí lo más rápido que puedan! ¡Nos acaban de atacar soldados de Tritania!

Los soldados, al oír esto, se acercaron y le rodearon.

—¿Cuántos son? —preguntó el extranjero.

—Creo que alrededor de treinta, quizá más.

—¿Y ustedes cuántos eran?

—Seis conmigo.

—¿Dónde está el resto?

—No lo sé, se nos echaron encima y derribaron a unos cuantos. Yo pude escapar, de los demás no sé nada. Creo que vienen persiguiéndome.

El extranjero se echó en el suelo, pegando su oído a la tierra, el resto de los soldados le imitaron.

—Se oye el trotar de caballos, creo que te persiguen. Si quieres puedes quedarte con nosotros o si lo prefieres, cabalga hasta Zalai y avisa al ejército.

—Iré hasta Zalai y lo comunicaré al capitán.

—Nosotros nos quedamos aquí e intentaremos pararlos —indicó el extranjero.

—¡Qué tengan suerte! —y diciendo esto partió.

Inmediatamente el extranjero habló a sus hombres:

—Este es el momento de poner en práctica todo lo que han aprendido. Tenemos que darnos prisa, no tardarán en pasar por aquí.

—¡Pero nos superan en número! —comentó un soldado.

—No importa que nos superen en número, estamos mejor preparados que ellos. ¡Tú!, descuelga el saco con la arena; ustedes, oculten y aten los caballos detrás de aquellos árboles.

El extranjero también ocultó el suyo y trajo la cuerda larga que siempre llevaba consigo. Ató un extremo al tronco de un árbol, y la otra punta a otro situado en frente.

—Como está anocheciendo no verán la cuerda y, al pasar, chocarán contra ella y caerán al suelo. Ahora diez de ustedes se ocultarán detrás de aquellos árboles que están allí arriba. Si alguno decide escapar le cortan el paso. Los otros diez se ocultarán en esta zona de aquí. Yo seré el primero en enfrentarme a ellos. Cuando deje a unos diez fuera de combate, Grodín dará al resto la orden de atacar. De este modo, cada uno de ustedes solo tendrá que luchar contra un solo hombre. ¿Están de acuerdo?

—Sí, señor —respondieron entusiasmados.

—En este momento ocúltense porque ya se aproximan.

Todos corrieron y desaparecieron de la vista. Allí parecía que no había nadie. El extranjero se colocó detrás de unos arbustos a unos metros de la cuerda.

Para los soldados, esos instantes de espera les resultaron interminables.

Al aproximarse los soldados de Tritania producían el mismo ruido que una estampida. Todos observaban desde sus puestos. Los soldados entraron a toda velocidad en la zona y, al chocar contra la cuerda, caían rápidamente. El extranjero se ocultó la cara, salió y comenzó a dar golpes a unos y a otros. Era tan rápido que algunos no lo veían llegar.

—¡Ahora! —gritó Grodín.

Todos salieron y se lanzaron al ataque. El extranjero se apartó para darles la oportunidad de luchar. Le llamó la atención ver que todos sus hombres también se habían ocultado la cara.

Como advirtió que tres soldados de Tritania aún seguían subidos en sus caballos, descolgó el látigo y los hizo bajar. Sus hombres entonces se encargaron de ellos. En un instante estaban todos en el suelo. Algunos se quejaban y otros aún estaban inconscientes.

—¿Dónde está Grodín? —le susurró el extranjero a uno de ellos.

—¡Grodín! —gritó el soldado.

—¿Qué quieres? —respondió de lejos.

—El capitán te llama.

—¿Qué ocurre, señor? —preguntó.

—Ahora —dijo en voz baja—, no debo hablar porque los que me han visto en Tritania me reconocerían y cuando vuelva podrían identificarme allí.

—Lo comprendo, señor, no necesita hablar, lo haré yo por usted.

—Pide a tus compañeros que les aten las manos a la espalda.

—¿Con qué se las atamos, señor?

—Con sus propias ropas; vayan cortando trozos de tela de sus ropas y con ellas se las atan.

Así fueron haciéndolo hasta que todos estuvieron bien atados. Luego reunieron los caballos del ejército de Tritania que se habían dispersado, colocándolos en reata. Amarraron cada caballo a la silla del caballo siguiente. Posteriormente emprendieron el viaje de regreso con todos los prisioneros.

Los soldados estaban entusiasmados y satisfechos por la hazaña que acababan de realizar; al mismo tiempo con esta victoria se sentían más seguros de sí mismos.

—¿Por qué se ocultan la cara? —preguntó un soldado de Tritania, pero nadie le contestó.

—Debe de ser que son tan feos que no quieren que nadie los vea —respondió otro soldado de Tritania que se encontraba próximo.

Ante este comentario se oyeron risas entre los hombres de Tritania.

—¿Dónde está el extranjero? —preguntó un soldado de Marem.

—En la retaguardia —respondió otro.

Entonces cabalgó en esa dirección.

—¿Quién es el extranjero? —preguntó otro soldado de Tritania que escuchaba.

—Es nuestro capitán.

—¿Es extranjero de verdad?

—Sí, lo es.

—¿Cómo pueden confiar en los extranjeros? —preguntó irónicamente el soldado.

—Los extranjeros que son menospreciados en Tritania, aquí en Marem los acogemos como a uno de los nuestros y a cambio nos ayudan —contestó otro soldado.

Luego no hubo más comentarios.

Cuando estaban llegando a Zalai, un ejército formado por unos cuarenta hombres les salió al encuentro. Al verlos, el extranjero abandonó la cola, se aproximó hacia ellos y estuvo hablando con Lim.

El capitán Lim les dejó diez de sus hombres para ayudarlos con los prisioneros. El resto se dirigió a la zona para buscar a los soldados desaparecidos que habían sido atacados, y al mismo tiempo, se quedarían vigilando el lugar hasta el día siguiente.

Tanto el extranjero como sus hombres fueron felicitados.

En la ciudad de Zalai ya les estaban esperando y se había formado cierto revuelo. Ante la ausencia del capitán Lim, el extranjero tomó el mando. Ordenó hacer un listado con los nombres de los prisioneros para poder trasladarlos al día siguiente a otras ciudades de Marem. Eran demasiados prisioneros y en las celdas de Zalai estarían muy hacinados.

—¿Cuántas celdas tenemos abajo? —preguntó el extranjero a uno de los guardias.

—En total hay diez; seis pequeñas y cuatro mayores. En cada celda pequeña hay cuatro hombres y en tres celdas de las grandes hay seis prisioneros en cada una, y luego hay otra vacía. ¡Me equivoqué!, en una de las grandes ayer había seis presos, pero como trasladamos al capitán Badín a una de las celdas superiores, ahora hay cinco.

—Pues ahora…—el extranjero estuvo pensando y haciendo cálculos—, coloca en las celdas pequeñas dos hombres más; y en las grandes tres más en cada una, salvo en la que hay cinco, que tendrías que colocar a cuatro, y en la que está vacía pon al resto. Yo creo que así quedan bien distribuidos por esta noche.

—Sí, señor, así lo haremos.

Después mandó que atendieran a los heridos y que llevaran a todos los presos a sus celdas. Finalmente la normalidad y la tranquilidad se restauraron en el patio del palacio. Antes de despedirse de sus hombres, el extranjero los felicitó y los animó para que siguieran poniendo todas sus fuerzas en continuar con el aprendizaje.

Posteriormente entró en palacio y fue directamente a la cocina.

—¡Buenas noches, señoras!, ¿han visto a Yaco?

—Hace un rato estuvo por aquí. Nos ordenó que calentáramos agua y que le preparáramos el baño, así que cuando quiera bañarse ya lo tiene listo.

—¡Gracias, señoras!

Fue hacia el baño y nada más entrar en el agua, apareció Mauga.

—¿Cómo se encuentra, señor? ¡Ya me enteré de su hazaña!

—De mi hazaña no, de la hazaña de mis hombres. Ellos han trabajado muy duro para conseguir esta victoria.

—No se quite importancia, que si no fuera por quien los preparó, ahora habría en Zalai muchos problemas. ¡Pero qué suerte tuvimos!, ¡qué casualidad que estuvieran hoy en ese lugar!

—Nada ocurre por casualidad, todo se produce por algún motivo, aunque a veces no sabemos el porqué.

—Yo creo que es una suerte que esté aquí con nosotros, ayudándonos. Si esto hubiera ocurrido cuando estaba en Tritania, no sé lo que hubiera podido pasar.

—Por eso estoy entrenando a estos hombres. El día que yo no esté ellos defenderán Zalai tan bien como yo o mejor. Tengo mucha fe en ellos y además…

En ese momento tocaron a la puerta.

—¡Entra! —gritó Mauga—, sabía que eras tú —dijo al ver a Yaco.

—¡Me alegra verle bien, señor!

—¡Hola, Yaco! —saludó el extranjero—. Hoy se me hizo más tarde de lo que pensaba.

—¡Le felicito, extranjero! También le doy las gracias por apresar a los soldados y proteger la ciudad.

—¡Eso mismo le decía yo! —dijo Mauga utilizando ese tono de voz tan alto al hablar—. Ya he acabado, le voy a traer más agua caliente para que pueda descansar un rato relajándose.

—Está bien, muchas gracias.

Mauga salió y fue a la cocina en busca de más agua caliente.

—El rey Dor se sentía esta tarde un poco cansado y me pidió que lo disculpara. Se acostó temprano y casi no quiso comer —explicó Yaco.

—¿Se encuentra enfermo?

En ese momento entró Mauga con un cubo lleno de agua caliente que le tiró por encima. Luego salió sin decir nada.

—No creo, solo está cansado. Mañana seguramente estará mejor. Me gustaría saber, ¿dónde quiere cenar?

—Cenaré en la cocina dentro de un rato. Ahora me quedaré aquí mientras continúe el agua caliente.

—Lo diré en la cocina y cuando termine pase por allí.

—Está bien, Yaco, te lo agradezco.

Yaco salió y el extranjero se recostó cerrando los ojos. Su mente se dirigió lejos. En ese momento pensaba en Alisin: «¿Qué estará haciendo ahora?, ¿pensará en mí tanto como yo en ella?». Sentía deseos de volver a verla nuevamente.

Al terminar, pasó por la cocina pero comió poco; se sentía tan cansado que se le había quitado el apetito. Pronto se retiró a su habitación y quedó profundamente dormido.

El rey que no tenía nombre

19
La confesión del extranjero

Era de día cuando Lobo le despertó dándole lametones.

—¡Quita Lobo! ¿Cómo has entrado?

Miró hacia la puerta y vio a Yaco sonriendo desde allí.

—¡Buenos días, señor! He dejado entrar a Lobo para que le despierte, porque me ha dicho que si algún día no se despierta temprano lo haga yo. Ya el sol ha salido hace un buen rato.

—¿Cómo no me despertaste antes? —dijo al mismo tiempo que se levantaba impetuosamente.

—Porque anoche se le veía tan cansado que le he dejado dormir un poco más. Por sus hombres no se preocupe, Grodín los está preparando.

—Está bien, ahora bajo. ¿Y el rey Dor cómo pasó la noche?

—Se encuentra muy bien, anoche descansó lo suficiente y hoy está como nuevo.

—Eso me agrada, cuando pueda pasaré a verlo.

—Se lo diré. ¿Quiere comer algo ahora?

—No tengo tiempo, más tarde vendré, gracias.

Yaco salió y el extranjero no tardó en terminar de vestirse. Luego en el patio se reunió con sus hombres.

Estuvo observando cómo estaban practicando los mismos ejercicios que habían realizado el día anterior. Le satisfizo ver que los realizaban con mucha perfección.

Grodín al verle, le saludó y el extranjero le correspondió.

—Continúa Grodín, lo haces muy bien —le indicó. Prefería dejarle actuar y no intervenir si no era realmente necesario.

Después de ejecutar los ejercicios que habían aprendido el día anterior, el extranjero les estuvo enseñando personalmente nuevas técnicas para la defensa y ataque. Las repitieron una y otra vez hasta el cansancio, primero con el extranjero y luego entre ellos.

Llegó la hora del mediodía y les dio un descanso. Después continuaron toda la tarde sin interrupción.

Al atardecer dio la orden de terminar.

—Grodín, ayer me sorprendieron cuando paramos al ejército de Tritania y les vi a todos con la cara tapada.

—A mí también me sorprendieron cuando di la orden de atacar y salieron todos con la cara cubierta, entonces yo a su vez hice lo mismo. Más tarde les pregunté y me comentaron que querían parecerse a su capitán. Quieren ser como usted, mi capitán.

—¿Y tú?

—Pues… —reflexionó y sonrió—, ayer solamente los imité, más adelante me pareció una buena idea y ahora opino igual que ellos.

—Agradezco tu sinceridad, la idea me agradó. Ya nos veremos mañana.

Antes de irse, el extranjero se encontró con el capitán en las cuadras.

—Ya me enteré por Yaco a mediodía de que anoche no tuvieron más problemas, solo estaban los treinta hombres que apresamos; además, pudieron encontrar al resto de los soldados que habían sido atacados y entre ellos solo había dos heridos —manifestó el extranjero.

—Sí, fue una suerte que estuvieran entrenando en aquel lugar cuando el ejército de Tritania se dirigía hacia aquí. Mañana vamos a trasladarlos en carretas a otras ciudades del sur porque estas celdas están muy llenas.

—Creo que es lo mejor que se puede hacer —confesó el extranjero—. He pensado en la posibilidad de dejar a lo largo de la frontera un retén de soldados vigilando la posible entrada de soldados de Tritania y utilizar a las palomas mensajeras para que avisen aquí, en Zalai, de la llegada de soldados y así podernos preparar y salir a su encuentro.

—Esta idea está muy bien, puedo proponérsela a los consejeros. Ya le informaré.

—De acuerdo, capitán Lim —añadió el extranjero, y se despidieron.

Cogió el caballo y fue hacia la casa de Sénter. Llegó sin demora a la granja, y el joven Sénter, al verlo, se le acercó rápidamente.

—Me alegra verle de nuevo, extranjero. Ahora estaba dando de comer a los animales.

—¿Cómo van las cosas por aquí? —preguntó al desmontar.

El joven sujetó el caballo y lo amarró a la cerca.

—Me estoy adaptando a esta vida. Todavía me parece un sueño. A veces me cuesta creer que soy libre y estoy viviendo aquí.

—¿Y Cúver?

—Me ha estado enseñando lo que hay que hacer aquí cada día y no es difícil, me gusta. Qué diferente es trabajar de esclavo a trabajar como hombre libre para tu familia y para ti.

—Entonces, ¿te sientes feliz?

—Sí, mucho.

—¿Y el abuelo?

—Creo que también. ¡Entre!, se alegrará de verle. Habla con mucho cariño de usted. Yo voy ahora, ya estoy terminando.

Fue hacia la casa y tocó en la puerta antes de entrar. Cúver salió al oírle.

—¡Hola, señor!, ¿cómo está?

—Bien, Cúver, ¿y tú?, ¿te llevas bien con el nieto de Sénter?

—Sí, señor, muy bien, somos amigos. Me trata con respeto, como si fuera un familiar.

—¿Y Sénter?

—Nunca lo he visto tan animado. Mientras su nieto está ahí fuera cuidando de la granja, casi todo el tiempo se lo pasa cerca de él hablando sin parar, dándole recomendaciones y contándole historias de la familia. Ahora está aquí, hace un momento que entró, creo que está algo cansado.

El extranjero entonces pasó al interior de la vivienda.

—¡Hola, Sénter!, ¿cómo se encuentra hoy?

Al verlo, el anciano se levantó de la silla.

—No es necesario que se levante, siga sentado.

El extranjero se aproximó y le colocó la mano en el hombro, el anciano se sentó nuevamente.

—¡Qué bueno que hayas venido! Ya tenía ganas de verte. Ayer no te vimos, debías de estar muy ocupado.

—Sí, hay mucho trabajo que hacer. No puedo perder el tiempo si quiero volver a Tritania.

—¿Estás decidido? ¿No será muy peligroso intentar volver?

—No creo, le prometí devolverle a su hijo y eso haré.

—¡Qué feliz me has hecho! Cada vez que veo a mi nieto no me lo puedo creer. ¡Es enterito a su padre! Además es muy trabajador y cariñoso. Mi hijo hizo de él un buen chico, estoy muy orgulloso de los dos. Ojalá llegue el día en que pueda decírselo en persona.

—Llegará y creo que será dentro de poco.

El anciano se quedó pensativo, sonriendo y con un brillo especial que manaba de sus ojos.

—Pero acerca esa silla y siéntate.

El extranjero cogió una de las sillas que tenía más próximas y se sentó junto al anciano.

—Parece que las cosas en la granja marchan bien.

—Sí, muy bien. El nieto no para, no puede estarse quieto. Es una fiera trabajando. Anoche me pidió permiso para ampliar esta casa, quiere hacer mejoras para la llegada de sus padres y hermana. Está muy ilusionado haciendo planes. Me contagia de su entusiasmo mientras le escucho hablar con tantas esperanzas y alegría.

—Eso es lo beneficioso de vivir en familia. Disfrute de todos estos momentos inolvidables de la vida familiar.

—Pienso también en ti, aunque no te lo creas… Deseo tanto que puedas formar tu propia familia…, te lo mereces.

—Todo lo que tenga que ser, acontecerá.

En ese momento Cúver se le acercó.

—Voy a calentar la cena, ¿quiere cenar con nosotros?

—Hoy no, Cúver, gracias, algún día me quedaré. Te tenía que decir que he hablado de ti y de tu liberación y están de acuerdo. Creo que dentro de unos días podrás volver a Tritania. Tenemos prisionero al capitán Badín, de Sarén. Él quedará libre también y podrán volver juntos a Tritania.

—Le agradezco todo lo que hace por mí.

—Debo regresar, ya volveré otro día cuando tenga un rato.

—Aquí te estaremos esperando con mucho cariño —contestó el abuelo.

Cuando el extranjero se puso en pie entró el nieto.

—Tengo que marcharme —dijo mirando hacia el nieto de Sénter.

—¡Tan pronto! Pero si acaba de llegar…

—Volveré otro día.

—Le traeré el caballo —comentó el joven.

Les dio las buenas noches y salió detrás de Sénter, que se había adelantado para alcanzarle el caballo. Luego se despidió del chico y sin perder más tiempo regresó a palacio. Una vez allí se preparó para cenar con el rey Dor.

El rey esperaba en el comedor cuando el extranjero llegó.

—¡Alteza, buenas noches! —dijo inclinándose.

—Pasa, pasa, ya tenía ganas de verte. Ayer no pude hablar contigo porque me sentía muy cansado. —El extranjero se aproximó y se sentó en un sillón cerca del rey—. Ya me contaron tu victoria y la de tus hombres contra un grupo de soldados de Tritania. Contigo cerca nos sentimos más seguros.

—Ha sido un buen ejercicio de entrenamiento para mis hombres. Con esta victoria, la confianza que tienen en sí mismos se ha fortalecido y están más motivados para aprender.

—Estarás orgulloso de ellos, igual que yo lo estoy de ti. Desde que te vi, sabía que eras alguien muy especial y no me has defraudado ni un solo momento.

—Gracias, me siento en deuda con su alteza y con Marem; me han acogido sin importarles mi pasado ni de dónde venía. Daría mi vida por este país si fuera necesario.

—No hablemos de muerte, eso es muy triste, hablemos de vida. Todos están vivos.

—Sí, todos estamos vivos, incluso los soldados de Tritania —dijo sonriendo.

—Mañana se llevarán en carretas a los soldados apresados anoche. Los trasladarán hacia las ciudades del sur, porque aquí no hay más espacio.

—Eso me explicó hoy el capitán —añadió el extranjero.

—También te quería comentar…—En ese momento entraron los sirvientes con las bandejas llenas de comida, dejando el comedor rebosante de aromas deliciosos—. Vamos a sentarnos a la mesa, con estos olores se me ha abierto el apetito.

Después de unos instantes reanudaron la conversación.

—¿Qué otra cosa me quería comentar, alteza?

—¿Yo?

El extranjero asintió con la cabeza. El rey permaneció pensativo un momento hasta poder recordar.

—Ya lo había olvidado…, te quería decir que pasado mañana tendrás un salvoconducto para el capitán de Sarén y otro para Cúver. Podrán partir ese mismo día. El salvoconducto tendrá fecha de ese día y tendrán autorización de paso durante tres días. Ese es el tiempo que necesitarán para llegar a la frontera con Tritania. Además, nuestro ejército estará informado para que no los molesten y les dejen libre el paso.

—Son buenas noticias. Cúver y el capitán se alegrarán de poder regresar.

—¿No les extrañará en Tritania que soltemos a dos prisioneros? —preguntó el rey.

—Seguramente sí, pensarán que es algún tipo de estrategia militar o política, se harán todo tipo de preguntas.

—Hijo mío, ¿y tú no has pensado en que…?

En ese momento el extranjero recordó a Alisin, no podía olvidar el azul intenso de sus ojos, su mirada profunda y penetrante, el candor de su sonrisa… «Cuánto daría por poder verla en este momento, al menos un instante», pensaba. Cada día que pasaba lejos de ella, su angustia aumentaba.

—¡Extranjero, extranjero! ¿Te encuentras bien? —El rey le sacó de sus pensamientos.

—Perdón, ¿me decía?

El rey le observó extrañado un instante y prosiguió la conversación.

—Te comentaba si tú no has pensado que Cúver te conoce y en Tritania te puedes encontrar con él y quizá te delate.

—Lo he pensado y es un riesgo que debo correr. Hay que pensar siempre en positivo, tendré suerte y volveré con la familia de Sénter.

—Tienes razón, no vamos a pensar lo que aún no ha sucedido. ¿No te parece que este guiso está demasiado caliente?

—Sí, está muy caliente, pero está tan bueno que no importa.

Después de terminar la cena se retiraron a la biblioteca para jugar al ajedrez.

—Jugamos una partida y nos vamos a descansar, ¿te parece? —preguntó el monarca.

—Sí, me parece perfecto.

Empezaron a jugar, y después de un rato al rey se le veía muy emocionado porque iba ganando.

—Ahora te toca a ti mover —aclaró el rey, porque el extranjero parecía algo distraído—. Me gustaría que fueras sincero conmigo.

—Siempre lo he sido, alteza.

—Sí…, ya lo sé, pero desde que viniste de Tritania no eres el mismo. Estás más pensativo que antes, tu mente está ausente, en otra parte… Lo he notado desde hace días y he estado pensando sobre ello, aunque no te he dicho nada. —El extranjero se reclinó en el sillón escuchándole con atención—. Ahora te voy a hacer una pregunta y me gustaría que fueras lo más sincero posible.

—Sí, lo seré —dijo el extranjero.

—¿Cómo se llama ella?

El extranjero quedó un momento en silencio algo desconcertado.

—¿Quién? —preguntó finalmente.

—Ella, la joven que te tiene la mente y el corazón ocupados.

El extranjero sonrió y respondió con otra pregunta como a veces solía hacer.

—¿Cómo sabe que hay una mujer?

—Porque soy viejo y la vida me ha enseñado mucho, recuerda que yo también fui joven —manifestó con una sonrisa pícara—. Pero cuéntame, ¿cómo se llama?

El extranjero sonrió. Juntó las yemas de ambas manos y se tomó su tiempo. Luego se decidió a contestar.

—Alisin —dijo finalmente—, se llama Alisin.

—¿Es de Tritania?

El extranjero hizo un ligero movimiento de cabeza afirmándolo.

—¿Sabe ella que venías de Marem?

—No, no me atreví a decírselo.

—Hiciste bien, quizá no debes confiarte. ¿Cómo la conociste?

El extranjero se mantuvo pensativo un rato.

—Es ahí dónde está el problema…, tengo un gran problema.

—¿Por qué, hijo mío? ¿Está casada?

—No, no se trata de eso.

—¿Entonces, dónde está el problema?

—Es porque… porque…

—¿Sí? —preguntaba preocupado e impaciente el rey.

—Se trata de la… *princesa* Alisin —dijo al fin—, hermana del rey Trano.

El rey se reclinó también en el sillón. Permaneció unos instantes sin decir nada. Luego se rascó la cabeza y se sujetó la barba, como de costumbre cuando estaba preocupado.

—Ahora te comprendo, ese problema te lo has estado guardando para ti solo y eso no es bueno. Los problemas compartidos se hacen más ligeros de llevar. ¿Estás muy enamorado?

—Si le soy sincero, nunca he querido tanto.

—¿Es guapa?

El extranjero sonrió, y al recordarla sus ojos le brillaban más de lo acostumbrado y su semblante se iluminó.

—Es la mujer más bella que jamás he visto.

—¿Ella te corresponde?

—Creo que sí.

—Esto es más grave de lo que pensaba —comentó el rey—, su hermano nunca permitirá que un extranjero se acerque a su familia, cuando se entere intentará matarte. ¿Eres consciente de ello?

—Sí, lo soy.

—¿Y qué has pensado hacer al respecto?

—No lo sé, espero que los acontecimientos me vayan marcando el camino. Si esto sigue adelante, tendré que hablar con ella y contarle la verdad. Luego depende de ella, de lo que piense, para que yo sepa lo que tengo que hacer. Tampoco quiero traer más problemas a Marem o ser la causa de ellos.

—Te comprendo y me imagino por lo que estás pasando. También quiero decirte que, tomes la decisión que tomes, siempre te apoyaré.

—Gracias por todo, ahora me siento mejor después de hablar sobre esto con su alteza.

—Por ese motivo te decía hace un momento que los problemas cuando se comparten resultan más ligeros de llevar. No es bueno que te los guardes para ti solo. Te conozco más de lo que crees —afirmó sonriendo.

—Ya compruebo que sí.

—¿Te parece que dejemos esta partida sin terminar para otro día y nos retiremos a descansar? —sugirió el monarca.

—Creo que es una buena idea, ya la terminaremos en otra mejor ocasión.

—Ahora vete a descansar y no sigas dándole más vueltas al tema para que no se te eche a perder el sueño —le recomendó el rey.

—Sí, eso intentaré hacer, gracias por todo y buenas noches, alteza.

—¡Buenas noches, hijo mío! —se despidieron.

Seguidamente el rey hizo sonar la campanilla que tenía sobre la mesa, entró un sirviente y le ayudó a llegar a su alcoba.

20
La liberación

A la mañana siguiente todo transcurrió con normalidad. El entrenamiento fue muy duro hasta el mediodía. Luego hubo un rato de descanso y posteriormente se reanudó hasta bien entrada la tarde.

—Mañana no podré estar con ustedes —comentó con sus hombres. Luego miró hacia uno de ellos—. Grodín, tendrás que entrenarlos.

—Lo haré, señor, no se preocupe.

Al terminar visitó la hacienda de Sénter acompañado por Lobo. Cuando amarraba su caballo a la cerca vio al abuelo sentado junto a la puerta. Lobo corrió hacia él y, con las patas subidas encima, como de costumbre, le dio lametones sin parar. El anciano reía y lo acariciaba.

—¡Qué alegría me has dado trayéndolo! Pero si parece que ha crecido más y que se ha engordado. Se ha convertido en un lobo enorme.

—¡Basta, Lobo, deja en paz al abuelo!

—Déjalo, me gusta tenerlo cerca. Se acuerda de mí, mira lo contento que está.

—Sí, es muy cariñoso, a veces demasiado.

El extranjero se sentó cerca del abuelo, en un tronco que había tirado en el suelo junto a su silla.

—¿Y el nieto?

—Está trabajando ahí —dijo señalando para detrás de la casa—. Hoy se ha pasado casi todo el día cortando árboles y trayéndolos hasta aquí. Cúver le está ayudando puesto que entiende de maderas.

—¿Entonces quiere empezar ya la ampliación de la casa?

—Sí, está muy animado haciendo planes, pero mucho trabajo me parece.

—Hoy he venido para decirle a Cúver que para mañana tiene preparado el salvoconducto para que pueda volver a Tritania. Mañana temprano vendré a recogerlo y regresará junto con otro prisionero.

—Yo me alegro por él —dijo algo entristecido—, es un buen chico y muy trabajador. Le he cogido cariño como si fuera de la familia, además se lleva muy bien con mi nieto. Cuando están juntos no paran de hablar y se ríen bastante, los dos parecen muy felices.

—Me alegra oír eso, pero tiene derecho a ser libre, se lo ha ganado.

—Estoy de acuerdo, se lo merece —confesó el abuelo.

—Voy a ir detrás para ver cómo van los trabajos.

—Te acompaño —dijo Sénter cogiendo su bastón—. No esperes por mí, yo camino más despacio, ¡adelántate!

—Allí le espero. —El extranjero entonces aceleró el paso y fue a la parte trasera de la casa.

Lobo corrió y llegó antes. Los dos jóvenes tenían un montón de troncos apilados a un lado. Estaban limpiando el terreno donde querían hacer la ampliación.

—¡Hola, extranjero! —saludó Sénter—, como ve aquí siempre tenemos algo en que ocuparnos. Estoy trabajando más que cuando era esclavo, pero sin embargo me siento más feliz que nunca, la libertad es muy bonita. Por otro lado, no tengo a nadie que me maltrate y por esta razón trabajo mejor y con más satisfacción que nunca.

El extranjero observaba y sonreía ante los comentarios del joven.

—¡Cúver!, tengo que hablar contigo.

—Sí, dígame, señor. —Dejó lo que estaba haciendo y se aproximó.

—Te traigo una buena noticia, mañana puedes emprender el viaje de regreso a Tritania como un hombre libre. Te vendré a buscar a la salida del sol.

El joven no parecía muy feliz al recibir la noticia.

—¿Qué te pasa, no te alegras? —preguntó el extranjero.

—Es porque Sénter me necesita para hacer la ampliación de la casa. Está muy ilusionado, y si no estoy aquí para ayudarle él solo no podrá.

—Anteponer el bien de los demás al tuyo propio te engrandece. Por eso no te preocupes, yo intentaré buscarle ayuda para que pueda terminar los arreglos. Mañana tendrás la libertad y debes regresar a tu tierra, con tu familia. Ellos se alegrarán de verte. Si algún día no eres feliz allí, creo que no haya ningún problema en que puedas regresar. Aquí hay personas que te quieren y te aprecian, pero ya no serás un prisionero, has pagado tu deuda.

—Gracias por sus palabras, mañana me iré más tranquilo. Aquí, a pesar de todo, me he sentido feliz con esta familia.

El joven Sénter y el abuelo escuchaban entristecidos las palabras de Cúver.

Todos se sentían apenados, incluso el extranjero.

—¡Bueno!, por hoy se terminó el trabajo. Mañana tendrás que emprender un largo viaje y necesitas descansar —añadió el abuelo con los ojos llorosos.

Los cuatro se encaminaron en silencio hacia la parte delantera de la casa.

—Intentaré buscar ayuda para que termines las obras de la casa —propuso el extranjero al joven Sénter—, así cuando venga el resto de la familia se sentirán todos más cómodos.

—Agradezco todo lo que hace por nosotros, nunca nadie que no fueran mis padres me ayudaron, hasta que le conocí —confesó el joven.

—Debe de ser que no has conocido a mucha gente. Hay muchas personas por este mundo, más de las que te imaginas, que ayudan sin esperar nada a cambio. Solo espero que tú hagas lo mismo con otras personas.

—Lo haré cuando tenga oportunidad. ¿Pero qué hago si alguien me pide ayuda y luego me engaña y me miente…?

—Pues ese no es tu problema, el problema lo tienen ellos. Nunca te arrepientas de hacer el bien. Ahora tengo que irme. Cúver, no te olvides, mañana a la salida del sol vendré a buscarte.

Cúver afirmó con la cabeza.

—¡Hasta mañana, hijo mío! —dijo el abuelo.

—¡Hasta mañana! —respondió el extranjero—. ¡Lobo, vamos!

Recogió el caballo y desde lejos levantó la mano despidiéndose. Cabalgó rápidamente y Lobo corría sin descanso detrás del caballo.

Pronto llegaron al palacio. El extranjero entró en las dependencias de capitanía.

—¿Está el capitán Lim? —preguntó al soldado que estaba en la entrada.

—Sí, señor, está allí, en la puerta de la derecha —dijo señalando.

Tocó en la puerta y se la abrió el mismo capitán.

—¡Hola, extranjero!

—¡Capitán Lim! El rey Dor me informó que mañana tendría dos salvoconductos, uno para el capitán Badín y otro para Cúver.

—Sí, aquí los tengo preparados, mañana a primera hora se los doy. Ya le hemos informado al capitán de Sarén de su liberación.

—¿Y qué ha dicho?

—Le extrañó mucho que le dejemos regresar.

—Yo les acompañaré las primeras horas —manifestó el extranjero.

—Está bien. Yo he dado la orden a diez de mis hombres que los acompañen el primer día. Luego regresarán y ellos seguirán solos el resto del camino.

—Me parece bien —opinó el extranjero.

—Además llevarán agua y comida para tres días —añadió el capitán Lim.

—Tengo una pregunta pendiente desde hace tiempo y que no me ha contestado…

—Sí, dígame, ¿qué pregunta? —dijo el capitán Lim.

—¿Recuerda cuando iba a viajar a Tritania y le pregunté de dónde procedía la bolsa con monedas que me entregó?

—¡Ah, se refería a eso! —Lim le miró con una sonrisa—. Ese dinero procedía de los soldados que hemos capturado aquí, en Tritania. ¿No lo sospechó? —aclaró el capitán.

—Por un momento pensé en esa posibilidad, pero no le di más vueltas.

—¿Alguna pregunta más?

—No, ya está todo aclarado, y como veo que todo está organizado para mañana, me retiro. ¡Que descanse!

—¡Lo mismo le deseo, extranjero!

Más tarde se reunió con el rey Dor, comentaron las particularidades del día, cenaron y terminaron la partida de ajedrez que tenían pendiente.

A la mañana siguiente el extranjero se levantó muy temprano, comió algo directamente de la cocina y salió hacia las cuadras. Allí se encontró con varios soldados del capitán Lim.

—El capitán Lim trajo anoche estos dos caballos, son de los soldados de Tritania. Este será para Cúver y este otro es del capitán de Sarén, se lo vamos a devolver —le informó uno de los soldados.

—Es una buena idea, ahora voy a recoger a Cúver y le llevaré el caballo, así regresaremos antes.

El extranjero recogió su caballo y también el que estaba ya preparado para Cúver, luego salió del palacio sin perder tiempo.

Empezaba a salir el sol cuando llegó a la granja de Sénter. Amarró los dos caballos a la cerca y fue directamente a la casa. Observó que salía humo por la chimenea. Antes de llegar a la puerta el abuelo la abrió.

—Te he oído llegar, aquí estamos preparados, pasa.

—Me alegra verle bien, ¿y Cúver?

—Ha querido dejarnos la comida preparada para el día y ahora está comiendo para reunir fuerzas para el camino. Estamos apenados por su marcha.

—Me imagino, hasta yo siento su partida. Desde fuera vi el humo que salía por la chimenea, y aquí el guiso huele muy bien.

—Pues siéntate a la mesa y come con nosotros.

—No, muchas gracias, ya he comido antes de venir.

El extranjero entró y vio la mesa servida. El joven Sénter y Cúver ya estaban sentados.

—¡Hola, extranjero! —saludaron a la vez.

—Siéntese con nosotros y saboree este guiso tan apetitoso de ardilla que acaba de preparar Cúver.

—Huele muy bien, pero le decía a tu abuelo que ya estoy comido y por ahora no tengo ganas.

El anciano se sentó a la mesa delante de su escudilla, que humeaba bastante. El extranjero lo hizo en un banco próximo.

—Hoy como es un día muy especial vamos a acompañar esta comida con hidromiel. ¡Acérquese, extranjero, y beba con nosotros! —dijo el joven Sénter.

—No, gracias, no bebo nada que tenga alcohol —comentó sonriendo.

—¿Hoy no quieres nada? —preguntó el anciano.

—En otra ocasión puede ser.

Al terminar de comer y con gran tristeza llegó la despedida.

—Espero que algún día podamos volver a vernos. Cuando quieras volver, esta también será tu casa —fueron las palabras que el abuelo y el nieto dijeron a Cúver.

—Nunca olvidaré el cariño con el que me han acogido, me he sentido parte de la familia —confesó Cúver con los ojos llorosos.

Diciendo esto salió rápido de la casa para no prolongar la despedida.

—¡Hasta otro día! —dijo el extranjero, y fueron hacia los caballos.

—Este caballo es para ti, le pertenecía a uno de los soldados del ejército de Tritania que nos atacaron hace unos días.

—¿Atacaron?

El extranjero afirmó con la cabeza.

—¿Murió alguien?

—Tuvimos suerte y no hubo ningún muerto, ni en nuestro ejército ni en el otro, solo heridos sin importancia. Quería hablar contigo acerca de algo; me gustaría que en Tritania nunca hablases de mí, como si nunca me hubieras visto.

—¿Por qué? ¿Es debido a que es extranjero y porque allí no gustan los extranjeros?

—Puede ser esa una de las causas, la otra ya la conoces. Sabes que debo entrar en Tritania para poder liberar a los padres y hermana del joven Sénter.

—Si eso es lo que desea, nunca hablaré de usted.

—¿Lo prometes?

—Se lo prometo, puede tener la certeza, y aunque le vea alguna vez en Tritania no diré nada.

—Te lo agradezco. Como te dije el otro día, este viaje no lo vas a emprender solo, hay un preso de Tritania al que también van a liberar.

—Sí, el otro día me comentó algo.

—Es el capitán Badín, del ejército de Sarén.

—No lo conozco personalmente, pero he oído hablar de él. ¿Lleva mucho tiempo preso?

—No mucho. Durante el primer día les acompañarán diez soldados y un extranjero.

—¿Otro extranjero?

—Sí, habrá un extranjero, pero solo les acompañará hasta el mediodía.

—¿Hay muchos extranjeros en Marem?

—Creo que no, pero pueden entrar si quieren y no pasa nada siempre que lo hagan en son de paz.

—Ya entiendo. Ahora me encuentro extraño sintiéndome libre.

—Debe de ser un día feliz para ti, te lo mereces. Si las cosas no te van bien en Tritania, creo que podrás regresar sin ningún problema. Aquí te conocemos y sabemos que podemos confiar en ti.

Luego cabalgaron en silencio sin detenerse. Por fuera del palacio vieron a una joven pelirroja que los observaba.

—¿Quién es esa joven? —preguntó Cúver.

—No lo sé, ya la he visto varias veces por estos alrededores.

Al llegar al interior, el extranjero se despidió.

—¡Mucha suerte en tu vida! —le deseó.

—Me alegro de haberle conocido, extranjero.

Luego entró en palacio para cambiarse de ropa. Al salir se percató de que Lobo le seguía.

—¡Ven, Lobo! —lo llamó y volvió a entrar.

—¡Yaco, Yaco! —gritó.

—Sí, señor —apareció rápidamente—, ¿me llamaba?

—Tengo que salir y no quiero que Lobo me siga.

—¿Lo amarro?

—No, mejor déjalo un buen rato en mi habitación y más tarde lo dejas salir.

—Así lo haré, señor. ¡Lobo, ven! —Lobo fue junto a Yaco, mientras el extranjero los observaba hasta que desaparecieron al doblar el pasillo; entonces pudo salir tranquilo.

El extranjero vestía las ropas que usaba en combate. Llevaba turbante y la cara completamente tapada, solo se le veían los ojos. Fue hacia capitanía y pasó junto a Cúver, pero este no le reconoció, solo le miraba por su extraño vestuario.

—¿Le traigo su caballo? —preguntó uno de los soldados que esperaba por fuera.

—No —dijo en voz baja—, tráeme otro caballo que esté listo, porque no quiero que me reconozcan por el mío.

—Tiene razón, señor, le traeré otro que sea tan bueno como el suyo.

El extranjero entró en capitanía y vio al capitán Lim en el pasillo hablando con otro soldado.

—Espere que ya le doy los salvoconductos —le indicó al verle. Luego entró en la habitación y salió con ellos en la mano, cada uno liado con una cuerda—. Aquí los tiene, este es el de Cúver y este otro es para el capitán Badín. Los soldados ya están esperando, cuando quiera pueden salir.

—Gracias por todo, capitán.

—No tiene que darlas —dijo el capitán sonriendo—. ¡Qué les vaya bien!

El extranjero salió con los salvoconductos y vio a los diez soldados esperando junto a sus caballos.

—¿Ya podemos traer al capitán Badín? —preguntó un soldado.

—¿Quién estará al mando durante el viaje?

—Usted, señor, y cuando regrese seré yo quien los dirija.

—Quería saberlo para que le comunicaras a los demás soldados que no revelen mi identidad.

—Por eso no se tiene que preocupar, ayer el capitán Lim nos reunió y nos informó de cómo debíamos comportarnos durante el trayecto. También nos advirtió de que teníamos que proteger su identidad.

—Parece que tu capitán está en todo, nada se le escapa —comentó el extranjero.

—Sí, es muy eficiente, por eso ha llegado lejos.

—Vayamos a buscar a Badín —ordenó el extranjero.

Fueron hasta la celda donde se encontraba y allí les esperaba un soldado.

—Ya puedes abrir la celda —dijo el extranjero en voz baja.

El capitán Badín esperaba en pie cerca de la puerta.

—Vas a volver a Tritania. ¡Acompáñanos! —dijo el soldado.

Al llegar a la puerta se paró y observó a los tres hombres.

—Esperen un momento —dijo, y volvió a entrar. Recogió de la mesa dos libros y salió nuevamente—. Gracias por estos libros, me ayudaron en estos días de soledad —declaró dirigiéndose al extranjero.

El extranjero los cogió y afirmó con la cabeza. Luego lo llevaron junto a los demás soldados y le entregaron su caballo. Él lo acarició como si fuera un amigo.

El extranjero se acercó a un soldado y le entregó los dos libros.

—Llévaselos a Yaco —le susurró—, y que los guarde en la biblioteca.

—Sí, señor.

Después se aproximó al capitán Badín y le entregó el salvoconducto. Este lo abrió y lo leyó.

—Gracias por devolverme la libertad —dijo agradecido.

A continuación fue junto a Cúver y le entregó el otro salvoconducto. Cúver también lo abrió.

—Gracias, señor, ¿es mi salvoconducto?

Él solo afirmó con la cabeza. Seguidamente todos se pusieron en marcha. El extranjero miró hacia una de las ventanas de palacio y vio al monarca observando. Levantó el brazo y saludó. El monarca le saludó con la mano. El capitán Badín miró hacia atrás para averiguar a quién saludaba el extranjero y comprobó que al parecer se trataba del rey, que contemplaba la salida desde la ventana.

Durante el viaje procuraba no hablar para no ser reconocido, porque sabía que Cúver y el capitán Badín le observaban atentamente.

—¿Por qué vistes diferente al resto y llevas la cara oculta? —preguntó Badín una de las veces que se acercó.

El extranjero miró pero no respondió. Uno de los soldados que había escuchado la pregunta, le contestó:

—Él es extranjero, viene de tierras muy lejanas y allí se visten así. Además no habla muy bien nuestra lengua, a veces le entendemos por señas.

—¿Y por qué dejan que un extranjero venido de tierras lejanas entre en Marem, acogiéndolo como si fuera uno de ustedes, y a los de Tritania nos apresan?

—Debe de ser porque él vino en son de paz y lo único que ha hecho desde que llegó ha sido ayudar, mientras que ustedes entran en Marem armados y peleando. Por lo tanto, aquí no son bien recibidos.

—En Tritania a los extranjeros no les permitimos la entrada —comentó Badín.

—Ya lo sabemos, ustedes se lo pierden —añadió el soldado.

—¿Qué mando tiene ese hombre en tu ejército?

—Es capitán.

—¿Han hecho capitán a un extranjero?

—Sí, y es muy bueno. ¿Por qué le temen tanto a los extranjeros?

Badín no respondió y tampoco formuló más preguntas, parecía algo contrariado.

El resto del camino avanzaron sin ningún incidente. Pronto llegó el mediodía e hicieron una parada para descansar. El extranjero les comunicó que regresaba. Al pasar junto a Badín y Cúver levantó la mano despidiéndose. Ellos le correspondieron haciendo el mismo gesto.

—Me gustan los extranjeros, parecen buenas personas —comentó Cúver al capitán Badín, este no hizo ningún comentario al respecto.

Ya era por la tarde cuando el extranjero llegó a palacio. Pasó por la cocina donde bebió agua y cogió una fruta, y se dirigió a su habitación mientras se la comía. Se echó en la cama para descansar un rato, pero se quedó dormido al instante.

Le despertaron los aullidos de Lobo fuera de la habitación. Se levantó y le abrió la puerta.

—¿Sabías que estaba aquí? —Lobo, al verlo, entró muy feliz, no paraba de correr a su alrededor y de darle lametones—. Vamos fuera, acompáñame.

Salieron al patio y buscó a algunos de sus hombres, pero no los vio. Luego fue a las cuadras y encontró a tres.

—Los estaba buscando, ¿dónde están los demás?

—Ahora estamos llegando, hemos entrenado muy duro y ya algunos se han retirado para descansar, ¿nos necesita para algo?

—No, solo quería saber cómo les había ido el día, pero ya mañana me contarán.

—¡Hasta mañana, señor! —dijo el soldado.

—¡Hasta mañana! —respondió el extranjero.

En el patio cerca de la entrada se tropezó con Yaco.

—¡Señor! ¿Hoy cómo tuvo el día?

—No he trabajado mucho, pero me siento más cansado que cuando entreno con los soldados duramente.

—A veces pasa eso, señor, a mí también me ha ocurrido.

—Ahora tomaré un baño y luego intentaré dormir toda la noche.

—¿Un baño, señor? —preguntó algo preocupado.

—Sí, un baño.

—Iré por la cocina para dar la orden.

Yaco entró apresuradamente en palacio y fue directamente a la cocina para comunicar que calentaran agua lo antes posible.

21
Salida hacia Tritania

Los días, las semanas y los meses fueron transcurriendo sin ningún acontecimiento en particular. El extranjero, junto con sus veinte hombres, entrenaba casi sin descanso desde la mañana hasta el atardecer, superando con éxito todas las dificultades. Se habían convertido en hombres fuertes y duros, por consiguiente podía confiar plenamente en ellos. Además habían conseguido ejecutar casi a la perfección todas las técnicas que les había enseñado. Al luchar con sus hombres, en muchas ocasiones le costaba bastante poderlos vencer, de ahí que se sintiera satisfecho y orgulloso de ellos. En esos tres meses de entrenamiento continuo resultó muy efectivo el trabajo realizado.

El extranjero en esos días tomó una decisión y quiso comunicársela al rey. Para ello aprovechó una de las comidas que con mucha frecuencia solían compartir.

—Alteza, llevo varios días pensando algo y ya me he decidido.

—¿De qué se trata? —preguntó preocupado el monarca.

—No había dicho nada antes porque sabía que mis hombres aún no estaban lo *suficientemento* preparados…

—Sí, dime —dijo el rey impaciente.

—Ahora mis hombres están listos y puedo ausentarme sin quedarme muy preocupado. —Hizo una pausa—. Debo regresar a Tritania para traer al resto de la familia del abuelo Sénter. No debo seguir posponiendo el viaje. Cuando regresé de Tritania pensé en volver nuevamente en unas dos o tres semanas, pero ya han pasado tres meses.

—He estado temiendo todo este tiempo en que llegara este día y que me dijeras esto —comentó el rey bastante preocupado.

—Lo siento, alteza, debo cumplir la promesa que hice.

—Te entiendo, pero temo por ti.

—No se preocupe, pienso regresar.

—Cada día que pases fuera de Marem estaré intranquilo. No sabré qué peligros te estarán acechando.

—Voy a llevarme unas cuantas palomas mensajeras y de vez en cuando le mandaré alguna con noticias, ¿está de acuerdo? —sugirió el extranjero.

—Esa es una excelente idea, estaría más tranquilo y esperaría emocionado tus noticias. —El semblante del monarca se transformó, su rostro revelaba un cambio de ánimo, más esperanzado—. He notado desde hace varios días que te estás dejando barba y me ha pasado por la cabeza que querías cambiar de aspecto porque te estabas preparando para viajar.

—No se le escapa nada, es difícil sorprenderle, alteza —comentó con una sonrisa.

—Los años me han hecho más astuto y quizá… —hizo una pausa—, más sabio. Algunas cosas buenas se consiguen con la vejez, ¡no todo iba a ser malo! —diciendo esto los dos hombres rieron con ganas olvidando las preocupaciones.

—Cómo me gustaría llegar a sus años y parecerme a su alteza, manteniendo ese buen estado de ánimo —confesó el extranjero.

—Ahora dispongo de bastante tiempo para reflexionar. Muchas veces he pensado que desde que llegaste a este palacio mi vida ha cambiado. Me siento más alegre, me levanto con otra ilusión e incluso me enfermo menos. Te he cogido un afecto entrañable y me hubiera gustado que fueras el hijo que nunca tuve. Tus padres si vivieran se sentirían muy orgullosos de ti, al igual que lo estaría yo en su lugar. —Hizo una pausa para beber agua y prosiguió—. He oído comentarios acerca de ti, los habitantes de Zalai también se sienten muy satisfechos con tu presencia en la ciudad, se encuentran más seguros cuando saben que estás aquí, entre nosotros. Tu fama ha llegado a las ciudades del sur; me han contado que en esas ciudades se habla mucho de ti… Incluso ya hay algunas leyendas sobre ti circulando por el reino. Estas historias han surgido cuando alguien oía algún relato tuyo al que luego, al narrarlo y para impresionar más aún, han ido añadiendo algunos prodigios o sucesos nuevos que ellos mismos han elaborado.

—No sabía nada sobre esto y nunca pretendí que ocurriera—comentó pensativo el extranjero—. Me hubiera gustado permanecer anónimo, por eso no tengo nombre. No sé si esto me perjudicará.

—Sé que piensas así y por eso no he querido decirte nada antes. Pero también sé que tarde o temprano te ibas a enterar, y prefiero ser yo quien te informe.

—Ha hecho bien en contármelo, pero… ¿qué puedo hacer yo?

—Sigue siendo tú mismo, nos gustas así, no cambies. Por otro lado, ¿ya has pensado cuándo quieres irte?

—Si no surge ningún problema tengo pensado viajar dentro de dos días.

—¿Pasado mañana?

El extranjero asintió con la cabeza. El monarca miró hacia el suelo y por un momento los dos permanecieron en silencio.

—Mañana hablaré con mis hombres, les daré unos consejos y les dejaré el resto del día libre; se lo merecen, pues han trabajado sin tregua. También quiero despedirme de Sénter y de su nieto. Quiero ver cómo han quedado las obras de la casa. Cuando se marchó Cúver le mandé al carpintero de Zalai y a algunos presos para que ayudaran a levantar dos habitaciones más. La última vez que fui por allí estaban terminando.

—¿Necesitan más muebles?

—Sí, por eso mandé al carpintero que hiciera los muebles que faltaban. Creo que ya estarán terminados.

—¿Te queda dinero?

—Me he ido arreglando bien hasta ahora; como no gasto nada en mí, he podido ir pagando poco a poco al carpintero.

—Como ya hemos terminado de comer, espérame en el salón que ahora voy.

El monarca se puso en pie ayudado por el extranjero, luego hizo sonar la campanilla y apoyado en su bastón se dirigió a la puerta. El sirviente entró en ese momento y le acompañó. El extranjero fue hacia el salón y entretanto esperaba estuvo observando por la ventana. Oyó lobos no muy lejos y también escuchó a Lobo respondiéndoles. «Viviendo entre humanos, quizá eche de menos a los de su especie», pensó. A no ser por estos aullidos, había mucho silencio en la zona…

El rey regresó pronto en compañía del sirviente, que lo dejó acomodado en uno de los sillones y se retiró. El extranjero se acercó, sentándose en frente.

—He oído lobos cerca de aquí y Lobo les ha contestado —comentó el extranjero.

—Yo, como a veces no duermo bien, los escucho muchas veces por la madrugada. Algunas veces se los oye muy próximos al palacio, he mirado por la ventana y he visto como Lobo salía corriendo hacia el patio y se ponía a aullar también desde allí.

—¿Querrá reunirse con ellos? —preguntó el extranjero.

—Posiblemente —respondió el rey—, el instinto de la especie le llama. Algún día tendrás que darle la libertad y dejar que se reúna con los suyos.

—No creo que los machos de la manada se lo permitan, tendría que enfrentarse a ellos —añadió el extranjero.

—¿Tú crees?

El extranjero afirmó.

—A no ser que alguna hembra se independice de la manada y vaya en solitario buscando compañero…, pero luego si acepta a Lobo, los dos tendrían que buscar un nuevo territorio que no estuviera ocupado por otras manadas y en el que pudieran establecerse y formar su propia familia —explicó el extranjero.

—Parece que lo tiene difícil.

—Eso parece.

—He ido a buscar esta bolsa con monedas de oro y plata. Con ella termina de pagar al carpintero, el resto es para ti. Vas a necesitar dinero en Tritania para el hospedaje y alimentos. También tendrás que comprar caballos para el hijo de Sénter y su esposa. ¿Cómo se llama el hijo?

—Tirás.

—Me has hablado de él en varias ocasiones, pero siempre olvido su nombre.

El rey le entregó la bolsita con las monedas y él comprobó su contenido.

—Pero, alteza, ¡esto es demasiado!

—No es demasiado, te lo mereces —le interrumpió el monarca—, deseaba, a la vez, recompensarte por todo lo que has hecho por Marem. Tus hombres también tendrán una paga especial en recompensa por proteger la ciudad, así que no se hable más.

—Gracias, alteza, no sé qué decir.

—Pues no digas nada.

El extranjero recogió la bolsa y la guardó. Al momento llegó Yaco con una bandeja.

—Aquí traigo el té, alteza.

—Sí, gracias, sírvelo. Cuando salí, mandé que nos trajeran un té. Hace algo de frío y esto nos vendrá bien, ¿te apetece?

—Sí, buena idea —opinó el extranjero.

Yaco les sirvió el té, que humeaba e iba desprendiendo por todo el salón su aroma tan particular.

—¿Les traigo algo más?

—Sí, espera, Yaco. Como te vas a marchar —declaró dirigiéndose al extranjero— y no podremos jugar al ajedrez por algún tiempo, ¿deseas ahora jugar una partida? —preguntó el rey.

—Sí, de acuerdo.

—Yaco, ¿podrías traernos el ajedrez que está en la biblioteca?

—Enseguida, alteza.

—El té se encuentra en su punto, pruébalo. Aunque eche humo no se encuentra tan caliente —comentó el monarca.

—¡Mmm…, qué sabor! —confesó el extranjero—. En este momento viene muy bien.

—¡A que sí! —contestó el rey sonriendo.

Posteriormente apareció Yaco con el tablero de ajedrez. Jugaron una partida, que estuvo muy animada pero que terminó en tablas. Después se fueron a dormir.

A la mañana siguiente el extranjero se reunió con sus hombres a la salida del sol. Tuvo una charla con ellos. Les dio unas indicaciones y les recordó algunos consejos que con frecuencia les solía mencionar. Sus hombres escuchaban con atención, luego se despidió de cada uno, deseándoles suerte.

Al terminar visitó la granja de Sénter. Pudo comprobar que los trabajos habían concluido. El abuelo estaba sentado al sol junto a la puerta y su nieto se encontraba en el corral de las gallinas.

—¡Extranjero! Te habíamos echado de menos. ¿Has estado muy ocupado?

—¡Hola, abuelo! Sí que lo he estado —dijo bajándose del caballo—. El entrenamiento de mis hombres me lleva todo el día.

El joven Sénter, muy feliz, se acercó para saludar.

—¿Qué le parece cómo ha quedado la casa?

—¡Muy bien! Quedó muy bonita, se ve fuerte. ¿El carpintero terminó todos los muebles?

—Sí, señor, pase y compruebe lo bien que quedaron.

El abuelo se levantó y los tres entraron.

—¡Pase! Aquí en esta habitación seguiremos mi abuelo y yo. En esta otra habitación, dormirá mi hermana —mostró entusiasmado el joven— y en esta otra mis padres. ¿Le gustan las camas?

—Son perfectas, solo falta que ellos estén aquí. Por ese motivo he venido, mañana regreso a Tritania, para traerlos. Vengo a despedirme, creo que estaré de vuelta en tres semanas, tal vez antes.

—Dios te oiga —comentó el abuelo—, pediré por ti todos los días.

El extranjero sacó unas monedas de su bolsillo.

—Toma —le dio al joven—, compra todo lo que necesites en la casa para que nada falte cuando lleguen tus padres y tu hermana.

—Muchas gracias, extranjero, hace demasiado por nosotros.

—Solo hago lo que puedo. Ahora debo marcharme, únicamente les diré hasta luego, el tiempo pasa rápido y no tardaré en estar de nuevo por aquí.

—Dios te bendiga, hijo mío —se despidió el abuelo con lágrimas en los ojos.

Luego montó en su caballo y desapareció en la lejanía. Posteriormente se encaminó hasta la casa del carpintero. Le dio las gracias por dejar tan bien hechos los trabajos y le pagó. Después regresó al palacio, preparó todo lo que necesitaba para el viaje y lo llevó a la cuadra para tenerlo listo para el día siguiente. Vio a Lobo en el patio y estuvo jugando con él un rato.

Más tarde fue a hablar con el capitán Lim. Estaba fuera de capitanía hablando con dos soldados. Esperó en la entrada a que terminara.

—¡Hola, extranjero!

—¡Capitán!, mañana vuelvo a Tritania, salgo temprano.

—Ya me informó uno de los consejeros, el rey se lo comunicó esta mañana. También nos dijo que le ayudáramos en lo que necesite. Seguimos sus consejos y hemos hecho una pequeña cabaña oculta cerca de la frontera, provista de víveres y agua. Allí se encuentra un retén de soldados vigilando la frontera día y noche. Tienen palomas mensajeras para utilizarlas si se produjera una invasión, así no nos cogería por sorpresa y tendríamos unos días para prepararnos. A los soldados que están allí se les ha dicho que permanezcan ocultos y no se dejen ver. Son pocos y no tienen permiso para enfrentarse con los soldados de Tritania. Además, su única misión allí es la de apercibirnos del peligro para podernos preparar. Llévese alimentos para tres días, allí puede hacer noche y cargar provisiones. Cada dos semanas se sustituye el retén, de este modo los hombres no se cansan. También el rey Dor nos dijo que le diéramos las palomas mensajeras que necesite. Mañana temprano se las entregamos junto con el grano para su alimentación.

—Gracias por la información, ¿cómo puedo encontrar la cabaña si está oculta?

—No se preocupe, los soldados le verán. Saben que algún día volvería a Tritania, están avisados.

—Gracias de nuevo, ¡hasta mañana!

Una vez llegó a palacio, tomó un largo baño y tuvo tiempo de pensar en Alisin. Anhelaba con impaciencia que llegara el día del encuentro. Sabía que tenía que contarle la verdad, aquello que él tanto ocultaba en Tritania. También temía ser rechazado al informarle de todo. Por otro lado pensaba que si ella lo rechazaba, el motivo verdadero estaría en la falta de amor auténtico hacia él. Si lo aceptaba con agrado, esta sería la prueba evidente que existía amor puro.

—*Mā šā' Allah* —dijo súbitamente con firmeza al mismo tiempo que se incorporaba en la bañera.

—¿Qué son esas palabras, señor? —preguntó Yaco que acababa de entrar al baño y le había escuchado.

—Nada, solo son cosas mías.

—Últimamente le encuentro muy raro, eso de hablar solo no es nada bueno, señor.

El extranjero, al oírle, rio con ganas y no hizo ningún comentario.

Más tarde se reunió con el rey Dor para cenar y despedirse. Le contó lo sucedido en el transcurso del día. También hablaron sobre las palomas mensajeras.

—Di órdenes de que te dieran las palomas que precises. Ten en cuenta que me haría mucha ilusión recibir de vez en cuando noticias tuyas. No sé si lo has pensado, pero cuando regreses también a ti te gustaría recibir de vez en cuando noticias de tu amada… —Hizo una pausa y sonrió—. Así pues, deberías dejarle a ella algunas palomas.

—También lo he pensado, ¿pero en Tritania no sospecharán de alguien que lleve palomas mensajeras?

—No lo creo, toda persona de buena posición cuando viaja suele llevarlas consigo para tener informada a la familia —le explicó el rey.

—Ahora creo recordar que vi en Tritania a alguien con una jaula con palomas, pero no recuerdo bien dónde fue. Me imaginé que las querría para comérselas.

—Esas palomas son demasiado valiosas para utilizarlas de alimento.

—¿Entonces está de acuerdo con que le deje varias palomas a Alisin?

—Sí, claro, yo lo haría —dijo sonriendo.

—¿Su alteza aprueba esta relación?

—Lo que tú decidas para mí está bien, pero no olvides que eres tú quien debe tomar la decisión.

—Gracias, alteza, por su apoyo.

—Yo lo que deseo es que seas feliz. No es bueno vivir solo, sin familia. ¿Te gustaría verte de mayor como estoy yo?

—No lo sé, siempre he estado tan solo… —admitió el extranjero.

—Te has acostumbrado a la soledad, pero si algún día tienes tu propia familia no querrías volver a sentirte solo.

—Tal vez.

—Mañana vas a levantarte temprano y debes descansar lo suficiente, te esperan días duros por delante. Será mejor que te retires a descansar —sugirió el rey.

—Ha sido una velada muy agradable, espero repetir muchas como esta cuando regrese.

—Así será, hijo mío, ¡qué la suerte te acompañe!

—Buenas noches, alteza, y ¡hasta pronto!

El rey movió la mano en señal de despedida, se sentía demasiado emocionado para seguir hablando. El extranjero se alejó con gran tristeza.

Esa noche no durmió muy bien. Su sueño era ligero y se despertaba continuamente. Se encontraba algo inquieto y quizá ese era el motivo de no poder dormir bien. Deseaba que amaneciera para emprender el viaje.

Se levantó con la primera luz del alba y se vistió con la indumentaria apropiada para entrar en Tritania. Decidió llevar consigo las ropas que utilizaba en las luchas, pensando en la posibilidad de tener que enfrentarse a los soldados, de esa manera no le reconocerían. Tener que huir con tres personas más, aumentaba el riesgo de un posible enfrentamiento.

Luego pasó por la cocina, donde encontró a Yaco sentado a la mesa y a tres mujeres preparando la comida.

—¡Buenos días, señor! —le saludaron.

—¡Buenos días a todos! —respondió el extranjero.

—Aquí en la bolsa le estamos poniendo alimentos para tres días, según nos ordenó Yaco —le informó una de las mujeres—. Siéntese y coma algo antes de salir.

—Ahora no tengo hambre.

—Debe comer algo, señor, el viaje es largo —añadió Yaco.

—Está bien, me comeré esta fruta.

—También se va a tomar un poco de leche de almendras que le voy a calentar —dijo otra de las mujeres.

El extranjero miró para Yaco y este se encogió de hombros e hizo un gesto de resignación. Luego se sentó junto a él.

—¿Quiere que le vaya ayudando en algo? —preguntó Yaco.

—No, tengo casi todo preparado, gracias, Yaco.

—Ya he terminado mi comida, si me necesita estoy por aquí cerca.

—De acuerdo.

Pronto terminó, se despidió de las mujeres y recogió la bolsa con las provisiones.

En las cuadras se encontraban dos jóvenes soldados esperándolo.

—El capitán Lim nos ordenó que le entreguemos las palomas que necesite.

—Yo creo… —estuvo pensando unos instantes— que me arreglo con cinco.

—Ahora se las traemos —manifestaron los jóvenes corriendo a buscarlas. Al extranjero le causó risa ver la ligereza con la que querían satisfacer su encargo.

Mientras, recogió su caballo, lo ensilló y fue colocando las cosas que había preparado para el viaje la tarde anterior. Los jóvenes llegaron velozmente con una jaula.

—¿Le gusta la jaula? —le preguntaron con rapidez.

El extranjero la asió entre sus manos y la estuvo observando.

—Está muy bien —dijo finalmente.

—¿Necesita tinta, papel y pluma? —preguntó uno de los jóvenes.

—Por supuesto, lo había olvidado, gracias por recordármelo.

—¿Sabe que ya está incluida en la jaula? —comentó el otro joven impaciente por confesarlo.

—¿Dónde? —Cogió de nuevo la jaula y advirtió que la parte inferior era más gruesa—. ¿Aquí abajo?

—Sí, señor, ahí está. —El joven abrió un compartimento en la parte inferior y mostró al extranjero el tintero, la pluma y varios papeles pequeños.

—¡Qué curioso! Nunca lo hubiera descubierto, esto me gusta —añadió.

Luego montó y se despidió de los dos soldados dirigiéndose hacia la salida. Se detuvo, miró hacia el palacio y comprobó que desde una de las ventanas era observado por el rey Dor, al igual que solía hacer en otras ocasiones cuando viajaba. Levantó la mano y le saludó, el rey hizo lo mismo. Seguidamente continuó su camino. El cielo estaba despejado y el sol estaba a punto de salir cuando dejó el pueblo atrás.

«Al menos hoy parece que no lloverá», pensó.

22
La cabaña

El viaje transcurrió tranquilo y sin sorpresas. Al no llevar a Lobo consigo, cabalgaba más rápido y descansaba menos tiempo. Cuando llevaba tres días de viaje y se aproximaba a la frontera aflojó el paso y se mantuvo más atento. Examinó los alrededores, ató el caballo y buscó el lugar más estratégico para vigilar la frontera. Había una cima con mucho arbolado y pensó que ese sería un buen sitio. Se adentró entre la vegetación y, al llegar a lo más alto, divisó al otro lado la cabaña. Fue hacia ella procurando hacer el menor ruido posible. Abrió la puerta y comprobó que en su interior se encontraba un soldado algo mayor.

—Todavía es pronto para la cena, aún no he terminado de hacer la comida —comentó desde los fogones.

—Pues ya tengo hambre —dijo el extranjero cerrando la puerta.

Al oír una voz que no le era familiar, el soldado miró extrañado.

—¿Eres el extranjero? —preguntó al escuchar su acento tan particular.

—Sí, soy yo.

—No pensé que te presentaras así. ¿Los soldados te indicaron dónde se encontraba la cabaña?

—No, la busqué solo.

—¿Ellos saben qué ya has llegado?

—No los he visto.

—¡Pues qué bien vigilan! ¿Dónde está tu caballo?, no lo oí llegar.

—El caballo lo dejé atado abajo, cerca del camino. Luego lo voy a recoger.

—Por eso no escuché nada. Siéntate y espera un poco que no tardará mucho en estar este guiso.

—Ya huele bien, me apetece algo caliente —comentó.

—Te comprendo, a todos nosotros cuando viajamos hasta aquí nos pasa igual. Nos dijeron que la única persona de Marem que viaja a Tritania eras tú.

También nos informaron que no pasaría mucho tiempo hasta que te decidieras a volver.

—¿Cuántos hombres hay aquí?

—Somos cuatro. Siempre queda uno por estos alrededores y los otros tres vigilan el paso hacia Marem desde sitios diferentes. Nunca nos reunimos los cuatro al mismo tiempo en la cabaña. Hacemos turnos día y noche.

—Voy a traer de Becer a una familia compuesta de tres personas; un matrimonio con una niña de tres años. La niña puede hacernos lento el viaje, y eso lo hará más peligroso.

—Lo tendremos en cuenta, ¿cuánto tiempo estarás por allí?

—Lo menos posible, espero no permanecer más de una semana, depende de cómo vayan transcurriendo las cosas.

—¿Y qué noticias puedes traernos de Zalai?

—Por allí llevamos una temporada en la que todo va muy bien: hay paz, las cosechas son buenas y el ganado anda perfectamente.

—Me alegro de que todo continúe así. No sé cuánto tiempo más seguiremos en paz, porque Trano es muy ambicioso y desea también ser el rey de Marem. Además, como nuestro rey Dor es muy mayor y no tiene descendencia, él se siente con derecho a sucederle.

—Esperemos que eso nunca ocurra. Yo estaré con el pueblo de Marem y lucharé si es necesario hasta el final, mientras tenga algo de vida —declaró el extranjero.

—Es bueno oír esas palabras, no todos los hombres de Marem lo harían.

En ese momento se abrió la puerta.

—¿Tenemos visita? —dijo el soldado al entrar.

—Sí, es el extranjero y va hacia Tritania.

—Le estábamos esperando, ¿cuándo ha llegado?

—Hace un rato —contestó el extranjero.

—Pues no le vimos venir.

—Me parece que no están vigilando muy bien —comentó el otro soldado.

—Debe de ser que estamos más atentos de los movimientos que se producen al otro lado del río en la zona de Tritania y no en la nuestra. Aquí huele muy bien, ¿ya está el guiso?

—Sí, casi está, siéntate que ahora lo sirvo.

Los tres hombres se sentaron a la mesa y comieron con apetito. El soldado cuando terminó se marchó para que otro soldado de los que estaban vigilando fuera a comer. El extranjero también salió en busca del caballo.

Cuando regresó ya estaba en la cabaña otro soldado. Fueron presentados e hizo preguntas parecidas a las que ya había contestado a sus compañeros, pero con mucha amabilidad las contestó nuevamente como si fuera la primera vez que se las hacían. Este soldado también se fue al terminar su comida.

Luego apareció el soldado que faltaba.

—Ahora debo marcharme para hacer la guardia —comentó el soldado que hacía de cocinero después de servirle la comida al soldado—. Puedes dormir aquí, en este camastro —dijo al extranjero antes de salir.

—Me vendrá bien, estoy cansado y necesito dormir para cruzar mañana temprano la frontera. ¿Vas a estar mucho tiempo fuera?

—No, volveré dentro de unas horas y así dormiré también un rato.

En la cabaña había cuatro camastros. El extranjero se recostó en el que le indicaron y el otro soldado también se echó a dormir en otro de los camastros. Los dos quedaron dormidos casi inmediatamente. El extranjero llevaba tanto cansancio que no se despertó en el cambio de las guardias.

Por la mañana se levantó con la primera luz del día.

—Parece que has dormido bien —opinó el cocinero—. Anoche hice mi guardia, volví, me acosté y estuve durmiendo hasta hace un rato.

—Yo no me desperté en toda la noche y no oí a nadie entrar ni salir —comentó el extranjero.

—Te espera un viaje largo, debes comer fuerte. Como quedó comida de anoche te la voy a calentar, siéntate que ahora te la sirvo. También te vas a llevar unos alimentos para el viaje.

—Muchas gracias.

Al terminar, se despidió.

—Gracias por todo, has sido muy amable conmigo, despídeme de tus compañeros.

—¡Cuídate y vuelve pronto! No creo que esté por aquí a tu regreso, pero les hablaré de ti a los compañeros que nos reemplacen.

El extranjero recogió la jaula con las palomas, se subió al caballo y se encaminó hacia el río. En el río buscó la zona menos profunda para cruzar. En el otro lado procuraba estar más atento, si lo encontraban próximo a la frontera podían sospechar.

Más adelante pasó junto a los campos de cultivo, y mientras se acercaba a un caserío, estuvo examinando el lugar para ver si estaba por allí el niño que encontró en su viaje anterior. Pero no se cruzó con nadie, solo oyó ladridos de perros.

«Debe de ser que aún es muy temprano», pensó.

El resto de los días ya no se ocultaba. Vio a algunas personas a caballo, en carretas o andando, y a nadie le llamó la atención su presencia. Dormía por la noche alejado de los caminos y por el día viajaba.

Pronto entró en la ciudad de Sarén. Decidió hacer noche allí y así podría descansar. Como ya se conocía el lugar, fue directamente al mesón. Era por la tarde y estaba muy concurrido. En cuanto entró vio a la joven que atendía las mesas.

—¡Hola, señor! De nuevo en la ciudad, ¿cuándo ha llegado? —dijo con semblante feliz.

—Acabo de llegar ahora y necesito descansar, ¿tienen habitaciones libres?

—Sí, tenemos varias, acompáñeme que se las muestro. ¿Y el perro? —preguntó buscándolo en el suelo.

—Esta vez no me acompaña, viajo solo, voy a quedarme poco tiempo.

—¿Qué le parece esta habitación? —dijo la joven mostrándosela.

El extranjero desde la puerta echó un vistazo.

—Está bien, se parece mucho a la otra donde me quedé *anteriormentie.*

—¿Ha traído caballo?

—Sí, está ahí fuera.

—Si lo desea puede llevarlo a las cuadras y allí se lo cuidamos.

—Ya sé, como la otra vez.

—La llave se la dejo en la puerta.

—Está bien, yo vuelvo ahora.

Salió a la calle para dejar el caballo en las cuadras del mesón. Al entrar, el joven al verlo se le acercó rápidamente para ayudarlo.

—¡Señor, cuánto me alegra que esté de nuevo por aquí!

—¿Aún me recuerdas?

—¿Cómo no le voy a recordar?, fue muy amable conmigo. ¿Piensa quedarse muchos días?

—No, quizá me vaya mañana. ¡Toma! —Le dio una moneda de plata—. Cuida bien de mi caballo y de estas palomas.

—¡Oh! Señor, esto es mucho. Se los cuidaré mejor que si fueran míos.

El extranjero recogió sus efectos y los llevó a la habitación. Seguidamente salió para echar un vistazo a la ciudad. Como atardecía se veían pocas personas por las calles. De pronto se oscureció el cielo y comenzó a llover, entonces aligeró el paso para regresar cuanto antes. Como los techos de las casas empezaron a chorrear agua a la calzada, tuvo que alejarse de las viviendas y andar por el centro de la calle. En la taberna comprobó que aún quedaban muchos hombres. Se sentó en una de las mesas y pronto fue atendido por la joven.

—¿Va a comer, señor?

—Sí, tráeme algo caliente que hace frío.

La joven sonrió y fue hacia la cocina. Regresó con una sopa de verduras caliente.

—¿Le traigo una jarra de hidromiel?

—No, solo agua. ¡Mira! —dijo antes de que la joven se alejara—, me gustaría saber ¿cómo han ido las cosas por aquí, por Sarén?

—Pues últimamente no muy bien.

—¿Por qué? —se apresuró a preguntar.

La joven miró a derecha e izquierda para asegurarse que nadie estaba escuchando.

—La gente está descontenta —dijo en un susurro—, y ha habido revueltas.

—¿Por qué están molestos? —preguntó el extranjero también en un murmullo.

—No están de acuerdo con el trato recibido por el ejército, y además las leyes se han endurecido. Hay mucho resentimiento entre la población. Hace unas semanas hubo un enfrentamiento muy fuerte con el ejército; pero no solo aquí, en Becer fue peor.

—Siento mucho que haya problemas.

—La mayor parte de la gente tiene miedo —expresó la joven.

—No es bueno vivir con miedo —añadió el extranjero.

—Procure no viajar a Becer, allí en los disturbios murió mucha gente, otros quedaron heridos. Luego hubo una vindicta pública con los alborotadores.

El extranjero se mostró con gesto preocupado.

—Pues hacia allí me dirijo, espero que cuando llegue esté todo en calma.

—Llevamos unos días en los que no se oye nada, pero de todas maneras vaya con cuidado y aléjese de los lugares donde haya problemas.

—Gracias por la información y los consejos.

—Le cuento esto porque aquí le apreciamos.

Luego la joven se alejó para atender a otros clientes. El extranjero se acabó su comida y se fue a descansar. Estas noticias le produjeron cierta inquietud y, en consecuencia, tardó en dormirse.

23
Encuentro con el capitán Badín

Por la mañana decidió visitar al capitán Badín. Bajó por las escaleras que le conducían directamente a las cuadras y encontró al joven limpiando el lugar. En cuanto le vio dejó el trabajo.

—¿Necesita algo, señor?

—Sí, el caballo.

—¿Ya se piensa ir?

—No, solo voy a dar una vuelta, luego regreso.

—¡Enseguida se lo traigo! —rápidamente fue en busca del animal.

El extranjero esperó fuera, en el patio. El chico llegó al momento.

—Aquí lo tiene, señor, ensillado y listo.

—¡Gracias, joven! —dijo mientras montaba. Luego levantó la mirada hacia la fortaleza y no percibió nada diferente desde su última visita, parecía que el tiempo no había pasado.

Primero quiso hacer un recorrido por la ciudad para ver si todo seguía idéntico. Después de pasar por las calles principales comprobó que todo parecía estar igual que la última vez.

A continuación cogió el camino que llevaba a la fortaleza y, como no llevaba a Lobo, consiguió llegar mucho más rápido. En la puerta de entrada se encontraban dos soldados custodiándola.

—¡Alto! —le ordenaron.

—Soy Sénter y quiero ver al capitán Badín —explicó antes de ser interrogado.

—Espere un momento a que le demos el aviso.

El soldado abrió la puerta y se demoró un rato en volver.

—Puede pasar, señor, un soldado le llevará hasta el capitán.

Se bajó del caballo y entró en el patio de la fortaleza.

—Amarre su caballo ahí —le indicó el soldado.

Dejó el caballo atado y apresuró el paso para no alejarse del soldado. Después entraron en un recinto donde había un continuo ir y venir de soldados.

—Espere aquí, enseguida el capitán estará con usted.

Se sentó mientras tanto en un banco que tenía cerca, pero tuvo que esperar muy poco.

—¡Qué sorpresa, Sénter! ¿Cómo está? —dijo con alegría el capitán.

Se le veía de buen humor y no parecía el mismo hombre que había visto en Zalai.

—Muy bien —respondió el extranjero poniéndose en pie.

—¿Qué le trae de nuevo por Sarén?

—Quiero comprar unos caballos y sé que por aquí los hay buenos.

—¿Me permite que le tutee? Es porque ya le considero un amigo —le indicó Badín.

—Por supuesto, también siento un gran aprecio por usted y le estoy agradecido por haber hablado en mi favor la última vez que nos vimos.

—Me gustaría que me trataras de tú —pidió Badín.

—De acuerdo, nos tuteamos —dijo el extranjero con una sonrisa.

—Sobre los caballos tienes razón, no hay mejores caballos que los de Sarén. ¿Y piensas quedarte muchos días?

—No, posiblemente me vaya mañana.

—¿Y el lobo?

—No lo traje, se quedó en la casa; así tendré menos problemas.

—Después del incidente del pasado no te quedaste con ganas, ¿a que no? —preguntó riendo.

—La verdad es que no.

—Te comprendo más de lo que te imaginas. ¿Sabes que yo pasé por algo parecido? —comentó el capitán.

—Sí, me enteré de algo y lo sentí mucho. Cuando sucedió yo estaba en Becer, participando en el torneo de arco. Quedé finalista y luego en el banquete real te estuve buscando, pero uno de tus soldados me informó que habías entrado en Marem y que no se sabía nada de ti. Por eso ahora que vine a la ciudad quise saber si habías vuelto. Me alegra que nada malo te haya pasado.

—Nos mandaron entrar en Marem y allí fuimos apresados. Nos encarcelaron, pero tuve más suerte que mis hombres.

—¿Por qué? —se apresuró a preguntar.

—Estaba en una horrible celda subterránea y una noche me sacaron de allí y me llevaron a otra en el exterior. Lo insólito es que me pareció que en ese traslado tuvo algo que ver un extranjero nombrado capitán. También ese extranjero en una ocasión me pasó dos libros entre los barrotes de la ventana.

—¿Te trataban bien?

—Cuando me trasladaron al exterior, el trato cambió, era más correcto y la comida estaba buena. Nunca sabré por qué me liberaron junto con otro preso. Me dieron un salvoconducto y no tuve ningún problema para llegar a Tritania. Tengo que admitir que fueron benevolentes conmigo.

—¿Qué dicen aquí de lo sucedido?

—Pues…, no dicen mucho, no lo entienden. Lo que sé es que sus soldados son mejores que los nuestros. Luchan de una manera que nunca he visto; es la primera vez que veo hacer a alguien tales cosas.

—¿Y al otro preso por qué lo liberaron?

—Me dijo que estuvo haciendo trabajos para los habitantes de Zalai y así pagó su deuda. Parece que le prometieron que cuando pagara su deuda le dejarían libre. Lo raro es que cumplieron la promesa.

—¿Él sabe quién es ese extranjero?

—Se lo pregunté, pero igual que yo nunca le vio la cara y tampoco le oyó hablar.

—¿Por qué entraste en Marem?

—Yo nunca quise entrar allí, pero recibí órdenes que me obligaron.

—Lo entiendo, y siento mucho por todo lo que pasaste.

—Estando allí tuve mucho tiempo para pensar, y en varias ocasiones me acordé de ti y de Lobo.

—¿Por qué?

—Casi todos los días oía lobos aullando; parecía que estaban cerca, a poca distancia. Debe de ser que hay muchos lobos por aquella región.

—Posiblemente —comentó el extranjero con una sonrisa.

—Me alegra verte y saber que todo va bien. ¿Aún conservas el salvoconducto que te hice? —preguntó el capitán Badín.

—Sí, siempre viajo con él para evitar problemas, pero nunca he tenido que usarlo.

—Cuando vuelvas a Sarén ven a visitarme, y si tienes problemas quizá pueda volver a ayudarte.

—Lo tendré en cuenta, capitán, seguro que algún día volveré.

—Si participaste en el torneo y quedaste finalista debe de ser porque eres un buen arquero, nunca me dijiste nada acerca de este tema.

—Creo que tampoco preguntaste —observó el extranjero.

—Puede que tengas razón. Deseo que encuentres unos buenos caballos y recuerda que si vuelves por Sarén no dudes en hacerme una visita, ¡hasta pronto, amigo!

—¡Hasta pronto, capitán!

Salió de la fortaleza satisfecho de haber podido hablar con el capitán. Ahora quería pasarse por el mercado para comprar los caballos. Necesitaba dos caballos fuertes para poder llevar a la familia de Sénter hasta Zalai.

Llegó a la plaza y no encontró mucha gente.

«¿Qué ha pasado? —se preguntó—, ¿dónde están los puestos?».

Entonces recordó que en su anterior viaje la chica del mesón le había dicho que había mercado solo dos días a la semana.

—¡Señor! —se dirigió a un hombre que pasaba por la plaza—, ¿qué días hay mercado?

—Mañana desde temprano —respondió el hombre.

Decidió regresar al mesón y llevó el caballo a las cuadras.

—Me dijeron que mañana hay mercado —le comentó al chico.

—Sí, señor, dos veces por semana hay mercado. Si quiere comprar algo ha tenido suerte de haber venido ayer.

—¿Hay alguna venta por aquí cerca?

—Sí, hay una no muy lejos. ¡Mire, venga! —dijo el chico saliendo hacia la calle—. En aquella dirección, dos calles más abajo, hay una venta que tienen de todo.

—Entonces no me guardes el caballo que ahora voy a ir hasta allí, necesito algunas cosas.

—Lo que usted diga, señor.

Se encaminó a caballo en aquella dirección. Vio que algunas personas también se dirigían al mismo lugar y otros regresaban cargados. La venta se encontraba en una casa vieja y mucha de su mercancía aparecía amontonada junto a la puerta. Entró y comprobó que tal y como le había indicado el chico, en la venta había de todo.

—Necesito dos sogas como esa —le indicó al vendedor, señalando la que colgaba de la pared.

—Enseguida se la traigo.

El comerciante fue a la trastienda y le trajo dos sogas enrolladas del mismo grosor y tamaño que la expuesta.

—¿Algo más?

—Sí, tres mantas como esas…

—¿Es todo? —preguntó el comerciante después de servirle.

—Sí, tenga —le entregó una moneda de plata.

—Espere que le devuelvo.

—¡Chico! —gritó el vendedor—. ¿Dónde te habías metido? Ayuda con estos artículos al señor.

—¡Al momento! —dijo el joven.

El muchacho colaboró para colocar las cosas en el caballo del extranjero y, en agradecimiento, este le dio una de las monedas que le había devuelto el comerciante.

—¡Muchas gracias, señor, qué tenga un buen día!

—Tú también, gracias.

Luego regresó a la cuadra y el joven se hizo cargo del caballo.

—¿Le llevó estas cosas a la habitación?

—No, guárdalas por aquí hasta que me vaya.

—Sí, señor.

El resto del día se lo pasó visitando a pie los alrededores de la ciudad. Descubrió un pequeño puente de madera sobre un tranquilo riachuelo de aguas cristalinas. Le pareció un lugar maravilloso con mucha tranquilidad.

El suelo estaba cubierto de hierba verde y aparecía salpicado de pequeñas florecillas multicolores que invitaban a echarse y a descansar sobre él. Inmediatamente se tumbó y sin poder evitarlo su mente recordó a Alisin. Cuánto deseaba que estuviera a su lado y poder compartir juntos un lugar tan bello.

La tarde se le pasó sin darse cuenta; después del largo paseo decidió regresar antes de que se hiciera de noche. Le extrañó no encontrarse con nadie por aquellos lugares. Llegó al mesón con el crepúsculo. La caminata le había venido bien, se sentía mejor y con algo de hambre.

Al terminar de comer estuvo hablando con la chica del mesón.

—Hoy he visitado un puente de madera muy bonito por donde corre un pequeño río. ¿Podías contarme algo de ese lugar?

—¿Un puente de madera? —preguntó la joven intentando recordar—. ¡Ah, ya creo saber a cuál se refiere! Debe de ser el puente que construyó el molinero. Un poco más abajo está el molino, pero allí ya no vive nadie.

—¿Por qué?

—Es una historia algo triste. ¿Desea conocerla?

—Sí, por favor.

—Pues le cuento, el molinero no hacía mucho que se había casado cuando una serpiente mordió a su mujer y esta murió. Él no quiso seguir viviendo allí, parece ser que el lugar le traía malos recuerdos. Se marchó a Becer y entró en el ejército. Poco después, un día que estaba cabalgando, su caballo tuvo un accidente y ambos cayeron por un despeñadero. Eso fue todo.

—¿Tenía hijos?

—No, llevaban poco tiempo casados.

—Al parecer tuvo mala suerte. Es una historia muy triste; sin embargo aquel lugar es muy bello. Gracias por la historia, ahora me voy a descansar. ¡Hasta mañana!

—¡Buenas noches, señor!

El extranjero se retiró a su habitación y durmió muy bien toda la noche.

Al llegar la mañana, le despertó el alboroto de la calle y recordó que era día de mercado, entonces se apresuró a vestirse. Salió del mesón entusiasmado, pensando en los caballos que iba a adquirir. Decidió ir a pie para luego regresar montado en uno de ellos. Por las calles había mucho movimiento de personas y carretas. Unos iban y otros venían cargados con las compras.

En la plaza del mercado se dirigió a la zona donde se encontraban los caballos. Comprobó que aún quedaban muchos. Los estuvo observando y consideró los que más le convenían.

—¿Está buscando algún caballo, señor? —preguntó un hombre desde el otro lado de la valla.

—Sí, quiero comprar dos.

—¡Pase por aquí! —le indicó la puerta—. Elija usted mismo el que quiera.

El extranjero entró y se acercó a varios caballos.

—Quizá le pueda ayudar, ¿lo quiere para algo en especial?, ¿para trabajar en el campo, para tirar de una carreta o para cabalgar?

—Lo quiero para cabalgar y que sea muy resistente.

—Ese blanco está muy bien, ¿le gusta?

—Sí, es muy bonito, parece un buen ejemplar, pero el color no me gusta.

El vendedor se aproximó a otro caballo y lo sujetó.

—¿Y este? ¡Observe qué musculatura!

El extranjero estuvo examinando sus patas, la boca…

—Me gusta, ahora solo falta encontrar otro más.

—Espere un momento que voy a amarrarlo y ahora le ayudo a buscar el otro.

A continuación estuvo inspeccionando todo el grupo para encontrar otro caballo similar. Después de un rato localizó por fin el que tenía en mente.

—¡Mire, tiene suerte!, este otro es hermano de ese que ya tiene elegido y como puede comprobar se parecen mucho.

El extranjero se aproximó y se tomó su tiempo para reconocerlo por todas partes.

—Me gusta —dijo finalmente—, solo quiero saber si son dóciles.

—¿Dóciles? Si tiene niños estos dos caballos son perfectos.

—¿Puedo montarlos? Quiero comprobarlo.

—Naturalmente, señor, espere a que se los ensillemos.

El hombre estuvo hablando con un joven que regresó al momento con una silla y el resto de la montura. Se la colocaron y la ajustaron, luego el extranjero se montó. Dio varias órdenes al caballo y este le obedecía en todo. Se bajó y vio que ya habían ensillado al otro caballo. Lo probó y verificó que el hombre no mentía.

—Ahora necesito una montura para cada uno.

—Nosotros también se la podemos vender. Por llevarse dos, le haremos un precio especial.

—Está bien.

Arreglaron las cuentas y luego montó en uno de ellos; al otro lo llevaba atado a la silla de su caballo. Posteriormente los condujo a la cuadra del mesón.

—¡Chico! —gritó.

El joven salió rápidamente del interior de las cuadras.

—¿Me necesita, señor?

—Sí, da de comer y beber a estos caballos que acabo de comprar. Dentro de un momento me marcho. Prepara también mi otro caballo.

—Enseguida, señor.

Subió al mesón por las escaleras de las cuadras y pidió que le prepararan algo para comer y también para llevar.

En el mesón se dieron prisa en servirle la comida y procuró comer rápido para salir lo antes posible. También le dieron una bolsa con alimentos para el viaje. Pagó la cuenta y se despidió. Después recogió sus cosas y las bajó a la cuadra. El joven lo tenía todo preparado.

—Ahora voy a montar en este otro caballo para probarlo mejor —le indicó al joven.

El chico le colocó sus cosas en ese caballo. Los demás caballos iban atados unos a otros.

—¡Toma! —le dio una moneda—. Has hecho muy bien tu trabajo.

—¡Muchas gracias, señor!, ¡que tenga un buen viaje y vuelva pronto!

—Lo intentaré —respondió sonriendo.

Luego salió a la calle y tomó el camino hacia Becer. Estuvo cabalgando casi todo el día mientras quedaba algo de luz. Hizo algunas paradas para descansar, pero muy breves, y todo transcurrió sin incidentes. Se apartó del camino, alejándose un poco para dormir. La noche la pasó tranquilo.

Con la primera luz del alba emprendió nuevamente la marcha. Por el camino se cruzó con algunos viajeros y soldados, pero todo se iba desarrollando sin ningún tipo de problema. En esta segunda visita a Tritania se sentía más tranquilo; el hecho de conocer el camino y haber estado con anterioridad le daba más seguridad. Ese día montaba en el segundo caballo que había comprado. El comerciante no le había engañado, eran animales obedientes y dóciles. El precio también le había parecido justo, estaba satisfecho con la compra.

Era mediodía cuando pudo divisar a lo lejos la ciudad de Becer. Suspiró aliviado, en ese momento solo pensaba en Alisin.

Se alejó del camino, dirigiéndose hacia las montañas. Buscó zonas verdes que estuvieran ocultas y algo húmedas. Tardó bastante tiempo en encontrar un lugar apropiado y seguro donde poder dejar los caballos que había comprado. En ese paraje había mucha hierba fresca y un poco de agua procedente de un riachuelo. Sacó las dos cuerdas que había comprado y las ató a una gran piedra. Los caballos tenían cuerda suficiente para poder moverse por los alrededores. Les retiró las sillas y las ocultó entre unos matorrales.

Antes de marcharse, memorizó bien el lugar para recordarlo y encontrarlo con facilidad. Luego se encaminó hacia Becer.

Como de costumbre, los soldados que custodiaban la puerta de entrada de la ciudad le pararon.

—¡Alto! —dijo uno de ellos—. ¿Su nombre?

—Sénter, y vengo del norte —respondió de inmediato.

—¿Cuánto tiempo se va a quedar?

—Solo unos días.

Luego le registraron las bolsas que llevaba consigo. Cuando vieron el arco, el extranjero se adelantó en contestar.

—Ese arco lo utilizo cuando voy a cazar.

—¿Tú eres el arquero finalista del pasado torneo? —preguntó el otro soldado reconociéndolo.

—Sí.

—En ese caso no necesitamos saber más, puedes entrar sin ningún problema.

El extranjero, algo sorprendido, entró en la ciudad. No sabía que el hecho de haber quedado finalista le pudiera favorecer. Además estaba agradecido de que no repararan en las palomas que llevaba y pasaran inadvertidas.

24
Regreso a la Posada del Águila

A medida que se iba adentrando en la ciudad iba percibiendo ese olor pestilente que ya había olvidado. Las gentes se veían igual de agitadas e inquietas que la última vez que estuvo por allí. Pensó ir directamente a la Posada del Águila, ese lugar le parecía familiar y entrañable.

Al llegar pasó primero por las cuadras que estaban situadas al lado de la posada.

—¿Ha vuelto de nuevo, señor? —dijo el hijo de Tremón muy contento de volver a verle.

—He venido por unos días. ¿Tú sabes si hay habitaciones y me puedo quedar?

—Sí, hay varias vacías. Puede dejarlo todo aquí, que luego se lo coloco en su habitación. ¿Las palomas también se las llevo?

—Sí, por favor.

Salió de las cuadras y entró en la posada. La taberna la encontró bastante vacía, no había tanta gente como de costumbre.

—¡Arquero Sénter! —exclamó Tremón al verle entrar en el mesón—. ¡Cuánto me alegra que haya vuelto de nuevo por aquí!

—¡Tremón! ¿Cómo están todos?

—Todos estamos bien, gracias. Pase por aquí —le condujo hacia la cocina—, mi familia también se alegrará de verle.

En la cocina se encontraban la esposa y las dos hijas junto a los fogones.

—¡Miren quién está aquí! —dijo a su familia—. ¡El señor Sénter!

—¡Sénter, qué sorpresa! —afirmó la esposa. Las jóvenes miraron y sonrieron tímidamente.

—Me agrada saber que todos están bien, ¿y el niño?

—Por aquí estaba hace un momento, creo que está por ahí fuera jugando con otro niño. ¿Y cuándo ha llegado? —preguntó la esposa.

—Acabo de llegar y busco habitación.

—Tenemos algunas vacías, ¿cuántos días piensa quedarse?

—Pocos.

—Estará cansado del viaje —comentó Tremón.

—Sí, algo.

—Tenemos libre la misma habitación que ocupó la otra vez. ¿Quiere quedarse en ella? —preguntó la esposa.

—Me parece bien, así no me encontraría extraño. El caballo lo dejé en las cuadras.

—Voy a decir al hijo que traiga sus cosas —indicó Tremón.

—Estoy cansado y necesito un baño caliente. ¿Sería tan amable de prepararármelo? —preguntó a la esposa de Tremón.

—No se preocupe que ahora le calentamos el agua y dentro de un momento lo tendrá todo listo. Si lo prefiere puede esperar en la taberna, que en cuanto esté preparado le aviso.

—Muy bien.

Fue a la taberna y se sentó a esperar. Tremón llegó rápido.

—Ya tiene sus cosas en la habitación. Tendrá hambre, ¿le traigo algo de comer?

—Sí, me apetece algo caliente.

—Enseguida le sirvo —manifestó Tremón con la intención de dirigirse hacia la cocina, pero el extranjero le retuvo con su conversación.

—Y Nergus, ¿ha venido por aquí?

—Sí, él viene con frecuencia a Becer, unas veces por negocios con los cerdos y otras para comprar víveres; también ha preguntado varias veces por usted, aún le recuerda. Puede que vuelva uno de estos días.

Fue a la cocina y al instante apareció con un guiso humeante que olía muy bien.

—También le traigo una hogaza de pan.

—Gracias, Tremón.

Se lo comió todo con apetito y al terminar rebañó el plato. Tremón, mientras tanto, estaba atendiendo a otros clientes. Al ver que ya había terminado se aproximó.

—¿Desea alguna cosa más?

—No, Tremón, dile a tu mujer que estaba exquisito.

—Voy a preguntar si tiene el baño preparado.

El extranjero pudo comprobar que la taberna poco a poco se iba llenando. Los hombres no paraban de beber y hablaban dando voces.

—Sénter, mi hijo me comentó que ya tiene el baño dispuesto, cuando quiera puede bañarse.

—Perfecto —dijo levantándose al instante.

Fue a su habitación y advirtió que la llave estaba en la cerradura, entró y cerró por dentro.

Examinó la habitación y verificó que todas sus cosas estaban allí. La jaula de las palomas la habían colocado sobre una silla junto a la ventana. La bañera estaba en el centro de la habitación, frente al palanganero. Recordó que ese baño era algo incómodo, no se parecía en nada al que utilizaba en palacio. Aquí, al sentarse se le quedaban las piernas por fuera, pero al menos pudo darse su tan ansiado baño.

Se puso ropas limpias, y cuando estaba a punto de salir, tocaron a la puerta. Se acercó y la abrió. Se trataba del hijo de Tremón.

—Señor, dice mi madre que cuando quiera que le lave su ropa, la deje tirada en el suelo.

—Muy bien, así lo haré.

—¿Puedo recoger el baño? —preguntó el chico.

—Sí, ya he terminado.

El extranjero cogió la ropa que había colocado en una de las sillas y la echó al suelo, dejándola junto al baño.

—¡Hasta luego joven! —dijo al salir.

—¡Adiós, señor! —respondió.

El extranjero se sentía muy emocionado, en ese momento se dirigía al palacio para visitar a Alisin. El cansancio se le había pasado después de comer y haber disfrutado de un baño caliente.

Mientras iba caminando le parecía que la distancia entre la Posada del Águila y el palacio era mayor que en otras ocasiones.

Por fin se encontró frente al palacio. En la puerta, como en las demás ocasiones, estaban dos guardias custodiándola. Al acercarse se presentó.

—Soy Sénter y deseo visitar a la princesa Alisin.

—¿Ella le espera? —preguntó un guardia.

—No, aún no sabe que he llegado a la ciudad.

—Debe esperar un momento a que le pasen el aviso.

Uno de los guardias entró e hizo sonar una campana, luego volvió a salir.

Enseguida apareció el señor mayor que el extranjero había visto en anteriores ocasiones. El guardia habló con el anciano y le llevó a una sala.

—Espere aquí que ahora informo a la princesa —dijo el señor.

Al extranjero mientras tanto se le había acelerado el corazón; se puso en pie porque la inquietud no le permitía seguir sentado.

Oyó pasos ligeros que se acercaban, entonces dirigió la mirada hacia la puerta. Al abrirse apareció ante él Alisin. Sus ojos se clavaron en los de ella… Ambos quedaron inmóviles, mirándose el uno al otro. Se hizo un largo silencio. Los dos fueron avanzando lentamente; él extendió sus manos hacia adelante, ella se aproximó y las asió. Los dos se encontraban frente a frente con los brazos extendidos, mirándose sin decir nada porque con la mirada les bastaba. Había entre ellos una maravillosa complicidad. Seguidamente se aproximaron, fundiéndose en un beso apasionado e intenso.

—¿Por qué te has ausentado tanto tiempo? —preguntó finalmente ella con los ojos humedecidos por las lágrimas—. Creí que moría.

—¡Shhh…! —le indicó para que omitiese esa palabra—. No hables de muerte, solo de vida —dijo en un susurro—. Yo también desee volver antes, tengo responsabilidades que atender, pero ya estoy aquí y eso es lo importante. Me importas mucho, más de lo que te imaginas. Creo que esto es amor…, estoy enamorado de ti.

Ella al oír estas palabras sonreía y el azul de sus ojos brillaba como nunca.

—Sabes que yo también siento lo mismo. Nunca he percibido un sentimiento tan insondable; es demasiado grande y profundo, tanto que a veces creo que no lo puedo soportar —confesó ella nuevamente con lágrimas en sus ojos.

—No te preocupes, princesa. —Hizo una pausa y continuó hablando en voz baja—: Yo te daré todo el amor que necesites, pero solo el que tu corazón pueda resistir —afirmó con absoluta sinceridad.

Luego se dieron un abrazo interminable. Desde la puerta se oyó una pequeña tosecilla. Los dos se soltaron y miraron.

—¡Oh, madre! —dijo Alisin acercándose a la puerta—. Ven, te voy a presentar a Sénter.

La madre sonrió y se aproximó.

—Sénter, mi madre la reina Selma.

—¡Alteza! —dijo el extranjero al mismo tiempo que hacía una leve inclinación de respeto.

—Tenía ganas de conocerle, mi hija me ha hablado mucho de usted.

El extranjero miró a Alisin y le sonrió. Luego la reina miró hacia su hija.

—Veo que no exagerabas cuando decías que era un hombre muy guapo y atractivo.

—¡Madre! —exclamó Alisin ruborizada.

El extranjero sonrió y la miró con gran ternura.

—He venido a decirte que te marchaste del patio y dejaste al consejero esperando —le informó la reina.

—Ahora bajo, le diré que lo dejamos para otro día.

—No sé si le gustará, sabes que él es muy exigente con tu entrenamiento.

—¿Te entrenas? ¿En qué? —intervino Sénter.

—Mi padre, desde que mi hermano y yo éramos niños, quería que supiéramos defendernos. Buscó en su ejército al que mejor manejara la espada para que nos enseñara, y desde entonces, a pesar de que mi padre ha muerto, el consejero me obliga a recibir clases diarias.

—¿Y a tu hermano?

—Él hace tiempo que desistió de continuar con las clases.

—¡Vamos! Te acompaño, estoy impaciente por ver cómo te manejas.

Los tres bajaron a la zona de entrenamiento. Ese patio estaba en la parte trasera del palacio.

Al llegar, un soldado se acercó a Alisin.

—Alteza, el consejero tuvo que ausentarse y me pidió que siguiera yo con la clase.

La reina se quedó observando desde lejos, pero el extranjero se mantuvo próximo a Alisin.

Ella cogió una de las espadas y comenzó, él contemplaba con mucho interés cómo se desenvolvía, y quedó sorprendido de la habilidad que había conseguido. El soldado no lo hacía mejor que ella.

Después de un rato, Alisin dio la clase por terminada. El extranjero se acercó.

—Estoy sorprendido, nunca me dijiste que fueras tan buena con la espada.

—Porque nunca lo preguntaste. ¿De verdad te lo parece?

El extranjero asintió con la cabeza.

—¿Quieres probar? —preguntó ella.

—De acuerdo.

—Coge una de esas —dijo señalando el lugar donde estaban colocadas las espadas—, también me gustaría verte utilizarla.

Se acercó a las espadas y estuvo examinando varias hasta que se decidió por una. Se aproximó a la princesa y los dos se pusieron en guardia. Ninguno quería dar el primer paso. Por fin Alisin tomó la iniciativa. Era rápida y tenía buenos reflejos, pero no tantos como el extranjero. Él se lo tomó como un juego y no quiso mostrarle todas sus habilidades, pero así y todo la inmovilizó contra la pared.

—No me habías dicho que fueras tan bueno con el manejo de la espada —comentó la princesa mientas permanecía bloqueada contra la pared.

—Nunca me lo preguntaste —dijo él sonriendo—. Desconoces aún muchas cosas de mí —diciendo esto dio unos pasos hacia atrás, dejándola nuevamente libre para continuar con la lucha.

Alisin se esforzaba mucho en lo que hacía, él por otro lado quería animarla y se dejó desarmar.

—Mi vida está en tus manos —dijo él finalmente.

Ella sonrió satisfecha y dio por concluido el ejercicio.

—A pesar de todo, creo que eres bastante bueno —afirmó ella.

—Me he divertido mucho y me lo he pasado bien —comentó él.

—Yo también.

Dejaron las espadas en su sitio y se reunieron con la reina Selma.

—¿Qué te ha parecido, madre?

—Creo que los dos son buenos, además me pareció que disfrutaban con el combate.

Ellos se miraron sonriendo.

—Será mejor que entremos, no tardará mucho en anochecer —comentó la reina.

Subieron las escaleras y luego pasaron por un pasillo, la reina iba delante. El extranjero, aprovechando que nadie miraba, cogió la mano de Alisin mientras andaban. Al entrar en un lujoso salón se la soltó.

—Pase por aquí, joven, y siéntese, me gustaría conocerle un poco mejor.

El extranjero y Alisin se miraron pero no hicieron ningún comentario. La reina y su hija se sentaron en un sillón y el extranjero enfrente.

—Por lo que tengo entendido no es de esta ciudad.

—No, alteza, vengo de lejos, pero me gusta mucho Becer.

—¿Y piensa quedarse mucho tiempo?

—No, solo unos días.

—¿Y qué asunto le ha traído por aquí?

—Negocios, quería comprar unos caballos, pero me han dicho que en Sarén los hay mejores.

—Eso es cierto, no le han mentido. Los mejores caballos proceden de Sarén. ¿Tiene familia?

—No —hizo una pausa—, *desgraciadamiento* mis padres murieron hace muchos años.

—¿Quería usted decir *desgraciadamento*? ¡Ay!, lo siento —afirmó algo avergonzada la reina—, a mí tampoco me sale.

—Desgraciadamente —dijo Alisin.

—Perdón, eso quería decir —confesó el extranjero.

—Lamento lo de sus padres, entonces la vida no le habrá resultado nada fácil.

—No, alteza, fácil no ha sido nunca.

—¿Se ha casado? —continuó la reina con el interrogatorio.

—Tampoco.

—¿Y cómo así? —preguntó extrañada.

—Siempre he estado muy ocupado yendo de acá para allá. —Luego hizo una pausa y miró para Alisin—. Por otro lado, nunca encontré una mujer de la que estuviera realmente enamorado.

—Comprendo.

—Creo que se hace tarde, tengo que marcharme —manifestó el extranjero abrumado con tantas preguntas. Seguidamente se puso en pie.

—¿Cómo se va tan pronto? Yo quería que se quedara a cenar con nosotros.

—Ha sido muy amable, pero quizá en otra ocasión.

—Alteza. —Se inclinó despidiéndose de la reina.

—Alteza. —Hizo una reverencia de cortesía frente a Alisin.

—Te acompaño para que no te pierdas —dijo Alisin, levantándose—. Ahora vuelvo, madre.

—Espero que vuelva otro día y se quede un poco más —dijo la reina.

—Lo intentaré, alteza.

Salieron del salón y al cerrar la puerta se cogieron de la mano mientras avanzaban.

—Debes disculpar a mi madre por el interrogatorio, ella solo piensa en mí.

—Lo sé, si yo fuera ella posiblemente haría lo mismo —confesó el extranjero.

—¿Es cierto que solo vas a estar unos días?

Él se paró y la miró a los ojos.

—Sí, lo es.

—¿Por qué? —preguntó entristecida.

—Créeme cuando te digo que me gustaría poder quedarme más tiempo. —Luego puso las manos sobre los hombros de Alisin—. Necesito hablar contigo en un lugar seguro, donde nadie nos interrumpa. No me conoces y debo hablarte de mí, pero quizá lo que oigas no te vaya a gustar. Si después de escucharme quieres volver a verme, regresaré.

—¡Me estás asustando! ¿Es que no eres un hombre libre?

—Soy tan libre como tú, o tal vez más.

—Entonces por mi parte no habrá ningún problema, nos volveremos a ver —dijo resuelta—. ¿Dónde te hospedas? —preguntó mientras continuaban andando.

—En el mismo sitio de la otra vez, en la Posada del Águila.

—Sí, me acuerdo. ¿Cuándo nos veremos de nuevo? —preguntó impaciente.

—Eso depende de ti, princesa —respondió él.

—Mañana, ¿puede ser? Pero esta vez no estará mi madre, hablaré con ella.

—Bien, mañana vendré por la tarde.

—Ya te estoy echando de menos —confesó Alisin.

—Lo mismo me sucede a mí —afirmó el extranjero.

Se encontraban cerca de la salida cuando se detuvieron nuevamente.

—Será mejor que continúe yo solo —admitió mirándola fijamente a los ojos—. ¡Hasta mañana, princesa!

Seguidamente se fueron aproximando hasta besarse.

A continuación ella permaneció en silencio, él anduvo unos pasos y, volviéndose hacia ella, se dio dos palmaditas con la mano derecha sobre el lado del corazón, y señalándola con el dedo índice, le dijo:

—Ya sabes que mi corazón te pertenece.

Ella sonrió, repitiendo el mismo gesto que acababa de hacer él.

Posteriormente terminó de recorrer el pasillo y salió al exterior. En ese momento un cúmulo de sentimientos y temores invadían todo su ser, apoderándose de su sosiego interior. Temía que al contarle toda la verdad sobre él, la princesa lo rechazara; pero era algo que no debía seguir posponiendo y a lo que tendría que enfrentarse tarde o temprano.

Como la noche caía, regresó a la Posada del Águila.

La taberna estaba llena de hombres y no había ningún sitio libre; sobre todo, el bullicio que había en el lugar era enorme. Vio a Tremón y a su hijo, ayudándole.

—¡Señor Sénter! —le llamó Tremón.

Él se aproximó como pudo entre la gente.

—Dígame, Tremón.

—El mesón está muy lleno, pero si desea cenar ahora se lo llevaremos a la habitación.

—Gracias, pero no es necesario, aún me siento lleno. ¡Hasta mañana!

—¡Hasta mañana, señor!

En su habitación habían dejado un candelabro encendido. Examinó las palomas y comprobó que tenían comida y agua. Abrió la ventana y apoyando sus brazos en el alféizar, comprobó que desde allí no se veía nada, estaba demasiado oscuro. Se encontraba inquieto y no sabía si podría dormir. Decidió acostarse y así al menos descansaría, aunque el ruido procedente de la taberna era excesivo.

Esa noche durmió bastante mal. Le costó conciliar el sueño después de dar muchas vueltas en la cama. No lograba apartar de su mente a Alisin y buscaba la mejor forma de contarle la verdad. Al cabo de bastante tiempo lo consiguió, pero una pesadilla le despertó y, cuando por fin lograba volverse a dormir, la misma pesadilla aparecía nuevamente una y otra vez.

25
Fusen

Llegó la mañana, pero su agitación interna no se había disipado. Se acordó del rey Dor y pensó mandarle noticias suyas con una de las palomas. Abrió el compartimento inferior de la jaula y sacó una de las notas de papel, tinta y una pluma. Seguidamente escribió:

*He llegado a Becer
sin ningún problema,
dentro de unos días regreso.
Un saludo.*

Enrolló la pequeña nota y se la colocó en la anilla que tenía la paloma en la pata. Abrió la ventana y la dejó libre, luego estuvo curioseando cómo se alejaba.

Se preparó para ir al mercado, quería comprar una jaula para regalársela a Alisin con tres palomas dentro. Se guardaría una paloma para él y así avisaría cuando llegara a la frontera.

Vio a Tremón al pasar por la taberna.

—¡Buenos días, Tremón!

—¡Buenos días, señor! ¿Quiere qué le preparemos algo antes de salir?

—No, ahora no. Voy al mercado, cuando regrese. —Iba saliendo del mesón cuando recordó algo—. ¡Ah!, me olvidaba, hoy me gustaría también tomar un baño caliente.

—¿Otro? No es bueno bañarse tanto —aseguró Tremón—, pero si lo desea, lo tendrá listo, señor. Creo que está enamorado, ¿no es así?

El extranjero no respondió, solo sonrió.

Era una mañana despejada, el cielo tenía un azul intenso y el sol brillaba alegrando el día. La temperatura era tan agradable que la jornada invitaba a dar un paseo.

Fue andando hasta el mercado y percibió que el ambiente en el lugar estaba muy animado como siempre. Se paró en algunos puestos para mirar las diferentes mercancías. Por fin encontró uno donde vendían muchas clases de aves y también jaulas.

—¿Está buscando palomas o algunos de estos pájaros…?

—No, solo estoy buscando una jaula —aclaró sin dejarle terminar.

—Mire estas, señor. —Mostró unas que tenía expuestas colgando—. ¿O prefiere alguna de estas otras? —dijo levantando unas que tenía en el suelo, pero el extranjero no mostraba interés por ninguna—. Tengo otras por aquí detrás, pero son más caras.

—¿Me las muestra?

—Sí, señor, cómo no.

Trajo rápidamente unas jaulas muy bonitas y selectas que tenía ocultas entre otras mercancías.

—Como estas son las que buscaba —afirmó el extranjero.

—No las suelo exponer al público porque se venden poco, pero alguna vez aparece algún caballero de gustos refinados como usted y entonces se las enseño. ¿Cuál de ellas prefiere?

El extranjero tenía tres ante él para elegir.

—¡Son tan bonitas que no sabe por cuál decidirse!

El extranjero sonrió afirmando.

—Creo que me quedaré con esta —dijo finalmente.

—¡Tiene buen gusto!, también es la más cara. ¿Quiere alguna cosa más?

—También quiero comida para palomas.

—Se la voy a poner en esta bolsita, ¿le parece bien?

—Sí, está bien.

Después de haber pagado, visitó otros puestos donde compró provisiones para el viaje. Luego regresó satisfecho por la compra que había hecho.

En la Posada del Águila fue directamente a su habitación y colocó la jaula en el suelo cerca de la otra. Más tarde le sirvieron la comida.

—Mis hijas le calentaron agua para el baño, solo estábamos esperando a que llegara.

—Ya pueden prepararme el baño porque termino rápido.

—Ahora doy la orden.

Tremón se encaminó hacia la cocina para que lo dispusieran cuanto antes.

El extranjero ya estaba terminando su comida cuando se empezaron a escuchar voces que procedían de la calle, pero no le dio importancia y no se levantó.

Tremón y algunos clientes del mesón salieron hasta la puerta para curiosear. Después se percibieron con claridad algunos gritos. Entonces el extranjero se levantó rápidamente de la mesa y quiso también averiguar qué era todo ese alboroto.

Tremón en ese momento cerró la puerta del mesón, colocándole la tranca. Algunos clientes salieron corriendo, pero otros prefirieron quedarse.

—¡Tranquilos, aquí están seguros! —gritó—. Cuando pase todo, vuelvo a abrir la puerta.

—¿Qué sucede, Tremón? —preguntó el extranjero, inquieto.

—Son desórdenes en las calles, llevábamos unos días tranquilos, pero ya me extrañaba a mí… —comentó con gesto pesaroso—. Pero quédese tranquilo, mientras permanezca aquí estará resguardado. He cerrado las puertas como medida de seguridad para que los alborotadores y los soldados no entren. Cuando se haya calmado todo la vuelvo a abrir. Puede sentarse y seguir comiendo.

—Ya se me han pasado las ganas, tomaré ese baño ahora.

—Como desee.

Llegó a la habitación justo cuando la esposa de Tremón le estaba dejando unas toallas.

—El baño lo tiene listo. Si necesita algo más, nos llama.

—¡Gracias, señora!

Se dio el baño y se preparó para más tarde ir a visitar a Alisin. Luego el hijo de Tremón llegó para recoger la habitación. El extranjero volvió a la taberna y vio que la puerta ya estaba abierta. Salió para examinar la calle y le pareció que todo estaba tranquilo. Tremón se le aproximó y le dio un consejo:

—Será mejor que todavía no salga, puede que aún haya algunas revueltas en las calles más cercanas al mercado.

—Saldré un poco más tarde, ¿se sabe lo que ha pasado?

—No, no sabemos nada, pero ya nos enteraremos.

Volvió de nuevo a su habitación cuando salía de ella el hijo de Tremón con su madre.

—Ya tiene la habitación recogida, señor —dijo la mujer.

—Muchas gracias, señora.

Entró y se recostó un rato para descansar antes de salir, pero sin darse cuenta se quedó dormido.

Más tarde se despertó y se levantó sobresaltado, pues no sabía cuánto tiempo había estado durmiendo. Miró por la ventana y pensó que todavía no era muy tarde. Seguidamente abrió la jaula que había comprado, puso agua y comida e introdujo tres palomas, él se quedó con una.

Luego salió para visitar a Alisin. Comprobó que en las calles había tranquilidad, más de lo acostumbrado. Cuando llegó frente al palacio observó que en el lugar había más soldados de lo habitual. Pasó junto a ellos sin ningún problema. Los soldados que estaban en la puerta le reconocieron, eran los mismos del día anterior.

—¡Sénter!, ¿desea visitar a la princesa?

—Sí —afirmó sin hacer más comentarios.

—Pase que ahora le anunciamos.

Hicieron sonar la campana como el día anterior e inmediatamente llegó el mismo anciano.

—Su alteza está en el patio recibiendo su clase. Me pidió que cuando usted se presentara le llevara hasta allí.

—Gracias —respondió y se encaminaron en esa dirección.

Cuando estaba cerca, pudo escuchar el característico sonido de las espadas.

—No se moleste, puedo llegar solo —informó al sirviente.

Vio que Alisin entrenaba con el consejero. Se quedó a cierta distancia para no interrumpir y comprobó que el consejero era bastante bueno manejando la espada; pero luchaba con brusquedad y con actitud desafiante. Por esta razón, tuvo la sensación que la princesa no disfrutaba con la clase.

Dejó pasar un tiempo prudencial y luego pensó que era el momento de presentarse. Colocó la jaula en el suelo y se aproximó.

Alisin al verlo le sonrió.

—Creo que la clase ha terminado por hoy —manifestó el consejero.

—¡Buenas tardes, Sénter! —saludó la princesa.

—¡Buenas tardes, alteza!

—Acérquese para que le presente a Fusen.

—Creo que ya nos conocemos —afirmó el consejero—. ¿Es usted uno de los arqueros finalistas?

—Sí, señor —respondió—, veo que tiene buena memoria.

—¿Ha pensado en la propuesta que le hicimos de unirse a nuestro ejército? —preguntó a continuación.

—Sí, pero por ahora eso no está en mis planes. Además, no me gusta la violencia y no sirvo para luchar.

—Si lo pensara mejor y algún día se decidiera, tal como le dijimos el día del torneo, nosotros le entrenaríamos y aprendería a luchar.

—Lo tendré en cuenta.

—¿Y cómo se maneja con la espada? —preguntó el consejero.

—¿Con la espada? Pues…

—No lo hace mal —admitió Alisin.

—Coja una espada, me gustaría verle combatir.

El extranjero fue y se sirvió la misma espada que había utilizado la tarde anterior.

Luego el consejero se puso en guardia.

—¿Quiere que combata contra usted? —preguntó el extranjero.

Fusen afirmó con la cabeza.

—Eso no me parece justo.

—¿Por qué? —quiso saber Fusen.

—Hace un momento he comprobado que es un experto con ella, mientras que yo apenas me defiendo —confesó el extranjero.

Ante estos comentarios, Fusen orgulloso miró a Alisin sonriendo.

—Está bien —dijo finalmente—, luche con la princesa.

Fusen se alejó para dejarles espacio.

—¡Alteza! —saludó a la princesa antes de comenzar el combate.

Alisin sonrió y se puso en guardia. En esa ocasión el primer movimiento lo hizo el extranjero. Como ya conocía la forma de luchar de la princesa, a veces se anticipaba a sus movimientos. Se lo puso un poco difícil al principio, pero quería acabar el combate viéndola feliz, así que cometió varios errores intencionadamente y ella los aprovechó. Fusen observaba atentamente y sonreía cuando veía en apuros al extranjero. El combate terminó cuando Alisin le puso la espada en el cuello.

—¡Me rindo! —exclamó el extranjero— ¡Hay mujeres peligrosas! —comentó mirando a Fusen y los tres sonrieron.

—Me lo he pasado bien. Es usted bueno con el arco, pero con la espada… —comentó Fusen haciendo un ligero movimiento con la cabeza.

—Es muy difícil encontrar a alguien que sea bueno en todo —manifestó el extranjero.

—Eso es cierto, pero creo que con un buen instructor y algo de entrenamiento mejoraría bastante.

—Sénter, debe pensarse la propuesta del consejero —añadió Alisin.

—¿Piensa quedarse muchos días en la ciudad? —preguntó Fusen.

—No, solo vine por unos días, posiblemente me marche mañana por la mañana.

—Pues le deseo que tenga un buen viaje.

—Gracias, señor.

Luego se retiró, quedando Alisin y el extranjero solos.

—¿Te vas mañana? —preguntó ella.

—Puede ser…, sabes que solo vine por unos días, princesa.

—Sí, pero apenas nos hemos visto.

Pusieron las espadas en su sitio y continuaron un momento más conversando.

—¿Hablabas en serio cuando hace un momento proponías que me pensara la propuesta del consejero?

—Tendrías la oportunidad de quedarte en la ciudad y estaríamos más cerca —propuso Alisin.

—Lo siento, princesa, pero eso no es posible.

—¿Por qué? —preguntó Alisin.

—¿Qué ocurrió hoy en la ciudad? —preguntó él para cambiar de tema.

—¿No te enteraste?

—No, estaba en la Posada del Águila cuando se oyeron gritos en la calle. Tremón cerró las puertas del mesón y dijo que no saliéramos. Más tarde, cuando todo terminó, las abrió nuevamente.

Alisin miró a su alrededor para cerciorarse de que nadie escuchaba. En el patio se encontraban unos cuantos soldados, pero se hallaban distantes y no podían escuchar la conversación.

—Últimamente hay descontento en la población. Los impuestos han subido demasiado y las leyes se han endurecido —dijo bajando la voz—. La culpa de todo la tiene Fusen, es el consejero de mi hermano, el rey.

—Pero, ¿no es tu hermano quién toma las decisiones?

—Todo esto se remonta al pasado, cuando éramos niños. Como sabes, Fusen era nuestro instructor. Mi hermano era un niño y se pasaba casi todo el día con él porque mi padre estaba muy ocupado y tenía poco tiempo para mi hermano. Fusen se convirtió en el líder de mi hermano. Lo ha divinizado, lo ve como a un dios. Fusen ganaba todos los torneos, era el mejor luchador y no encontró rival. Ahora con los años conoce sus limitaciones y ya no participa en ningún torneo. Por otro lado, mi hermano se deja convencer muy rápidamente por él. Confía ciegamente en sus sugerencias. Además posee un gran poder de persuasión. Quien manda en Tritania no es Trano, es su consejero Fusen. Ni siquiera mi madre o yo podemos llevarle la contraria sobre algo que le haya propuesto su consejero. Fusen es un hombre insoportable y ambicioso sin límites; cuando desea algo ardientemente, va a por ello cueste lo que cueste. Asimismo es despiadado, cruel y duro. Es un hombre peligroso, procura no tenerlo de enemigo.

—Princesa, ¿no estarás siendo un poco exagerada?

—Créeme, si lo conocieras mejor pensarías que no exagero. Ahora te contaré su última hazaña: hace unas semanas, había un hombre en el mercado comprando en compañía de su hijo de corta edad. Estaban cargando la mula para marcharse y, en esto, la mula se enfureció y empezó a dar coces en el momento en que Fusen pasaba con su caballo. Este se asustó y tiró al suelo al consejero. En consecuencia, mandó encarcelar al hombre y matar a la mula. El niño quedó solo en las calles pasando hambre. Hoy lo sorprendieron robando alimentos en el mercado y Fusen anunció a mediodía en la plaza que mañana por la tarde le cortarían públicamente la mano izquierda.

—Creo que ya empiezo a conocerlo y compruebo que no exagerabas —comentó con gesto contrariado.

—Mi madre y yo hemos hablado con mi hermano, pero no hemos podido hacer que suspenda el castigo. No quiere oponerse a los deseos de Fusen.

—Siento enormemente todo esto, es increíble, ¡no tiene conciencia! ¿Y tu padre, se dejaba influir?

—No, mi padre tenía más carácter y no se dejaba influenciar con tanta facilidad, solo hacía lo que consideraba justo. No solía ceder a las sugerencias de Fusen si no le parecían apropiadas.

—¿Y cómo murió?

—¿Quién, mi padre? —preguntó la princesa.

El extranjero afirmó con la cabeza.

—Tuvo un accidente fatal estando de caza. Su caballo se asustó y lo tiró al suelo, con tal mala suerte que se golpeó la cabeza contra una piedra.

—¿Tú fuiste testigo?

—No, Fusen estaba con él… —Alisin se quedó pensativa—. ¿No estarás pensando lo mismo que yo?

El extranjero volvió a asentir con la cabeza.

—Esa posibilidad nunca se me ocurrió. Siento lástima de mi pobre padre, nunca desconfió de él. Creo que es más peligroso de lo que pensaba. ¡Es un hombre siniestro! —afirmó Alisin consternada—. ¿Tú qué piensas?

—Viendo su forma de actuar creo que su próximo objetivo serás tú. Te pedirá matrimonio y si…

—Ya me lo pidió —confesó rápidamente Alisin algo inquieta.

—¿Cuándo?

—Pues… hace aproximadamente dos meses.

—¿Qué le contestaste? ¿Le dijiste que aceptabas? —preguntó sonriendo pícaramente.

—Solo le dije que no lo aceptaba porque no estaba enamorada de él. Dime, ¿qué crees qué hará ahora? —preguntó preocupada.

—No tengo respuesta para todo, para eso debemos pensar como piensa él. Si hubieras aceptado, que no es el caso, su siguiente víctima sería tu hermano.

—¡Quiere ser el rey de Tritania! —admitió Alisin.

—Eso creo. Y si tú no fueras una buena esposa…, la siguiente víctima, princesa, serías tú; pero, al rechazarlo, todos sus planes se han venido abajo. Debe de estar inmensamente furioso y frustrado, estará haciendo un enorme esfuerzo para que nadie lo perciba. Pienso que su frustración interna la va a exteriorizar en forma de violencia y la utilizará en contra de los más débiles, el pueblo.

—Ahora todo va teniendo sentido —confesó Alisin.

—Afirmas que Fusen influye mucho en tu hermano.

—Sí.

—Si no estoy equivocado, utilizará muy pronto todo su poder de persuasión para convencer a tu hermano de que te obligue a ser su esposa.

—¡Eso nunca! —exclamó de inmediato Alisin.

—Si sospechara que estás enamorada de otro, lo eliminaría, y así él lo tendría más fácil.

—El verte hoy aquí seguro que le hará pensar —manifestó la princesa—. Será mejor que entremos y que continuemos esta conversación en otro lugar. Seguramente nos estará vigilando desde algún rincón.

El extranjero recogió la jaula del suelo y subieron las escaleras de entrada al palacio. Pasaron por un pasillo engalanado con unos bellos tapices. En cada trecho se hallaban unas pequeñas mesas decoradas con finos labrados y, sobre cada una de ellas, un candelabro muy elegante.

Iba uno al lado del otro y de vez en cuando se miraban sonriendo. Se cruzaron con varios sirvientes en dos ocasiones.

—Vamos a una salita que usamos con mucha frecuencia mi madre y yo, allí podremos hablar con más tranquilidad.

Al entrar, vieron a la reina Selma que estaba colocando un jarrón con flores en una de las mesas.

—Alteza —saludó el extranjero al mismo tiempo que se inclinaba.

—¡Buenas tardes, joven! Mucho gusto en verle de nuevo. Estoy alegrando el lugar con estas flores que yo misma he recogido del jardín.

—¡Gracias, madre!

—Siento tenerme que ausentar, pero debo resolver un problema en la cocina. Puede que más tarde me pase de nuevo por aquí.

La reina salió y el extranjero miró a Alisin sonriendo.

—¿Le has dicho algo? —preguntó.

—Mi madre es muy comprensiva, es mi aliada.

—Cuánto he deseado tenerte junto a mí —susurró él estrechándola entre sus brazos—, mi vida no es la misma desde que te conozco.

—Ya no puedo vivir sin ti —murmuró ella—, ¡cuando estás cerca me siento tan llena de energía y con tanta vitalidad…! Mi ser se inunda de una inmensa felicidad… No soporto tenerte lejos.

Luego se fundieron en un intenso beso.

—¿Qué podemos hacer, mi amor? —preguntó ella.

—Ahora, princesa, tienes que escucharme con atención. Como te dije ayer, tengo algo muy importante que confesarte. Me importas mucho y no quiero mentirte, tampoco quiero que te enteres por otros.

—¡Me estas asustando! ¿Qué tengo que saber…?

Aún la sujetaba entre sus brazos cuando la miró fijamente a los ojos y se mantuvo en silencio unos instantes.

—Soy extranjero, procedo de tierras muy lejanas donde se habla otra lengua y hay costumbres muy diferentes de las que tú conoces.

Alisin, mientras escuchaba, abría sus ojos azules, sorprendida.

—La profecía…, no tenemos futuro —dijo en un murmullo, luego se sentó con lágrimas en los ojos.

El extranjero, muy preocupado, se sentó a su lado.

—Es la segunda vez que oigo hablar de esa profecía. ¿Qué profecía es esa, mi amor? Yo te sigo amando igual, ¿importa tanto que sea extranjero?

¿Acaso has dejado de amarme?

—No, no pienses eso —aclaró entristecida.

—Si me sigues amando, quiero pedirte que seas mi esposa —dijo cogiendo una de sus manos y rodeándola con las suyas.

—Sería un gran honor para mí convertirme en tu esposa, y lo deseo con todo mi corazón, pero estoy convencida que nunca permitirán que nos casemos. Por otro lado, si se enteran de que eres extranjero te matarían sin piedad, y si eso sucediera, yo querría morir también.

—¡Shhh…! —Le indicó que callara—. No hables de muerte, nadie va a morir.

—¿Y si te mataran?

—Entonces me levantaría de mi tumba estuviera donde estuviera y regresaría junto a ti.

Alisin, ante este comentario, sonrió.

—¿Sabes que estás loco?

—Sí, ya lo sé, loco de amor por ti. —Luego rieron juntos, olvidando por un momento el problema.

—Esa profecía menciona a un extranjero…, pero, pensándolo mejor, no creo que se trate de ti. La profecía menciona algo que no tiene mucho sentido…

—¿Qué dice la profecía? —preguntó el extranjero.

—Olvídala, tal vez algún día te la cuente —respondió ella.

—Tengo otra cosa más que confesarte.

—¡Otra! ¿Hay más?

—Mi nombre no es Sénter. Ese nombre lo utilicé cuando viajé por primera vez a Tritania.

—¿Y cuál es tu verdadero nombre? —quiso saber Alisin.

El extranjero omitió la pregunta.

—En Zalai, ciudad que me acogió y en la que vivo, conocí a un anciano llamado Sénter. A este hombre cuando era joven, el ejército de Tritania le secuestró a su único hijo de catorce años. Le prometí entrar en Tritania para buscar a su hijo y devolvérselo. Ahora es muy mayor y quiero darle esa alegría antes de que muera.

—Esa es una bella acción —comentó Alisin—. ¿Has podido encontrarlo?

—Sí, se llama Tirás y trabaja aquí, en este palacio.

—Lo conozco, pero ignoraba esta historia tan triste.

—Lo encontré la noche que se celebró la cena que hubo después del torneo de tiro.

—Sí, la recuerdo.

—Esa noche Tirás se negó a irse conmigo a Marem, prefería que su lugar lo ocupara su hijo Sénter, el nieto del anciano.

—¿Ese esclavo huyó contigo?

El extranjero afirmó.

—Los soldados estuvieron buscándolo varias semanas, incluso registraron casa por casa —comentó Alisin.

—Esta vez no pienso irme sin llevarme a Tirás y al resto de su familia.

—Son tres personas, te será muy difícil ocultarlos y escapar de la ciudad. Además, la pena por ayudar a un esclavo a evadirse es la muerte.

—No te preocupes, no es la primera vez que lo hago. Todo saldrá bien, princesa. Necesito tu ayuda, tengo que hablar con ellos. Quiero sacarlos esta misma noche de la ciudad.

—¿Esta noche? Eso es muy pronto.

—Mañana probablemente hayan problemas en Becer, debo sacarlos antes.

—Está bien, si eso es lo que quieres luego hago venir a Selina, la esposa de Tirás, y te pones de acuerdo con ella.

Seguidamente Alisin permaneció pensativa.

—¿Qué piensas? —preguntó él.

—¿Y nosotros?

—Cuando regrese a Zalai tengo pensado pedir el consentimiento a las autoridades y llevarte a vivir conmigo a Marem, allí nos casaremos.

—Jamás aceptarán, saben que pones el país en peligro. El consejero Fusen y mi hermano mandarán tropas a buscarme.

—¿Y si las autoridades de Marem permiten que vayas?

—Si me dejan entrar, mi hermano atacará igual; llevarás la tragedia al país y te odiarán por ello. Aquí tampoco puedes vivir, Fusen no tardará en averiguar que eres extranjero. Aprovechará entonces para acusarte. Créeme, mi amor, cuando te digo que no tenemos futuro.

—Iremos a otras tierras lejanas —propuso el extranjero—. He viajado desde lejos y no me importa seguir haciéndolo.

—Cuando se enteren de quiénes somos, no nos dejarán entrar en ningún sitio ni pasar por sus tierras. Trano tiene muchos aliados.

—¿Entonces piensas rendirte? ¿No quieres luchar por nosotros? —preguntó abrumado.

—¡Nunca me rendiré! Prefiero vivir en prisión contigo que en el palacio sin ti —confesó Alisin.

—Ya pensaré en algo, yo tampoco estoy dispuesto a renunciar a ti, soy un luchador y no está en mis planes rendirme. Había olvidado algo… —dijo levantándose y cogiendo la jaula que había dejado en el suelo junto al sillón—, ¡mira!, son tres palomas mensajeras. Las he traído desde Zalai para ti. Esa bolsita que ves dentro de la jaula es comida para las palomas.

—¿Para mí? —preguntó sonriendo.

—Sí, con ellas podrás enviarme algunos mensajes. Cuando no lo soportes más y necesites mi ayuda, envíame un mensaje con ellas. Yo vendré lo más rápido que pueda.

—Aquí corres peligro, no quiero que expongas tu vida si no es realmente necesario. Cuando las cosas se calmen en Becer y sea el momento propicio, te mandaré el mensaje. Prométeme que no vendrás hasta que te mande un mensaje con ellas.

—No me pidas tal cosa, princesa.

—Prométemelo por favor…, por favor —suplicó Alisin.

El extranjero miraba hacia un lado y otro sin saber qué contestar.

—Intentaré conseguir el apoyo de las autoridades para que podamos vivir en Marem.

—Aunque lo consigas, mientras no te envíe un mensaje pidiéndote que vengas a buscarme, no lo hagas. Por favor, necesito oírte que me lo prometes.

—Está bien, no puedo negarte nada, te quiero demasiado… Te lo prometo, no vendré mientras no me lo pidas. Pero procura no hacerme esperar mucho, puede que me sienta tan desesperado que tenga que incumplir mi palabra —dijo sonriendo.

—No puedo entregarte ninguna paloma mensajera porque Fusen las controla y se enteraría de nuestros planes —comentó Alisin apenada.

—¿Cómo puedo informarte si tengo la autorización para llevarte a Marem?

—Si no puedes, no importa, solo debes esperar por mi mensaje. Quizá los acontecimientos cambien a nuestro favor y podamos reunirnos antes de lo que pensamos… Si pudiera convencer a mi hermano, las cosas cambiarían. ¿Tienes algún otro secreto que contarme? —preguntó Alisin.

—No, creo que no, puede que haya olvidado algún detalle insignificante, pero ahora no lo recuerdo —dijo sonriendo.

La princesa lo miró no muy convencida de su respuesta.

—Siento decirte que no deberías quedarte mucho más tiempo, Fusen sospecharía. Voy a traerte a Selina.

La princesa cogió la campana que estaba sobre la mesa y se dirigió a la puerta, la abrió y la hizo sonar. Luego volvió a entrar dejando la puerta entreabierta y se sentó enfrente del extranjero.

Al instante apareció el mismo señor mayor que lo había recibido cuando llegó.

—¡Alteza!, ¿me ha llamado?

—Sí. ¿Puedes decirle a Selina que traiga algo de la cocina para nuestro invitado?

—Enseguida, alteza —dicho esto, el anciano salió dejando la puerta abierta.

—Selina se va a llevar una sorpresa —comentó Alisin.

—Esta tarde tenemos que despedirnos, no creo que podamos volver a vernos hasta dentro de un tiempo —confesó el extranjero.

—¡Qué rápido pasa el tiempo cuando estamos juntos! ¿Tú también tienes esa sensación?

—Sí, también lo he notado. Te echaré tanto de menos…, la vida no es igual sin ti. Eres un gran apoyo en mi vida. Cuando llevo tiempo sin verte, desaparece mi sosiego interior. —Luego hizo una pausa—. Quisiera que me hablases de la profecía porque ya siento mucha curiosidad —añadió bajando la voz.

—Vamos a olvidarnos por ahora de la profecía —dijo mirándole a los ojos—. La próxima vez que vengas a Becer te la cuento.

—¿Seguro? —preguntó sin mucha convicción.

—Te lo prometo, así desaparecerá tu curiosidad y no volveremos a hablar de ella.

—Estoy pensando que creo que voy a regresar mañana por la tarde a Becer —añadió riendo con picardía.

—Y yo estoy descubriendo que te gustan las bromas —dijo Alisin.

—A veces hablo en serio y piensan que bromeo —confesó el extranjero.

En ese instante tocaron a la puerta.

—Alteza, ¿puedo pasar? —preguntó Selina, la esposa de Tirás, que traía consigo una bandeja.

—Sí, Selina, pasa y cierra la puerta.

Selina cerró la puerta y colocó la bandeja en la mesita que estaba entre los dos sillones. Luego miró extrañada al extranjero, pero no hizo ningún comentario.

—Selina, puedes hablar con tranquilidad, guardaré tu secreto. Sénter va a sacarte a ti y al resto de tu familia esta noche de Becer. Deben prepararse para hacer el viaje.

Selina se quedó por unos instantes paralizada, parecía algo asustada.

—¡Señor! —dijo dirigiéndose por fin al extranjero—. ¿Y mi hijo, cómo está?

—Llegamos a Marem sin ningún problema. Está feliz junto a su abuelo y muy ilusionado esperando que llegue el día en que todos puedan reunirse. Estuvo ampliando la vivienda con dos habitaciones más para hacerla más cómoda.

Selina no pudo evitar emocionarse y las lágrimas rodaron por su cara.

—Todo esto me cogió de improviso, no sé qué decir.

—Vaya tranquila, coméntelo con Tirás y traiga rápido una respuesta. He hecho un largo viaje y espero que ahora no se echen atrás.

Selina salió rápidamente de la habitación con un semblante más entusiasmado.

—Estás regalando felicidad a mucha gente —comentó Alisin.

—Se suele recibir lo que se da —añadió el extranjero—. El hacerles felices a ellos, hace que yo también reciba felicidad, pero no lo hago por ese motivo.

—¿Por qué lo haces? —preguntó Alisin.

—No lo sé. Me gusta ayudar, lo necesito; en cierto modo logro sentirme en paz y consigo ante todo darle más sentido a mi vida.

—Hace un rato te pregunté cuál es tu nombre, pero todavía no me has contestado. Preciso conocer tu nombre para poder dirigirme a ti.

El extranjero se quedó pensativo, no podía volver a esquivar la pregunta.

—No tengo nombre —dijo finalmente.

—¿No tienes nombre? ¿Tu madre no te lo puso? ¿Cómo te llamaba?

—Esa es una historia muy larga de contar; algún día te lo explico todo, confía en mí.

—¿Y cómo debo llamarte?

—Como te salga del corazón —dijo resuelto.

Alisin no quedó satisfecha con la respuesta y permaneció unos instantes pensativa.

—¿Cómo te llaman en Marem?

—Me llaman «extranjero» —dijo sonriendo.

—¿Extranjero? No me parece un nombre muy apropiado.

Volvieron a tocar en la puerta. Selina ya estaba de regreso y parecía feliz. Al entrar cerró la puerta para evitar que alguien les pudiera escuchar.

—¿Has hablado con Tirás? —preguntó Alisin.

—Ambos estamos de acuerdo, nos vamos. ¿Qué debemos hacer? —preguntó al extranjero.

—No podrán salir al mismo tiempo de palacio sin levantar sospechas. Será mejor que primero salgas tú con la niña y más tarde que salga Tirás. Lleven solo lo puesto, saldremos por la muralla. Yo estaré allí esperándoles.

—¿Fue por allí por dónde salió mi hijo?

El extranjero afirmó.

—Cuando salgas das unas vueltas por la ciudad esperando a que anochezca y luego te diriges a la muralla sur, no muy lejos de la salida del este. Yo estaré esperando y tendré tres caballos preparados fuera.

La princesa escuchaba con atención.

—¿Algo más, señor? —preguntó Selina.

—No, eso es todo. Les espero esta noche en la muralla.

—¡Allí estaremos! —Después miró a la princesa—. Alteza. —Se inclinó y se despidió.

El extranjero se levantó y extendió su mano solicitando a Alisin la suya, ella se la dio y se levantó.

—Princesa, siento que llegue este momento, pero tengo que irme.

El rostro de Alisin se llenó de tristeza.

—No me gustan las despedidas —dijo la princesa en un susurro.

—A mí tampoco.

Se miraron a los ojos por unos instantes sin decir nada.

—Me voy a Marem —explicó con voz muy baja— con el corazón lleno de amor. Te recordaré cada instante… —Hizo una pausa—. Tus ojos y la dulzura de tu rostro me tienen atrapado, princesa.

—Yo me siento igual, estoy atrapada en la intensidad de tu mirada y mi corazón está rebosante de amor. Cuánto me gustaría también poder partir esta misma noche hacia Marem.

—Hay un momento para cada cosa, ya llegará el tiempo en que pueda venir a recogerte. Ten paciencia, Alisin, la paciencia es una virtud. La próxima vez que vuelva será para llevarte conmigo.

—Eso suena muy bien —dijo ella.

—Entonces, cuando lleguen esos días que estés desanimada, piensa en eso.

La princesa lo miraba y no pudo evitar que unas lágrimas brotaran de sus ojos. El extranjero las enjugó.

—Princesa, no me lo pongas aún más difícil. No llores, por favor —le susurraba.

—Lo intento, pero no puedo evitarlo.

Seguidamente sus rostros se fueron aproximando y se dieron un intenso beso de despedida.

A continuación, el extranjero fue hasta la puerta y, antes de cerrarla, le dijo:

—Recuerda, mi corazón te pertenece —al mismo tiempo que decía estas palabras, se daba una palmadita sobre el lado del corazón y con dedo índice señalaba a Alisin.

Ella le dedicó una leve sonrisa.

Después salió de palacio y se marchó a la Posada del Águila, donde recogió los víveres que había comprado en el mercado y los cargó en su caballo. Salió sin ningún problema de la ciudad y fue hacia las montañas en busca de los dos caballos.

Cuando llegó, ya anochecía. Los caballos se encontraban en buenas condiciones. Les quitó las cuerdas donde estaban amarrados, los ensilló y dejó allí las provisiones y las mantas. Enseguida regresó con los tres caballos.

Cuando estaba cerca de la ciudad, dio un rodeo para que no le vieran regresar con dos caballos más. Los dejó atados cerca del exterior de la muralla. Luego se montó en el suyo y volvió a entrar en Becer; los guardias que estaban en la puerta lo reconocieron y le dejaron pasar sin hacerle preguntas.

Ya era de noche, debía darse prisa en dejar el caballo en las cuadras y regresar a la muralla.

—¡Chico! —gritó al llegar.

El joven de las cuadras se presentó rápidamente.

—¿Me llamaba, señor?

—¿Puedes guardar mi caballo?

—Sí, señor.

El extranjero volvió a salir a pie, llevaba una cuerda apoyada en el hombro y anduvo lo más rápido que pudo hasta la muralla.

Al llegar vio que Selina ya estaba esperando con la niña.

—Estoy tan nerviosa, señor, creí que ya no venía.

—Perdona, pero se me hizo un poco tarde. ¿Y Tirás?

—No creo que tarde mucho en llegar —comentó.

Estuvieron aguardándole bastante tiempo hasta que oyeron pasos.

—¡Shhh…! —El extranjero indicó silencio.

—¡Selina!, ¿estás ahí? —preguntó la voz.

—Sí, estamos aquí —respondió Selina.

Luego se acercó y se reunió con ellos.

—Me disponía a salir cuando me reclamaron para hacer un encargo —explicó Tirás—, por eso no he podido venir antes.

—Vamos a subir a la muralla. Primero subiré yo con la niña —dijo el extranjero— y la dejo al otro lado. Luego con esta cuerda ayudamos a subir a Selina.

—Está bien —dijo Tirás.

Subió con la niña, lanzó la cuerda hacia el otro lado, descendió y la dejó en el suelo.

—Siéntate aquí que ahora voy a ayudar a tu madre para que se reúna contigo —dijo a la niña.

Volvió a subir y desde allí, con bastante dificultad, lograron subir a Selina.

—¿Puedes subir sin ayuda por la cuerda? —preguntó a Tirás.

—Sí, con estos nudos que le ha puesto no hay problema.

Por fin estaban los tres sobre la muralla. En ese momento la niña comenzó a llorar.

—No llores que ahora bajo —intentaba calmarla la madre.

—Ahora bajamos entre los dos a Selina.

Le amarraron la cuerda y entre los dos hombres la fueron bajando. Cuando pudo reunirse con la niña, esta dejó de llorar. Después bajó Tirás y, por último, el extranjero.

—¡Pues tampoco fue tan difícil! —comentó Tirás.

Enseguida montaron en los caballos: Tirás y su esposa fueron en uno, el extranjero con la niña en otro. Dieron un rodeo para no pasar frente a la puerta donde estaban los soldados. Se alejaron de la ciudad y se encaminaron hacia las montañas.

—Hemos llegado, este es el lugar —dijo el extranjero—. He tenido que cambiar los planes, tengo que arreglar un asunto en Becer. Mañana por la mañana regreso para ver cómo han pasado la noche y dejaré mi caballo aquí. Luego vuelvo a la ciudad a pie y si todo sale bien, regreso alrededor del mediodía.

—¿Si deja el caballo cómo va a subir hasta aquí, señor?

—Intentaré venir en otro. Si mañana por la noche no he vuelto, tendrán que marcharse sin mí. Procuren viajar por la noche y ocultarse lejos del camino durante el día.

—Pero nosotros solos no podremos desplazarnos tan lejos.

—Sí podrán, pero no se preocupen, intentaré estar de vuelta para el mediodía. Aquí hay mantas y víveres para varios días. Siento mucho haber hecho este cambio, pero si sale bien merecerá la pena. ¡Buenas noche, familia!, y hasta mañana.

—¡Hasta mañana, señor!

Seguidamente salió hacia Becer lo más rápido que pudo. Esto le llevó bastante tiempo. Por fin se encontró nuevamente frente a la muralla, cansado y sudoroso. Trepó por la cuerda, la recogió y la lanzó por fuera de la muralla. El trayecto hasta el mesón se lo tomó con más tranquilidad. Entró en las cuadras, pero el chico ya no estaba y en el mesón quedaban pocos hombres.

—¡Señor Sénter! —le llamó Tremón—. Hoy ha regresado más tarde que de costumbre, ¿ha comido?

—No, Tremón, ve sirviéndome algo que ahora regreso.

Fue a su habitación, puso agua en la palangana y se refrescó cara y cuello. Se secó con la toalla que colgaba del palanganero y volvió a salir.

Al llegar nuevamente al mesón comprobó que tenía la comida servida.

No tardó mucho en terminarla. Luego se le acercó Tremón.

—¿Quiere algo más, señor?

—No, todo está bien. Mañana por la mañana me voy, ten la cuenta preparada y víveres para varios días.

—¿Cómo se va tan pronto?

—Vine por pocos días, ya volveré más adelante.

—¡Pues que duerma bien y hasta mañana!

—¡Hasta mañana! —respondió el extranjero.

Llegó a la cama tan cansado que, nada más acostarse, quedó dormido.

26
El bárbaro extranjero

A la mañana siguiente, se levantó con la primera luz del alba. Recogió las cosas que tenía en la habitación y las llevó a la cuadra. El chico estaba limpiando el lugar.

—¡Buenos días, señor Sénter!

—¡Buenos días, joven! Vete preparándome el caballo y coloca estas cosas en él, vuelvo rápido.

—Sí, señor, ahora me pongo a ello.

Regresó al mesón y Tremón le tenía la mesa servida. También tenía sobre la mesa una bolsa con alimentos para el viaje.

—Mis hijas le prepararon estos alimentos para varios días. Compruebe si es suficiente o quiere que le ponga algo más.

—No es necesario, es suficiente, Tremón.

Se lo terminó todo muy rápido. Luego fue a la cocina y se despidió de la familia. En el mesón pagó su estancia y se despidió.

—¡Qué tenga buen viaje, señor Sénter!

—¡Gracias por todo! Cuando vuelva Nergus, le saluda de mi parte.

—Lo haré, se alegrará. ¡Hasta pronto, señor!

El extranjero recogió la bolsa con el viático y la llevó a las cuadras. Al llegar comprobó que el chico tenía todo preparado.

—La jaula con la paloma se la colgué de ahí —le indicó.

—Así está bien, toma. —Le dio una moneda—. Cuidaste bien de mi caballo.

—¡Muchas gracias, señor!, es usted muy amable.

Después fue al mercado y compró dos mantas. Por allí parecía todo tranquilo y sin ningún contratiempo se marchó hacia la salida. Uno de los guardias que estaban en la puerta lo reconoció.

—¿Arquero, ya se va?

—Sí.

—¿Hacia dónde se dirige?

—Voy a Sarén a comprar unos caballos.

—¡Qué le vaya bien, señor!

—Gracias.

Tomó el camino de Sarén y, cuando perdió de vista la ciudad, retomó la ruta de las montañas para reunirse con Tirás. Tardó más de lo que pensaba, pero encontró el lugar.

—¡Buenos días, señor! —dijo Tirás al verlo llegar.

—¿Cómo están todos?

—Estamos bien, pero preocupados. ¿Nos están buscando?

—Cuando salí todo parecía tranquilo. Creo que todavía no se han dado cuenta. Aquí traigo más alimentos para el viaje y dos mantas más. Procura tener los caballos preparados y todo recogido para el mediodía, puede que tengamos que salir huyendo a toda prisa. Tengo que regresar a pie y subir de nuevo a la muralla. No quiero que piensen que todavía estoy en la ciudad.

—Tenga cuidado, señor, le necesitamos —dijo Selina.

—Lo sé, pero lo que voy a hacer es muy peligroso y arriesgado. Necesito también un poco de suerte. Debo irme porque el camino a pie es largo.

Estuvo buscando entre sus cosas y sacó unos ropajes que le parecieron extraños a Tirás y a su esposa. Tras vestirse con ellos se envolvió la cabeza y se tapó la cara.

—Así nadie le reconocerá —comentó Tirás con una sonrisa.

—De eso se trata —confesó el extranjero—. ¡Hasta el mediodía!

—¡Mucha suerte, señor!

Inmediatamente se alejó del lugar corriendo. Como era una pendiente no tenía que esforzarse demasiado. Anduvo bastante hasta encontrarse no muy lejos de la ciudad. Pensó en acercarse más despacio por precaución. En varias ocasiones tuvo que ocultarse para no ser descubierto por los viajeros que se aproximaban. Luego dio un rodeo para no ser visto por los soldados que custodiaban la puerta este de Becer.

Finalmente llegó junto a la muralla. Buscó la cuerda que había arrojado la noche anterior y pronto la encontró al lado de un matorral. La estuvo lanzando varias veces hasta que logró que se fijara a una de las columnas. Tiró de ella con fuerza para comprobar si era lo bastante segura y trepó sin dificultad. Desde lo alto de la muralla la recogió y la volvió a lanzar fuera, luego dio un salto hasta el interior de la muralla, donde estaba la ciudad.

Ahora debía ser cauteloso y procurar que los soldados no le vieran. Cuando se dirigía a las calles principales, oyó el trotar de muchos caballos. Intentó abrir la puerta de una de las casas para ocultarse y no pudo. Tocó en otra y una mujer mayor le abrió. Entró lo más rápido que pudo y la mujer, viendo su aspecto, se asustó.

—No tema, solo estaré aquí un momento, le pagaré las molestias.

Sacó una moneda de plata de entre sus ropas y se la entregó. La mujer quedó más tranquila.

—¡Muchas gracias! —dijo al comprobar que era de plata—. Puedes quedarte más tiempo si hace falta.

—¿Puede darme un poco de agua?

Ella sin decir nada entró al interior de la casa y le trajo una jarra de agua fresca.

—¡Tenga! —dijo la mujer.

El extranjero se la bebió con ansia.

—Gracias, señora, está muy fresca.

—Está fresca porque tengo un pozo, ¿le traigo otra jarra?

—No, con esa fue suficiente.

Luego abrió un poco la puerta y se aseguró de que ya no se veían soldados fuera.

—Debo marcharme. ¡Qué tenga un buen día!

—Eres un joven muy bien educado y cuando quieras puedes volver.

—Lo tendré en cuenta —dijo y se fue.

Cuando estaba llegando a la plaza, se encontró con varias personas que venían cargadas del mercado. Le miraban con gran curiosidad al verle con aquella indumentaria tan extraña.

Al entrar en la plaza lo hizo de la forma más natural que pudo para no levantar sospechas. Después se acercó a los soldados de la entrada, que al verlo llegar, se pusieron en guardia para no dejarlo pasar.

El extranjero atacó sin esfuerzo a uno de ellos, dejándolo sin sentido en el suelo, y al otro lo desarmó. A continuación le habló al oído en un susurro y exagerando su acento extranjero:

—Llévame al lugar donde tienen al niño y a su padre.

El soldado no quería colaborar, por lo que le arrebató el cuchillo que tenía en la cintura y se lo puso en el cuello.

—¡No me mates! Ahora te llevo, pero no saldrás con vida de aquí.

El soldado quiso cooperar y le condujo hacia las celdas. Recorrieron un pasillo y bajaron unas largas escaleras, llegando a otro pasillo con una puerta al final.

Al llegar tocó en ella.

—¡Haz que abran la puerta! —le ordenó.

—¿Quién? —preguntó la voz desde el interior.

—Soy yo.

—¿Otra vez? ¿Y ahora qué quieres? —dijeron al mismo tiempo que abrían la puerta.

El extranjero aprovechó esta oportunidad y golpeó al soldado que le acompañaba momentos antes de dejar también fuera de combate al que abrió la puerta. Los otros dos soldados que custodiaban el interior, al verle, se levantaron de la mesa y con sus espadas se lanzaron a su vez contra él.

Este tomó la espada del soldado que estaba desmayado y luchó contra los guardias, arrebatándoles las espadas a ambos y golpeándolos hasta dejarlos en el suelo.

—¿Dónde están el niño y su padre? —le susurró al oído de uno de los soldados que estaba en el suelo tendido y malherido, exagerando también su acento extranjero. El soldado señaló con el dedo.

El extranjero le ayudó a incorporarse y le arrebató las llaves que le colgaban del cinturón. Entraron en un pasillo oscuro, iluminado tan solo por una antorcha. Pasaron por delante de varias celdas, hasta que el guardia se paró en una de ellas.

—Están aquí —confirmó antes de que el extranjero también lo dejara inconsciente. Cogió la llave y abrió la celda.

—¿Dónde están el niño y su padre? —preguntó a los presos que observaban asustados.

Un hombre salió junto a un niño de la penumbra de la celda, aproximándose a la puerta.

—¡Salgan! Les voy a liberar —dijo.

—¿Y nosotros? —preguntó otro preso.

—Si me ayudan a meter aquí a los cuatro guardias que están en el suelo, les dejo salir.

—No hay nada que me gustase más hacer —dijo un preso.

—¡Yo también te ayudo! Quiero verlos encerrados —dijo otro.

—Está bien, vayan y tráiganlos; metan primero a este y luego acerquen a los otros tres.

Los dos hombres obedecieron de inmediato. Fueron transportándolos uno por uno hasta que los cuatro quedaron encerrados.

Después los presos de las otras celdas pidieron que les abrieran las suyas y les dejaran libres.

El extranjero llevó al hombre y a su hijo a una zona más iluminada.

—No se muevan de aquí, ahora vuelvo para ayudarlos a salir.

Seguidamente fue pasando por todas las celdas y abriéndolas.

—Salgan despacio y sin hacer ruido —les advertía con un acento extranjero muy exagerado.

Los presos salían dando gritos de júbilo, desoyendo las indicaciones que habían recibido.

Una vez que hubieron salido todos, se reunió con el niño y su padre.

—¡Vamos, no perdamos tiempo! —dijo cogiendo al niño en brazos.

Al llegar al pasillo exterior se encontró con un grupo numeroso de soldados que intentaban atrapar a los presos evadidos. Reconoció al consejero Fusen utilizando su espada contra ellos.

El extranjero puso al niño en el suelo junto a su padre.

—Esperen un momento, no se alejen de mí.

Se acercó a un soldado, le dio unos golpes y le arrebató la espada. A continuación se aproximó al consejero y luchó hasta hacerle huir por el pasillo que conducía hacia el interior del palacio. Soltó la espada con la intención de perseguirle.

—¡Síganme! —le dijo al padre del niño.

Ellos le acompañaron temerosos por el pasillo sin perderle de vista.

El consejero había desaparecido al cruzar por uno de los ángulos del pasillo y no sabía hacia dónde se había dirigido. Fue abriendo todas las puertas por donde iba pasando, hasta que oyó voces que procedían de una de ellas.

—¡Shhh…! —le indicó al niño y a su padre—, esperen aquí fuera, voy a entrar ahí para solucionar algo, ahora vuelvo —les informó en voz baja.

Abrió la puerta despacio y encontró al consejero frente a ella con la espada preparada para utilizarla. Cerró la puerta y echó un vistazo al salón. Vio en el fondo al rey Trano empuñando también otra espada. Alisin se encontraba junto a su hermano, algo asustada.

Fusen se lanzó con toda su furia hacia el extranjero, pero este esquivaba todos los golpes sin hacer mucho esfuerzo. Luego el rey Trano se decidió a intervenir, entre los dos intentaban acorralarle.

El extranjero llegó hasta la chimenea, apoderándose del atizador. Seguidamente lo utilizó para detener algunas de las embestidas de las espadas. En un descuido de Trano, pudo arrebatarle la espada, dejándolo desarmado. En ese momento Fusen se mantuvo apartado, simplemente observaba, manteniéndose expectante.

El extranjero recogió del suelo la espada del rey y la dirigió a su pecho.

—¡Fusen! —gritó Trano pidiendo ayuda.

—¡No, por favor! —suplicó Alisin.

El extranjero miró hacia ella, pero continuó avanzando. Trano seguía retrocediendo para distanciarse de la espada. El extranjero lo condujo hasta un sillón y lo dejó sentado. Se colocó detrás, y con un golpe de su pierna, empujó el sillón contra la mesa que tenía el rey delante, de este modo, Trano quedó inmovilizado entre el sillón y la mesa.

Se acercó al oído del soberano y le susurró unas palabras con un acento muy particular:

—Fusen no va a salir en defensa de su alteza porque espera y desea que hoy muera aquí, así tendría el gobierno del país en sus manos. Nunca le informe de sus sospechas porque su vida estaría en peligro —diciendo esto se apartó y se acercó a Fusen.

Luchó sin problema hasta derribarlo, pero su oponente se volvió a poner en pie continuando con el combate. Mientras huía del extranjero, Fusen se fue acercando a Alisin y la empujó, haciéndola caer al suelo.

—¡Shhh…! —dijo el extranjero a Fusen al mismo tiempo que expresaba su negativa con la cabeza y con el dedo índice, mostrándole que no estaba de acuerdo con la acción que acababa de hacer.

Este hecho hizo enfurecer más al extranjero y, por tanto, lo desarmó rápidamente, y dándole unos golpes con las piernas lo lanzó lejos y lo dejó unos instantes sin sentido.

Seguidamente se acercó a Alisin, que continuaba en el suelo. Ella, al ver como se aproximaba, se fue arrastrando y retrocediendo hasta llegar a la pared. Estaba asustada y no sabía qué hacer. Él se inclinó ofreciéndole su mano para ayudarla a incorporarse, pero Alisin no se decidía. A continuación, ella dirigió su mirada hacia un punto situado detrás del extranjero. Este, reaccionó y logró golpear duramente a Fusen cuando se le aproximaba por detrás con un cuchillo, quien quedó malherido y tendido junto a la mesa.

Después volvió a mirar a Alisin, ofreciéndole nuevamente su mano para ayudarla. Ella miraba hacia la espada y no se atrevía… El extranjero entonces arrojó la espada al suelo, y en aquel momento ella le extendió su mano tímidamente. Él se la sujetó firmemente y tiró de ella para ayudarla a levantarse, a la vez que la atraía hacia él. Alisin se soltó la mano de un tirón y retrocedió unos pasos para no estar tan cerca del bárbaro.

Posteriormente el extranjero recogió la espada del suelo y se aproximó al rey, que aún seguía sentado y algo confuso. Se la ofreció por la empuñadura y este la recogió. Se inclinó respetuosamente ante el rey y miró a Alisin, que seguía en el mismo lugar observándole extrañada. Se acercó nuevamente a la princesa y se inclinó para saludarla. Se dio dos palmaditas en el lado del corazón con la mano derecha y con el dedo índice la señaló.

A ella en ese instante se le iluminaron los ojos y sonrió. Con ese gesto lo había reconocido, entonces repitió la misma seña que él acababa de hacer. El rey Trano no vio nada porque el extranjero le daba la espalda.

Sin perder más el tiempo, salió apresuradamente y no quiso mirar atrás. Por fuera, en el pasillo aún esperaban el padre y el niño.

—¡Vamos, tenemos que darnos prisa!

Alisin ayudó a su hermano a salir del sillón y los dos corrieron hacia la ventana para ver qué estaba sucediendo fuera, en la plaza.

El extranjero encontró el pasillo despejado de guardias, tan solo se encontraron con algunos presos heridos en el suelo. La batalla se había trasladado a la plaza. El extranjero luchó hábilmente con los soldados. A los que estaban a caballo los derribó y los dejó en el suelo sin sentido, y muchos de los que aún estaban en pie salieron huyendo. Las gentes del mercado observaban sorprendidas sin saber lo que estaba pasando.

El extranjero cogió dos caballos de los soldados; uno lo montaría el padre con su hijo, y el otro sería para él.

Cuando se alejaban de la plaza, la muchedumbre les aplaudió y emocionada gritaba:

—¡El bárbaro extranjero ha llegado! ¡El bárbaro extranjero ha llegado!…
—Y así sin parar.

Atravesaron la ciudad y fueron hacia la salida. Al llegar se bajó del caballo para combatir con los soldados que la custodiaban. Se les acercó y casi sin ellos darse cuenta, quedaron sin sentido.

Luego fueron a galope hacia las montañas. El extranjero de vez en cuando miraba hacia atrás para comprobar si lo seguían, pero por el momento parecía que no. Como había creado tanta confusión en la ciudad, estarían demasiado ocupados como para perseguirlos.

Cuando llegaron, Tirás y su familia los esperaban subidos a los caballos.

Desmontó del caballo que había cogido en la plaza de Becer y le dio una palmadita por detrás. El caballo asustado corrió huyendo en dirección a la ciudad. Tras esto el extranjero subió al suyo.

—¡Nos vamos! —gritó.

Todos se pusieron en camino, el extranjero abría la marcha.

Estuvieron cabalgando sin hacer ninguna parada durante bastante tiempo. Cuando pensó que ya se habían alejado lo suficiente, paró.

—¿Están cansados? —preguntó.

—Un poco —dijo Selina, la esposa de Tirás—. Como no estoy acostumbrada a montar en caballo, me parece muy duro.

—Está bien, descansaremos un rato. He parado aquí porque hay agua en ese riachuelo. ¡Acerquen los caballos para que beban!

Todos se bajaron y dieron de beber a los cuatro caballos. Después ellos también bebieron y se sentaron un rato sobre la hierba.

—¿Tú eres el niño que vive cerca de la frontera con Marem?

—Sí —contestó su padre—, ¿cómo lo sabe?

El extranjero continuaba con la cara tapada.

—¿Recuerda el día que pasó cerca de su casa un viajero con un lobo y le ofreció unos alimentos para continuar el viaje?

—Sí, todavía me acuerdo —afirmó el hombre.

El extranjero entonces se descubrió la cara.

—¿Es el mismo hombre? ¡Qué casualidad! —exclamó sorprendido— ¿Y por qué arriesgó su vida para liberarnos?

—No sabría qué contestarle.

—Estamos muy agradecidos por lo que ha hecho. Aún estoy algo confuso, pero le debo mucho, nos ha salvado a los dos. No creí que pudiéramos salir con vida de allí, pero es usted un buen luchador, nunca vi a nadie luchar así. Les dio una buena lección.

—Nosotros no sabíamos lo que iba a solucionar en la ciudad, pero ahora creemos que hizo bien al ayudar a este hombre y a su hijo, y pensamos que la espera mereció la pena —confesó Tirás.

—¡Mira, hijo! —dijo el padre al niño—, este hombre salvó tu mano.

El niño sonrió.

—¿Dónde tienes a Lobo? —preguntó el niño.

—Lo dejé en casa, si lo hubiera traído hubiéramos tenido que viajar más despacio.

—¿Por qué? ¿Se cansa? —siguió preguntando.

—Eso es, para Lobo es difícil viajar en el caballo, y muchas veces tiene que correr y no puede seguir el mismo paso que lleva el otro animal. Todavía no podemos decir que estemos a salvo —comentó mirando para los demás—, queda mucho camino que recorrer, así que será mejor que continuemos.

Volvieron a subir a los caballos y estuvieron cabalgando toda la tarde, hasta que se hizo de noche y no se veía bien.

—Pasaremos aquí la noche. No hagan fuego porque se vería desde lejos. Coman algo antes de dormir y utilicen las mantas que están en los caballos.

Comieron rápido y se echaron a dormir agotados.

—¡Señor! —dijo Tirás—, ¿no piensa dormir?

—Sí, luego, primero estaré un rato vigilando. Si no se acerca nadie ahora no creo que lo hagan más tarde.

—¿Quiere que yo vigile también?

—No es necesario, vaya a dormir.

—Entonces buenas noches, señor.

—Buenas noches —respondió el extranjero.

Estuvo parte de la noche vigilando los alrededores hasta que decidió dormir un poco.

La primera luz de la mañana los despertó a casi todos. Los niños continuaban durmiendo.

Antes de emprender nuevamente la marcha, los despertaron para que comieran.

—Cuando nos estemos aproximando a Sarén nos detendremos. Daremos un rodeo para alejarnos de las zonas habitadas; viajaremos de noche y descansaremos por el día. Al hacerlo de esta manera el viaje será más lento pero más seguro.

Así lo hicieron y no tuvieron casi ningún problema el resto del viaje, salvo en una ocasión en la que pasaron el día en un pequeño bosque esperando hasta que llegara la noche. Ese día oyeron el trotar de caballos que se aproximaban.

—¡Vienen caballos! —dijo el extranjero en voz baja a Tirás— Tenemos que ocultarnos, ¡rápido!

Hicieron señas a los otros, que estaban más alejados. Todos corrieron, cogieron a los niños y se ocultaron agazapados detrás de una zona de arbustos.

El miedo se reflejaba en la cara y en la mirada de casi todos. Pasó cerca de ellos un destacamento militar bastante numeroso. Casi no respiraban para no hacer ruido.

La niña de Tirás percibía el miedo en el ambiente, y rompió a llorar cuando estaban terminando de pasar. Todos se alarmaron y miraron hacia la madre, que tenía la niña a su lado. Selina reaccionó de inmediato sujetándola y tapándole la boca con la mano.

Los últimos hombres del destacamento oyeron algo porque se detuvieron. Se miraron y estuvieron hablando entre sí. Después comenzaron a examinar los alrededores.

—Van a encontrar los caballos —susurró el padre del niño a Tirás.

Todos miraron al extranjero buscando una solución. El extranjero cogió del suelo una piedra pequeña, se incorporó y la lanzó lejos de los caballos, luego se volvió a ocultar.

Ante el ruido que produjo la piedra, los tres soldados se alejaron de esa zona y se acercaron al otro lugar para averiguar de qué se trataba.

Cuando se estaban acercando a la zona donde había caído la piedra, por fortuna salieron de allí dos ardillas peleándose y gritando. Ambas se perdieron rápidamente de vista entre las ramas de los árboles.

Los soldados se miraron y comenzaron a reír, comentaron algo y continuaron su camino.

Todos permanecieron unos instantes más sin moverse del lugar.

—¡Qué miedo he pasado! —exclamó por fin Selina—. Esas ardillas nos salvaron.

—Estuvieron muy cerca —admitió Tirás—, ¿estarán buscándonos? —preguntó mirando al extranjero.

—Posiblemente —respondió—. Debemos estar más atentos, esto puede volver a pasar.

El extranjero, siempre que tenía oportunidad, cazaba y se alimentaban todos con comida fresca.

Por fin llegaron cerca de la frontera con Marem.

—El viaje ha terminado para ustedes —informó el extranjero al padre del niño—. ¿Los soldados de Becer saben qué ustedes viven aquí?

—No, nunca me lo preguntaron.

—Entonces no creo que tengas problemas, no vendrán tan lejos a buscarlos.

—Mi familia y yo le estamos enormemente agradecidos por lo que ha hecho por nosotros. Si lo desean pueden venir a mi casa, allí podrán descansar.

El extranjero miró para Tirás.

—Ustedes deciden…

—Yo quiero continuar para alejarme lo antes posible de Tritania y no volver jamás.

—Gracias por su ofrecimiento, pero ya ha oído —declaró el extranjero.

—¿Qué hago con este caballo? —preguntó el hombre.

—¿Mataron a su mula? —preguntó el extranjero.

El hombre afirmó con la cabeza.

—Pues ahora ese caballo es suyo, por las molestias que le han ocasionado. Yo me quedaré con la montura porque la reconocerían y tendrían problemas. También se me acaba de ocurrir otra cosa; para que no se quede sin montura podríamos hacer un intercambio. Pasaremos la montura del caballo de Tirás para este y la de este al caballo de Tirás. ¿Están de acuerdo? —propuso el extranjero.

—Así todo quedaría arreglado —añadió Tirás.

—¡Pues vamos! —dijo el extranjero.

En un momento hicieron los cambios.

—Ya saben que aquí tienen su casa y un amigo —dijo finalmente al extranjero.

—Lo sé, gracias. Le recomiendo que no vuelva a Becer.

—No pensaba volver —respondió con una sonrisa.

Después se despidieron y continuaron con la marcha. Pasaron cerca de unos campos de cultivo y llegaron al río que marcaba la frontera.

—¿Quieren llegar a Marem? —preguntó a Tirás y a Selina sonriendo.

—Sí, claro —contestaron.

—Solo hay que atravesar este río. Las tierras que están al otro lado pertenecen a Marem.

—¡Crucemos entonces! —añadió Tirás riendo.

—¡Vamos! —gritó el extranjero.

Los tres avanzaron a toda prisa hasta la otra orilla del río y al llegar se detuvieron.

—Miren por última vez Tritania —indicó el extranjero—. Ahora comenzarán una nueva vida como personas libres.

—Yo la miro sin ninguna pena —comentó Tirás—, ¿y tú? —preguntó a su mujer.

—A mí me pasa lo mismo, siento alegría de poder marcharme de ahí. Mira, hija, hemos llegado a Marem, aquí por fin seremos libres, ya no pasaremos más miedo.

La niña solo sonrió.

27
Regreso al hogar

—Esperen un momento, debo enviar un mensaje.

El extranjero cogió la jaula y escribió una nota:

> *Acabo de llegar a la frontera en compañía de Tirás, su esposa Selina y la niña. Dentro de tres días aproximadamente, estaremos en Zalai.*
> *Un saludo*

Plegó la nota y se la colocó a la paloma en la anilla que tenía en la pata, luego la dejó suelta. La paloma revoloteó por los alrededores antes de dirigirse hacia Zalai.

—Así estarán informados en la ciudad de que llegaremos aproximadamente dentro de unos tres días.

La familia de Tirás sonrió satisfecha.

—¡Qué bien suena eso! —confesó Selina.

—Ya podemos continuar; tenemos tres largos días por delante.

Prosiguieron el viaje algo ansiosos pero menos nerviosos, pues ya no estaban tan en alerta como en su desplazamiento a través de Tritania.

Los alimentos iban escaseando, por eso cuando surgía la ocasión el extranjero cazaba lo que encontraba.

Como estaba previsto, llegaron a Zalai a los tres días. Estaban cansados, hambrientos y con sueño.

—Creo que antes de llevarles a su casa deberíamos comer, asearnos y cambiarnos de ropa. Será conveniente que el abuelo y vuestro hijo no les vean en este estado y que aparezcan ante ellos con mejor presencia.

—Yo iría así mismo, pero la niña debe comer —admitió Tirás.

—Entonces pasaremos primero por palacio, que es el lugar donde vivo. Allí comeremos y podremos asearnos.

Cuando se acercaban al palacio vieron mucha gente por fuera, cerca de la puerta de entrada.

—¿Qué habrá pasado? —comentó el extranjero—. No es normal que la gente se concentre fuera del palacio. Esto me preocupa, estoy pensando que quizá haya sucedido algo grave.

En el último tramo que les quedaba para llegar al palacio las gentes corrieron a su encuentro y los rodearon.

—¡Tirás, Tirás, Tirás…! —gritaban alegremente sin parar. Los tres se miraron asombrados y no sabían qué decir.

—¡Bienvenido a tu hogar, Tirás! —gritaban otros.

A Tirás y a su mujer se les saltaban las lágrimas viendo el caluroso recibimiento que les hacían los habitantes de Zalai casi sin conocerlos. Se bajaron del caballo y fueron saludando a todos los que se les acercaban. Algunos parecía que lo conocían y lo recordaban de cuando él aún vivía en Marem. Tirás parecía que también recordaba a unos cuantos. Se abrazaron, unos reían muy alegres y otros lloraban. Fue un momento muy emotivo.

Muchos de ellos se acercaron al extranjero y le dieron las gracias por traer de vuelta a la familia del anciano Sénter.

Por fin fueron comprensivos y los dejaron entrar en palacio. Quedaron en reunirse otro día para celebrar una fiesta todos juntos. En el interior también fueron a recibirlos los soldados, haciéndoles toda clase de preguntas. El extranjero tuvo que intervenir para que los dejaran tranquilos un rato. Pasaron directamente a la cocina y las cocineras los acogieron con los brazos abiertos. Fueron más amables que de costumbre puesto que sabían por lo que habían pasado. Rápidamente les sirvieron la comida, y pudieron saciar el hambre y la sed.

—Necesitan asearse y ponerse ropas limpias —dijo el extranjero a las cocineras—. Yo también necesito un baño.

—No se preocupe, señor, sabíamos que llegaban hoy y conocemos sus costumbres. Ya está el agua caliente ahí en el fogón.

—¿Entonces llegó la paloma con mi mensaje?

—Sí, Yaco nos informó a todos. También se lo comunicaron al anciano Sénter, así que también los está esperando.

En ese momento entró Yaco acompañado de Lobo. Este, al verle, se le lanzó y comenzó a darle lametones.

—¡Hola, Lobo! ¿Me has echado de menos?

Lobo no sabía qué hacer, daba vueltas a su alrededor loco de alegría.

—¡Bienvenido, señor! —saludó Yaco sonriendo.

—¡Hola, Yaco! ¡Cuánto me alegra estar de nuevo aquí! ¿Todo bien?

—Sí, no ha habido grandes problemas en su ausencia. El rey, como siempre que usted no está, se encontraba un poco triste; pero al llegar la paloma con su mensaje, se alegró tanto que incluso ha estado bajando al patio y dándose unos paseos por las mañanas. El capitán Lim mandó un soldado a la granja de Sénter para avisarle de la llegada de su familia.

—Eso me acaban de contar. Me parece un detalle genial por parte del capitán. ¿Y cómo se enteraron las gentes de Zalai de nuestra llegada?

—Debe de ser por los soldados, como ellos estaban informados se lo habrán contado a sus familias.

—Ahí fuera nos hicieron un recibimiento que nos dejó sorprendidos.

—Me imagino —comentó Yaco.

—Mira, ellos necesitan ropas limpias, ¿puedes encontrarles algo?

—Lo intentaré, algo habrá.

Inmediatamente fue a darse un baño, afeitarse y cambiarse de ropa. Posteriormente se reunieron todos en el patio para reanudar el camino.

—Tirás, ¡qué cambiado se te ve sin las barbas! —comentó el extranjero.

—Llevaba muchos días sin poderme afeitar. Usted también parece distinto, señor.

—¿Están listos para reunirse con el resto de la familia y comenzar una nueva vida?

Tirás y Selina se miraron y afirmaron sonriendo. Los cuatro montaron en los caballos y salieron de palacio al trote. Durante el trayecto apenas hablaron. Tirás, a medida que se iban acercando, parecía más serio y ansioso.

Cuando estaban próximos a la granja el extranjero se detuvo.

—Tu padre esta avisado de nuestra llegada, pero debes saber que es muy mayor y las emociones fuertes no le hacen bien. Cuando estemos cerca de la casa yo me adelanto para prepararle. Te hago una señal y te aproximas. No te asustes si ves que se desmaya, a veces le ocurre, pero luego se recupera.

—Está bien.

El resto del camino lo hicieron más despacio.

—Qué diferente es la gente de Marem, no se puede comparar con la de Tritania. Nunca me habían tratado con tanto cariño, me encanta este lugar, ¡qué suerte hemos tenido! Todo se lo debemos a usted, señor. Le estamos inmensamente agradecidos por habernos traído hasta aquí. Nunca podremos pagárselo —confesó Selina.

El extranjero solo sonrió.

—Todo este paisaje lo recuerdo perfectamente; apenas ha variado, solamente los árboles se ven más grandes y hay más vegetación —comentó Tirás.

—¡Mira! Allí se ve la casa —señaló el extranjero.

Tirás no apartaba su vista de ella. Estaba emocionado y los ojos se le llenaron de lágrimas. Se acercaron un poco más y pararon.

—Esperen un momento aquí, ya les avisaré —dijo el extranjero, y se aproximó él solo.

Al llegar encontró al abuelo sentado junto a la puerta. Cuando lo vio rápidamente se puso en pie.

—¡Abuelo Sénter!, ¿cómo se encuentra?

—¡Por fin llegas, hijo! Y… ¿dónde están los demás?

En ese momento salió de la casa el nieto.

—¡Extranjero!

—¡Hola, joven! Todos hemos llegado bien. Tus padres están allá —dijo señalando—, solo esperan mi señal para acercarse.

—Diles que vengan —dijo súbitamente el abuelo.

El chico, sin esperar a que el extranjero les diera el aviso, salió corriendo en esa dirección. Sus padres, al verlo, avanzaron hasta él. Se bajaron de los caballos y se unieron en un profundo abrazo.

El extranjero y el abuelo observaban desde la distancia en silencio. El extranjero percibió como al abuelo le temblaban las manos.

Pasado un rato se fueron acercando. El padre tiraba de los caballos mientras el hijo con una mano sujetaba a su hermana en brazos y con la otra estrechaba a su madre.

El abuelo, al verlos llegar, salió a su encuentro. Tirás le cedió las riendas de los caballos a su esposa y corrió junto a su padre.

—¡Padre! —gritó emocionado mientras se acercaba.

Se abrazaron, y padre e hijo no pudieron evitar el llanto. El resto de la familia se aproximó y contemplaba la escena con lágrimas en los ojos. Incluso el extranjero soltó alguna.

La emoción era tan intensa que el abuelo sufrió un desvanecimiento, desplomándose al suelo.

—¡Padre! ¿Qué te pasa? —gritaba Tirás.

El extranjero y el nieto se acercaron para ayudar.

—No creo que sea nada importante, me imaginaba que esto podía ocurrir. Han sido emociones muy fuertes para él —comentó el extranjero.

Poco a poco fue recuperándose y entre todos le ayudaron a levantarse y llegar hasta la casa. Lo sentaron en una silla y le dieron de beber agua. Tirás y su padre estaban sudando y con los ojos enrojecidos. Se sentaron uno junto al otro, con las manos cogidas.

—El abuelo llevaba casi todo el día en la silla junto a la puerta, esperándolos —confesó el joven Sénter.

—No veía la hora de tenerlos conmigo —dijo al fin el abuelo—. ¿Y dónde está mi nietita?

Todos miraron a Selina, que observaba de pie al resto de la familia con el rostro alegre y sereno.

La niña se ocultaba detrás de su madre. Al oír que la buscaban, se asomó tímidamente sonriendo, cogida a las faldas de la madre.

—Aquí está —dijo la madre, luego la cogió en brazos y acercándose al abuelo se la colocó sobre las piernas.

El abuelo la abrazó y la besó.

—¿Cómo te llamas? —preguntó.

—Selina —contestó la niña.

—Ese es un nombre muy bonito para una niña —aseguró el abuelo—. Hoy —hizo una pausa—, no puedo sentirme más feliz, todos mis sueños se han hecho realidad —confesó—. Todo esto te lo debemos a ti —dijo sollozando y mirando al extranjero—. Te has convertido en parte de mi familia y te quiero como a un hijo. Deseo que tú también veas tus sueños hechos realidad. Hace tiempo me hiciste una promesa y yo, si te soy sincero, no creí que pudieras cumplirla…, pero lo has hecho. Dios te bendiga, hijo mío, no sé qué puedo hacer para agradecértelo. Solo sé que todos estamos en deuda contigo, gracias por tanta felicidad.

Todos se emocionaron al oír estas palabras.

—Todo lo hice con agrado, y no hay mayor gratitud que verlos felices todos juntos —afirmó el extranjero—. Ahora tengo que irme. Sé que tendrán muchas historias que contarse. ¡Que sean felices!

La familia le dio las gracias nuevamente y se despidieron. Tirás le acompañó hasta la puerta.

—Se tiene que llevar los otros dos caballos —le recordó.

—Considéralos un regalo —respondió el extranjero.

—¡Gracias por todo, extranjero! Le estamos profundamente agradecidos.

Se despidieron y el extranjero cabalgó sin detenerse hasta llegar al palacio. En las cuadras se encontró con el capitán Lim.

—¡Extranjero, ya teníamos ganas de verle por aquí!

—¡Hola, capitán Lim! Gracias por avisar al abuelo Sénter de la llegada de su familia.

—Me imaginé que eso les haría felices.

—Aquí está la jaula que me llevé a Tritania —dijo señalando al suelo—. En Becer quedaron tres palomas esperando que las envíen con algún mensaje.

—Está bien, cuando lleguen le avisamos.

—Tengo curiosidad por saber una cosa, he visto en numerosas ocasiones a una joven sola de cabello rojo y ojos azules fuera de palacio.

—Yo también la he visto —afirmó el capitán—, debe de ser la prometida de algún soldado y está ahí para verlo entrar y salir.

—Gracias por todo, ahora voy a ver al rey, que todavía no he podido hablar con él. ¡Hasta mañana!

—¡Hasta mañana, extranjero!

Entró en palacio y fue directamente a la biblioteca. Era el lugar preferido por el monarca para pasar las tardes.

—¡Buenas tardes, rey Dor! —dijo.

—¡Bienvenido, extranjero! —saludó el monarca sonriendo de felicidad—. Llevo esperándote todo el día.

—Lo siento, pero llegué con la familia del abuelo Sénter y antes de llevarlos a su casa pasamos por aquí. Teníamos hambre y estábamos muy sucios del viaje. También ahí fuera nos hicieron un recibimiento muchas personas de Zalai.

—Estoy enterado de todo. Cuando oí el alboroto me asomé a la ventana y los vi llegar. El resto me lo contó Yaco. ¿Qué me cuentas de tu viaje, tuviste algún contratiempo?

—Cuando fui no, pero al regreso en una ocasión estábamos ocultos en un bosque y un grupo de soldados que pasaron muy cerca estuvieron a punto de encontrarnos. Además, pensaba hacer el viaje solo con la familia de Tirás, pero en Becer me informaron que habían apresado a un niño y le iban a cortar la mano…

El extranjero le relató toda la historia, y el rey escuchaba muy atento. También le informó de los problemas que se estaban produciendo en Tritania, sobre todo en la ciudad de Becer, y los enfrentamientos ocurridos entre el pueblo y los soldados.

—El pueblo está descontento debido al endurecimiento de las leyes, que rozan la crueldad y a la subida de impuestos, que ahogan a la mayor parte de la población. En Sarén también hubo problemas, pero al parecer fueron peor en Becer. Me lo contó la joven del mesón. Me explicó que en Becer hubo una…, hubo una…, ahora no recuerdo bien esa palabra —se quedó pensando—. ¡Ah!, ya sé, una vindicta pública.

—¿Sí? —preguntó extrañado el monarca.

—¿Qué es una vindicta pública, alteza?

—Es algo que no se debe hacer —respondió serio el rey.

—¿Pero qué es? —volvió a preguntar.

—Es la forma que utilizan algunos gobernantes para castigar, en este caso, a los que se sublevaron; y a la vez, que sirva de escarmiento al resto del pueblo.

—Ya lo entiendo —afirmó pensativo el extranjero—. Al niño lo conocí con anterioridad, en el primer viaje que hice a Tritania. Vive cerca de la frontera con Marem. Era un niño muy alegre y hablador, ahora habla poco y casi siempre está serio.

—¡Es una lástima que estas cosas ocurran! Creo recordar algo que me contaste sobre un niño en tu anterior viaje, pero no estoy muy seguro de ello. —El rey permaneció pensativo y en silencio, luego quiso cambiar de tema—. Todavía no me has dicho nada sobre la joven que amas, ¿la viste?

El extranjero sonrió y los ojos se le iluminaron.

—Sí, en dos ocasiones, o mejor dicho, en tres.

—¿Y ya sabe quién eres?

—Sí, pero no le importa que sea extranjero. Se disgustó y me comentó que su familia nunca permitirá su matrimonio con un extranjero. También me dijo que si se enteraran me matarán. Mencionó una profecía que habla de un extranjero, pero no quiso contármela, creo que para no preocuparme.

—¿Qué vas a hacer ahora? —preguntó el monarca.

—No lo sé bien, me encuentro con las manos atadas. Le he pedido matrimonio…

—¿Y aceptó? —preguntó rápidamente el monarca sin dejarle terminar.

—Ella teme venir a Marem y que el rey Trano ataque para volvérsela a llevar. Yo, alteza, tampoco quiero traerla si no tengo el permiso de las autoridades. Además temo la venganza de Trano contra la población de Marem.

El rey se sujetaba la barba con gesto preocupado.

—Creo que lo mejor es que hables con los consejeros. Ellos estudiarán la situación y posiblemente encuentren una solución que ahora no se nos ocurre a nosotros. De todas maneras, te digan lo que te digan, no desesperes. ¿Estás decidido a luchar por ella?

—Sí, alteza, ya no me imagino la vida sin ella. Cuando estoy a su lado me siento plenamente feliz, pero cuando me encuentro lejos de ella…, este sentimiento tan profundo y maravilloso se revierte en mi contra, produciéndome un desasosiego terrible. No podría vivir alejado de Alisin mucho tiempo. He conocido a otras mujeres a lo largo de mi vida y con ninguna he percibido este sentimiento tan hondo que a veces parece que abrasa todo mi interior y no me deja pensar, ni vivir.

El monarca, ante este comentario, sonrió.

—Esto que me acabas de describir sucede cuando uno encuentra el amor verdadero. Yo también lo experimenté cuando conocí a mi esposa. En este sentido, nosotros podemos considerarnos afortunados, pues hemos conocido y experimentado este bello sentimiento. La mayor parte de las personas creen haber conocido el amor, pero puede ocurrir que realmente lo encuentren más adelante. Es entonces cuando descubren que la pasión que habían sentido con anterioridad no se le parece en nada. —El monarca hizo una pausa—. Si los consejeros no te dan una solución favorable no te angusties, hijo mío, yo la buscaré para ti, te lo prometo.

—Alteza, es usted muy amable y comprensivo, pero no deseo aumentar sus preocupaciones.

—Tus preocupaciones son mis preocupaciones. Mañana intentaremos buscar una solución adecuada. Creo que debes de estar muy cansado, será mejor que vayas a dormir. Mañana hablaremos con más calma, ahora descansa.

—Bien, alteza, ¡hasta mañana!

El extranjero se retiró a su dormitorio y al instante quedó profundamente dormido.

Al día siguiente se levantó bien entrada la mañana. Fue a hablar con sus hombres y entrenó con ellos. Estaba orgulloso y satisfecho de los progresos.

Posteriormente vino Yaco a buscarlo.

—Señor, el rey Dor quiere hablarle, le espera en la biblioteca.

—De acuerdo, ahora voy.

Se despidió de sus hombres y entró en palacio.

—¡Alteza! —saludó al entrar.

—Pasa, extranjero, hoy decidí reunir a todos los consejeros. Les he expuesto tus deseos y les he pedido que busquen una solución para ti. Hace un momento me mandaron un aviso porque quieren hablar contigo. Yaco está ahí fuera, te acompañará a la sala de reuniones.

—Gracias, alteza, luego nos vemos.

Yaco le acompañó hasta el salón donde estaban reunidos los consejeros. Era un salón grande con una mesa rectangular en el centro. Los consejeros estaban todos sentados en torno a ella.

Después de entrar el extranjero, Yaco cerró la puerta. En ese momento apareció Lobo e intentó abrirla arañando con su pata.

—¡Lobo! Ahí no puedes entrar, tienes que esperar a que salgan. ¡Vamos, vamos! —le ordenó.

Lobo emitió un ligero gemido y de mala gana acompañó finalmente a Yaco.

El rey mientras esperaba al extranjero se puso a leer…, pero el tiempo pasaba y la reunión no terminaba. El rey comenzó a inquietarse y decidió presentarse en la reunión. Llamó a Yaco para que le ayudara a llegar.

—Necesito saber qué está pasando, no es normal que tarden tanto —le comentó preocupado.

Cuando iban por el pasillo vieron que el extranjero regresaba, pero la cara que traía no era buena señal.

—¿Qué ha pasado? —preguntó el monarca.

—Lo siento por su alteza, pero aquí no puedo quedarme, tengo que irme.

—Pero, ¿qué ha pasado? —volvió a preguntar el monarca—. ¡Espera, no te vayas! Yo te ayudaré.

—¡Lo siento! —dijo el extranjero y siguió caminando.

—Yaco, vigílale y síguelo. Trata de averiguar dónde va. Yo me las arreglo, ¡vete!

El rey, con aparente nerviosismo y haciendo un esfuerzo, continuó solo hasta la sala de reuniones. Los consejeros continuaban discutiendo entre ellos. Al entrar el monarca, mantuvieron silencio. El rey se sentó en el sillón que encabezaba la mesa y que estaba dispuesto para él.

—¡Ahora quiero que alguien me cuente qué ha pasado aquí! —exigió con gesto contrariado.

Los consejeros se miraban unos a otros y nadie se decidía a dar explicaciones.

—¡Estoy esperando…!

El consejero más anciano se puso en pie.

—¡Alteza! El extranjero desea traer a la princesa Alisin y contraer matrimonio. Yo estoy de acuerdo en apoyarle en esto, pero los demás consejeros rechazan su petición. Le prohibieron traer a la princesa a Marem, temen la venganza de Trano y no quieren poner a su alteza y al reino en peligro.

Después el consejero se sentó. El rey permaneció pensativo por unos instantes, luego reaccionó.

—Le mandé venir a esta reunión para que resolvieran su situación y lo único que han hecho ha sido hundirle.

—Pero, alteza, nosotros solo pensamos en la seguridad de Marem y en la de su rey.

—¡No! —gritó el rey—. Solo piensan en ustedes mismos, es más cómodo negarle lo que pide. Le hemos acogido aquí como uno de los nuestros. Él, por su parte, lo único que ha hecho es trabajar por nosotros y por nuestra seguridad. Desde que llegó, las cosas en Marem marchan mejor; no obstante, cuando necesita nuestra ayuda, se la niegan. Ahora está dolido y quiere irse. Por otro lado, desde que Trano está en el poder no ha parado de hacer incursiones a Marem, ¿quizá piensen que ahora va a dejar de hacerlas?

—Tal vez sea buena idea que se vaya…

En ese momento entró Lobo en la sala aprovechando que la puerta había quedado entreabierta. Se acercó al rey y puso las patas en el reposabrazos. El rey lo acarició, luego Lobo se echó a su lado.

—¿Quién ha dicho eso?

El consejero que había hablado se puso en pie.

—Espero que te arrepientas de lo que acabas de decir. Me van a obligar a hacer cambios aquí. Con los años se han vuelto cómodos y no buscan buenas soluciones.

—Pero, alteza —dijo el consejero acercándose al monarca—, nosotros lo que deseamos…

En ese momento Lobo se levantó y, enseñando los dientes y gruñendo, se acercó al consejero. Este, sorprendido, se paró y cogió el cuchillo que guardaba en el cinturón.

—Si aprecias tu mano, guarda el cuchillo —manifestó el monarca—. Lobo percibe la tensión que hay en el lugar y piensa que estoy en peligro.

El consejero reflexionó unos instantes y volvió a guardarlo.

—¡Ese perro no debería estar aquí, es tan salvaje como su dueño!

—¡¿Cómo te atreves a hablarme de ese modo?! ¡Yo soy su dueño!

—¡Perdone, alteza, lo siento, lo ignoraba! —se disculpó y volvió a su sitio.

—Quien se atreva a hacerle daño al perro tendrá un problema conmigo. Ahora salgan todos de aquí y desaparezcan de mi vista ¡No sé cómo los he soportado durante tantos años!

Todos se fueron levantando y salieron del lugar. El monarca quedó solo, con Lobo como única compañía. Apoyó los codos en la mesa y la frente entre sus manos y así permaneció largo tiempo… No sabía cómo enderezar la situación.

Más tarde llegó Yaco.

—Alteza, ¿aún está aquí?

—¿Y a dónde querías que fuera? ¿Averiguaste hacia dónde se dirigió el extranjero?

—Sí, alteza, primero fue a su habitación y recogió sus cosas, después se marchó en su caballo. Le vigilé desde lejos en otro caballo y se encaminó hacia el bosque. Allí entró y yo regresé.

—Tenía que haberlo sospechado —comentó el monarca—. Acompáñame a mi habitación, tanta agitación me ha dejado agotado.

28
Amenaza en Zalai

En los días siguientes, el monarca apenas salía de sus aposentos, comía poco y casi no hablaba. El capitán Lim estaba preocupado, al igual que el resto de los habitantes del palacio. Una tarde pidió hablar con el rey para informarse de lo que estaba sucediendo. El rey lo recibió en la biblioteca.

—Capitán Lim, me imagino cuál es el motivo de tu visita. Quieres saber qué ha pasado con el extranjero.

—Sí, entre otras cosas. También he oído que no se encuentra bien de salud.

—Los consejeros me tienen enfermo. Si fuera más joven y tuviera más vitalidad cambiaría tantas cosas… —Hizo una pausa y luego prosiguió—. Me encuentro cansado y no tengo ánimo para nada.

—¿Cuál es el motivo de todo esto? —preguntó el capitán.

—No sé si te han contado que el extranjero está muy enamorado de la princesa Alisin de Tritania. Quiere traerla y contraer matrimonio, pero para ello solicitó a los consejeros autorización. Los consejeros le prohibieron que la trajera a Marem porque temen al rey Trano. Al ver rechazada su petición, el extranjero se marchó de palacio.

—Me había extrañado no volver a verle. Sus hombres me han preguntado por él varias veces y no supe responderles. ¿Se sabe dónde está?

—Cuando se fue, le pedí a Yaco que lo siguiera. A su regreso me contó que volvió al bosque.

—¿Y por qué prefiere estar allí? —preguntó Lim.

—En ese lugar encontró refugio en el pasado durante varios años. Ahora se siente herido y confundido, necesita poner su mente en orden y aclarar sus ideas. Creo que estando en soledad lo consigue mejor. Además, en ese bosque se siente como en su hogar, lejos de los problemas.

—¿Saldrá algún día?

—Me imagino que sí, está demasiado enamorado como para renunciar a

Alisin. Me preocupa que cuando tenga las ideas más claras se vaya a vivir a Tritania. Tiene dos opciones: esta que acabo de mencionar y la otra sería huir con ella a otro país donde nadie los conozca.

—¿Y nosotros qué podemos hacer?

—De momento nada, ya el tiempo dirá —respondió resignado el rey.

—Por ahora siento compasión por él, debe de estar sufriendo bastante.

—Eso también opino yo —confesó el monarca.

Luego siguieron comentando otros asuntos del reino y posteriormente se despidieron.

Los días, las semanas y los meses fueron pasando… Del extranjero nada se sabía.

El rey no se había vuelto a reunir con los consejeros, ni quería hablar del tema. La vida en Zalai parecía que transcurría en calma. Hasta que una tarde llegó una paloma mensajera enviada desde el puesto fronterizo con Tritania. Traía un mensaje informando de la llegada inminente de un ejército de aproximadamente mil hombres procedentes de Tritania. En ese momento acababan de cruzar la frontera y en tres días como máximo entrarían en Zalai.

El capitán Lim informó a los consejeros y estuvieron analizando detenidamente la situación. Los consejeros preguntaron al capitán por el paradero del extranjero. Lim les comunicó que no sabía si aún permanecía en el bosque o se habría marchado hacia otro lugar. Los consejeros pidieron al capitán que buscara la forma de traerle de nuevo.

Después, el capitán Lim fue a la habitación del rey para informarle de los hechos.

—¡Alteza! ¿Cómo se encuentra hoy?

—¡Capitán!, simplemente sobrevivo.

—Siento traerle malas noticias, pero…

—¿Qué ha ocurrido ahora? —preguntó interrumpiéndole.

—Esta tarde una paloma trajo un mensaje de la frontera con Tritania: un ejército de unos mil hombres avanza hacia aquí.

El monarca se incorporó de la cama y se sentó.

—¿Cómo está la situación?

—Este es uno de los peores momentos que se pueda imaginar. Tenemos en Zalai pocos hombres porque la mayoría está solucionando los conflictos en la frontera sur.

—¿Exactamente de cuántos hombres disponemos?

—Si a los soldados que hay en la ciudad le añadimos los que custodian el palacio, habrá entre todos unos ciento treinta; además si también tenemos en cuenta a los veinte hombres que entrenó el extranjero, tendríamos en total ciento cincuenta.

—Son muy pocos —comentó el monarca preocupado.

—Los consejeros van a informar a la población de Zalai de la situación, quieren pedirles que se refugien en los patios de palacio o que abandonen la ciudad y se dirijan hacia el sur. Me pidieron que le dijera que por motivos de seguridad, también su alteza debería salir de Zalai y viajar hacia el sur.

—¿Yo? Ya soy muy mayor para temer a la muerte. No hui nunca cuando era joven, ¿y lo voy a hacer a mis años?

—También me preguntaron por el extranjero y me pidieron que buscara la forma de traerle de nuevo.

—¿Pero cómo se atreven? Esa gente me pone enfermo, prefiero no hacer ningún comentario. Intenta mandar algún mensaje a las ciudades más cercanas para que vengan todos los soldados que puedan.

—Ya lo he hecho, alteza, pero de todas maneras la situación es fea, puede ser el final de Zalai.

—Confío en ti, prepara la ciudad y protégela lo mejor que puedas.

—Gracias, alteza, lo intentaré.

—Infórmame de algún cambio.

—Así lo haré. Ahora he de irme para prepararlo todo. Volveré en otro momento.

—¡Hasta más tarde, capitán!

—Alteza —se despidió el capitán.

En Zalai ya se había propagado la noticia y había gran confusión. Algunos habitantes empezaban a cargar sus carretas para abandonar la ciudad; otros iban de un lado para otro sin saber qué hacer.

El capitán Lim y muchos de sus hombres hacían acopio de provisiones para abastecer de víveres a los refugiados en el palacio. También traían agua para tener reserva para varios días.

Pronto llegó la noche y se tomaron un descanso. El capitán informó al rey de los trabajos llevados a cabo en esa tarde.

Al alba del siguiente día continuaron con los preparativos. El rey ordenó que utilizaran el salón de las audiencias para atender a los heridos y enfermos.

Esa tarde comenzaron a llegar a los patios de palacio los primeros habitantes que buscaban refugio. El resto fue llegando poco a poco los días siguientes. También se pudo terminar con los preparativos.

La noche antes de la llegada de los soldados de Tritania, el capitán Lim pidió a dos soldados que le acompañaran cerca del bosque y que llevaran consigo dos tambores. Además, cada hombre iba provisto de una antorcha encendida para guiarse en la oscuridad de la noche.

Al llegar junto al bosque de la Boa, amarraron los caballos y clavaron las antorchas en el suelo para iluminar el lugar.

—Ahora quiero que empiecen a tocar el tambor alternativamente, combinando los sonidos por turnos. Si el extranjero está en este bosque, con el silencio de la noche los oirá. ¡Empiecen ya!

—Sí, señor, empezaré yo —dijo uno de los soldados.

Los tambores comenzaron a sonar y el ruido era inmenso. Estuvieron tocando bastante tiempo.

—¡Paren! —ordenó el capitán—. Creo que el extranjero ha tenido tiempo suficiente para escucharlos y acercarse a investigar. Posiblemente esté por aquí cerca. ¡Extranjerooo! —gritó—, ¡extranjerooo! —gritó de nuevo—, hay algo que debe saber —expuso la situación a voces—, un ejército de aproximadamente mil hombres se acerca a Zalai procedente de Tritania. Los esperamos para mañana a partir del mediodía. No tenemos suficientes soldados, solo contamos con unos ciento treinta, más sus veinte hombres, que harían un total de ciento cincuenta. Este puede ser el fin de la ciudad. Sus hombres le necesitan…, la ciudad le necesita…, el rey Dor le necesita…y yo, amigo mío, también le necesito.

Luego guardó silencio.

—¿Nos habrá oído, señor? —preguntó un soldado.

—Si no se ha marchado del bosque, estoy seguro de que ha escuchado. Regresemos, hemos hecho todo lo posible —dijo finalmente el capitán.

Esa noche casi nadie podía dormir, no sabían si sería la última noche de sus vidas. Los patios de palacio estaban iluminados con antorchas y las gentes se amontonaban por todas partes.

A la mañana siguiente, el nerviosismo se palpaba en el ambiente de palacio. Se empezó a oír mucho alboroto procedente de los patios donde se encontraban los refugiados.

—¡Que venga el extranjero!, ¡que venga el extranjero! —gritaban a coro.

Los soldados les mandaban a callar, pero no obedecían…El capitán Lim intervino y no le escucharon.

Seguidamente fue a comunicarle la situación al rey.

—¿Qué sucede en el patio? —preguntó el monarca nada más ver al capitán.

—Los refugiados están nerviosos y solicitan que se presente el extranjero. Él les transmitía la seguridad que ahora necesitan y no tienen. Del mismo modo confían en él para solucionar este problema. Creo que se imaginan que no está. ¿Qué podemos hacer, alteza?

—¿Has intentado calmarlos?

—Sí, pero no me escuchan y tampoco quiero mentirles. ¿Qué puedo hacer?

—Intenta contarles la verdad —sugirió el rey.

—¿La verdad?

El rey afirmó con la cabeza.

—¿Debo hablar de los consejeros?

—La verdad, capitán. Creo que la verdad no les hará más daño que lo que está a punto de suceder.

—De acuerdo, alteza, lo intentaré.

Fue hacia el patio y se subió a una de las mesas que se habían colocado en el lugar.

—¡Silenciooo! ¡Silenciooo! —gritó levantando los brazos.

Por fin se callaron y le prestaron atención.

—¡Les contaré lo que ha sucedido con el extranjero…!

El capitán Lim empezó a informarles de todo lo que él sabía. Les habló de la princesa Alisin y de la negativa de los consejeros a que ella entrara en Marem… Al final también les contó que intentó comunicarse con el extranjero utilizando unos tambores para llamar su atención.

Al terminar, todos quedaron en silencio y no volvieron a gritar. El capitán miró hacia el palacio y comprobó que el rey observaba desde una ventana. También se enteró en ese momento de que el capitán había intentado convencer al extranjero.

Posteriormente la mayor parte de las tropas, junto con los veinte hombres que el extranjero había entrenado, marcharon hacia las afueras de la ciudad para esperar al ejército de Tritania y hacerles frente allí. En la retaguardia se encontraba un grupo de campesinos voluntarios preparados en carretas para recoger a los heridos. Otro grupo reducido de soldados custodiaba el palacio.

La confrontación entre los dos ejércitos comenzó en las primeras horas de la tarde.

Los arqueros de Tritania hicieron mucho daño en el ejército de Marem. Los veinte soldados que entrenó el extranjero no aprovechaban todo lo que sabían; estaban desanimados, les faltaba el líder que les hubiera conferido la confianza necesaria en aquellos momentos.

Los primeros heridos empezaron a llegar al palacio, los muertos quedaban en el campo de batalla. Los soldados del capitán Lim, viendo a tantos compañeros heridos, comenzaron a desanimarse.

En ese momento el extranjero llegó al lugar. Llevaba puesto su atuendo de batalla y tenía el rostro cubierto como solía hacerlo para preservar su identidad cuando luchaba con algún enemigo. Sus hombres, emocionados, emitieron un grito de guerra con gran entusiasmo, su presencia los llenó de valor y en ese momento lucharon como nunca lo habían hecho. Por su parte, el extranjero también luchó con todas sus fuerzas, utilizando todas sus destrezas y habilidades.

Los soldados de Tritania, al verlo, centraban principalmente la lucha a su alrededor. Parecía que el objetivo de la batalla era el extranjero. Sus veinte hombres percibieron esto y se aproximaron hasta él para que no se viera solo ante tantos enemigos.

Al atardecer, el ejército enemigo estaba diezmado. En ese momento llegaron refuerzos de las ciudades más cercanas. Estaba a punto de terminar la batalla, cuando un arquero de Tritania que yacía en el suelo se incorporó, disparó una flecha al pecho del extranjero y le hirió gravemente. Este cayó de rodillas y a continuación tiró de la flecha para extraerla. Luego perdió el sentido y quedó tirado boca abajo en el suelo. Los soldados de Tritania que estaban a su alrededor le despojaron rápidamente de sus ropas de combate, dejándole solo con el pantalón que vestía debajo, y llevándoselas consigo, huyeron inmediatamente. Los pocos soldados de Tritania que quedaban aún vivos también abandonaron.

Los soldados de Marem recogieron del suelo al extranjero y lo trasladaron hasta una de las carretas. Al llegar a palacio, lo subieron a su habitación y lo acostaron en su cama. El médico se presentó rápido y lo estuvo atendiendo. El rey Dor en ese momento se encontraba visitando a los otros heridos que se encontraban en el salón de las audiencias. Al enterarse de lo sucedido acudió a la habitación.

—¿Cómo se encuentra? —preguntó angustiado.

—No quiero mentirle —declaró el médico—, esta herida es muy grave. Ha perdido mucha sangre y está débil. Pero es un hombre fuerte y cualquier otra persona con una lesión semejante ya hubiera muerto. No obstante, creo que se necesitará un milagro. Si sobrevive a esta noche, considero que parte del peligro habrá pasado.

El rey quedó pensativo y no hizo más preguntas. Luego se sentó en una silla junto al herido. El capitán Lim también pasó por la habitación.

—¿Cómo pudieron herirle? —preguntó el rey al capitán—. No conozco mejor luchador que él.

—Alteza, yo tampoco he visto otro luchador igual, pero eran demasiados enemigos y todos parecían que se habían puesto de acuerdo en querer eliminarlo. Nunca vi a nadie luchar como lo hizo hoy. Creo que bajó la guardia porque la batalla se puede decir que ya la teníamos ganada. Un arquero de Tritania que estaba herido y tendido en el suelo y que nadie había reparado en él, cargó su arco y le disparó.

Después de oír eso, el monarca permaneció en silencio.

Cada vez que los refugiados que permanecían en el patio veían al capitán, le preguntaban por el extranjero. El salón de las audiencias también estaba lleno de heridos.

A medida que pasaban las horas, el extranjero empeoraba. La temperatura de su cuerpo iba subiendo y su respiración se hacía cada vez más agitada.

—Alteza, será mejor que se vaya a descansar —sugirió el médico.

—Prefiero quedarme, estoy tan preocupado que no podría descansar.

Yaco trajo té caliente para todos los presentes y permaneció en la habitación junto al monarca.

El extranjero comenzó a delirar debido a la fiebre tan elevada. Hablaba en una lengua que nadie conocía. Entre las palabras que pronunciaba solo entendían el nombre de Alisin.

La mayor parte de los consejeros se pasaron por la habitación, interesándose por la salud del herido. Lobo también se encontraba allí, estaba echado junto al rey. De vez en cuando ponía sus patas delanteras sobre la cama y, mirando hacia el extranjero, emitía un ligero gemido como si percibiera lo que estaba ocurriendo.

—¿Cómo sigue? —preguntó el monarca al médico después de haberlo reconocido nuevamente.

—Parece que está más grave, la fiebre no baja y el corazón lo tiene muy acelerado.

Una de las doncellas que le atendía le cambiaba continuamente de la frente unos paños mojados en agua fría.

El médico entraba y salía con frecuencia; también se le veía preocupado. El capitán Lim esperaba en el pasillo conversando con otras autoridades.

Ya era de madrugada cuando la doncella salió rápidamente de la habitación buscando al médico. Lobo comenzó a aullar. Al momento regresó la doncella acompañada del médico.

—Ya no respira agitadamente, ¿qué sucede, está mejor? —preguntó el monarca preocupado.

El médico lo estuvo observando. Le puso el oído en el pecho, le tomó el pulso y le colocó un pequeño espejo junto a la nariz. Luego miró al monarca consternado.

—¿Qué sucede? —preguntó nuevamente el monarca poniéndose en pie.

Mientras tanto, Lobo seguía aullando.

—Lo siento, alteza, no he podido hacer más…, el extranjero ha muerto.

—¿Ha muerto? —preguntó el rey sin acabárselo de creer—. ¿Estás seguro?

—Estoy seguro; no respira, no tiene pulso y el corazón se le ha parado.

El rey se acercó a la cama y pasó su mano por la cabeza del extranjero mientras sollozaba.

—Perdóname, hijo mío, por no haberte dado antes lo que tenía pensado —después dio unos pasos para salir de la habitación y cayó desplomado sin sentido al suelo.

Pidieron ayuda en el pasillo y entre varios de los presentes lo levantaron y le ayudaron a llegar a su cama.

El capitán Lim bajó al patio e informó a los refugiados lo que acababa de suceder. Recibieron la noticia con mucho dolor porque le apreciaban y valoraban lo mucho que había hecho por todos.

—Capitán —dijo uno de los refugiados—, nosotros sentimos su pérdida y lamentamos no poder agradecerle al extranjero lo que hizo en Zalai. Permanecerá en nuestra memoria y nunca le olvidaremos.

—Gracias —respondió el capitán.

El rey, más recuperado del desmayo, permanecía en su habitación mientras Yaco le acompañaba y le atendía.

Al cabo de un rato tocaron en la puerta. Yaco la abrió y luego volvió a entrar.

—Alteza, ahí fuera hay varios consejeros que quieren hablar con su alteza. ¿Les digo que vuelvan mañana?

—No, no, yo también quiero hablar con ellos, diles que pasen.

El monarca secó sus lágrimas y miró hacia la puerta. En ese momento entraron cinco consejeros.

—¿Y ahora qué quieren? Estarán satisfechos con lo sucedido, ya no tendrán que preocuparse más por el extranjero. Desde que vino nos ha estado ayudando a todos, a unos de una manera y a otros de otra. Incluso ha puesto su propia vida en peligro para ello. Nunca pidió nada para él, y cuando se le ocurre pedir una sola cosa, se la negaron. A pesar de eso, hoy nos continuó ayudando y lo dio todo por nosotros. Lo único que le quedaba era su propia vida, y la entregó. Ahora estarán orgullosos.

—Alteza, hemos venido a expresarle que sentimos lo sucedido y estamos arrepentidos de la decisión que tomamos. Comprendemos que fue un error, no lo hicimos a propósito.

El rey no quiso hacer ningún otro comentario.

—Creo que ahora deben dejarle descansar —intervino Yaco.

Al salir los consejeros, el monarca continuaba sumido en una profunda tristeza.

En la habitación del extranjero, la doncella recogía los vendajes y limpiaba todo. Lobo se había subido a la cama, miraba al extranjero moviendo la cola y le repartía lametones por la cara.

—¡Baja de ahí, perro malcriado!, ¡eres un irrespetuoso! —le reprendía la doncella.

Luego se le acercó para echarlo de la cama, pero este le enseñó los dientes gruñendo.

—¡Espera!, ahora voy a traer a alguien que te enseñe modales.

—¿Dónde está Yaco? —preguntó en el pasillo.

Le indicaron que se encontraba en los aposentos del rey.

Tocó a la puerta y Yaco la abrió.

—Necesito que vengas a la habitación del extranjero para arreglar un problema.

—¿Qué sucede? —preguntó Yaco extrañado.

—Se trata del perro. Se ha subido a la cama y le está dando lametones al difunto extranjero. Cuando lo quise bajar, se puso furioso conmigo.

—¿Qué sucede, Yaco? —preguntó el rey.

—Ahora me acerco hasta allí —declaró Yaco, luego cerró la puerta—. Alteza, se trata de Lobo. Parece que se ha subido a la cama del extranjero y le está dando lametones. La doncella dice que no puede bajarlo.

—¡Qué raro! —comentó el monarca—. Vete y soluciónalo.

Yaco entró en la habitación del extranjero.

—¡Lobo, baja de ahí! —le ordenó.

Lobo miraba al extranjero moviendo la cola y no obedecía.

—¡Anda, ven! —lo bajó inmediatamente.

—Ese perro tendría que estar amarrado —comentó la doncella mientras continuaba limpiando y ordenando la habitación.

Yaco se sentó en la cama desanimado, mirando con tristeza al extranjero.

—«A… gu… a» —susurró el extranjero muy débilmente.

—¡Está vivo! —exclamó Yaco—. ¡Me ha pedido agua!

La doncella se acercó extrañada.

—¡Trae un paño empapado en agua! —pidió Yaco.

Ella rápidamente se lo alcanzó. Yaco, acercándoselo a la boca, oprimió el paño para que fuera soltando el agua poco a poco. El extranjero ingería muy lentamente. Tuvieron que mojar el paño varias veces. Luego quedó dormido.

—Llama al médico —ordenó a la doncella.

Yaco, muy emocionado, corrió hasta la habitación del monarca.

—¡Alteza, alteza!

—¡No grites tanto, Yaco!, me está doliendo la cabeza —protestó el rey contrariado.

—¡El extranjero está vivo! ¡Está vivo!

—¿Estás seguro de lo que dices o estás desvariando? —manifestó atónito el rey Dor sin poder creérselo totalmente.

—Me ha pedido agua y estuvo bebiendo.

El rey, sin preguntar más, se levantó inmediatamente muy animado. Yaco le ayudó a echarse algo por encima y a llegar hasta la otra habitación. Se acercó al extranjero y lo estuvo tapando mejor.

—Tiene los brazos fríos, trae otra manta y abrígalo —pidió el rey.

Cuando Yaco lo estaba arropando llegó Yambrus acompañado del capitán. Todos guardaron silencio mientras el médico lo examinaba.

—No sé lo que ha pasado, esto no tiene explicación —manifestaba Yambrus—. Ha vuelto a la vida. Respira bien, tiene pulso y el corazón late con normalidad. Estoy sorprendido, en toda mi vida jamás he visto nada igual.

—¡Este extranjero…!, nunca deja de sorprendernos —confesó el monarca sonriendo satisfecho.

—Pues…, sí que es raro —admitió el capitán Lim.

—Ahora necesita mucho líquido, cuando se vulva a despertar, le dan unos caldos porque está muy débil. Y procuren que no hable, necesita descansar.

—Yaco, ya has oído, pide en la cocina que preparen caldo —dijo el monarca.

—No es necesario, alteza, el caldo ya está hecho. Se lo dan a los heridos más graves que están atendiendo en el salón de las audiencias.

—Por ahora no creo que haya más cambios. Volveré por la mañana para limpiar la herida y cambiar los vendajes —explicó el médico—. Alteza, debería volver a la cama y tratar de dormir un poco.

—Sí, luego iré, no se preocupe.

El médico salió acompañado de Lim. El capitán fue a informar de lo ocurrido a un grupo de refugiados que estaban reunidos hablando en el patio.

—Quiero darles una buena noticia…, ¡el extranjero ha vuelto a la vida! Vuelve a respirar y su corazón funciona de nuevo. También ha pedido agua.

Los hombres se miraron estupefactos, no eran capaces de articular palabra.

—¿Y cómo ha ocurrido? —preguntó finalmente uno de ellos.

—No lo sabemos, el médico tampoco le encuentra explicación —contestó el capitán.

—Nos alegra mucho saber que está con vida. Por la mañana cuando se despierten los demás les daremos esta buena noticia, se alegrarán también.

—Gracias. Les informaré a medida que vaya evolucionando.

—Se lo agradecemos, capitán, y buenas noches.

—Buenas noches a todos —respondió.

Más tarde, el extranjero se despertó nuevamente y volvió a pedir agua. La doncella le dio a beber un poco de caldo caliente, tras lo que quedó dormido casi al momento.

—Ahora, después de verle despierto, ya puedo retirarme a descansar un poco más sosegado —explicó el monarca.

—¿Su alteza no se acababa de creer que estuviera vivo? —comentó Yaco.

El rey no respondió, solo sonrió.

—Le acompaño a su alcoba y regreso para quedarme el resto de la noche a su lado —añadió Yaco.

—Gracias, Yaco, eres muy amable.

Con la llegada del nuevo día, las noticias sobre el extranjero se habían extendido, incluso más allá de las murallas de palacio.

El rey fue a visitarle nada más levantarse. En ese momento el extranjero estaba despierto y Yaco le ayudaba a tomarse una leche de almendras.

—¡Bienvenido a la vida, extranjero! —le saludó el rey Dor.

El extranjero le miró y levantando su mano le correspondió.

—Todos nos alegramos de que te estés recuperando. Anoche nos diste un buen susto —afirmó el monarca.

—Alteza, hace un momento estuvo Yambrus por aquí y le cambió el vendaje —informó Yaco—. También con anterioridad estuvo el capitán.

—Hoy tiene otro color, se ve que va mejor —comentó el rey.

Después de tomarse la leche de almendras quedó nuevamente dormido.

—Yaco, vete a descansar, yo me quedaré aquí con él.

—Gracias, alteza, mandaré a una doncella para que esté pendiente del extranjero.

Después de salir Yaco, llegó la doncella que se ocuparía de los cuidados del herido.

Por otra parte, en Tritania, la princesa Alisin se encontraba esa mañana muy inquieta y nerviosa.

—¿Qué te ocurre, Alisin? Tienes mala cara —preguntó durante el desayuno su madre, la reina Selma.

—Estoy muy preocupada, anoche tuve una horrible pesadilla que no me dejó dormir bien. Creo que algo malo le ocurrió a Sénter, la pesadilla era sobre él. Posiblemente el ejército de Tritania le hizo daño y yo me siento culpable de no haberle podido advertir.

—¡No estés pensando mal! Tú me contaste que es un buen luchador, él se sabrá defender bien, y además no debes sentirte culpable de no poderle avisar de la llegada del ejército. Tú no tienes la culpa de que hayan matado las palomas que te dejó.

—Pero, madre, el sueño era tan real… —comentó Alisin molesta.

—Solo es un sueño, no debes preocuparte.

—Le hice prometer que no regresara hasta que le enviara un mensaje diciéndole que la calma se restablecía de nuevo en Tritania, pero ahora no se lo puedo enviar.

—Cuando compruebe que el tiempo pasa y no recibe noticias tuyas, si te ama de verdad, regresará a pesar de haberte prometido lo contrario.

—¿Tú crees, madre?

—De eso estoy segura. Pero ahora tómate el desayuno y no pienses más.

En Zalai era por la tarde cuando el extranjero se despertó de nuevo. El rey pasaba la mayor parte del tiempo a su lado.

—¿Cómo te encuentras, hijo mío? —preguntó al verle con los ojos abiertos.

—Muy cansado.

—¿Quieres comer algo?

—Solo tengo ganas de beber.

—¡Joven!, sube de la cocina una sopa de verduras como la que sirvieron hoy para comer —pidió el monarca a la doncella.

—Enseguida, alteza.

—Ahora te traen una sopa de verduras caliente, ¡verás que buena está!

—¿He dormido mucho?

—Sí, casi todo el tiempo te lo has pasado durmiendo.

—Yo quería abrir los ojos y no podía.

—Será porque perdiste mucha sangre y te quedaste débil.

—¿Y el capitán?

—El capitán está bien, hoy ha venido varias veces por aquí.

—¿Y mis hombres?

—Solo tres están heridos, pero no de gravedad, ahora se están recuperando bien. Mucha gente pregunta por ti, incluso los consejeros estaban preocupados. Anoche vinieron a disculparse, están arrepentidos de la decisión que tomaron. De todas maneras, cuando te recuperes voy a hacer cambios.

—Quiero hablar con el capitán, tengo que preguntarle algo —pidió.

—Después le hago venir, pero ahora será mejor que no sigas hablando y descansa.

La doncella llegó con la sopa. Le colocó unos almohadones debajo de la cabeza para que pudiera tomarse los alimentos y le ayudó a ello. Al acabársela, sus mejillas lucían sonrosadas y parecía más animado.

—¡Joven!, ¿cuándo termines aquí puedes ir a llamar al capitán? El extranjero quiere hablar con él.

—Sí, alteza, ahora voy.

Después de recogerlo todo salió a buscarle.

—¿Cuánto tiempo lleva aquí, alteza?

—Bastante.

—Necesita descansar y estas sillas no son muy cómodas.

—No te preocupes, estoy bien.

En ese momento llegó el capitán.

—¡Qué pronto llegaste! —dijo el rey.

—Estaba cerca cuando la doncella me dio el aviso.

—Le veo con mejor aspecto —dijo el capitán—, lleva la mayor parte del tiempo durmiendo.

—Eso me han dicho. Quería saber si ha llegado alguna paloma procedente de Becer.

El capitán y el rey se miraron.

—Lamento decir que no.

—¿Qué habrá sucedido? —preguntó preocupado.

—No lo sé, pero a veces las palomas son interceptadas por los halcones.

Luego permanecieron unos instantes en silencio. El capitán comenzó a dialogar con el rey, pero el extranjero permanecía pensativo y ausente. Su mente se encontraba muy lejos de aquel lugar…

—Extranjero, quería saber si la noche que sonaron los tambores los escuchó sin problema.

—Yo y medio bosque los escuchamos —respondió sonriendo.

—¿Y se oía bien lo que le dije?

—Lo oí todo muy bien. Cuando empezaron a sonar los tambores me encaminé en esa dirección, y al comenzar a hablar me encontraba cerca. Además, también le quería preguntar algo, ¿qué sucedió después de que me alcanzara la flecha?

—Se la extrajo tirando de ella y a continuación se desmayó. Luego unos soldados de Tritania le quitaron las ropas de combate, pero los refuerzos llegaron y se fueron huyendo junto con los otros soldados que quedaban aún con vida. Después le trajimos en una carreta hasta aquí.

—¿Por qué se llevaron mis ropas?

—No lo sé, eso no lo había visto nunca. Puede ser como un trofeo de guerra o una prueba de su muerte en la batalla.

—¿Pensarán ellos que he muerto?

—Posiblemente, cuando vi donde le habían herido yo también lo pensé.

—Entonces, cuando se entere Alisin va a pensar lo mismo y sufrirá mucho creyéndome muerto.

Todos mantuvieron silencio unos instantes. Luego se oyeron voces en el patio.

—Perdonen —se disculpó el capitán—, voy a ver qué está pasando.

—Alisin me comentó en una ocasión que si me mataban, ella no lo soportaría y moriría también —confesó el extranjero al rey.

—Se ve que te ama mucho, pero las personas soportamos mucho más de lo que creemos.

El capitán volvió a entrar.

—He visto desde la ventana como los refugiados están gritando «extranjero» a coro.

—¿Aún siguen los refugiados en el patio?

—Sí, les hemos dicho que deben seguir aquí hasta que recibamos un mensaje del puesto de la frontera, informando que los soldados supervivientes del ejército de Tritania ya han cruzado.

—Comprendo.

—Los refugiados han estado también muy preocupados por su salud. Saben que está mejor y por eso gritan su nombre —comentó el capitán.

El extranjero sonrió.

—Si mañana estoy mejor, salgo a saludarlos.

—Pero solo si estás mejor —añadió el monarca—. Recuerda que tienes una herida reciente y no debes hacer esfuerzos, podrías volver a sangrar.

El resto de la tarde y noche el extranjero lo pasó mejor.

Al día siguiente se levantó en varias ocasiones. El médico se sentía satisfecho con la mejoría que iba presentando.

La primera vez que se asomó a la ventana, los refugiados gritaban a coro: «¡Extranjero, extranjero…!», luego le aplaudieron. El extranjero levantó un brazo y saludó.

29
La determinación

Al tercer día por la tarde llegó una paloma trayendo el tan esperado mensaje. El grupo de soldados del ejército de Tritania que pudo escapar, acababa de cruzar la frontera. El peligro había pasado por el momento. Los refugiados podían volver a sus casas. Con algunas dificultades y esfuerzo, el extranjero bajó al patio para despedirse de ellos. Los refugiados se mostraron muy cariñosos. Todos querían tocarle, pensaban que así les daría suerte o les transmitiría alguna fuerza especial que poseyera.

Los consejeros también le visitaron y se disculparon por las decisiones que habían tomado.

El extranjero, dando muestras de su humildad una vez más, las aceptó.

Pasados unos días, el rey, por su parte, reunió a todos sus consejeros en la sala de reuniones. Se puso en pie dirigiéndose a ellos:

—Los he reunido porque he tomado una decisión muy importante. Hace tiempo que me la estaban pidiendo y si no lo había hecho antes, era porque no estaba seguro, pero ahora lo estoy completamente. Como saben, ya soy mayor y con frecuencia las fuerzas me fallan. Marem necesita un rey joven, valiente y prudente. La persona que posee estas cualidades y muchas más, todos la conocemos… —Hizo una pausa—. Quiero que hagan los preparativos oportunos porque quiero abdicar y traspasar mis poderes soberanos al que todos conocemos como «el extranjero». Espero que estén de acuerdo conmigo y que le reconozcan como la persona más indicada para asumir tal responsabilidad. Si alguno de los presentes opina lo contrario, que exponga sus razones en este momento.

Los consejeros se miraban unos a otros y mantenían silencio.

—Levanten la mano los que opinen igual que yo —dijo resuelto el monarca.

Todos los consejeros, uno por uno, fueron alzando la mano.

—Veo que hay unanimidad —admitió satisfecho el rey—. Entonces no se hable más, quisiera que todos los preparativos se realicen lo antes posible. Cuando tengan una fecha háganmelo saber. ¡Buenas tardes a todos!

—¡Buenas tardes, alteza! —respondieron.

Seguidamente el rey abandonó el lugar e inmediatamente preguntó a Yaco por el extranjero.

—Lleva toda la tarde en la biblioteca, alteza.

—Quiero reunirme con él, ayúdame a llegar.

—Sí, alteza.

—Hoy llevas mucho tiempo levantado, ¿no será mejor que te acuestes? —comentó el rey al entrar.

—Llevo varios días en cama y ya estoy cansado. Además, aquí leyendo me encuentro más distraído y pienso menos.

—Está bien, mientras no hagas esfuerzos. Te estaba buscando porque quería…

—Alteza —interrumpió el extranjero—, hace días que tengo algo que preguntarle, pero no encontraba el momento…

—Sí, hijo mío, dime.

—La noche que estuve muerto, ¿por qué se acercó a mi cama y me pidió perdón por no haberme dado lo que tenía pensado? ¿Qué quiso decir con estas palabras?

El monarca se quedó pensativo un instante.

—No sé qué decir, estoy sorprendido,… ¿no estabas muerto?

—Sí, alteza, estaba muerto —afirmó el extranjero.

—Y si estabas muerto, ¿cómo es que sabes lo que dije?

—Me ocurrió algo extraño, no sé bien…

—Cuéntame, tengo curiosidad —dijo el monarca al instante.

—Pasó algo a lo que yo tampoco le encuentro explicación… Me vi de pie junto a la cama observando mi cuerpo, que yacía en el lecho. Luego la joven que me atendía salió corriendo en busca de Yambrus. Lobo se dio cuenta de lo que pasaba y aullaba sin parar. Cuando llegó el médico me estuvo observando y le comunicó que yo había muerto. Después su alteza se acercó a mi cuerpo, me pasó la mano por la cabeza y me pidió perdón, lo que le comenté antes… Cuando iba a salir de la habitación, su alteza se desmayó y cayó al suelo. Seguidamente entró el capitán Lim y varios consejeros y le ayudaron a llegar hasta su cama. Yo no sabía muy bien lo que me estaba sucediendo, me sentía algo desorientado y confuso. En ese momento se iluminó todo el lugar con una luz blanca incandescente muy bella. También aparecieron unos destellos resplandecientes de mayor intensidad, y se presentó ante mí la misma dama que en anteriores ocasiones se me había revelado. Como de costumbre, aparecía envuelta en un halo brillante de color dorado. A continuación me transmitió un mensaje breve. —El rey escuchaba muy atento, intentando no perderse detalle.

—¿Y se puede conocer el mensaje?

—Sí, alteza. Me dijo que regresara porque todavía no había llegado mi hora, y que mi misión en la Tierra aún no había concluido, que había personas que me necesitaban. Lo último que me dijo fue: «Regresa y continúa haciendo el bien». Me acerqué a mi cama y una fuerza extraña e invisible me empujó hacia mi cuerpo, que yacía en ella. Lo siguiente que sentí fue un dolor muy agudo en todo el pecho. El resto ya lo conoce, a partir de ese momento comencé a mejorar.

—¡Este hecho es insólito! Me he quedado sorprendido y sin palabras. —El rey permaneció un rato pensativo y sin decir nada, luego prosiguió—. Has regresado de entre los muertos. Por otro lado, este hecho es esperanzador; a mí, que soy mayor…, me anima a mantener la ilusión de creer que puedo disfrutar de otra vida después que se acabe esta.

—Sí, alteza, yo también opino y siento lo mismo. Por otra parte, ahora cuando entró dijo que me estaba buscando.

—Te buscaba para contarte algo importante y has sido tú quien me lo ha contado a mí. Por un instante todo se me ha olvidado, espera que haga memoria. —El rey estaba haciendo un esfuerzo en conseguir recordar—. ¡Ya lo tengo! Estaba también relacionado con la pregunta que me hiciste hace un momento. Te pedí perdón en tu lecho de muerte por no haberte dado antes lo que tenía pensado. Es cierto que dije estas palabras. Se trata de algo que llevo considerando desde hace tiempo pero por lo que aún no me había decidido. —El rey hizo una pausa y miró fijamente a los ojos del extranjero—. Me encuentro mayor y ya no soy el rey que este país necesita, por este motivo que te acabo de mencionar. Hace años que los consejeros me están solicitando que nombre un sucesor. ¡Hasta quisieron hacer un torneo para elegir como heredero del trono al ganador! Pienso que el hecho de ganar un torneo no asegura que esa persona reúna las cualidades necesarias para gobernar con sabiduría un país. Estoy resuelto en no dejar pasar ni un día más porque he encontrado a la persona perfecta para que me sustituya.

—¿Quién, alteza? —preguntó con evidentes signos de estar intrigado por saber de quién se trataba.

—Te he elegido a ti. Ya he hablado hoy mismo con los consejeros y también están de acuerdo.

—¡Pero, alteza!, ¿va a elegir a un extranjero? —preguntó desconcertado.

—Para mí y para la mayoría de los habitantes ya no eres un extranjero, eres tan ciudadano de Marem como cualquier otra persona nacida aquí. Has luchado por nosotros en varias ocasiones e incluso has dado tu vida defendiéndonos, así pues, eres uno de los nuestros.

—Gracias, alteza, no obstante, ese cargo implica mucha responsabilidad y no sé si yo seré capaz.

—Yo confío en ti y sé que no me vas a defraudar.

—¿Es cierto que los consejeros están de acuerdo?

—Sí —afirmó el rey sonriendo.

—Pues eso sí que es raro.

—Como te acabo de decir, ellos anhelan desde hace años que nombre un sucesor y conocen perfectamente tus virtudes; además, aunque no lo parezca, desean lo mejor para Marem.

—Debo pensarlo…

—¿Qué me dices? —preguntó el monarca sorprendido—. Piensa en Alisin al tomar tu decisión, a ella no le faltaría de nada, sería la reina de Marem.

—Alteza, no me tiente —dijo sonriendo.

—Si te negaras me darías un disgusto muy grande. No obstante, dejaré que te lo pienses y mientras lo haces voy a pedir un té caliente.

El rey hizo sonar la campanilla, y el sirviente que solía estar por los alrededores no tardó en entrar.

—¿Desea algo, alteza?

—Sí, ¿nos podrías traer un té?

—Enseguida, alteza.

El extranjero se puso en pie y se asomó a la ventana. Allí permaneció un buen rato, reflexionando sobre esta propuesta y sin hacer ningún comentario.

Más tarde llegó el sirviente con una bandeja. Sirvió el té y volvió a salir.

—¡Extranjero! —dijo el monarca—, se nos va a enfriar el té.

El extranjero se aproximó y se sentó enfrente del monarca. El rey le observó y le pareció más serio que de costumbre, esto le inquietó.

—¿Has tomado ya una determinación?

—Sí, alteza, después de haberlo meditado, he considerado que es un gran honor el ofrecimiento que me ha hecho, y acepto con agrado, espero no defraudar jamás al pueblo de Marem ni a su alteza.

—¡Qué alegría me acabas de dar! Por un momento pensé que te ibas a negar, ¡hasta nervioso me puse!

Los dos sonrieron con este comentario. El resto del día transcurrió de forma apacible y agradable.

En los días siguientes el extranjero experimentó una notable mejoría.

30
Alisin recibe una mala noticia

Los soldados que atacaron Zalai y salieron huyendo hacia Tritania acababan de llegar a Becer.

El rey Trano y su principal consejero Fusen se estaban reuniendo con los recién llegados.

La reina Selma también se enteró de esto y fue a comunicárselo a su hija.

—¡Alisin! Vengo a traerte una noticia: ha regresado una pequeña parte del ejército que fue a combatir a Zalai. Pude escuchar algo, parece que el bárbaro extranjero se lo puso muy difícil al ejército.

Alisin sonreía y estaba muy emocionada al oír noticias de su amado.

—¿Solo sabes eso? —La reina afirmó con la cabeza—. Madre, intenta averiguar algo más.

—¡Quédate aquí! Voy a buscar más novedades, luego regreso y te cuento.

—Sí, madre, apresúrate y tráeme algo más. Te espero impaciente.

El tiempo pasaba y la reina no volvía para relatarle a su hija lo sucedido. Empezaba a anochecer cuando se presentó Selma para informar a Alisin.

—Madre, ¡cuánto has tardado!, ¿sabes algo más?

La reina estaba seria, miraba a Alisin sin decir nada.

—¡Dime!, ¿qué ha sucedido? —Hizo una pausa esperando una respuesta—. ¿Por qué no dices nada?

—Lo siento, Alisin.

—¿Qué pasó, madre? Me estás asustando.

—Los soldados afirman… que han matado al bárbaro extranjero. Traen sus ropas ensangrentadas. El médico las estuvo examinando, le dispararon una flecha en el pecho. Siento ser yo la persona que te dé esta mala noticia.

Alisin palideció y cayó al suelo desmayada. La reina corrió a su lado para ayudarla.

—¡Alisin, Alisin! —gritaba, pero no volvía en sí.

La reina pidió ayuda a los sirvientes, que la llevaron hasta su alcoba y la recostaron en la cama. Pasado un rato recobró el sentido y comenzó a llorar.

—¡Eso es mentira! ¡No puede ser! —decía sin acabárselo de creer—. Madre, consígueme sus ropas, quiero verlas con mis propios ojos.

—Lo intentaré, pero no te puedo asegurar que me las den.

La reina salió con la intención de hacer todo lo posible para llevarle a su hija las ropas del bárbaro extranjero, más que nada pensando en tranquilizarla. Por esta razón fue a hablar con su hijo Trano.

—Trano, he oído que mataron al bárbaro extranjero.

—Lamento decir que eso parece.

—¿Lo lamentas?

—No me caía mal, parecía un buen hombre. Además, si hubiera querido matarme tuvo la oportunidad y no lo hizo. Tenía la esperanza de tenerlo a mi servicio, en mi ejército o de consejero, pero Fusen, a pesar de saber lo que yo opinaba, lo quería muerto. No sé si serán los años, pero ese hombre no es el mismo de antes, desobedece mis órdenes y quiere mandar más que yo.

—¿Ya no temes a los extranjeros? —preguntó su madre.

—Marem acoge a los extranjeros y parece que le va mejor. Puede que no todos los extranjeros sean peligrosos, habrá que darles una oportunidad.

—Me alegra oírte hablar así, hijo mío; eso es lo que diría tu padre. Parece que te vas pareciendo más a él. También quería saber, ¿cómo es que están tan seguros de su muerte?

—Nos han traído sus ropas con el orificio ensangrentado que produjo la flecha. El médico las estuvo examinando cuidadosamente y así llegó a la conclusión de que es casi imposible sobrevivir con semejante herida.

—Me gustaría verlas, ¿las tienes ahí?

—Sí, están sobre aquella silla.

La reina se acercó y las estuvo examinando.

—Le hicieron una profunda herida en el pecho, de ahí que haya tanta sangre —explicó Trano.

—Tu hermana también quiere verlas, ¿me permites qué se las muestre?

—Sí, llévaselas, pero luego vuelve a traerlas.

La reina las cogió y salió con ellas hacia la habitación de Alisin.

—Mira, hija, he podido conseguirlas.

Alisin se sentó en la cama con los ojos llenos de lágrimas. Cogió las ropas y buscó el lugar de donde procedía la herida. Después acercó las ropas a su cara, las estuvo oliendo y se abrazó a ellas. A continuación rompió a llorar desesperadamente.

—Madre, son suyas. ¡Tienen su olor!, ¡huelen a él! ¡Yo también quiero morir!, ¡sin él no quiero seguir viviendo…!

La madre, oyendo a su hija, también soltó unas lágrimas.

Pasado un rato, Selma intentó recoger las ropas de Sénter para devolvérselas a Trano, pero Alisin se aferraba a ellas de tal manera que no pudo arrancárselas de los brazos.

—¡Déjamelas un rato más, por favor! —le suplicó Alisin.

—Se las tengo que devolver a tu hermano, si tardo en llevarlas puede sospechar.

—¡Ya no me importa que sospeche! Nada más le pueden hacer.

Selma sintió compasión de su hija y permitió que se quedara con ellas un rato más.

Viendo que pasaba el tiempo, tuvo que emplear la fuerza para arrebatárselas de los brazos. Alisin quedó sola, llorando desconsolada.

La reina las llevó de vuelta y regresó junto a su hija, que continuaba muy abatida.

Fusen estaba muy furioso debido a la simpatía que había causado el extranjero en Becer a partir del día que liberó a los presos e impidió que públicamente cortaran la mano al niño. En consecuencia, se había propuesto hacer algo al respecto. Pensaba utilizar para ello el momento de más público en el mercado.

Al día siguiente a la hora en que el mercado estaba más concurrido, Fusen, en compañía de un grupo de soldados, hizo sonar la trompeta para llamar la atención del público que allí se concentraba. Poco a poco la gente se fue acercando para ver qué ocurría. El consejero a continuación se dirigió a ellos:

—Ustedes admiran a un hombre al que llaman «bárbaro extranjero», pues bien, le hemos dado caza en Marem y ha muerto. Aquí tienen sus ropas como prueba de que no miento. —Fusen las mostró—. Aquí —dijo señalando— está el orificio de entrada de la flecha que penetró en su pecho, produciéndole la muerte. Ahora, al único que tienen que admirar es a Trano, su rey.

Entre la multitud primero se produjo desconcierto, luego un murmullo y después gritos de «¡Asesinos, asesinos!», a la vez que comenzaron a lanzar toda clase de objetos contra Fusen y los soldados que le acompañaban. Estos tuvieron que correr y refugiarse en palacio. Después de unos minutos, salió un grupo de soldados montados a caballo y arremetieron contra la multitud.

Al final lograron que la ciudad volviera a la normalidad; pero con numerosos heridos, tanto soldados como civiles.

Por otra parte, la reina temía por la salud de Alisin, que continuaba en cama. Apenas comía ni dormía.

31
La coronación

En Zalai se organizaban los preparativos para la sucesión del rey Dor. Los consejeros habían informado al monarca que en el plazo de un mes estaría todo dispuesto para celebrar el acontecimiento de la coronación. Irían autoridades de todo el reino con sus familias y también habría una representación del pueblo.

Una mañana estaba el extranjero en el patio viendo a sus soldados entrenar con el arco, cuando llegó Yaco.

—¡Extranjero! El rey Dor quiere hablarle, le espera en la biblioteca.

—Está bien, ahora voy.

Abandonó el patio e inmediatamente se dirigió hacia allí.

—¡Alteza!, Yaco me dijo…

—Sí, sí, pasa —dijo el rey sin esperar que terminara de hablar—. Te quería comentar algo importante. No sé si sabrás que todo rey tiene un sello que utiliza para los documentos. El mío es este, mira —dijo mostrando el sello real—, aquí aparece el escudo de mi familia. Y en este anillo que llevo, ¿lo ves? —mostró el anillo—, también está el mismo escudo. Ahora tú debes elegir el grabado que figurará en tu sello real y con el cual te reconocerán. El mismo grabado que elijas para el sello, lo tendrá a su vez el anillo.

—Pero yo no tengo escudo —confesó el extranjero.

—No importa, solo debes pensar en lo que te gustaría que figurara en ellos. Esta tarde vienen los orfebres para preguntarte cómo los quieres y así poder empezar a confeccionarlos.

—Intentaré pensar en ello y tomar una decisión.

—También quería hablarte acerca de las audiencias. Todas las semanas se celebran audiencias en las que el rey u otra autoridad como los consejeros acuden para atender las reclamaciones o solicitudes que hacen los ciudadanos. Debido a mis años, yo ya no suelo acudir a ellas, he transferido esa responsabilidad a los consejeros. Ahora es conveniente que acudas con ellos a estas audiencias para que vayas aprendiendo.

—No se preocupe, estaré en la próxima audiencia.

—También vete pensando en el consejero o los consejeros que te gustaría tener cerca para cuando seas rey. Los consejeros actuales finalizarán sus funciones el día de mi abdicación.

—¿Cuántos debo elegir?

—Eso debes decidirlo tú. Normalmente al principio no se eligen muchos, pero con el paso de los años se van nombrando algunos más, y al final, como en mi caso, tengo bastantes. A veces me he dado cuenta de que cuantos más consejeros se tienen, más problemas van surgiendo y más difícil es llegar a un acuerdo. Por consiguiente aprende de mi experiencia.

—Gracias, alteza, por los consejos, los tendré en cuenta —dijo, y se despidió.

Al llegar la tarde, se presentaron en palacio dos hombres preguntando por el extranjero. Yaco los hizo pasar a la biblioteca y allí esperaron.

El extranjero acudió rápido.

—¡Buenas tardes, señores! —saludó al entrar.

—¡Buenas tardes, señor! No sé si está informado de que hemos venido para confeccionarle el anillo y el sello real.

—Sí, el rey Dor me comentó.

—¿Ya tiene claro lo que desea?

—Quiero un arco.

—¿Un arco?

—Sí —respondió con firmeza.

—Ahora —dijo mirando para su compañero—, él le dibujará varios y usted elige el que más le guste —comentó uno de los orfebres.

El otro hombre que le acompañaba empezó a diseñar rápidamente y con mucha habilidad y soltura varios arcos muy bellos.

—¡Mire! —le mostró— ¿algo así quería? Elija uno de ellos.

Le había dibujado tres arcos. El extranjero los estuvo observando con detenimiento.

—Este me gusta, pero no quiero que en el arco aparezca la flecha. Me gusta el arco tensado pero sin la flecha.

—Pero, ¿de qué vale un arco sin su flecha?

—Se trata, por consiguiente, solo de un símbolo —aclaró el extranjero.

—De acuerdo, señor, usted manda. Le haremos el sello y el anillo con este arco pero sin la flecha. Espere que se lo dibujemos sin ella para ver cómo resulta.

Tardó un momento en terminarlo y se lo mostró.

—¿Así está mejor?

—Muy bien, eso es lo que quiero.

—Ahora solo falta tomarle la medida para el anillo.

Le tomaron la medida y lo dejaron todo resuelto.

—Desde hoy nos pondremos a trabajar y aproximadamente dentro de una semana estará terminado. —Luego se despidieron—. Muchas gracias por atendernos.

—Ha sido un placer —manifestó el extranjero.

Las semanas fueron pasando y el extranjero había recobrado su salud completamente. Acudía a todas las audiencias con los consejeros del rey Dor, y en palacio le estaban instruyendo para que pudiera desempeñar su labor lo mejor posible. Incluso llevaron unos músicos y le enseñaron a bailar. El rey Dor parecía muy animado con todos estos preparativos.

Por fin llegó el gran día. El palacio estaba lleno de invitados, las habitaciones estaban todas ocupadas. Los sirvientes corrían de un lado para otro sin parar, atendiendo varias diligencias al mismo tiempo.

El salón de las audiencias, que era enorme, estaba lleno al completo. Entre los invitados se hallaban tanto autoridades como personas sencillas del pueblo. En el trono había dos sillones situados en lo alto de unas escaleras y bajo un dosel rojo muy elegante. A la derecha también había un atril de gran belleza, confeccionado en madera de finos labrados que sostenía un gran libro.

Las trompetas anunciaron la entrada del rey Dor, que accedió al lugar ayudado por dos sirvientes. Al llegar se sentó en uno de los sillones que había bajo el dosel.

El extranjero estaba sentado junto al capitán Lim, entre las autoridades.

Al comienzo de la ceremonia, el consejero más antiguo departió un discurso y seguidamente lo dio el rey Dor. Fue un discurso muy emotivo; recordó brevemente algunas anécdotas y acontecimientos importantes acaecidos durante su reinado. Al finalizar habló del extranjero y de todas las acciones positivas que había realizado en Marem. Finalizó diciendo:

—En estos momentos estoy muy orgulloso de poderles presentar al nuevo rey de Marem, al que todos conocemos y llamamos «extranjero».

Acto seguido sonaron las trompetas. El extranjero se levantó y se situó bajo el dosel.

El rey Dor, ayudado por su sirviente, cogió la corona que llevaba puesta y se acercó al extranjero. Este, como era mucho más alto que el rey, tuvo que inclinarse para que pudiera colocársela. Posteriormente le entregó el cetro, el nuevo sello real y el anillo. A continuación le trajeron el manto real que le habían confeccionado exclusivamente para él.

Por último, el rey Dor firmó en el libro que estaba en el atril y luego lo hizo el extranjero. Junto a la firma del extranjero estamparon el nuevo sello real. Después se sentaron en los dos sillones que estaban bajo el dosel mientras firmaban las autoridades de los otros territorios del reino, en calidad de testigos de dicho acto.

Una vez que concluyeron las firmas, el extranjero pronunció un breve discurso, pero ya en condición de rey. En él comunicó, entre otras cosas, que iba a establecer una ley para que su predecesor siguiera conservando el tratamiento de alteza y de forma honorífica el título de «rey». A su término fue aplaudido por los asistentes. El antiguo monarca lo observaba muy feliz y emocionado, incluso se le llenaron los ojos de lágrimas.

Finalizado el acto, en los patios de palacio había música y comida para los ciudadanos de Zalai.

En el salón de fiestas había también banquete y música para las autoridades, sus familias y amigos. Cuando se disponían a entrar en el salón el antiguo rey Dor y el nuevo rey, sonaron las trompetas para anunciar su llegada. Esto trajo al rey extranjero recuerdos de su visita a Tritania el día del banquete real y no pudo evitar pensar en Alisin.

En la mesa principal se situó el anciano rey a la derecha del rey extranjero y, a la izquierda, el capitán Lim. El resto de las sillas las ocupaban los consejeros del rey Dor. Unas grandes mesas rectangulares estaban dispuestas alrededor del salón, quedando libre el centro para dedicarlo al baile una vez finalizara la comida.

—Mire quiénes están en aquella mesa de la derecha —dijo el capitán Lim al nuevo rey—, ¿los conoce?

—¡Es el abuelo Sénter y su familia! ¿Quién los ha invitado?

—Me lo sugirió el rey Dor y yo fui personalmente a llevarles la invitación.

Pensamos que le haría ilusión tenerlos hoy aquí. También estaban presentes en el salón durante la coronación.

—Ha sido una genial idea, cuánto me alegra verlos de nuevo, pero durante la coronación con tanta gente no los distinguí entre el público. Les habrá extrañado que no les haya hecho una visita desde hace tanto tiempo.

—Les expliqué por encima lo ocurrido y no sabían nada de su herida durante la batalla. Me comunicaron que se alegraban de su recuperación.

—Luego voy a saludarlos —indicó el nuevo rey.

—Alteza —dijo al rey Dor—, le agradezco mucho que se haya acordado del abuelo Sénter y su familia, me acabo de enterar por el capitán Lim.

—Me imaginé que eso le haría feliz, ellos también se sienten felices viéndole hoy aquí en este día tan especial para su alteza.

—Aunque ahora soy rey, me gustaría que continuara tuteándome; me parece más familiar.

—Si así te sientes más feliz, hijo mío, te tutearé. Pero a su vez, debes también tutearme.

—De acuerdo, nos tutearemos —dijo sonriendo el rey extranjero.

Las doncellas iban sirviendo rápidamente la comida y repartiendo bandejas por las mesas. Los invitados hablaban y reían muy animados. Todos parecían muy felices, salvo el nuevo rey, al que se le veía pensativo y ausente. Esto no pasó desapercibido por el rey Dor, que de vez en cuando le observaba disimuladamente.

Al finalizar la comida comenzó el baile. El rey extranjero se sintió obligado a participar en él, era un baile que se realizaba en grupo.

Cuando terminó el primer baile, se acercó a la mesa donde estaba el abuelo Sénter y el resto de la familia.

—¡Qué alegría verlos hoy aquí! Gracias por venir, abuelo.

—Para nosotros ha sido un gran honor compartir contigo este día —afirmó el abuelo—. El capitán nos informó que estuviste muy grave, no nos enteramos hasta entonces, sabes que vivimos muy distanciados y salimos muy poco.

—Lo sé, abuelo, pero ya todo pasó, ahora estoy bien. ¿Y cómo lleva el resto de la familia su nueva vida en Marem? —dijo mirando para Tirás.

—Todavía no me lo acabo de creer, a veces me parece que todo es un sueño, no puede haber tanta felicidad.

—Me alegra que todo vaya bien, disfruten de la noche y gracias a todos por venir.

Al despedirse, en un gesto cariñoso, el rey extranjero puso su mano sobre el hombro del abuelo, este le correspondió colocando la suya sobre la de él.

Luego volvió a su asiento y el rey Dor quiso presentarle a algunas autoridades procedentes de otras ciudades, más que nada para que fuera familiarizándose con su cargo y pudiera desenvolverse mejor en él.

También muchas autoridades y sus esposas se acercaban al nuevo rey para presentarles orgullosos a sus hijas. El extranjero muy amablemente las saludaba y atendía.

Una señora mayor, conocida del antiguo rey, se acercó al monarca.

—Perdone, alteza —dijo dirigiéndose al rey Dor—, espero que no se moleste si le digo que en Marem no recuerdo que haya habido un rey tan apuesto como este nuevo rey extranjero.

—No, no me molesta, todo lo contrario, estoy tan orgulloso como si fuera su padre —confesó sonriendo y mirando con complacencia hacia el extranjero.

—¡Muchas gracias, señora!, es usted muy amable —respondió el rey extranjero sonriendo a su vez.

Algunas jóvenes de las presentes se fueron animando y se acercaban al nuevo rey para intercambiar impresiones.

El rey Dor no dejaba de observarle desde su asiento.

—Hay muchas jóvenes atractivas en la fiesta —le comentó el rey Dor—. Las muchachas más bellas de Marem se encuentran hoy aquí. ¿Te has fijado?

El rey extranjero solo sonrió.

Las jóvenes iban y venían, y no lo dejaban solo ni un instante.

—Parece que tienes bastante éxito con las mujeres —le comentó el anciano rey.

Una de las jóvenes más atrevidas le cogió por el brazo y lo llevó hacia la pista de baile. El extranjero miró para el rey Dor y, resignado, se encogió de hombros y se dejó llevar.

Cuando regresó estuvo dialogando con las autoridades de otras ciudades, informándose de algunas cuestiones que le preocupaban.

La fiesta duró hasta altas horas de la madrugada. Luego, poco a poco, los invitados se fueron retirando. Los dos reyes permanecieron hasta el final.

—No creí que aguantara tanto tiempo en la fiesta —comentó el rey cuando todo finalizó—. ¿Te lo pasaste bien?

—Sí, fue una fiesta perfecta.

—Ahora descansa, mañana nos vemos —indicó el rey Dor.

—Te deseo lo mismo.

Al día siguiente ya llevaba un rato calentando el sol cuando el rey extranjero se levantó. Al dirigirse hacia el comedor para desayunar, se encontró al rey Dor por el pasillo y se dieron los buenos días.

—¿Vas a comer algo?

—Sí, ¿me acompañas? —preguntó el rey extranjero.

—Con mucho gusto. Hoy desde muy temprano los invitados se fueron marchando. Me pidieron que te saludara de su parte y durante el desayuno hablaron maravillas de ti, parece que les causaste buena impresión. Por otra parte, anoche noté que dejaste a las jóvenes fascinadas.

El rey extranjero, ante estos comentarios, solo sonreía.

—¿Cómo te parece qué quedó el anillo? —preguntó el rey Dor.

—Quedó mejor de lo que pensaba.

—El emblema que elegiste fue muy apropiado.

—¿Te parece?

—Sí, dice mucho de ti.

—He terminado, ahora deseo dar un paseo a caballo, nos veremos más tarde.

—¿Solo vas a comer eso?

—Hoy no tengo mucho apetito.

—Está bien, luego nos vemos.

El rey extranjero cogió su caballo y cabalgó hacia las montañas, necesitaba respirar el aire fresco de las zonas altas. Recorrió campos y praderas hasta llegar a un paraje elevado y solitario, lejos de todo. Finalmente paró al caballo y miró hacia el horizonte, en dirección a Becer. En esos momentos su vida se encontraba en una encrucijada, no sabía cuál sería su siguiente paso.

Él aún no lo sabe, sin embargo el sol volverá a brillar en su vida y muchas aventuras increíbles le esperan; no obstante, esa será otra historia…

Índice